Michelle Rowen est née à Toronto, Ontario. Quand elle était enfant, elle rêvait de devenir hôtesse de l'air, voleuse de bijoux et écrivaine. Un sur trois, ce n'est déjà pas si mal ! Elle avoue être bibliophile, posséder un chat maléfique appelé Nikita, être accro à la téléréalité et entretenir une relation malsaine avec tout ce qui touche à la série *Buffy contre les vampires*.

Du même auteur, chez Milady :

Sarah Dearly :
1. *Mordue*
2. *Accro*
3. *À cran*
4. *D'enfer*

www.milady.fr

Michelle Rowen

D'enfer

Sarah Dearly – 4

Traduit de l'anglais (États-Unis) par Anne-Virginie Tarall

Milady

Milady est un label des éditions Bragelonne

Titre original : *Stakes & Stilettos*

ISBN : 978-2-8112-0511-9

Bragelonne – Milady
60-62, rue d'Hauteville – 75010 Paris

E-mail : info@milady.fr
Site Internet : www.milady.fr

Remerciements

Un immense merci à…

… ma merveilleuse éditrice, Karen Kosztolnyik, sans qui ce livre se serait terminé un chapitre trop tôt, ce qui aurait été malavisé.

… mon fabuleux agent, Jim McCarthy, qui continue de faire ce qu'il fait si bien. Je remercie ma bonne étoile chaque jour de l'avoir avec moi.

… Bonnie Staring et Laurie Rauch, qui ont été mes lectrices-test pour s'assurer que mes vampires avaient assez de crocs pour tenir la distance.

… Michèle Ann Young, qui a vérifié les « Interludes » de ce livre pour être sûre que je n'inventais aucun détail historique. J'ai tendance à faire cela. Rechercher, c'est bien, mais cela fait mal à mon petit cerveau.

… mes fantastiques parents, qui sont devenus mes publicistes officiels et bénévoles. Je trouve mes marque-pages un peu partout dans les librairies, comme la marque de Zorro, et je sais qu'ils sont passés par là pour répandre la nouvelle.

Prologue

Dix semaines auparavant…

Elle ne portait pas de chaussures. Telle fut sa première impression.

La seconde fut que cette brune séduisante était complètement folle. Elle devait l'être puisqu'elle s'avançait vers *lui*.

Il la regarda avec méfiance tandis qu'elle se glissait péniblement par l'ouverture dans la barrière et embrassait du regard la vue qui s'offrait à elle. Elle était perchée près de lui sur une poutre du pont, au-dessus du cours d'eau noir et glacé.

Ses yeux écarquillés par la peur se posèrent enfin sur lui.

— Hé ! l'apostropha-t-elle.

Une bourrasque souleva le bas de sa fine robe en soie au-dessus de ses genoux, révélant ses longues jambes. Son manteau en cuir, plus à la pointe de la mode que chaud par ce froid annonçant un hiver précoce, s'écarta.

N'approchez pas, pensa-t-il.

Elle allait mourir si elle franchissait la barrière de sécurité. Mourir, c'était *son* désir cette nuit-là, mais il ne voulait pas qu'une innocente périsse en même temps que lui.

— Partez, se contenta-t-il de répondre.

Elle n'en fit rien. Au lieu de cela, elle jeta des coups d'œil erratiques autour d'elle.

— Bon sang, c'est terriblement haut, hein ?

Quel merveilleux sens de l'observation.

Il l'observa alors qu'elle se glissait plus près de lui, en crabe.

Folle. Oui, elle doit être complètement folle.

— Aidez-moi !

Il fronça les sourcils.

— Aidez-vous vous-même. Ne voyez-vous pas que j'ai l'intention de me tuer ?

Étouffant l'empathie qu'il ressentait, il baissa les yeux vers les eaux sombres de la Don, des dizaines de mètres en contrebas. Honnêtement, elle n'aurait pas pu l'interrompre à un plus mauvais moment. Elle s'était mise en grand danger.

— Aidez-moi d'abord, et tuez-vous ensuite, suggéra la jeune femme.

Qui était-elle ? Que faisait-elle là ? Savait-elle qui il était ? Avait-elle été envoyée pour l'empêcher de mettre fin à une vie qui avait déjà été beaucoup trop longue ?

Non. L'inconnue qui avait choisi de se réfugier sur cette poutre, pieds nus, en cette nuit glaciale de novembre, ne le cherchait pas lui en particulier. Il pouvait le lire dans ses yeux. Sentir sa peur. Il s'agissait d'une simple coïncidence.

Une coïncidence vraiment malheureuse.

Elle avait des marques de morsures dans le cou. Elle venait d'être mordue par un vampire.

Du sang frais maculait encore sa gorge.

Il ne fit pas attention à la faim obscure qui l'envahit, à la douleur de ses crocs qui s'allongèrent. Il n'avait pas bu de sang depuis un siècle. À son âge, il n'en avait plus besoin, mais l'envie demeurait. Il la ressentait chaque jour. À chaque heure.

Des ombres s'étirèrent derrière elle quand trois hommes arrivèrent. Il retint son souffle. Étaient-ils après lui ? Avait-il été suivi sur ce pont ?

Cette nuit-là, sa longue vie allait prendre fin. C'étaient les derniers instants du soi-disant maître vampire. Thierry de Bennicœur allait disparaître au bout de près de sept cents ans. L'avaient-ils suivi pour être témoins de son trépas ?

Non, les hommes n'avaient d'yeux que pour la fille. L'un d'eux, un grand blond, humain, sourit, et il posa brièvement les yeux sur Thierry avant de détourner le regard.

— Un ami à toi ? demanda-t-il.

— Un *excellent* ami, répondit-elle vivement, se tournant un instant vers Thierry, qui lut de nouveau le trouble dans son regard. Et il va vous botter le cul si vous ne me laissez pas tranquille !

Thierry haussa un sourcil. *Leur botter le cul?*

Le blond ricana.

— J'aimerais bien voir ça.

— Des chasseurs de vampires, dit Thierry à voix haute.

Il en avait affronté assez en son temps pour savoir que le blond était un chasseur. Le pieu en bois qu'il serrait dans son poing n'était qu'un indice supplémentaire.

— Et à qui avons-nous l'honneur ?

L'homme détailla la jeune femme de ses pieds nus à son visage, en passant par ses longues jambes minces. C'était le regard d'un prédateur qui ne souhaitait pas seulement la mort de sa victime.

Les chasseurs adoraient jouer avec leur proie avant de la mettre à mort, surtout s'il s'agissait d'une jeune vampire attirante et sans défense.

— Qui je suis n'a aucune importance. (Thierry se contraignit à garder un ton impartial.) Vous envahissez mon espace vital. Allez vous amuser ailleurs.

Et laissez cette femme tranquille ou je vous tuerai.

— Nous sommes simplement venus réclamer ce petit bout de vampire, dit le chasseur. Quand nous l'aurons, nous repartirons, et vous pourrez retourner à… à vos occupations.

La jeune femme se rapprocha encore à pas tremblants et s'agrippa à l'ourlet de son manteau.

— Ne les laissez pas me faire de mal, implora-t-elle. Je vous en prie !

Il sentait la chaleur qui émanait de son corps.

Pars, se dit Thierry avec sévérité. *Laisse-les. Laisse-la. Tu ne la connais pas. Où est son créateur ? Ce devrait être sa responsabilité.*

Désormais à quatre pattes pour passer par le trou de la barrière de sécurité, le chasseur blond attrapa la cheville de la fille. Thierry eut la surprise de la voir donner un coup de pied dans l'œil à son agresseur.

Bien visé. Une des deux meilleures cibles pour l'autodéfense. Les parties génitales constituant la seconde. Le chasseur hurla et se prit le visage à deux mains.

La jeune femme se mit hors de portée et faillit perdre l'équilibre. Thierry tendit le bras pour la stabiliser et il l'attira contre lui.

Elle leva sur lui des yeux emplis de surprise.

— Merci. Je croyais que vous ne vouliez pas m'aider.

— Simple réflexe, rétorqua Thierry.

En partie, dut-il admettre.

Les deux autres chasseurs essayaient de passer la barrière à leur tour. Ils étaient armés d'objets tranchants. Si Thierry se moquait bien de son propre sort, il n'en était pas de même de celui de la jeune femme. Durant les minutes qui allaient suivre, sa sécurité serait son unique priorité.

Malheureusement, il n'y avait qu'une seule route pour s'échapper.

Il baissa les yeux.

— Je suppose qu'il va falloir sauter.

La main de la jeune femme serra sa taille plus fort.

— N'était-ce pas ce que vous vouliez faire ? Et n'était-ce pas ainsi que vous comptiez vous tuer ?

Il pensa au pieu qu'il portait dans son dos, passé dans la ceinture de son pantalon. Il avait prévu de se tuer avant de laisser la rivière emporter ses restes.

Cela devrait attendre.

— Avec la chance que j'ai ce soir, cette chute ne me tuera pas, répondit-il en soupirant. Mais vous, vous y parviendrez peut-être.

Il resserra l'étreinte protectrice de ses bras autour d'elle et, sans attendre une nouvelle protestation, il sauta du pont. Le cri de la jeune femme résonna très fort à ses oreilles.

Il ne se rappelait pas la dernière fois où une très belle jeune femme s'était ainsi retenue à lui. Pendant un instant, il se sentit vivant et désiré... des sentiments dangereux pour quelqu'un comme lui.

Heureusement, le plongeon dans l'eau glacée parvint à doucher ses émotions et à le ramener à la réalité.

Thierry devait se débarrasser d'elle aussi vite que possible. Il n'avait pas le choix. Avoir une femme comme elle – si jeune, fraîche et pleine de vitalité – dans sa vie ne pouvait qu'être une terrible erreur.

Pour l'un comme pour l'autre.

Chapitre premier

Je me présente : Sarah Dearly, jeune vampire et barmaid à mi-temps, pour vous servir. Bienvenue dans ma vie dysfonctionnelle.

Il y a deux mois et demi, j'ai été mordue et transformée en vampire par l'homme avec qui ma meilleure amie m'avait arrangé un rendez-vous, pourchassée à travers la ville par des chasseurs de vampires, et j'ai réussi à rencontrer le maître vampire de mes rêves avant de sauter d'un pont avec lui pour éviter d'être tuée. Tout cela, le premier soir.

Depuis lors les choses ont été de plus en plus… oh, je crois que « dingues » est le mot juste. Mais je m'en sors. Dix semaines en tant que vampire, et c'est fou le nombre de trucs qui ont changé dans ma vie, mais je n'en reste pas moins « moi ». Je suis toujours Sarah. Je ne suis pas quelqu'un dont il faille avoir peur dans une ruelle obscure. En dix semaines, je n'ai mordu aucun cou et je ne me suis jamais transformée en chauve-souris. « Démoniaque » n'est pas mon nouveau deuxième prénom.

Tout bien considéré, j'ai eu beaucoup de chance. Même si j'aurais bien aimé pouvoir devenir une chauve-souris en contrepartie d'être une vampire.

— Prête à rencontrer l'homme qui va changer ta vie pour toujours, Sarah ?

Je levai les yeux du martini que j'agitais et regardai par-dessus le comptoir la rousse qui me souriait. Elle s'appelait

Heather. Elle avait été serveuse au *Refuge*, et son enthousiasme était presque contagieux. *Presque.*

— Changer ma vie pour toujours, hein ? répétai-je. C'est une promesse ou une menace ?

— Une promesse, bien sûr. Nouvelles voies, nouvelles chances. L'occasion d'avoir un avenir fantastique.

— Si je décroche le job.

— Tu me connais, alors tu l'auras !

D'accord, je devais bien admettre que j'étais un peu excitée. Surtout depuis que Heather m'avait personnellement demandé de passer un entretien avec son petit ami plus tard dans la soirée. Nous devions nous rencontrer dans un café non loin. Nous ne pouvions pas nous retrouver au *Refuge*, qui était réservé exclusivement aux vampires. C'était la règle. Or le petit ami de Heather était humain. Il devait cependant être pro-vampire, puisqu'il était avec elle.

J'aimais vraiment beaucoup Heather. Elle était amusante et enjouée, et elle ne s'était jamais plainte quand je travaillais au bar les soirs où elle était de service. Elle avait démissionné deux semaines auparavant, quand elle avait rencontré l'homme de ses rêves, qui avait créé un nouveau site Internet : *Vamp International*. Il devait être lancé le mois suivant. Le boulot pour lequel je devais passer un entretien avait trait à la mode, et, d'après ce que m'en avait dit Heather, il était presque trop beau pour être vrai.

Et il allait me rapporter gros.

Je récupérai mes pourboires dans le petit verre à jus de fruit que je gardais près de la caisse. Un petit verre… c'était tout ce dont j'avais besoin. Ici, personne ne laissait de pourboire à la barmaid. Ou très rarement. J'avais remarqué que les vampires étaient un peu radins.

Le *Refuge* appartenait à mon petit ami, qui faisait office de traiteur auprès des citoyens à crocs de Toronto. C'était ouvert de 21 heures à l'aube.

Dans moins d'une semaine, le *Refuge* serait transféré à ses nouveaux propriétaires. Thierry avait pris la décision de vendre le club, et le nouveau patron tenait à engager sa propre équipe de serveurs. C'était un coup dur, mais pas totalement inattendu. Heureusement, ce serait toujours un bar pour les vampires, l'un des deux seuls qui existaient encore à Toronto. C'était bon de savoir qu'il y aurait toujours un lieu où se réunir entre amis, mais je ne devais plus compter sur une paie quasi régulière.

Donc, cette offre d'emploi tombait à pic. J'étais fauchée.

Je sentis une main chaude se poser au creux de mes reins, et je me détournai de Heather pour regarder Thierry, debout près de moi. Je ne l'avais pas entendu arriver. Ah, ces maîtres vampires… ils aimaient être discrets.

En un mot, Thierry était sublime. Au premier comme au second regard, il était impossible de deviner qu'il approchait des sept cents ans. Il avait l'air d'en avoir trente-cinq, et était sexy à en mourir dans le genre grand, brun et ténébreux.

Beaucoup de gens étaient effrayés ou découragés par ses manières distantes et froides, mais je préférais penser qu'elles faisaient partie de son charme. Je savais que sous cette façade se cachait un homme aussi merveilleux à l'intérieur qu'il l'était à l'extérieur. Mais, si c'était mon petit secret, je n'allais pas m'en plaindre.

— Tout va bien, ici ? demanda-t-il.

J'acquiesçai.

— Je vais bientôt partir à mon entretien d'embauche.

— Salut, Thierry, dit Heather avec un large sourire, même si je savais qu'elle faisait partie de ceux qui ne l'appréciaient pas beaucoup. Je vais t'attendre là-bas, d'accord, Sarah ?

Elle s'éloigna suffisamment pour nous laisser un peu d'intimité.

Thierry plongea son regard dans le mien. Ses yeux étaient d'un gris moyen avec des reflets métalliques, comme de l'argent. Et c'était un peu dérangeant, jusqu'à ce qu'on finisse par s'y faire.

— Tu n'as pas besoin d'un autre travail, dit-il.

— Oh, mais si. J'ai besoin d'un job normal, pour payer les factures. (Je fourrai deux doigts à l'intérieur du verre pour attraper la pièce collée au fond et m'agenouillai pour mettre l'argent dans mon sac.) Je voulais acheter une nouvelle robe pour la réunion, mais puisque je ne peux pas me le permettre, je vais devoir demander à Amy si elle a quelque chose à me prêter.

La réunion des anciens élèves de mon lycée avait lieu dans deux jours. Même si ma vie avait sans cesse été en péril durant ces dix dernières semaines, les choses s'étaient suffisamment calmées pour que j'éprouve le besoin d'y aller. Ce serait ma dernière sortie de personne normale avant de devoir admettre, à contrecœur, que je devais désormais vivre comme une vampire. Oui, vivre comme une vampire. Contrairement à la rumeur, les vampires n'étaient pas des morts-vivants, pas plus que je n'étais une arme de destruction massive.

L'on murmurait encore ici et là que j'étais la Tueuse de Tueurs. Peuh ! Une fille tuait un chasseur de vampires en état de légitime défense – la légende voulait que j'en aie éliminé au moins une dizaine de mes mains manucurées mais néanmoins mortelles –, et sa réputation était faite !

Je détestais devoir l'admettre, mais je pensais que c'était l'une des raisons pour lesquelles le petit ami de Heather, Josh, avait accepté de me rencontrer à cette heure indue de la nuit. Il était impressionné par ma réputation. Et, si cela pouvait m'aider à obtenir ce travail, je m'en servirais autant que je le pouvais.

Thierry fronça les sourcils.

— Tu devrais avoir un vêtement neuf à porter. Pourquoi ne m'en as-tu pas parlé plus tôt ? (Il glissa la main sous sa veste noire, en sortit une liasse maintenue par un clip et commença à compter les billets.) De combien as-tu besoin ? Crois-tu que mille feront l'affaire ?

— Euh… oui, mais tout juste. (Je me mis à saliver à la vue de tout cet argent, mais je me forçai à ravaler mon filet de bave.) Attends, non. Non, Thierry, s'il te plaît. Je ne veux plus prendre ton argent.

— Que veux-tu dire ?

Quatre-vingt-dix pour cent de mon corps se tendaient pour prendre les billets, mais les dix pour cent restants se montrèrent très fermes. Et ils étaient incroyablement forts.

— Écoute, j'ai l'impression de n'avoir pas arrêté de profiter de toi depuis deux mois. J'ai cette occasion de travailler avec le petit ami de Heather, et de gagner mon propre argent. Tu ne devrais pas avoir besoin d'être là chaque fois que j'en ai assez de porter ce que j'ai sur le dos.

— Ça ne me dérange pas, affirma-t-il.

— Mais moi, ça me dérange. Je dois trouver ma propre voie.

Dieu, voilà que je faisais montre de maturité. Cela me rendit un peu malade. Toute ma vie, j'avais cru qu'avoir un petit ami plein aux as serait la solution parfaite à tous mes problèmes – et, ne vous méprenez pas, c'est merveilleux. Mais cela me faisait aussi me sentir… sale. Et pas dans le bon sens du terme. En prenant son argent, j'avais la sensation de ne plus vraiment être une personne. Ou une vampire. Enfin, bref.

Dix semaines auparavant, j'avais été renvoyée de mon travail à plein-temps d'assistante de direction. C'était mal payé, mais c'était un apport d'argent régulier. Aujourd'hui, mes économies avaient fondu comme neige au soleil. J'en étais réduite à jouer les barmaids à temps partiel et à vivre de maigres pourboires et de la générosité de Thierry. Il était plus que temps que je trouve un vrai boulot.

Un petit sourire étira les lèvres de Thierry.

— Essaierais-tu de me dire que tu ne m'aimes pas que pour mon argent ?

Je lui rendis son sourire.

— Oh, je t'aime. Mais, pour ce qui est de l'argent, je pense devoir me débrouiller seule désormais.

Il remit les billets avec les autres et la liasse disparut dans sa poche.

— Si tu insistes.

Je réprimai un élan de regret. C'était la bonne décision. Je n'étais pas une femme entretenue. Et ce n'était pas comme si j'étais mariée avec Thierry et que la moitié de sa fortune m'appartenait.

Non, la position d'« épouse de Thierry » revenait à une magnifique vampire de plus de sept siècles, la Française Véronique.

Elle n'était pas au Canada pour le moment.

Oh, elle n'avait rien contre notre relation. En fait, si bizarre que cela puisse paraître, elle l'encourageait. Ils n'étaient plus mariés que sur le papier depuis des siècles. Apparemment, divorcer d'une personne avec qui vous étiez uni depuis six cents ans était compliqué, il ne suffisait pas d'engager un avocat et de signer quelques documents.

Cela ne m'ennuyait pas.

Pas beaucoup.

D'accord, cela m'ennuyait beaucoup, mais j'essayais de ne pas y penser.

— Ne t'éloigne pas de Heather, dit Thierry. Et promets-moi de rentrer dès que cet entretien sera terminé.

— Je te le promets.

Cela pouvait paraître un peu autoritaire, mais il était juste prudent. Quand j'avais gagné ma réputation de Tueuse de Tueurs, on m'avait assigné deux gardes du corps. À présent, je n'en avais plus qu'un. Une grosse brute répondant au nom de Butch. C'était un vampire, ce qui avait certains avantages. Les premiers étaient humains, et l'un d'eux avait essayé de me tuer… mais c'était une autre histoire.

Butch avait récemment demandé quelques jours de congé pour une raison inconnue, et j'en avais déduit qu'elle était personnelle. Autrement dit, il n'y avait personne pour veiller sur moi, aussi était-il vital que j'aie toujours une personne de confiance près de moi.

Honnêtement, j'avais l'impression d'avoir toujours une baby-sitter sur le dos, mais si grâce à cela je continuais à respirer, je le tolérerais aussi longtemps que nécessaire. On oublierait bientôt les rumeurs à mon sujet, et les chasseurs passeraient tôt ou tard à un truc plus intéressant. Avec un peu de chance, ce serait tôt, plutôt que tard.

Dernièrement, la situation s'était beaucoup calmée. On m'avait informée que les chasseurs de vampires avaient une sorte de congrès annuel à Las Vegas, et qu'ils migraient donc vers le sud tels des oiseaux armés de pieux en bois pour l'hiver.

Faites-moi penser à rester loin de Las Vegas. Seul un vampire complètement fou et suicidaire s'y montrerait, avec tous les chasseurs présents dans la ville.

— Alors, je te souhaite bonne chance pour ton entretien.

Thierry se pencha et effleura mes lèvres des siennes. Notre relation s'était améliorée considérablement. Bien sûr, il était du genre fort et impassible, et il avait un… côté obscur. Et c'était un euphémisme.

Mais il m'embrassait en public, ce qui était le signe que les choses allaient mieux que jamais.

Après un baiser et quelques mots glissés à mon oreille pour me demander d'être prudente, il retourna dans son bureau pour y lire quelques papiers de dernière minute concernant la vente du club. Excitant. J'en bâillais déjà.

— Prête ? s'enquit Heather.

Je hochai la tête.

— Un peu le trac mais ça ira.

Le nouveau barman étant déjà arrivé, Heather et moi quittâmes le *Refuge* et marchâmes vers le café, un petit établissement qui s'appelait le *French Connection*. Il se spécialisait dans les cappuccinos et les pâtisseries hors de prix. Puisque mon estomac de vampire ne pouvait plus rien supporter de solide, je me contentai de commander un café. Noir.

Le petit ami de Heather, Josh, nous attendait à une petite table dans un coin. La vingtaine, il était mignon, avec des cheveux bruns ébouriffés et des yeux marron. Il me plut instantanément.

Il se leva pour embrasser Heather sur la bouche, puis il me serra la main.

— Sarah, c'est un réel plaisir de vous rencontrer enfin.

Il se rassit. Le café était désert, à l'exception de nous trois et du caissier, qui était occupé à ranger des muffins, des scones et des croissants en lignes, comme des petits soldats à haute teneur en calories.

— C'est réciproque, assurai-je. Heather n'a pas arrêté de me dire combien vous êtes génial. Merci de me donner la chance de pouvoir vous parler ce soir.

— Non, c'est moi qui devrais vous remercier d'avoir bien voulu accepter mon offre. (Il tira un paquet de billets de sa poche.) Considérez cela comme un signe d'appréciation. C'est une avance de quatre cents dollars sur votre premier salaire.

Je clignai des yeux. Waouh, tout cela commençait terriblement bien !

— Nous devrions peut-être nous dispenser de l'entretien. Je pourrais commencer tout de suite, plaisantai-je.

Il sourit et coula un regard à Heather, qui lui serra la main.

— J'ai quelques questions. D'importantes questions.

Serait-ce grossier de fourrer l'argent dans ma poche sans plus attendre ? Probablement.

— Allez-y. Je n'ai rien à cacher.

— Depuis quand avez-vous été transformée, précisément ?

Je fronçai les sourcils.

— C'est une drôle de question pour un entretien d'embauche, non ?

Il secoua la tête en riant.

— Oui, je suppose.

Heather aussi s'esclaffa, puis elle tendit le bras pour me prendre la main par-dessus la table.

— Josh essaie seulement de mieux te connaître. Et puis, sa compagnie s'adresse à une clientèle vampire.

— Oh. (Je me détendis un peu.) Eh bien, d'accord. Ça a fait exactement dix semaines hier.

— Dix semaines. (Il hocha la tête.) Et vous vous êtes bien adaptée ?

— Ça aurait pu être pire, j'imagine.

— Apparemment vous vous en êtes bien tirée.

— J'essaie.

Je bus une gorgée de café et grimaçai à cause de son amertume. Je pris plusieurs sachets de sucre et les ajoutai au breuvage sombre.

— Et, depuis que vous avez été transformée, avez-vous remarqué que vous développiez certaines capacités ?

Je réfléchis.

— Eh bien... je dirais que mes sens sont plus aiguisés, mais dans la limite du raisonnable. Par exemple, mon ouïe est meilleure, et mon odorat aussi. Et ma vision nocturne également. C'est à ça que vous pensiez ?

Il hocha la tête.

— C'est utile. Et vous avez des rêves prophétiques ?

— Des rêves prophétiques ?

— Des rêves qui semblent prédire l'avenir.

— Euh... (Je fronçai les sourcils.) Eh bien, il y a quelques semaines, j'ai fait un rêve qui a paru m'avertir d'un danger à venir. Et il y en a eu d'autres, plutôt réalistes. Est-ce que ça compte ?

Il acquiesça de nouveau.

— Des dons étranges ?

— J'ai gagné vingt dollars à la loterie la semaine dernière.

— Votre force s'est accrue ?

— Peut-être un peu, mais je ne suis pas prête à signer pour des combats de catch professionnel. (Je fronçai les sourcils de plus belle.) Écoutez, ces questions me mettent mal à l'aise. Qu'est-ce que ça a à voir avec le job ?

— Je suis humain, répondit Josh, et j'engage des vampires. J'ai besoin de savoir ce genre de choses. C'est important.

Je me tournai vers Heather, mais elle était entièrement focalisée sur Josh, et pas du tout perturbée par la tournure bizarre que prenait cet entretien d'embauche. J'essayai de ne pas prêter attention à l'étrangeté de la situation et bus une gorgée de mon café désormais trop sucré.

— D'accord, si vous le dites.

— Alors..., poursuivit Josh. La rumeur veut que vous ayez bu le sang non pas d'un, mais de deux maîtres vampires. C'est vrai ?

Je grimaçai. Encore une rumeur. Juste ce qu'il me fallait.

Il y avait eu Thierry, bien sûr. Il m'avait sauvée quand mon créateur d'origine s'était fait tuer par des chasseurs avant d'avoir pu me fournir l'alimentation nécessaire à la survie d'un jeune vampire. J'avais ingéré son super sang, super car, apparemment, plus un vampire est vieux, plus son sang est puissant. Si les maîtres vampires partagent rarement, si ce n'est jamais, leur sang, c'est parce qu'il y a des conséquences, des effets secondaires, comme ceux dont je « souffrais ». J'avais perdu mon reflet et mes crocs avaient poussé des mois, des années avant que cela doive se produire normalement. Devenir un vampire « adulte » prenait du temps, apparemment.

Je supposais que Nicolaï était un maître vampire, lui aussi. Ou bien qu'il l'avait été, puisqu'il s'était récemment retrouvé du mauvais côté d'un pieu. En sa qualité d'ancien vampire membre du Cercle, le conseil international des vampires, il était venu à Toronto trois semaines plus tôt pour enquêter sur la Tueuse de Tueurs. Malheureusement, Thierry avait le sang de la femme de Nicolaï sur les mains. Quand ce dernier avait découvert ma relation avec Thierry, le vieux vampire fou avait essayé de me tuer pour se venger. Avant de découvrir ses motivations, Nicolaï m'avait donné un peu de son sang en me fourrant son poignet dans la bouche quand j'avais été sur le point de mourir. Une fille ne peut pas faire la fine bouche dans ce genre de situation.

— Oui, deux maîtres vampires, acquiesçai-je au bout d'un court silence. Je suppose que j'ai du succès. Pourquoi vous voulez savoir ça ?

Josh m'étudia sans rien dire. De mes cheveux bruns coupés aux épaules, présentement coincés derrière mes oreilles, à mes yeux, mon nez et ma bouche. Puis son regard descendit le long de mon cou jusqu'au bord de mon caraco blanc, et, si vous voulez mon avis, il s'arrêta un peu trop longtemps sur mes seins pour que je ne me sente pas mal à l'aise. Mon manteau noir était posé sur le dos de ma chaise.

— Je crois avoir toutes les informations dont j'ai besoin, dit-il.

— Alors, j'ai décroché le boulot ? demandai-je, m'efforçant toujours de ne pas penser à l'étrangeté de la situation.

Il jeta un coup d'œil à Heather.

— Qu'est-ce que tu en penses ?

— Je pense que ce sera d'enfer. (Elle sourit et lui donna un baiser.) Juste comme nous l'avions prévu.

Je déglutis. La terreur qui s'était lovée dans mes tripes dès la première question bizarre de l'entretien envahit le reste de mon corps.

— Et si nous parlions de *Vamp International*, maintenant ? J'ai le job, oui ou non ?

Heather caressa la joue de Josh avant de l'embrasser à pleine bouche, puis de se tourner vers moi. Elle ne s'était pas départie une seconde de son sourire éclatant.

— D'accord, Sarah, je ne veux pas que tu te fâches, mais il n'y a pas de *Vamp International*.

Je sentis monter une vague de déception.

— Alors, pourquoi ai-je passé cet entretien ?

Elle poussa la liasse de billets posée sur la table près de moi.

— Quatre cents dollars maintenant, et quatre cents autres quand ce sera fait.

Je la regardai, soupçonneuse.

— Quand quoi sera fait ?

— Il va falloir que tu transformes mon petit ami en vampire, répondit-elle.

— Que je fasse *quoi* ? (Mon cœur commença à cogner si fort dans ma poitrine que je l'entendais.) De quoi tu parles, bon sang ? Je croyais que c'était un entretien pour un travail à plein-temps.

Le sourire de Heather vacilla un peu.

— Eh bien, je savais que tu ne sauterais pas aussitôt sur la possibilité de créer un vampire. Je voulais que tu rencontres Josh et que tu constates combien il est génial et à quel point il me rend heureuse. Et nous te payons pour tes services.

— Pour mes services ? répétai-je. C'est complètement ridicule !

— S'il vous plaît. (Josh se pencha en avant.) J'aime Heather. Je veux devenir un vampire pour que nous puissions être ensemble pour toujours. Heather m'a dit que vous étiez une romantique. Que vous comprendriez.

— Oh, je comprends parfaitement, rétorquai-je, sentant mon agacement grandir à vue d'œil. Vous voulez être un vampire ? Alors pourquoi ne lui demandez-vous pas de vous transformer ?

Il secoua la tête.

— Elle est la dernière d'une longue lignée. Son sang est bien trop dilué. Si elle se chargeait de ma transformation, je serais trop faible. Mais vous, grâce à votre lien avec deux maîtres vampires, vous me rendrez fort, dès le début. Vous devez faire de moi un vampire.

— Oubliez ça

Je secouai la tête. Il n'en était pas question. Il faudrait que je le morde, sans doute dans le cou. Or je ne l'avais jamais fait, et je n'avais pas l'intention de commencer ce soir. C'était dégoûtant. Il faudrait que je boive son sang assez longtemps pour lui transmettre le virus du vampirisme qui avait transformé la fille de vingt-huit ans normale que j'étais en adorable vampire.

Pas question.

Bien sûr, j'avais besoin de sang pour vivre. J'étais une vampire, après tout. Mais c'était pour cela qu'il existait des bars pour les vampires. Ils s'y rendaient pour y trouver leur subsistance, qui était disponible dans des fûts livrés par des compagnies qui obtenaient le « liquide rouge » en payant des donneurs. C'était un business. Plus le sang avait un type rare, plus il était cher. Cela fonctionnait très bien, et à ma connaissance personne n'avait de problème avec ce système, surtout que ça évitait de devoir s'abreuver à la source. Ce serait mal à tant d'égards que je ne pourrais pas les compter. Aucun humain n'était blessé pour que j'aie ma nourriture quotidienne. Amen.

Je dois avouer que boire du sang venant de tonneaux, alors même que je savais qu'on n'avait fait de mal à personne pour l'avoir, avait été très difficile pour moi. Mais, si je ne voulais pas mourir dans une terrible agonie, et je n'en avais pas du tout envie, je ne pouvais pas éviter certains inconvénients de la vie de vampire.

— Je m'en vais.

Je me levai et attrapai mon manteau, dédaignant l'argent, et sortis dans la nuit glaciale sans un regard en arrière.

Honnêtement. Le culot que pouvaient avoir certaines personnes. Mais à quoi pensaient-ils, ces deux-là ? En plus, ils m'avaient menti à propos de ce boulot fantastique. Ce n'était pas cool.

Me payer pour transformer son petit ami.

Ils me prenaient pour quoi ? Une prostituée ou quelque chose comme ça ? Je ne mordrais personne pour de l'argent. Je me fichais bien de n'avoir pas un sou.

Zut. J'étais déçue. Ce boulot avait été trop beau pour être vrai, évidemment. Quand je pense que j'avais fait confiance à Heather... Je l'avais même considérée comme une amie. Je me sentais non seulement blessée, mais insultée.

J'entendis des bruits de pas derrière moi, et je fis comme si de rien n'était.

— Attends, Sarah ! appela Heather.

J'entrai dans le petit parc couvert de neige, en face du *Refuge*. Il me suffisait de le traverser, de remonter la rue, de bifurquer dans une ruelle, et je serais de retour au club.

— Écoute-nous, s'il te plaît.

La voix de Heather était un peu suppliante à présent.

Je m'arrêtai et me tournai vers eux.

— Je comprends que vous vous aimez. C'est super. Vraiment. Mais je n'aime pas qu'on me mente, et je n'aime pas mordre les gens. Je ne veux jamais avoir à le faire. Alors oublions cette histoire, d'accord ?

— Nous vous paierons deux mille dollars, insista Josh, coulant un regard à Heather.

Elle opina du chef.

Deux mille ? C'était beaucoup d'argent, et cela pourrait résoudre une partie de mes nombreux problèmes.

— C'est très généreux, mais ma réponse est non. Je ne peux pas le faire. Écoutez, ne devenez pas un vampire. Ce n'est pas si génial que ça. Soyez humain. Restez humain. C'est moins stressant, faites-moi confiance.

Josh eut l'air terriblement déçu.

— Je n'ai pas le choix.

— Je suis sûre que vous trouverez quelqu'un qui acceptera de vous aider, si c'est vraiment ce que vous voulez.

— Non, il faut que ce soit vous, insista Josh.

Il tremblait de froid, n'ayant qu'un pull sur le dos. Il se croisa les bras sur la poitrine pour se tenir chaud.

— Vous êtes le seul vampire vivant qui ait le sang de deux maîtres dans les veines.

— La seule ? dis-je, surprise. Sérieusement ?

Il hocha la tête.

— Un autre vampire en avait trois, mais il a été récemment brûlé par des chasseurs puis dépecé par des chiens. Apparemment, il l'avait prédit dans un de ses rêves prophétiques. (Il haussa les épaules.) J'ai fait des recherches. J'ai besoin d'un jeune vampire, qui a bu le sang de plus d'un maître. C'est donc vous. Vous avez tellement de chance. Les maîtres ne permettent quasiment jamais à personne de s'abreuver à leur source.

Ses paroles me retournèrent l'estomac.

— Je rentre au *Refuge*.

— Il faut d'abord que vous me mordiez. S'il vous plaît, Sarah.

— Mords-le, Sarah, répéta Heather. Ne t'inquiète pas. Je ne serai pas jalouse.

Le vent se leva et je l'entendis siffler dans les branches sèches au-dessus de ma tête, délogeant la neige poudreuse, qui tomba sur le sol. Je poussai un soupir de frustration.

— En quelle langue faut-il que je vous dise « non » ?

Heather plissa les yeux.

— Salope ! Comment peux-tu être si égoïste ?

Je lui jetai un regard noir.

— Moi, égoïste ? Parce que je ne veux pas transformer ton petit ami ? En quoi est-ce égoïste ?

Je sentis une main se refermer autour de ma taille et la pointe d'un pieu en bois contre ma gorge. Josh s'était glissé derrière moi.

— On a essayé de faire ça gentiment. (Il n'y avait plus ni chaleur ni supplication dans sa voix.) On vous l'a demandé poliment. On vous a même payée. Et je n'accepte pas votre refus !

La panique se saisit de moi aussi vite que Josh l'avait fait.

— Gentiment ? En me mentant au sujet d'un travail ?

— Seigneur, remettez-vous, bon sang ! C'est ça, le boulot. Vous allez me transformer ou je vous tue.

Si je bougeais, le pieu s'enfoncerait dans ma jugulaire, alors j'essayai de rester tranquille, même si tout mon corps était tendu comme un ressort. Peut-être valait-il mieux adopter une tactique différente.

— La Tueuse de Tueurs n'aime par les menaces, trouduc ! grondai-je, essayant de jouer les dures malgré la peur qui me faisait l'effet d'avoir un pieu dans la gorge.

Il ricana.

— Nous savons que ce n'est qu'une rumeur, que vous n'avez pas tué tous ces chasseurs. Mais le reste, c'est la vérité. Vous avez bu le sang de deux maîtres vampires. Ça vous rend exceptionnelle. Vous n'avez pas besoin de me mordre. Le virus est dans vos veines aussi bien que dans vos crocs. Alors, peu importe si vous êtes vivante ou morte. Tout ce dont j'ai besoin, c'est d'une quantité suffisante de votre sang. (Il fit glisser la pointe de son pieu sur ma gorge. Un filet de liquide tiède coula sur ma peau et je ressentis une vive douleur.) Vous voyez ? Vous n'êtes pas une dure, après tout.

— Laissez-moi partir immédiatement.

Mon regard alla se poser sur Heather, pour voir si elle se rendait enfin compte que son adorable petit ami n'était qu'un violent psychopathe. Mais elle le regardait avec amour et adoration.

— Tue-la, dit-elle. Nous garderons l'argent que nous voulions lui donner pour notre lune de miel.

J'expirai, essayant de ne pas montrer la terreur qui me tenaillait en me mettant à trembler. Ce n'était pas la première fois que j'étais en danger de mort. Et je n'étais plus autant une victime que cette nuit où j'avais été transformée en vampire par mon rendez-vous d'un soir, dix semaines plus tôt.

— Josh, émis-je d'une voix suppliante. Nous pouvons sans doute en discuter.

Le pieu cessa de me piquer la peau.

— Vraiment ?

— Non, pas vraiment !

Je lui flanquai un coup de talon à l'intérieur du pied, pivotai sur moi-même, serrai le poing et le frappai aussi fort que possible à la mâchoire. Je n'avais pas encore beaucoup de force pour une vampire, mais puisqu'il n'était qu'humain, ce fut assez pour l'envoyer valser à plusieurs mètres. Et pour que je puisse m'enfuir.

Du moins, c'est ce que j'aurais fait si sa petite amie vampire ne m'avait pas sauté dessus par-derrière pour me maintenir les bras le long du corps.

— Lâche-moi, Heather, grondai-je. Tout de suite.

— Pas question.

— Je croyais que nous étions amies. Pourquoi ferais-tu un truc pareil à une amie ?

— Parce que j'aime Josh. Mais je suppose qu'une personne qui a une relation avec un être froid et sans émotion comme ce connard de Thierry ne peut pas comprendre ce qu'est le véritable amour, hein ?

— Ce n'est pas de l'amour, réussis-je à articuler.

— Nous serons ensemble pour toujours.

— Tu ne le connais que depuis quelques semaines, non ?

— Aucune importance. Je sais que c'est pour l'éternité. (Elle m'enfonça les ongles dans les bras.) Vas-y, Josh. Fais-le maintenant.

— Lâchez-moi !

Je hurlai et me débattis si fort que je faillis me dégager. Elle devait faire des prouesses pour me garder prisonnière. Je me tournais d'un côté, puis de l'autre, essayant de lui mordre le nez. Puis je sentis quelque chose pénétrer dans ma poitrine.

Je haletai.

C'était pointu.

Et cela faisait un mal de chien.

Heather me libéra enfin.

— Désolée, Sarah. J'aurais aimé que tu nous laisses le choix.

J'écarquillai les yeux en voyant le pieu en bois dépasser de ma poitrine. J'en touchai le bout rond, les mains tremblantes, clignant rapidement des yeux.

— Qu… que… ?

Ma bouche était sèche. Je tombai à genoux sur le sol dur et glacé et levai les yeux vers Heather, qui était venue se placer près de Josh. Ils me regardaient froidement.

Oh, mon Dieu ! Je venais de recevoir un pieu dans la poitrine. Ils m'avaient enfoncé un pieu dans la poitrine.

Je ne pouvais plus respirer. La douleur était telle une chose vivante qui s'enfouissait dans mon corps. La nuit envahit mon champ de vision, de plus en plus noire.

Je pensais qu'elle était mon amie. Je lui faisais confiance.

C'était trop beau pour être vrai.

Je tombai sur le flanc, suffoquant, et ma tête atterrit sur un coussin de neige.

Je ne voyais plus rien. J'allais m'évanouir. J'allais mourir.

Et soudain, il y eut des mouvements dans ma vision périphérique désormais obscurcie. J'entendis Josh et Heather crier.

Puis le silence.

Je sentis des mains sur moi, me ramenant à la verticale. Des mains gantées tâtèrent ma poitrine, tirant sur mon caraco. Je voulus protester de me faire tripoter ainsi, mais je ne trouvai pas mes mots. Le monde s'éloignait.

L'inconnu me gifla.

— Restez avec moi, Sarah.

Une voix que je ne connaissais pas. Celle d'un homme.

— Qu… que… ?

— Ils ne vous feront plus jamais de mal. Le pieu… il n'est pas dans votre cœur. Vous êtes très chanceuse. Je l'avais entendu dire… que vous êtes diablement chanceuse. Vous allez vous en sortir. Je vous le promets.

Je me forçai à me concentrer assez pour discerner les contours de la silhouette d'un homme dont le visage était en grande partie dissimulé par une grosse écharpe. Je ne pus distinguer ses traits, à part ses yeux. Il était habillé de noir ; un long manteau. Il portait des gants de la même couleur. Il était grand et fort, et il n'eut aucune peine à me soulever dans ses bras.

— Le… le pieu ?

Je dis cela dans un souffle. Cela faisait tellement mal de parler.

— Je vais laisser à quelqu'un qui sait s'y prendre le soin de vous l'enlever. Je ne veux pas vous blesser davantage. Je ne peux pas rester. Je vais vous ramener à vos amis.

Je clignai des yeux, et cela aussi me fut pénible.

— Qu… qui êtes-vous ?

— On m'appelle le Diable Rouge.

Froncer les sourcils me fit mal aussi.

— Le D… Diable Rouge ?

Bon sang, qu'est-ce que c'était que ce nom ?

— Chut… économisez vos forces. Vous en aurez besoin.

Le Diable Rouge, ou quel que soit son vrai nom, me serra d'un geste protecteur contre son torse et sortit du parc d'un pas vif. Je sentis que nous nous dirigions vers le *Refuge*, ou du moins l'espérai-je, mais je n'en fus pas sûre, parce que je m'évanouis très vite à cause du choc et de la douleur.

C'était officiel.

Recevoir un pieu, ça craignait vraiment.

Chapitre 2

— Elle est morte ! Sarah est morte ! (C'était la voix de George, vampire serveur de son état… et l'un de mes meilleurs amis.) Non, attendez… elle n'est pas morte ! Elle respire encore !

— Emmenons-la dans mon bureau, lança Thierry, tendu. Tout de suite, bon sang. Dépêchez-vous.

Que je puisse entendre des voix était bon signe. Cela voulait dire que j'étais consciente. En quelque sorte. Je ne pouvais rien voir, mais sans doute était-ce parce que mes yeux étaient fermés et qu'ils voulaient le rester. Je gémis.

— Elle se réveille ! Sarah ! *Ne va pas vers la lumière !*

— Où… est-il ? réussis-je à articuler.

— Qui ? Sarah, s'il te plaît, n'essaie pas de parler. Il n'y avait personne dehors. Juste toi. Tu as frappé à la porte, sinon nous n'aurions jamais su que tu étais là.

Je n'avais pas frappé. J'en aurais été incapable. J'avais été trop inconsciente pour cela. Le Diable Rouge… Il m'avait ramenée et il était parti avant que quelqu'un vienne ouvrir.

— George, dit Thierry. Aidez-moi à l'emmener dans mon bureau, s'il vous plaît.

Je les entendis s'affairer puis murmurer alors que nous traversions le bar. Quelqu'un me portait dans ses bras musclés. J'entrouvris les yeux et me rendis compte que c'était Thierry. Il me serrait contre sa poitrine, et son expression était tendue et concentrée sur sa destination.

— Thierry, gémis-je contre sa chemise noire.

Il serra les dents tandis qu'il baissait les yeux sur moi.

— Chut, Sarah. Économise tes forces.

Il ouvrit la porte d'un coup de pied et entra pour me déposer avec autant de douceur que possible sur son canapé en cuir noir. Cela me fit quand même un mal de chien.

— Fermez la porte, ordonna-t-il à George.

J'ouvris les yeux plus grands. George se tordait les mains sur le seuil. C'était un vampire d'un peu plus de quatre-vingts ans, mais il avait l'air d'en avoir vingt avec en prime le physique d'un danseur des Chippendales. Il mettait en valeur son corps magnifique avec des pantalons en cuir et des tee-shirts moulants, et des cheveux blonds coupés aux épaules.

Il obéit à Thierry et vint à côté de moi.

— Chérie, dit-il d'une voix tremblante. Tu vas t'en sortir.

— Tu crois ?

Ma bouche était si sèche.

— Tu as sans doute du mal à le croire pour l'instant, mais tout ira bien.

Je toussai.

— M… merci pour l… les encouragements.

Je baissai les yeux sur ma poitrine, d'où le pieu dépassait toujours. Ma respiration était sifflante.

— Ça va… laisser une cicatrice.

— Qui a fait ça ? demanda Thierry.

Je déglutis et tressaillis à cause de la douleur.

— Le petit ami de Heather. Il… voulait que je le transforme. (Je haletai.) Il n'y avait pas de boulot. Elle l'a laissé me planter ce pieu quand j'ai refusé…

Il plissa ses yeux argentés.

— Je vais le tuer.

— Une chose à la fois, suggéra George.

— Oui, acquiesça Thierry, et son expression se fit encore plus sinistre, son regard reflétant la tempête qui l'agitait à l'intérieur. Sarah, s'il te plaît, il va falloir être courageuse. Je dois retirer ce pieu. Tu dois rester parfaitement immobile.

— Vous voulez que je m'en aille ? s'enquit George.

— Non, répondit vivement Thierry. J'ai besoin que vous restiez. Le sang… il va y avoir beaucoup de sang. Vous devrez veiller sur Sarah.

On aurait pu se demander ce qu'il voulait dire par là. George avait-il une formation d'infirmier ? Non. Thierry voulait-il s'assurer que George pourrait finir le travail de peur de s'évanouir à la vue du sang ?

Non.

Je regardai la tache rouge qui s'étendait de plus en plus sur mon joli caraco en dentelle blanche. Oui, il était blanc, bien sûr. C'est toujours comme ça que ça se passe, non ? Puis je levai les yeux sur Thierry. Ils n'étaient déjà plus argentés, mais du noir d'un vampire affamé, et, quand il parla, ses mots furent un peu déformés, à cause de ses crocs, qui s'étaient allongés.

Thierry était accro au sang. Quand il y goûtait, il devenait dingue… c'était le moins qu'on puisse dire ! Ce n'était arrivé qu'une seule fois, par erreur, mais il avait bien failli me vider entièrement. Les vampires de son âge n'avaient plus besoin de boire du sang, parce que cela leur donnait envie d'en avoir toujours plus. D'ordinaire, Thierry buvait du jus de canneberge, et je préférais qu'il en reste là.

En cet instant, son inquiétude était lisible dans ses yeux, mêlée à une sorte de… faim primale.

Génial.

Si je n'avais pas été préoccupée par le bout de bois qui dépassait de mon corps, j'aurais eu un peu peur pour ma jugulaire.

— Je vais bien, gronda Thierry, mais il me sembla que c'était davantage pour lui que pour moi.

Il détacha son regard de ma blessure pour le reporter sur mes yeux. Il avait le front barré de plis soucieux.

— Je ne perdrai pas le contrôle.

George approcha pour me tenir la main. De l'autre, il écarta les cheveux qui me tombaient sur le front.

— Tien bon, Sarah, dit-il. Pense à des choses heureuses. Tu verras, ce n'est rien.

George avait déjà reçu un pieu, et j'avais été là pour voir sa réaction quand on le lui avait retiré. Je savais donc que ce n'était pas rien, et qu'il n'était qu'un gros menteur.

— Ô… ôtez-moi ça, vite, sifflai-je, serrant les dents.

Les mains de Thierry tremblaient un peu alors qu'il attrapait le pieu.

— Sois brave, mon amour.

Et il fit ce que j'avais demandé.

Je hurlai. J'avais tendance à faire cela quand j'avais l'impression qu'on m'arrachait les organes et qu'on y mettait le feu. Le pieu atterrit bruyamment sur le sol, et Thierry appuya sur la plaie avec ses paumes pour endiguer l'hémorragie.

— Couteau, grogna-t-il à George.

George dégagea sa main probablement cassée de la mienne et courut vers le bureau de Thierry pour prendre le couteau qu'il gardait dans le tiroir du haut. Il l'apporta et le tendit à son patron.

— Compressez la blessure.

George, qui était doué pour obéir aux ordres en situation de crise, prit sa place.

Thierry passa la lame sur son avant-bras pour faire couler son sang et le pressa contre ma bouche.

Du sang de maître vampire. Plein de pouvoir et de force… comme un alcool hors d'âge à côté duquel le sang d'un vampire lambda n'était pas plus fort qu'une boisson énergisante. Voilà pourquoi Josh avait voulu que je sois sa créatrice. Parce que la puissance du sang de Thierry, et de celui de Nicolaï, étaient en moi.

Non. Cela n'avait aucun sens. Je ne me sentais pas différente. Il avait tort. Il avait fait une terrible erreur, puis il avait voulu m'enfoncer un pieu dans le cœur.

Merde, peut-être que j'aurais dû dire oui. Au lieu d'avoir un trou dans la poitrine, j'aurais deux mille dollars dans la poche.

Je fis taire les pensées qui se bousculaient dans ma tête et bus.

Du sang. Oui, c'était écœurant… du moins en théorie. Quand j'étais humaine, la seule idée de boire du sang me semblait totalement dégoûtante, pour ne pas dire complètement non hygiénique. En réalité, tout n'était pas noir ou blanc, bien ou mal.

J'étais à fond pour les tons de gris, désormais. Et, même dans ce genre de situations, Thierry avait tellement bon goût. Je savais que faire cela m'aiderait à guérir plus vite et à moins ressentir la douleur. Je me focalisai sur ses yeux, qui étaient toujours noirs et emplis d'une sorte de désir. De sa main libre, il me caressait le visage, repoussant mes cheveux.

— Sarah…, souffla-t-il. C'est assez.

— D'accord.

Je lâchai son bras à contrecœur.

— J'ai besoin d'un verre ! s'exclama George d'une voix tremblante. Et pas seulement parce que je viens de te toucher la poitrine pendant cinq minutes.

— Ne va pas te faire des idées, Georgie. (Je ris, mais la douleur que cela provoqua me le fit regretter immédiatement.) Aïe !

— Ne t'inquiète pas, persifla-t-il. Tu n'es pas mon genre.

Thierry se leva et baissa la manche de sa chemise, mais pas avant que j'aie pu avoir un aperçu de sa blessure en train de cicatriser.

— George va t'aider à te nettoyer, Sarah. J'ai une chemise de rechange que tu peux mettre. Elle est sur un cintre, derrière la porte.

— Moi ? demanda George en pointant le doigt vers sa poitrine. Vous voulez que je l'aide…

Thierry détourna son regard toujours noir et quitta la pièce.

George baissa les yeux sur moi.

— Alors, tu veux que je te frotte le dos, mon petit sucre d'orge ?

Quand George m'eut lavée et pansée, je m'endormis et fis l'un de ces rêves prophétiques. Du moins, je crus que c'en était un, à présent que je faisais attention à ce genre de chose.

L'homme, une écharpe noire enroulée autour du visage, avançait vers moi. À part cette écharpe qui lui dissimulait les traits, il portait un très beau smoking noir. Le paysage clignotait, comme lorsque l'on change de chaîne, passant du jour à la nuit, de l'intérieur d'une usine grisâtre à un mur de flammes.

— Diable Rouge ? dis-je tout haut. Qu'est-ce que ça signifie ? Vous avez un autre nom ? Ou puis-je vous appeler simplement Rouge ?

— Oui, rouge comme le sang. (Il leva une main gantée pour toucher le côté de son visage.) Nous sommes si semblables, Sarah. Bientôt, vous saurez que vous êtes destinée à m'aider.

Je clignai des yeux.

— Eh bien, je cherche justement du travail. Combien ça me rapporterait ?

— À chaque seconde de votre existence, Sarah, vous m'aidez.

— En faisant quoi ?

—Je ne peux pas vous le dire. Pas encore. (Il secoua la tête.) Que voulez-vous le plus au monde ? Maintenant, en cet instant ?

Je réfléchis. Je baissai les yeux sur ma poitrine, sur le bandage qui recouvrait le trou laissé par le pieu.

—Je veux être normale.

—C'est impossible. Vous êtes une vampire.

—Je sais. Mais je veux être aussi normale que possible. Je veux que mes amis soient en sécurité. Je veux être heureuse.

—Avec Thierry.

—Oui.

—Ça n'arrivera jamais.

Je fronçai les sourcils.

—Dites-moi qui vous êtes. Je ne suis pas d'humeur pour ce genre de petits jeux. J'ai eu une soirée difficile.

—Ce n'est pas un jeu.

Il voulut me serrer contre lui, sans doute m'étreindre à me couper le souffle, mais il fut tiré en arrière avant d'avoir pu me toucher. Thierry se tenait derrière lui.

—Sarah, interrogea-t-il, essaie-t-il de te faire faire des choses que tu ne veux pas faire ? Tu peux me le dire.

J'ouvris la bouche, mais je découvris que je ne pouvais pas lui répondre.

Thierry fit un pas vers moi, mais le Diable Rouge l'attrapa, le fit pivoter et lui planta un pieu dans la poitrine. Je poussai un hurlement horrifié.

Thierry croisa mon regard.

—Pourquoi l'as-tu aidé, Sarah ?

Je secouai la tête.

—Je… n'en avais pas l'intention. Je t'aime, Thierry !

Il murmura quelque chose que je n'entendis pas, puis il se désintégra sous mes yeux.

—Non ! criai-je.

Mes rêves au sujet de Thierry, prophétiques ou pas, semblaient toujours se terminer ainsi : il prenait un pieu dans le cœur. Mais cela ne s'était pas passé ainsi dans la vraie vie. Cela n'arriverait pas. Je m'en assurerais.

Ce n'était qu'un rêve.

Je serais normale. Je serais heureuse.

Ça, oui.

— Aïe ! fut la première chose que je prononçai en me réveillant.

On pressait un linge frais contre mon front. George cligna des yeux.

— Bonjour, rayon de soleil, dit-il avant d'ajouter : Elle est réveillée.

— Parfait.

Thierry était de retour et ses yeux avaient repris leur couleur argentée habituelle. Il avait les bras croisés sur la poitrine et les sourcils froncés.

— Comment te sens-tu, Sarah ?

— Comme si je devais vérifier que je n'ai pas d'écharde dans le foie.

— Peux-tu t'asseoir ?

— Je ne sais pas.

Il posa sa main droite sur mon épaule et la gauche dans mon dos, et il me soutint alors que je me redressais avec lenteur. Cela me fit mal, mais pas autant que je l'aurais cru. Il s'assit à côté de moi pour que je puisse m'appuyer contre lui.

— Oui, il semble que je puisse m'asseoir, dis-je.

Thierry tendit la main pour déboutonner le haut de sa chemise noire de rechange, que je portais, et souleva le pansement. Mon soutien-gorge et mon caraco avaient atterri à la poubelle.

— Tu as déjà commencé à guérir.

Ses doigts tièdes étaient doux sur mon sein gauche.

Je haletai. Ma poitrine me faisait mal à cause de ma blessure, mais cela n'empêchait pas le reste de mon corps de se raidir de désir à son contact.

— Bonne nouvelle.

Il ne retira pas sa main. Nous nous regardions dans les yeux.

George se racla la gorge.

— Euh… dois-je vous laisser seuls ?

— Dans un moment, répondit Thierry, retirant sa main pour recoller le pansement. Sarah, je suis sorti pour voir si je pouvais mettre la main sur Heather et son petit ami.

— Tu les as trouvés ?

— Oui. (Il se leva du canapé.) Le cadavre d'un homme, qui je présume était son petit ami, avait été abandonné dans le parc, non loin des restes d'un autre corps, Heather probablement. Ils sont morts tous les deux. Mais j'ai pu récupérer ton manteau.

J'écarquillai les yeux.

— Vraiment… Tu as… ?

Il secoua la tête.

— Non, je ne les ai pas tués, même si j'aurais bien aimé.

Je fronçai les sourcils.

— Alors, ça doit être le Diable Rouge.

— Pardon ?

J'inspirai profondément.

— Juste après avoir été blessée, un homme est apparu. Il portait une écharpe enroulée autour de son visage, alors je n'ai pas pu voir de quoi il avait l'air. Il a dit s'appeler le Diable Rouge. Il m'a portée jusqu'ici et il m'a laissée. Sans lui, je serais morte. Il m'a sauvée.

— Tu étais devant la porte quand le videur t'a trouvée. Quelqu'un a frappé. J'ai pensé que c'était toi, avant de perdre connaissance.

Je secouai la tête.

— Non, c'était sans doute lui. Tu as déjà entendu parler de lui ?

Thierry regarda George, le visage dénué d'expression. De son côté, George semblait terriblement excité.

— Le Diable Rouge ? s'écria-t-il. Il est de retour ? C'est merveilleux ! J'ai cru qu'il était parti pour toujours.

— Le Diable Rouge est une légende urbaine, dit Thierry.

— Non, c'est faux. (George se tourna vers moi.) Sarah, tu viens de rencontrer l'un des vampires les plus cool de l'histoire. C'est un héros ! Il sauve les nôtres, comme Zorro. Il apparaît, il botte quelques derrières et il repart. Personne ne sait qui il est.

» Ou du moins, c'était ce qu'il faisait. On ne l'avait pas vu et on n'avait pas entendu parler de lui depuis un siècle. Mais il est de retour. Tu as tellement de chance ! Est-ce qu'il est canon ?

— Il portait une écharpe autour du visage, lui rappelai-je. (Je changeai de position sur le canapé et le cuir grinça.) Je peux juste te dire qu'il est grand. Mais tu es sérieux ? C'est un vampire super héros ?

— Une légende urbaine, corrigea Thierry. Que quelqu'un a prise au sérieux et veut prendre pour modèle. Le Diable Rouge n'a jamais existé. Jamais. Mais, qui que soit cet imposteur, je lui dois des remerciements pour t'avoir sauvé la vie.

Je fronçai les sourcils.

— Il a tué Josh… et Heather.

— Oui.

Mon héros masqué était aussi un meurtrier. Il m'avait fait justice. Il avait tué pour me défendre. Peut-être ressemblait-il à Charles Bronson, sous son écharpe... avec des crocs en plus.

Heather et Josh avaient essayé de me tuer. Je supposais que c'était œil pour œil, dent pour dent, mais quand même, c'était bouleversant, et c'était un euphémisme. J'avais considéré Heather comme une amie... Sa trahison me faisait mal. Et elle n'était plus qu'une flaque visqueuse. Elle avait dû être plus vieille que je l'avais pensé, puisque seuls les vieux vampires se désintègrent après leur mort. Les jeunes restent en un seul bout de viande froide.

Je pris une inspiration tremblante.

— George, reprit Thierry. Allez dire à mes clients que Sarah va bien et qu'il n'y a pas de raison de s'inquiéter. Et je préférerais que vous ne parliez à personne de ce... cette histoire stupide de Diable Rouge.

— Bien sûr.

George hocha la tête et, après m'avoir adressé un clin d'œil, il quitta le bureau.

— Je ne comprends pas comment cela a pu arriver, soupira Thierry.

— Je sais. Il m'arrive parfois de croire que tout le monde veut me tuer.

Je rejouais sans cesse la terrible scène dans ma tête, jusqu'à ce que je me force à l'écarter de mes pensées.

— Ce n'est pas ce que je voulais dire. (Il toucha mon visage et me regarda avec une telle intensité que je pensai qu'il essayait de graver mes traits dans sa mémoire.) Heather était une très mauvaise serveuse, mais je ne l'aurais jamais crue capable d'une chose pareille. Je lui faisais confiance.

— Avec moi, ça fait deux. (Je posai la tête sur son épaule pour profiter de la caresse.) Elle aimait Josh. Je suppose que l'amour peut rendre fou.

La douleur pulsait toujours en moi, mais elle devenait de plus en plus supportable. Je savais que cette nuit, ou au matin, car la pendule annonçait que nous approchions de 3 heures, je serais capable de me lever. J'avais donc un but dans la vie.

— Oui, c'est certain, murmura Thierry. Je ne veux pas te perdre, Sarah. S'il te plaît, promets-moi que tu seras très prudente.

— Croix de bois… c'est mieux qu'un pieu… croix de fer.

Je lui souris, mais je sentis des larmes me monter aux yeux.

— Bien.

Il se pencha pour m'embrasser, caressant ma joue, puis ma mâchoire du bout des doigts, avant de les enfoncer dans mes cheveux emmêlés. Notre baiser devint plus passionné, et je laissai échapper un léger gémissement quand nos langues s'entremêlèrent.

Je pensai à mon rêve, à Thierry prenant un pieu dans le cœur sous mes yeux.

Ce n'était qu'un cauchemar. Rien de plus. Ce Diable Rouge n'était qu'un vampire qui aimait se déguiser et essayer de sauver d'autres vampires en danger. Comme moi. Puisque je n'étais pas contre le fait d'être sauvée en cas de besoin, cela lui donnait d'autant plus de légitimité.

Thierry descendit plus bas et écarta les pans de la chemise pour pouvoir embrasser doucement le bandage au-dessus de ma plaie qui cicatrisait déjà. Je me mordis la lèvre inférieure et enfouis mes doigts dans ses cheveux sombres, presque noirs. Sa bouche me procurait des sensations incroyables, et la douleur que je ressentais n'était plus seulement localisée dans ma poitrine.

Il leva la tête pour me sourire.

— Ne t'inquiète pas. Je sais que tu es encore faible, alors je ne vais pas te molester davantage.

J'ouvris la chemise plus grande et lui rendis son sourire.

—Je suis peut-être blessée, mais pas faible. Si tu es très doux, je n'ai rien contre un peu d'exercice.

—Vraiment ?

Il m'embrassa de nouveau, avec encore plus de passion.

Puis le téléphone sur son bureau se mit à sonner. Il soupira contre mes lèvres, et il reboutonna ma chemise avant de prendre le combiné.

—Allô, dit-il, et je vis son expression s'assombrir et son regard venir se poser sur moi. Elle n'est pas disponible pour l'instant, Quinn. Mais vous pouvez me laisser un message. Je vous promets de le lui transmettre.

Mon cœur fit un bon en entendant ce nom. Quinn était l'un de mes meilleurs amis. Un chasseur de vampires qui était devenu un vampire lui-même. Il y avait trois semaines, il était encore une complication dans ma relation avec Thierry, car il était sexy, disponible et amoureux de moi, mais j'avais fait mon choix. J'aimais vraiment beaucoup Quinn, mais je n'étais pas amoureuse de lui. Je l'étais de Thierry. Et Quinn avait accepté cela et il était parti en voiture à travers les États-Unis. Avec un loup-garou.

Le pauvre. Je suis sûre qu'il trouvera quelqu'un. Une brave fille qui ne lui attirera pas d'ennuis.

—En êtes-vous sûr ? demanda Thierry. Oui, je comprends. Je le lui dirai.

Il y eut une longue pause, puis :

—Comme je vous l'ai déjà dit, elle n'est pas disponible.

Après un court instant, il raccrocha.

—J'aurais pu lui parler, tu sais, fis-je remarquer. J'ai toujours ma voix.

—Je sais.

Son expression était impassible.

Bon, très bien.

—Que voulait-il me dire ?

— Il semble que Quinn soit à Las Vegas.

— Vegas ? m'écriai-je. Ce n'est pas là qu'a lieu la convention des chasseurs ?

— Si.

— Il est dingue ou quoi ? Il va bien ?

Il croisa les bras et s'appuya à son bureau.

— Il semblerait. Il voulait te faire savoir que Gideon Chase est mort.

Cet autre nom me fit l'effet d'un verre d'eau glacée jeté en plein visage.

— Gideon ? Il est mort ?

Gideon Chase était le chef des chasseurs de vampires, un milliardaire qui s'amusait beaucoup à pourchasser des vampires et finançait beaucoup d'autres hommes et femmes avec les mêmes idéaux que lui. Depuis que j'avais obtenu la réputation de Tueuse de Tueurs, on m'avait dit qu'il avait des vues sur moi, qu'il voulait se lancer personnellement sur ma trace. J'aurais été une belle prise à ajouter à son tableau de chasse.

J'avais essayé de ne pas y penser. Après tout, cela ne pourrait que m'occasionner de nombreuses nuits d'insomnie, pendant lesquelles je me serais imaginée à la merci d'un homme sans pitié. Ah, oui, les nuits blanches, parlons-en ! Si j'avais des cernes sous les yeux, ce n'était pas parce que je m'amusais comme une folle tous les soirs. Gideon n'aurait pas raté mon cœur si je m'étais retrouvée du mauvais côté d'un de ses pieux, c'était certain.

— C'est une bonne chose, Sarah, dit Thierry.

J'inspirai profondément et expirai en tremblant.

— Oui, bien sûr.

— Ça veut dire que tu es sauve et que les chasseurs seront perdus jusqu'à ce qu'ils se trouvent un autre meneur.

Je fronçai les sourcils.

— Et la récompense que Gideon avait mise sur ta tête ? Toi aussi, tu es en sécurité, maintenant ?

Gideon aimait les maîtres vampires… enfin, les tuer. Ils représentaient un plus grand défi, et il avait offert beaucoup d'argent, des millions pour être exacte, à quiconque lui amènerait Thierry vivant. Je n'avais jamais entendu mentionner une seule chose au sujet de Gideon Chase qui me fasse penser qu'il valait la peine d'être regretté. Il était mort. Il était parti, et moi, entre autres, je dormirais bien plus tranquille dorénavant.

Thierry sourit timidement.

— Je ne le serai jamais. C'est pour cela que je fais constamment attention à ce qui m'entoure, comme tu devrais le faire. Je crois que ce qui s'est passé cette nuit avec Heather est un excellent rappel que les choses peuvent très mal tourner si tu ne prends pas garde. Quand nous irons dans ta ville natale pour la réunion des anciens élèves de ton lycée, je préférerais que tu ne me quittes pas d'une semelle.

Je haussai les sourcils et changeai de position sur le canapé, essayant de ne pas tenir compte de la douleur lancinante.

— Tu crois vraiment que nous devons y aller ? Après ce qui s'est passé ce soir ?

— Oui, à moins que tu n'en aies plus envie.

Aller à la réunion des anciens élèves de mon lycée semblait soudain la chose la plus importante de ma vie. Un souvenir de l'époque où j'étais normale et heureuse. Quand les gens m'acceptaient, et que la vie était simple. Quand je n'ingérais pas de sang parce que c'était la base de ma nourriture et que je n'esquivais pas des pieux au quotidien.

— Oh, je veux y aller, répondis-je avec fermeté.

— Alors, nous irons.

Je touchai mon bandage et fronçai les sourcils.

— Je peux te poser une question, Thierry ?

— Bien sûr, tout ce que tu voudras.

— Josh… a dit que j'avais le sang de deux maîtres vampires dans les veines… le tien et celui de Nicolaï. Il a dit que ça faisait de moi un être d'exception et que ça ferait de lui un vampire plus puissant si je le transformais. C'est vrai ?

— Il a pris des rumeurs pour des faits avérés. Sa cupidité l'a conduit à y croire. Puis à essayer de tuer quelqu'un. Et il en est mort.

Je fronçai les sourcils de plus belle.

— C'est juste que… je ne me sens pas si mal. D'accord, j'ai mal et tout, mais pas autant que je l'aurais cru avec une blessure pareille. Alors j'ai pensé que le sang y était peut-être pour quelque chose.

— Oui, mon sang améliore ta capacité de guérison, mais cela ne veut pas dire qu'il avait raison au sujet du reste.

— Alors, je ne suis pas exceptionnelle.

— Tu es exceptionnelle. Pour moi. (Il se pencha pour m'embrasser de nouveau.) Maintenant, repose-toi, s'il te plaît, Sarah. Je serai de retour très vite.

— Où vas-tu ?

Il gagna la porte.

— Faire mon enquête sur cette histoire idiote de Diable Rouge.

— Tu crois vraiment que ce sont des bêtises ? Qu'il n'est pas celui qu'il prétend ?

Il marqua une pause, puis il se retourna vers moi.

— Je suis certain qu'il n'est qu'un imposteur.

D'accord. Eh bien, je n'étais pas du même avis.

Chapitre 3

— Je parie qu'il ressemble à Brad Pitt, dit ma meilleure amie Amy deux jours après mon rendez-vous avec un pieu en bois. Un homme charismatique au sex-appeal irrésistible.

J'étais chez elle, allongée sur son immense lit, soutenue par une multitude de coussins colorés. Amy était devenue une vampire environ cinq jours après moi, mais nous étions déjà amies avant cela. J'avais fait l'erreur de lui présenter un vampire du nom de Barry, et ces deux-là avaient aussitôt flashé l'un sur l'autre. À tel point qu'il l'avait transformée lors de leur premier rendez-vous et qu'ils s'étaient mariés deux semaines plus tard.

George était assis en tailleur à côté de moi, tandis qu'Amy fouillait dans sa penderie pour trouver la robe parfaite au milieu de sa collection aussi vaste que scintillante.

Autrefois, j'en avais une moi aussi, mais grâce aux chasseurs de vampires et à une bombe bien placée dans mon appartement quelques semaines plus tôt, j'étais désormais sans domicile fixe. Je vivais avec George jusqu'à nouvel ordre. Et je remplaçais lentement mais sûrement ma garde-robe et mes petites affaires. Je frémissais encore d'avoir vu tout ce que je possédais sur terre partir en fumée. Heureusement, je n'avais pas subi le même sort !

Mais c'était du passé. Le sujet présent de la conversation que j'avais avec George et Amy, c'était bien sûr le Diable Rouge.

— Je suis sûre qu'il est très sexy, dis-je. Mais, rappelez-vous, il a tué deux personnes.

— Deux personnes mauvaises, corrigea George. J'ai toujours su que Heather n'était pas nette. Je suis sûr qu'elle piochait dans mes pourboires. (Il lorgna la dernière sélection d'Amy, un petit bout de tissu vert.) Celle-ci semble avoir été créée pour toi, Sarah.

Je l'avais « embauché » comme chauffeur pour la journée, ainsi que comme garde du corps, jusqu'à ce que Thierry vienne me chercher. Nous devions nous rendre directement à Abottsville pour aller à la réunion dès que j'aurais emprunté ce qu'il me fallait à Amy.

— Trop décolletée, objectai-je. J'ai une blessure par pieu en train de guérir et je préférerais éviter que toute ma ville natale la voie.

Amy fronça les sourcils et passa les doigts dans ses courts cheveux roses. Oui, roses. Elle avait récemment fait une dépression éclair quand elle s'était imaginé que son mari la trompait, et elle s'était débarrassée de ses boucles blondes.

— Je ne crois pas avoir quoi que ce soit qui ne soit pas décolleté.

— Ça pourrait être un problème.

Je décollai le bandage sous mon tee-shirt avec un col en V et étudiai la preuve que j'étais passée tout près d'avoir des ailes et du halo.

George jeta un coup d'œil à ma poitrine.

— Un peu de fond de teint et de poudre pressée, et on n'y verra que du feu.

C'était déjà beaucoup mieux, mais loin d'être complètement guéri. Il me restait une marque rouge, à vif, de la taille d'un verre à whisky... comme un vilain hématome. Tout bien considéré, j'étais surprise de la vitesse à laquelle je cicatrisais. Mais, comme Thierry me l'avait dit, je le devais en grande partie au sang de maître vampire qui composait mon alimentation. Je n'allais pas créer de super vampires de sitôt, mais si je pouvais guérir vite fait bien fait, c'était parfait.

Je regardais rarement ma blessure. Même si j'essayais de faire bonne figure, j'étais encore sous le choc de ce qui était arrivé. Être avec mes amis et passer le contenu de la penderie d'Amy en revue paraissait être un excellent moyen de ne pas penser à la mort que j'avais frôlée.

J'avais très peu dormi ces deux dernières nuits. Je les avais passées chez Thierry, même si je vivais toujours officiellement chez George. Thierry faisait bien attention de ne pas me faire mal, aussi n'avais-je eu droit qu'à quelques baisers mémorables. Ce n'était donc pas la raison de mon manque de sommeil. Malheureusement. Non, c'était de revivre encore et encore le moment où l'on m'avait planté un pieu dans la poitrine. Ajoutez à cela ma rencontre avec le Diable Rouge, et vous obteniez une recette pour l'insomnie.

Amy brandit une minirobe bleu électrique avec des franges ornées de perles. Je fis semblant de vomir. Elle fit la moue et la rangea.

— Tu sais, ça ne fait rien si tu es attirée par ce type. Il semble vraiment super sexy.

— Qui ? Le Diable Rouge ? Tu crois que je suis attirée par lui ?

Amy et George échangèrent un regard.

— Bien sûr, répondit-elle. Il t'a sauvée. Et tu dis toi-même qu'il est canon.

— J'ai dit ça ? (Je fronçai les sourcils.) Écoutez, même s'il était Brad Pitt, ça n'aurait pas d'importance. Je suis avec Thierry.

À ces mots, elle leva les yeux au ciel. Le fait que je sorte avec, je cite, « un con ennuyeux et sans émotion » lui était tout aussi insupportable que son mariage avec Barry – ce petit minus de vampire qui m'avait détestée au premier regard – l'était pour moi.

— Tu sais ce qu'on dit, renchérit George, qui se pencha pour tapoter les oreillers dans mon dos. Il n'y a pas de mal à regarder le menu, aussi longtemps qu'on mange à la maison.

— Je ne regarde aucun menu, affirmai-je. Je ne mange plus. De plus, le menu portait une écharpe sur le visage, alors je n'ai pas pu voir de quel genre de restaurant il s'agissait.

George recula comme s'il avait peur.

— Seigneur. Ce n'est qu'un dicton, mademoiselle de Mauvais Poil.

Je soupirai.

— Je sais. Désolée. Je suis à cran.

— Et celle-là ? demanda Amy en sortant une robe noire avec juste quelques paillettes sur le bustier, qu'elle brandit devant nous.

— Pas mal. (Je me tournai de nouveau vers George.) Écoute, dis-m'en plus au sujet de ce Diable Rouge. Qui est-il ? Qu'est-ce qu'il a fait ? D'où vient-il ?

Il se gratta le menton.

— Eh bien, je ne sais pas grand-chose, en fait. À part le fait que c'est un héros. Autrefois, quand les chasseurs essayaient de tuer un groupe de vampires, le Diable Rouge arrivait et les sauvait.

Je réfléchis à cela.

— Comment ça se fait que je n'en avais encore jamais entendu parler ?

— Il y a sans doute des tas de choses dont tu n'as encore jamais entendu parler. Tu n'es vampire que depuis quelques semaines. Et d'ailleurs, jusqu'à la nuit où tu as été blessée, j'ignorais qu'il était encore en vie. Je n'avais pas entendu de rumeurs à son sujet depuis longtemps. Il avait déjà disparu avant que je sois transformé. Il est responsable de la majorité des grandes choses accomplies pour les nôtres, en remontant jusqu'aux croisades. Ce type doit avoir plus de mille ans. (Il remua sur le lit.) Mais il reste sexy.

Je songeai à mon héros à l'écharpe.

— Je ne comprends vraiment pas. Que faisait-il là ? Pourquoi me sauver moi ?

George haussa les épaules.

— Tu devrais peut-être cesser de tout analyser et simplement profiter de ta chance.

— Oui, peut-être. (Ma blessure me démangeait, alors je la grattai doucement.) Je n'ai pas eu l'occasion de le remercier.

— Tu le reverras peut-être un jour, avança Amy. Ce serait si romantique.

Je la fusillai du regard.

— Il vaudrait mieux que tu arrêtes les Nora Roberts, Amy. Il ne m'intéresse pas. Je voudrais juste le remercier de m'avoir sauvé la vie, mais je ne le pourrai peut-être jamais. Et puis, Thierry pense qu'il n'est qu'un imposteur qui se déguise en Diable Rouge. Qu'il veut se faire passer pour ce qu'il n'est pas.

— Oh, pitié ! soupira Amy. Qui ça intéresse, ce qu'il pense ? Un super héros vampire trop canon a risqué sa vie pour sauver la tienne. Pour te sauver *toi*, Sarah. Et tu t'inquiètes de ce que pense ce con d'ermite ?

— Je sais que tu ne le crois pas, Amy, mais j'aime Thierry. Je l'aime. D'un amour plein de petits cupidons, de cœurs et de lingerie sexy.

Elle fit la grimace.

— Mais il n'est pas le Diable Rouge.

— Tu ne connais même pas le Diable Rouge !

— Je sais qu'il est fort et courageux, et vraiment extraordinaire.

George hocha la tête.

— Elle a raison.

— Thierry n'est rien de tout ça, poursuivit Amy avec fermeté. Mais tu refuses de l'admettre.

Je la foudroyai du regard.

— D'accord, il est un peu réservé, et parfois il ne parle pas beaucoup.

— Est-ce qu'il met seulement le nez dehors ?

Je savais qu'elle exagérait, parce qu'elle trouvait le débat très amusant.

Je lui fis un large sourire.

— Au moins deux fois par semaine, rétorquai-je. L'air frais est important pour un maître vampire.

— Mais seulement quand il n'est pas dangereux de le faire, poursuivit-elle. Après tout, nous devons être attentifs aux périls qui nous entourent à chaque instant.

Son imitation de Thierry fut étonnamment bonne, et je ne pus m'empêcher de rire.

— Une once de prévention vaut son pesant de pieux en bois, dit George.

— Écoutez, il est ce qu'il est. Amy, donne-lui une petite chance.

— Mais tu souhaiterais que Thierry soit un peu plus comme le Diable Rouge.

Amy dit cela en arquant un sourcil parfaitement épilé.

Je haussai les épaules.

— Peut-être. Un peu. Le Diable Rouge s'est montré tellement… fort. Je parie qu'il foncerait au cœur d'une situation potentiellement mortelle au lieu de rester bien à l'abri.

Amy et George ne répondirent pas. Leurs sourires joyeux s'étaient effacés.

Au bout de quelques secondes, George se racla la gorge.

— Salut, Thierry. Je suppose qu'Amy avait laissé la porte ouverte, hein ?

Je me tournai vers la porte. Thierry était appuyé au chambranle. Il arborait un sourire un peu pincé.

Super. Combien étais-je prête à parier qu'il avait assisté non pas à toute la conversation, mais juste aux dernières minutes ? J'étais vraiment la pire des salopes.

— J'espère que cela ne vous fait rien que je me sois permis d'entrer, Amy.

Elle semblait pétrifiée près de son placard, tenant une robe rouge à paillettes devant elle comme un bouclier contre les forces du Mal.

— Euh... non.

— Celle-là, dis-je, montrant la robe du doigt. Elle est parfaite. Je peux te l'emprunter ?

Elle hocha la tête avec raideur et jeta le cintre en direction de mes genoux.

— Es-tu prête à partir ? me demanda Thierry. Ton sac de voyage est dans le coffre. Nous pouvons être à Abottsville dans trois heures.

Je hochai la tête et commençai à me lever du lit, ce qui me demanda quelques efforts, à cause de ma blessure. Il vint à mon secours et m'aida à me mettre sur mes pieds.

— Au revoir, Thierry, dit Amy, qui n'avait toujours pas bougé.

Elle regardait l'objet de son mépris. Mais, alors que je tournais mon attention vers elle, je vis que son expression ne trahissait pas le moindre dédain. Elle avait les yeux écarquillés.

On aurait dit une adolescente à un concert de rock.

Je fronçai les sourcils.

Et soudain, je compris qu'en dépit de toutes les méchancetés qu'elle pouvait dire sur Thierry, mon amie aux cheveux roses avait le béguin pour mon petit ami.

Lorsque nos regards se croisèrent, elle vit que je savais. Je connaissais son sale petit secret. Elle détourna les yeux et se mit même à siffloter innocemment.

Génial. C'était juste ce qu'il me fallait.

Thierry m'aida à sortir pour rejoindre son Audi noire sans dire un mot. Puis il quitta l'allée devant le complexe d'appartements où vivaient Amy et Barry.

— À propos de ce que j'ai dit, commençai-je.

— Qu'as-tu dit ?

En fait, je ne m'en souvenais pas vraiment. Mais je savais que cela avait un rapport avec le fait que j'aurais souhaité qu'il soit plus courageux, comme le Diable Rouge. Mais je n'avais pas voulu dire cela. Ce n'était qu'une plaisanterie. Je savais que Thierry était courageux. Je l'avais vu de mes propres yeux. Je me sentais mal à l'idée qu'il m'avait entendu dire une chose que je ne pensais pas.

— Rien. (Je secouai la tête et me forçai à sourire.) Tu sais que je t'aime, hein ?

Il sourit et entra sur l'autoroute.

— Je sais. Tu m'aimes en dépit de tous mes défauts. Mais, pour ta gouverne, ce Diable Rouge est loin d'être parfait, lui aussi.

Merde. Il m'avait entendue.

— Je n'ai jamais dit qu'il l'était.

— En fait, il pourrait même être très dangereux, qui qu'il puisse être sous ce déguisement. S'il t'approche de nouveau, j'aimerais que tu me préviennes immédiatement.

J'acquiesçai.

— D'accord. Mais oublions-le pour le moment, tu veux bien ?

Il tourna la tête vers moi et croisa mon regard brièvement avant de se concentrer de nouveau sur la route.

— Oui.

Et même si je me demandais qui il était, ce qu'il voulait et d'où il venait, je me forçai à ne plus penser au Diable Rouge.

Ou, du moins, j'essayai très fort.

Interlude

Paris, France, 1547

— Thierry, j'aimerais te présenter Marcellus.

Il rejoignit Véronique et leva les yeux vers le visage de l'homme dont il avait entendu parler pendant deux cents ans. L'homme dont son épouse n'avait jamais cessé d'être amoureuse, même s'il l'avait abandonnée aux pires heures de la Peste noire.

C'était très difficile d'être marié à une femme qui en aimait désespérément un autre.

Difficile, mais pas impossible.

Thierry salua l'autre vampire d'un hochement de tête et se força à sourire. Son col lui serrait le cou, comme s'il voulait l'étrangler. Véronique l'accusait sans cesse de ne pas être amical avec ceux qu'ils rencontraient au cours de leurs voyages à travers l'Europe, d'être un homme taciturne consumé par sa propre noirceur.

Il devait admettre qu'elle était un excellent juge de caractère… sauf en ce qui concernait ce Marcellus, bien entendu.

Marcellus était un bel homme. Il était grand et imposant, et il avait la peau claire et les cheveux blonds. Thierry admira son sourire plein de charme, son aisance et son excellent goût en matière vestimentaire. Ses habits étaient taillés à la perfection, et Thierry estima qu'il aurait pu nourrir toute sa famille pendant des années avec l'argent qu'ils avaient dû lui coûter.

Sa famille. Tous ses membres étaient morts pendant l'épidémie. Ses quatre sœurs, ses deux frères et sa mère. Tous partis. Son père avait rejoint la tombe des années auparavant, et, étant l'aîné, Thierry avait assuré la relève auprès de ses frères et sœurs. Et il avait été le seul à survivre.

Survivre, songea-t-il avec amertume.

Oui. Après deux cents ans, survivre était tout ce qui lui importait encore.

Il devait admettre que Véronique était une très belle femme. Elle avait des cheveux noirs comme la nuit, toujours coiffés à la dernière mode. Elle s'habillait aussi en conséquence. Et s'ornait les poignets et le cou de bijoux qu'elle achetait elle-même. Thierry ignorait d'où elle sortait tout cet argent, mais elle semblait toujours en avoir. Il avait cessé de la questionner à ce sujet depuis bien longtemps.

Marcellus les avait invités à une représentation de la *commedia dell'arte*, puis à dîner dans les sous-sols voûtés d'une taverne près du fleuve.

Le restaurant était plein de vampires, ce qui surprit Thierry au plus haut point. Il n'avait jamais vu autant des siens réunis en un seul endroit. Il était vampire depuis deux siècles, pourtant il était toujours ébahi qu'une telle chose existe. Véronique l'avait transformé après que tout désir de vivre l'avait quitté. Il avait déjà fait la paix avec lui-même quand il avait été sauvé de la mort et de la maladie.

Et il allait vivre éternellement. Tout comme ceux qui l'entouraient. Ils riaient, buvaient, dansaient et écoutaient la musique dans la taverne comme s'ils étaient des gens normaux.

Mais ils n'étaient pas normaux. Ils étaient des créatures qui sous leur apparence humaine avaient besoin de sang pour vivre. Il fit courir sa langue sur les pointes acérées de ses crocs. Véronique satisfaisait souvent sa soif, mais pas lui. Le sang lui donnait l'impression d'être saoul, de perdre tout contrôle, et il n'aimait pas ça. La sensation d'être maître de lui-même était une chose qu'il chérissait par-dessus tout.

« *Ne sois pas idiot*, répétait souvent Véronique. *Tu devrais profiter de la seconde chance que je t'ai donnée..*

— *C'est ce que je fais*, lui assurait-il. »

Il se demandait si elle regrettait de l'avoir créé. Ou épousé. À sa manière, il tenait à cette beauté sombre. Après tout, malgré ses actes et son comportement souvent égoïstes, Véronique n'était pas mauvaise. Elle faisait ce qu'elle pouvait avec la vie qu'on lui avait donnée. Comme lui. Elle était une excellente compagne, et elle lui avait appris toutes sortes de choses sur le fait d'être un vampire.

Mais il ne l'aimait pas.

Il avait aimé sa famille, et elle avait été détruite par la peste. L'une de ses sœurs était encore en bonne santé quand les villageois l'avaient enlevée pendant la nuit et avaient brûlé son corps pour empêcher la maladie de se répandre. Il n'avait rien pu faire pour l'empêcher. Cette même nuit, Thierry s'était enfui de son village aussi vite qu'il avait pu, tout cela pour finir dans la même situation que sa sœur.

Véronique l'avait sauvé. Elle avait faim, et il lui avait paru assez appétissant pour qu'elle tire son corps à moitié mort de la pile de cadavres en train de se consumer.

La peste avait quitté l'Europe depuis longtemps, laissant la mort et la destruction dans son sillage. Thierry était toujours vivant. Il respirait encore. Son cœur battait, mais il devait désormais boire le sang des autres pour que cela continue.

C'était une vie monstrueuse.

Tout ce qui lui restait, c'était Véronique. Oui, cette femme qui était assise sur les genoux de son créateur et ancien amant, qui lui fourrait sa langue jusqu'au fond de la gorge. Thierry les regardait, dans l'ombre. Elle ne s'était même pas rendu compte qu'il quittait la table.

Elle allait lui être infidèle. Thierry fut surpris que cette pensée ne le dérange pas autant que cela aurait dû.

Il vit un homme approcher de Marcellus. Il lui toucha l'épaule et lui murmura quelque chose à l'oreille. Marcellus hocha la tête. Il se dégagea de l'étreinte de Véronique, se leva et lui sourit avant de quitter la taverne. Thierry le suivit, restant dans l'ombre, voyant l'expression de l'autre vampire changer, devenir tendue et déterminée.

— Et l'homme qui vous a dit cela ? demanda Marcellus à celui avec qui il était sorti dans la rue.

— Une source sûre. C'est une information fiable. Ils sont presque sur nous.

Le visage de Marcellus s'assombrit.

— J'aurais aimé avoir davantage de temps. Certains arrangements doivent être faits. (Son regard sérieux alla alors se poser à l'endroit où se cachait Thierry.) Vous, là. Peut-être pouvez-vous m'aider cette nuit.

— Je n'avais pas l'intention d'entendre ce que vous vous disiez, s'écria Thierry, se sentant mis à nu et honteux d'avoir été pris à espionner.

Marcellus retroussa les lèvres.

— Bien sûr que si. Et je ne vous en blâme pas. Après tout, je vous ai volé Véronique toute la soirée.

— Vous vous en excusez ?

— Non.

Son regard était calme et ne cillait pas, et durant un instant Thierry fut mal à l'aise.

— Qu'attendez-vous de moi ?

— Laissez-nous, dit Marcellus à l'autre vampire, qui s'inclina et, après un coup d'œil vers Thierry, obéit.

Marcellus tira une chaîne de sous ses vêtements. Au bout, il y avait une clé.

— Si je vous demande de me rendre service, le ferez-vous ?

— Cela dépend de ce que c'est.

Le sourire de Marcellus réapparut, et il retira la chaîne et baissa les yeux sur la clé dorée.

— Elle ouvre ma maison en ville. (Il donna l'adresse à Thierry.) Je veux que vous la preniez et que vous alliez chez moi. Détruisez les papiers que vous y trouverez.

— Pourquoi ?

— Parce que cette nuit je vais mourir, et, s'ils tombaient entre les mauvaises mains, beaucoup d'autres périraient aussi.

— Je ne comprends pas.

— Non. (Il secoua la tête.) Je suppose que vous ne comprenez pas. Je suis un très bon juge de caractère. Je reconnais ceux en qui je peux avoir confiance rien qu'en les regardant dans les yeux. Savez-vous ce que je vois dans les vôtres ? (Thierry ne répondit pas.) Je vois un homme qui a souffert, et, bien que ce qui vous a fait souffrir ait disparu, vous vous accrochez encore à la douleur. Mais je sens que vous êtes honnête et honorable. J'ignore comment vous en êtes arrivé à épouser Véronique, et cela n'a plus d'importance.

— Vous l'avez abandonnée.

— Parce que je le devais. Pour sa propre sécurité. Voyez-vous, je suis un homme traqué. Ils sont nombreux à me vouloir du mal, et ils m'ont retrouvé. Je ne peux pas leur échapper. Ils mettront fin à ma vie cette nuit, et je les laisserai faire. Ma mort doit être de notoriété publique pour que mes secrets disparaissent avec moi.

— Les papiers.

— Oui, ils doivent être détruits. Il n'y a pas d'autre choix.

— Pourquoi ne partez-vous pas simplement ?

Il s'éloigna de quelques pas pour regarder dans la rue sombre et déserte devant la taverne.

— Avez-vous entendu parler du *Diable Rouge**, Thierry ?

— Oui.

Le Diable Rouge était un vampire qui selon la rumeur sauvait d'autres vampires des chasseurs. Nul ne connaissait son identité, mais ses actions étaient légendaires.

Marcellus se tourna vers lui.

— Le Diable Rouge va mourir cette nuit. Les chasseurs pensent connaître son identité et veulent le tuer.

Thierry fronça les sourcils.

— Je ne comprends pas.

Marcellus sourit.

— Il vaut mieux que Véronique ne sache jamais la vérité. Je préfère qu'elle pense que je l'ai quitté il y a des années pour des raisons égoïstes. Elle ne doit jamais savoir combien je l'aimais, combien je l'aime encore et à quel point elle m'a manqué toutes ces années. J'ai été terriblement jaloux quand je vous ai rencontré, Thierry, parce que vous avez ce que je ne peux pas avoir : *Véronique.*

— *Vous* êtes le Diable Rouge ?

— C'est un nom stupide, mais, oui, c'est moi. Jusqu'à cette nuit.

Thierry secoua la tête.

— Alors, il est très important que vous continuiez. Vous devez vous échapper.

L'autre vampire sourit, mais avec tristesse.

— Savez-vous ce que cela fait d'être trahi par ceux que vous considérez comme des amis ? Tout est perdu. Les papiers contiennent des noms, des lieux, des détails qui, mis entre les mauvaises mains, feraient beaucoup de dégâts…

---

* En français dans le texte. (*NdT*)

Si le Diable Rouge disparaît, alors ces informations doivent subir le même sort.

— Comment pouvez-vous accepter une chose pareille ? Si facilement ? Après tout ce que vous avez fait pour aider les autres ?

— J'ai presque cinq cents ans, et je suis fatigué de vivre. Être un vampire, c'est vivre éternellement, mais il est temps que je trouve le repos. Revoir Véronique m'a apporté une dernière joie.

L'autre homme réapparut.

— Marcellus, ils arrivent.

Marcellus opina du chef et tendit la clé à Thierry.

— Prenez ça.

Thierry obéit et baissa les yeux sur l'objet en fronçant les sourcils.

— Mais, Marcellus… vous ne pouvez pas…

— Je le dois.

— Et Véronique ? Elle est toujours en bas.

— J'assurerai sa sécurité, même si c'est la dernière chose que je doive faire. Je le jure. (Marcellus sourit mais Thierry vit qu'il était épuisé par une vie déjà bien longue et remplie.) Maintenant, partez… cachez-vous. Ils ne doivent pas trouver la clé. (Il marqua une pause et agrippa l'épaule de Thierry.) Prenez soin de Véronique pour moi. Adieu, *mon ami*.

Thierry regarda le créateur de sa femme et son ancien amant descendre l'escalier pour rejoindre la taverne secrète, et il sut qu'il n'y avait rien qu'il puisse dire ou faire pour empêcher ce qui allait se passer.

Son esprit bourdonnait de toutes les informations qu'il venait de recevoir.

Le Diable Rouge. Marcellus était le Diable Rouge, et il allait mourir. La gorge de Thierry était nouée à cette pensée.

Puis il serra la clé dans son poing, tourna le dos à la taverne et disparut dans l'ombre.

Cette nuit-là, Thierry se rendit dans la maison de Marcellus, près des remparts de la ville. Il trouva les papiers. Des listes de vampires qui prétendaient être humains. Des listes d'humains qui chassaient les vampires. Des listes de noms d'informateurs, vampires et humains, et combien chacun demandait pour ses services. Il y avait un arsenal caché dans les murs. Et de l'argent. Beaucoup de pièces d'or et autres tombèrent quand il y toucha.

Il trouva également les journaux détaillés de Marcellus sur les activités du Diable Rouge. Ce qu'il avait fait. Où. Quand. Pourquoi. Thierry s'assit dans la maison du vampire et les lut deux fois chacun, stupéfait par ce qu'il découvrait. L'identité du Diable Rouge était un secret bien gardé. Il l'avait été pendant près de cinq cents ans. Au cours de ses investigations, Thierry ne trouva nulle part mention d'une autre personne qui aurait su à quoi Marcellus occupait les heures les plus sombres de la nuit. Même son assistant, l'homme qui était venu le prévenir, n'avait peut-être jamais su toute la vérité.

La vérité, c'était que Marcellus avait empêché les siens d'être massacrés des mains des chasseurs.

La pensée que c'était fini, que le Diable Rouge était mort, perturbait profondément Thierry. Même si sa relation passée avec Véronique ne le rendait pas très sympathique à ses yeux, Marcellus avait fait beaucoup de bien au cours de sa vie, et sauvé tant de gens, que cela ne pouvait pas être terminé.

Une lettre était coincée à la fin du journal, là où Marcellus avait écrit pour la dernière fois. Elle n'avait pas été ouverte.

Elle venait d'un informateur qui avertissait le Diable Rouge d'un massacre prévu pour la fin de la semaine.

Un clan de vampires ayant des liens avec la royauté française devait servir d'exemple. Trois hommes et quatre femmes. Et, maintenant que le Diable Rouge avait disparu, il n'y avait plus personne pour les sauver d'une mort certaine.

Les articulations de Thierry étaient blanches tant il serrait fort le journal. Il avait regardé sa famille mourir et il n'avait rien pu faire pour l'empêcher. La Mort Noire n'avait pas été sélective. Elle avait tout dévoré sur son passage, faisant preuve d'une faim insatiable, détruisant ceux qu'elle avait épargnés en les plongeant dans la douleur, le désespoir et la pauvreté. Mais la maladie ne pouvait être stoppée.

Quelques chasseurs armés d'objets bien affûtés, si.

Thierry songea à sa sœur, celle qui n'était pas morte de la peste, mais des mains des villageois devenus fous, terrifiés par la mort, qui tuaient tous ceux qu'ils voyaient comme une menace. Il était arrivé trop tard pour la sauver. C'était sa faute si elle était morte. Il en éprouvait toujours de la culpabilité, même après toutes ces années.

Il y avait un coffret en bois, orné du symbole d'un soleil, sur une table non loin de lui. Il l'ouvrit, pensant y trouver encore des bijoux et de l'argent. Mais il contenait deux choses, qu'il sortit : une miniature de Véronique et un masque rouge. Il regarda le portrait de sa femme, sa beauté parfaite, son teint sans défaut, son expression hautaine. Il ne pouvait pas nier que c'était la plus belle femme qu'il ait jamais vue.

Thierry reposa le tableau dans la boîte et referma le couvercle. Puis il mit le masque, qui lui sembla serré.

Il prit sa décision en un instant. Il poursuivrait l'œuvre secrète de Marcellus. Il deviendrait le Diable Rouge.

En mémoire de sa famille, il aiderait ceux qui ne pouvaient s'aider eux-mêmes.

Il prit le masque, quelques armes, le journal et autant d'or qu'il pouvait en transporter. Et il quitta la petite maison plus d'une journée après y être entré pour retourner auprès de sa femme.

Véronique était magnifique, mais de méchante humeur, quand il la rejoignit.

— Où étais-tu ? demanda-t-elle.

Il avait déjà décidé de ne rien lui dire. Ce serait plus sûr pour elle. Marcellus avait voulu que son secret meure avec lui. Ce serait le cas.

— J'ai dû partir. Je suis navré que tu te sois fait du souci pour moi.

Elle rit.

— Du souci ? Non, Thierry, je n'étais pas inquiète. J'étais déçue.

Il la regarda avec prudence.

— Pourquoi ?

— Après que tu as disparu l'autre nuit, les chasseurs ont attaqué. Je m'en suis sortie de justesse. Marcellus… (Elle porta un mouchoir à sa bouche.) Marcellus a été assassiné. Je l'ai vu mourir.

Il fronça les sourcils et éprouva une vive colère à cette nouvelle. Marcellus lui avait dit que la sécurité de Véronique serait assurée.

— Tu n'aurais pas dû rester. Tu aurais dû partir et te cacher au premier signe de danger.

— Comme tu l'as fait ? (Ses yeux lancèrent des éclairs.) Non, je ne l'aurais jamais laissé ainsi. Marcellus était courageux. Il a combattu ceux qui voulaient me tuer. Tu t'es enfui comme un enfant apeuré. Alors, oui, je suis déçue d'être mariée à un lâche. En fait, je suis surprise que tu sois revenu. J'ai cru que tu aurais trop honte pour me regarder de nouveau en face.

Il lutta pour conserver une expression neutre.

— Pourtant, me voici.

Elle renifla et se tamponna les yeux avec son mouchoir.

— Il me manque, Thierry. J'ignore s'il savait combien je l'aimais.

— S'il avait vécu, m'aurais-tu quitté pour le suivre ? demanda Thierry.

Elle le regarda, surprise, le front barré de plis de concentration.

— Je suppose que nous n'aurons jamais la réponse à cette question. (Elle soupira.) S'il te plaît, prends mes sacs. Quittons cet horrible endroit une bonne fois pour toutes. Je veux aller ailleurs. N'importe où.

— Non, pas encore. J'ai une affaire à régler à la fin de la semaine.

Elle haussa les sourcils.

— Une affaire ? Toi ?

— Oui.

— Très bien. Peut-être es-tu sorti de ta cachette avec plus de motivation que tu n'en avais jusqu'à présent. Il serait bon que tu te trouves un autre objectif, vu que tu as atteint celui d'avoir l'air sinistre.

Véronique pleurait son amant. Il lui pardonnerait ses paroles acerbes. Il pardonnerait, mais il n'oublierait pas.

Sa beauté était toujours aussi incroyable qu'elle l'avait toujours été, mais à dater de ce jour elle perdit un peu de son éclat aux yeux de Thierry.

Mais cela n'avait aucune importance. La douleur de Véronique s'adoucirait. Leur relation redeviendrait comme avant. Elle le verrait toujours comme un lâche qui avait fui le combat. Il devait admettre que c'était une excellente couverture.

Thierry garda la vérité enfouie au plus profond de lui. Elle le réchauffa durant bien des nuits froides.

Chapitre 4

J'avais décidé qu'assister à la réunion des anciens élèves de ma promo allait me prouver une chose essentielle.

J'étais normale.

Peu importait ce qui m'était arrivé – être transformée en vampire, tuer un chasseur en état de légitime défense, recevoir l'étiquette de Tueuse de Tueurs, regarder mon appartement sauter, recevoir un pieu dans la poitrine et manquer de peu de mourir –, rien de tout cela n'avait d'importance. J'étais parfaitement normale.

C'était un objectif.

Alors, aller à cette réunion, ce qui n'avait été qu'une vague idée deux semaines plus tôt, était devenu une nécessité vitale pour que je n'aie pas l'impression que ma vie échappait à mon contrôle. Même si c'était le cas.

Recevoir un pieu dans la poitrine m'avait fait mûrir. De façon significative. Je me sentais plus vieille, plus inquiète et paranoïaque qu'avant. Du moins jusqu'à ce que nous atteignions les limites d'Abottsville qui, comme le rappelait toujours la pancarte, était la « ville de la plus grosse citrouille de l'Ontario ». Il me suffit de voir cela pour me détendre un peu.

Juste un peu.

— Tu es bien silencieuse, fit remarquer Thierry.

Waouh, si lui qui ne parlait quasiment jamais avait remarqué mon mutisme, c'était que je n'agissais vraiment pas comme d'habitude.

— Désolée, soupirai-je. J'avais une sorte de monologue intérieur sur la vie et la mort.

— Tu as toujours envie d'aller à Abottsville ?

— Oui. Absolument.

J'écartai toute autre pensée.

— Si tu veux que nous fassions demi-tour et que nous retournions à Toronto...

Je secouai la tête.

— Non, tout va bien. Je suis contente d'être ici. Et puis, j'ai très envie de voir ma mère et mon père. Je suis impatiente de leur présenter mon merveilleux petit ami.

— Et, puisqu'il n'a pas pu venir, que penseront-ils de moi ?

Je lui coulai un regard interrogateur.

— C'est une plaisanterie ?

— Une tentative.

S'il manquait une chose à Thierry, c'était l'humour. J'avais bien cherché. Je n'avais rien trouvé. Mais c'était gentil de sa part d'essayer.

Nous devions prendre possession de notre chambre au motel, puis rendre une rapide visite à mes parents, qui ignoraient que leur unique enfant était une vampire, et c'était bien mieux ainsi. Ce qu'ils ne savaient pas ne pouvait pas leur – ou me – faire de mal.

Ensuite, nous irions à la soirée. Il y avait déjà eu deux jours d'activités liées à cette réunion d'anciens élèves, mais il ne fallait pas abuser des bonnes choses. Je voulais danser, flirter avec mon partenaire, et rien de plus. Et l'idéal, ce serait que cela vienne à bout de mon « vampire blues ». Je voulais retrouver le goût de vivre, de la liberté et de la poursuite d'un bonheur vampirique.

Maman m'avait proposé de dormir dans mon ancienne chambre, même si elle m'avait dit sans équivoque que cela ne l'enchantait pas que Thierry et moi, selon ses propres termes, partagions le même lit en dehors des liens sacrés du mariage. J'avais décidé qu'un hôtel serait la meilleure solution pour toutes les parties impliquées.

L'*Abottsville Motor Inn* était le seul motel de la ville, mais il avait son propre restaurant, le *Coin Petit Déjeuner*. C'était aussi classe que le nom le laissait entendre.

La chambre était ce que la direction qualifiait de « suite de luxe », et en effet elle était meublée d'un énorme lit installé sous un miroir de plafond d'un goût... douteux. En temps normal, j'aurais trouvé cela terriblement amusant, d'autant que les vampires n'ont pas de reflet, mais cela me sembla juste très embarrassant.

Quand j'eus digéré la vulgarité des lieux, j'accrochai la robe empruntée à Amy dans la penderie, jetai mon sac dans un coin et vérifiai les draps pour m'assurer qu'ils n'étaient pas infestés de bestioles. Puis je pris une petite douche et rafraîchis mon maquillage grâce à mon tesson de poche, cadeau en avance de Thierry pour la Saint-Valentin. Les vampires n'avaient pas de reflet, mais un tesson n'était pas un miroir normal. C'était très spécial et extrêmement cher, et je pouvais me voir dedans sans aucun problème. J'en avais un beaucoup plus grand, accroché à un mur, chez George, mais il n'était pas transportable.

Thierry attendit que j'aie fini. J'avais décidé de porter des vêtements confortables : un jean bleu foncé et un pull blanc, sous mon manteau.

Puis nous traversâmes la ville. Il ne fallut que cinq minutes avant que j'aperçoive la maison de mes parents se profilant à l'horizon, au fond d'un çul-de-sac. Je fronçai les sourcils. L'allée était pleine de voitures. C'était censé être une courte visite, durant laquelle je devais voir uniquement ma mère et mon père. Qui d'autre avait été invité ?

Thierry gara l'Audi le long du trottoir et me jeta un regard.

— Que se passe-t-il, Sarah ?

Je sortis de la voiture et sentis la bise froide de l'hiver sur mon visage. Quelques flocons de neige virevoltaient dans l'air.

— Aucune idée. Mais je te promets que ça ne prendra pas longtemps. Nous entrons. Je te présente. Ils sont impressionnés par ton charme et ta prestance. Je bois un verre de vin et nous ressortons dans dix minutes.

Il haussa un sourcil, sceptique, en lorgnant les voitures.

— Dix minutes ?

— Quinze à tout casser. Nous n'avons pas beaucoup de temps avant d'aller à la réunion, après tout. (J'embrassai le jardin du regard, avec ses décorations hivernales posées sur la pelouse : une famille de rênes qui s'illuminait la nuit et un bonhomme de neige gonflable.) Et pas un mot sur ma blessure par pieu. Je ne crois pas que ma mère apprécierait de savoir que j'ai frôlé la mort. Surtout après ce qui est arrivé à mon appartement.

Puisque mes parents ignoraient que j'étais une vampire, j'avais mis cela sur le compte d'une fuite de gaz, et je leur avais dit que je vivais avec un ami jusqu'à ce que j'aie trouvé un nouvel appartement. Mes parents avaient paniqué, bien sûr, et insisté pour que je rentre à la maison pour remettre ma vie sur les rails.

J'y travaillais toujours, mais je ne prévoyais pas de réinvestir mon ancienne chambre à coucher, encore décorée de posters de Madonna et de Bon Jovi. Non, il n'en était pas question.

Thierry ne m'avait pas encore demandé d'emménager avec lui. Et, même si tout allait bien entre nous ces derniers temps, cela me rendait un peu nerveuse quant à l'avenir.

Ne pas m'appesantir. Cela valait mieux.

— Pourquoi leur dirais-je que tu as reçu un pieu dans la poitrine ? Ils ne savent pas que tu es une vampire, n'est-ce pas ? demanda-t-il alors que nous gagnions la porte décorée d'une grande couronne.

— C'est juste de la sémantique, répondis-je.

Je tendis la main vers la sonnette, mais Thierry m'arrêta en posant la main sur mon bras.

— Sarah, je sais que tu n'aimes pas m'entendre mentionner cela, mais chaque fois que nous quittons Toronto et que nous sortons de notre zone de confort, nous nous mettons en grave danger. Même ici.

— Je sais.

Oui, je savais cela plus que jamais. Ma poitrine me faisait encore mal comme si un éléphant en forme de pieu s'était assis dessus. Respirer était encore douloureux, et même les vampires appréciaient de pouvoir le faire régulièrement, alors c'était ennuyeux. Mais j'étais là, j'allais en profiter au maximum, et tout irait bien. Ou alors...

Je tendis de nouveau la main vers la sonnette, mais la porte s'ouvrit avant que je l'atteigne.

— Ma chérie ! (Ma mère m'étreignit tendrement.) Je suis si contente de te voir !

— Moi aussi, maman. (Je souris. Elle sentait les cookies au chocolat tout chauds.) Alors, qui est là ?

Elle prit un air vaguement coupable.

— Eh bien, chérie, tu nous rends visite si rarement que j'ai pensé profiter de l'occasion. Il n'y a que quelques tantes, oncles et cousins. J'ai essayé de ne pas transformer ça en réunion du clan au complet.

Une réunion de famille. En dix minutes ?

— Super, dis-je avec autant d'enthousiasme que j'en fus capable.

Thierry se tenait à côté de moi en silence. Je me dégageai des bras de ma mère et le regardai.

— Maman, j'aimerais te présenter Thierry.

Elle détailla poliment du regard sa silhouette longiligne d'un mètre quatre-vingts pour arriver sur son visage qui avait tendance à faire chavirer le cœur des femmes, quel que soit leur âge. Il faisait cet effet-là. Comme en témoignait le tout nouveau béguin d'Amy, son attitude stoïque et froide pouvait caresser certaine personne à rebrousse-poil, mais il n'en restait pas moins agréable à regarder.

— C'est un plaisir, dit-il.

— Quel est votre nom, Thierry ? demanda-t-elle.

— C'est... de Bennicœur.

— Mon Dieu, ce n'est pas facile à prononcer, n'est-ce pas ? C'est de quelle origine ? Français ? Italien ?

— Français.

— Vous venez du Québec ?

— Non.

Elle cligna des yeux et lissa ses cheveux sombres pour les remettre en place. Elle faisait toujours cela quand elle était nerveuse.

— Vous n'avez aucun accent.

— Je suis arrivé en Amérique du Nord il y a bien longtemps.

— Mais... vous parlez français ?

— Oui, je parle plusieurs langues.

— Oh, bien. (Elle recula en traînant les pieds.) Entrez. Laissez vos chaussures ici, s'il vous plaît. (Elle montra un gros tas de chaussures pleines de neige boueuse.) Et venez vous joindre à nous. Voulez-vous un verre de vin ?

— Miam, dis-je, mais le cœur n'y était pas.

Ces présentations avaient sans doute été la scène la plus maladroite à laquelle j'avais jamais assisté. Surtout du côté de Thierry.

Il n'était pas à l'aise, ici. C'était évident.

— Nous pouvons partir, soufflai-je alors que nous longions le couloir qui menait au salon.

Il secoua la tête et serra ma main dans la sienne.

— Ça va. C'est un honneur de rencontrer ta famille, Sarah.

Il était tellement merveilleux !

Dès que nous fûmes dans le salon, on nous donna un verre de vin pétillant Baby Duck, la marque préférée de la famille Dearly, et Thierry fit la connaissance de tous mes parents vivant à deux cents kilomètres à la ronde. En tout, trois oncles, cinq tantes, sept cousins… dont ma cousine Missy, qui vint me rejoindre dès qu'elle me vit.

— Sarah ! (Elle me serra à m'étouffer.) Oh, mon Dieu, c'est si bon de te revoir !

— C'est bon de te revoir aussi. (Je lui adressai un sourire sans desserrer les lèvres.) Comment est la vie de femme mariée ?

— Fantastique ! Ça ne pourrait pas aller mieux.

Je coulai un regard dans un coin de la pièce où son nouvel époux avait une conversation animée avec l'oncle Charlie. Je présumai que cela avait trait à la pêche, puisque c'était le sujet préféré d'oncle Charlie. Richard leva un verre dans ma direction et me fit un sourire qui ne dura qu'une seconde mais me révéla ses petits crocs.

Ma très humaine cousine Missy avait épousé un vampire. Il était également comptable. J'étais allée à leur mariage. Pour tout dire, j'avais été l'une des demoiselles d'honneur… et j'avais compris que connaître Missy n'était pas la seule chose qui me rapprochait de Richard. Je m'étais aussi rendu compte que les vampires étaient bien plus nombreux dans la société que je l'aurais imaginé. De son côté, Missy avait découvert mon petit secret… et cela l'avait moins choquée que je l'avais moi-même été.

Je frissonnai un peu au souvenir de ce mariage. Quelle robe affreuse j'avais dû porter !

— C'est qui, le canon ? demanda Missy en montrant Thierry de la tête.

Je le lui dis. Je fus aussi brève que possible. Elle sembla impressionnée que j'aie mis le grappin sur un maître vampire. Je ne lui révélai pas qu'une autre femme avait mis le grappin sur lui avant moi.

— Écoute, ajouta-t-elle. J'ai un truc à te dire, et j'espère que ça n'a pas d'importance, mais ça a un rapport avec la réunion.

— Eh bien ?

— J'ai consulté une voyante concernant la décoration.

Missy avait quelques années de plus que moi, aussi ne serait-elle pas à la réunion ce soir, mais elle faisait partie du comité d'organisation. C'était un travail annuel qui lui occupait pas mal de temps.

— Tu as consulté une voyante au sujet du décor pour la réunion ? répétai-je, pour être sûre d'avoir bien entendu.

— Ce n'est pas facile de transformer un gymnase en château de conte de fées. Un peu d'aide, ça ne fait jamais de mal.

— J'en suis certaine. (Je bus une gorgée de vin.) Qu'est-ce qu'elle a dit ?

— Que le brillant du vernis ne réussirait pas à dissimuler l'obscurité tapie à l'intérieur. (Elle déglutit.) Je n'ai aucune idée de ce qu'elle a voulu dire. Ses yeux sont devenus blancs et bizarres, et quand elle a de nouveau été normale elle ne se rappelait pas ce qu'elle avait dit.

— Des yeux blancs ? C'est vraiment étrange.

Elle se mordilla la lèvre inférieure.

— Fais-moi plaisir. Sois très prudente, ce soir.

— Je promets d'ouvrir l'œil pour voir s'il y aurait quelque sinistre vernis tapi dans l'ombre.

Génial. Voilà que des voyantes aux yeux blancs faisaient des prédictions déplaisantes au sujet de la réunion. À moins que Missy soit paranoïaque.

Nous sommes deux, pensai-je.

— Missy ! appela Richard. Oncle Charlie veut prévoir une partie de pêche avec moi. Tu peux venir ici, s'il te plaît ?

Elle m'adressa un large sourire.

— Le devoir m'appelle.

Je me détournai tout en me demandant combien la voyante avait extorqué à Missy, et je m'avisai de la présence de mon père derrière moi.

— Salut, papa. (Je souris de nouveau sans montrer les dents et l'étreignis brièvement.) C'est bon de te revoir.

Ma poitrine me fit un peu mal, et j'eus la vision inattendue de l'instant où j'avais failli recevoir un pieu dans le cœur.

Détends-toi, me dis-je. *Agis normalement. Tu es normale. Tout va bien.*

Mon père lorgna Thierry, debout à l'autre bout de la pièce. Il semblait avoir une conversation maladroite avec ma tante Mildred, qui venait de le prendre dans ses bras.

— Qui est cet homme, hein ? demanda-t-il. Tu ne nous avais encore jamais parlé de lui. Qu'est-il arrivé à George ? Je croyais que vous étiez fiancés ?

C'était une longue histoire découlant d'une confusion d'identité au mariage de Missy. Nous en avions bien ri. C'était réglé à présent.

Je me raclai la gorge.

— Je suis avec Thierry maintenant. Je suis sûre que vous l'aimerez beaucoup.

— Il ne semble pas être ton type.

— Oh, il l'est pourtant. Fais-moi confiance.

— D'où est-il ?

— Principalement de Toronto.

— Qu'est-ce qu'il fait dans la vie ?

— Euh… il possède un night-club.

Il m'adressa un regard qui me fit comprendre que ce n'était pas un métier respectable. Avant de prendre sa retraite il y a cinq ans de cela, mon père avait été dans la police d'Abottsville. Il était réputé pour ses excellentes techniques d'interrogatoire.

— Quel âge a-t-il ?

Je déglutis.

— Il a trente-six ans. Il vient de les avoir.

— Huit ans de plus que toi ? C'est une différence d'âge significative, Sarah.

Oui, si seulement il avait su la vérité.

— Ça n'a pas d'importance pour moi.

— Il porte un costume très cher. Il a de l'argent ?

— Oui.

Je bus une gorgée de vin.

— Tu t'es trouvé un nouvel emploi à plein-temps ?

— Hum, non, pas encore.

— Donc, ce que tu dis, c'est que ce nouveau petit ami, qui est riche, t'entretient ?

— Encore du vin, s'il te plaît ! criai-je.

Ma mère approcha pour remplir mon verre.

L'expression de mon père s'adoucit un peu et il posa la main sur mon épaule.

— Je suis navré si tu crois que je porte un jugement. Je veux simplement ce qu'il y a de mieux pour ma petite fille. (Il plissa les yeux et regarda de nouveau son suspect.) Je perçois de drôles de vibrations venant de ce type. Comme si quelque chose clochait. Mais tu es heureuse avec lui ?

— Tu n'as pas idée.

Il me regarda avec sévérité.

— Quelle est la règle au sujet du sarcasme, dans cette maison ?

— Seulement le samedi ?

— Sarah…

— Écoute, papa, qu'est-ce que tu veux que je te dise ? Je suis amoureuse de Thierry et je voulais vous le présenter, à maman et à toi. Il est merveilleux.

Il hocha la tête et regarda ma mère approcher de Thierry et de deux de mes tantes, hésitante, pour leur demander s'ils désiraient du fromage et des crackers. Mes tantes acceptèrent, mais Thierry déclina.

— Vous comptez vous fiancer ? demanda mon père.

Je faillis m'étouffer avec ma gorgée de vin.

— Non, pas dans un futur immédiat.

Il fronça les sourcils.

— Pourquoi pas ? Il ne veut pas s'engager ?

— Écoute, on ne peut pas remettre l'interrogatoire à plus tard et parler d'autre chose ?

Ma mère arriva avec le plateau de fromage et de crackers.

— Parler de quoi ?

— Sarah et Thierry ne prévoient pas de s'engager ensemble, commenta mon père. Peut-être n'est-il pas du genre à se marier ?

Ma mère eut l'air peinée.

— Mais, Sarah, pourquoi perdre ton temps avec un homme qui ne veut pas t'épouser ? Tu es encore jeune, mais le temps passe si vite. Tu sais ce qu'on dit ici à propos de la vache et du lait, non ? Si un homme a son lait gratuitement, il n'achète pas la vache.

— Maman…

— Tu ne donnes pas de lait gratuit, n'est-ce pas ?

Je soupirai bruyamment.

— Qu'est-ce que le mariage ? Je veux dire, sérieusement ? Ce n'est qu'un bout de papier. Ou peut-être une tablette ancienne gravée ou quelle que soit la manière dont ils le faisaient au XIVe siècle. Ça ne veut rien dire. J'aime les choses telles qu'elles sont.

— Mais tu as toujours rêvé d'un mariage parfait, insista ma mère. Avec une robe blanche et un long voile et un lâcher de colombes à la fin de la cérémonie.

— Les rêves changent, dis-je.

Et j'étais sincère.

— Je crois que je comprends ce qui se passe. (Mon père avait croisé les bras.) Il est marié, hein ?

J'écarquillai les yeux. Mince alors, il était vraiment un bon flic.

Ma mère haleta et porta une main à sa bouche.

— Non ! Il est marié ? À une autre femme ? Sarah, mais à quoi penses-tu, que diable ?

Au lieu de vomir sur la moquette vert pâle – ce fut la première chose qu'il me vint à l'esprit de faire – je jetai un coup d'œil à Thierry, toujours entouré par mes tantes. Elles avaient mis une cassette dans le magnétoscope et pris la liberté de lui montrer ce qui était ma honte secrète : la publicité que j'avais faite à l'époque où je rêvais de devenir actrice. J'ignorais qu'il en existait encore des copies.

— *Sentez-vous fraîche comme la rosée du matin*, disait la Sarah de vingt ans, dont les cheveux étaient beaucoup plus longs, avec un sourire radieux. *Grâce aux protections périodiques* Fraîche Comme Une Rose, *vous n'aurez plus à vous inquiéter, vous serez toujours aussi fabuleuse que vous le méritez !*

La situation n'aurait pas pu être pire.

Je pivotai et fis face à mes parents d'un air calme.

— Vous savez quoi ? Je suis une vampire.

Ils froncèrent les sourcils.

— Qu'as-tu dit, ma chérie ? demanda ma mère.

— Je suis une vampire. C'est arrivé il y a deux mois. Alors, je ne vais jamais vieillir. Je suis immortelle. Je suis rentrée à la maison pour assister à ma réunion et avoir une chance d'être heureuse et de me sentir de nouveau normale. J'attends toujours. J'ai pensé que vous aimeriez savoir.

— Tu es une vampire, répéta mon père.

Je frottai ma blessure d'un geste absent.

— C'est ça.

Il secoua la tête.

— Et tu crois que c'est une excuse pour te lancer dans une relation adultère ?

Ma mère renifla et tira un mouchoir de la manche de sa robe.

— Ma petite fille. Ma pauvre petite fille !

Je clignai des yeux.

— Vous avez entendu ce que j'ai dit, au sujet d'être une vampire ?

— Oui, et nous choisissons de ne pas en tenir compte. Il est évident que tu te sens coupable concernant les choix que tu as faits et que ça te fait un peu perdre la tête. (Mon père poussa un soupir.) Je pense que tu devrais revenir vivre ici pendant quelque temps. Pour te remettre les idées en place.

— Sarah. (Je sentis le bras de Thierry s'enrouler autour de ma taille.) Tout va bien ?

Mon père posa sur lui un regard glacial.

— Je crois devoir vous informer que je désapprouve le genre de vie que vous faites mener à notre fille.

L'expression de Thierry ne changea pas.

— Pardon ?

— Vous pouvez. Sarah mérite mieux. Elle mérite un avenir brillant avec un homme qui l'adore, pas quelqu'un qui veut l'utiliser et la jeter comme une catin à deux sous !

— Je vous assure que ce n'est pas mon intention et je m'excuse si je vous ai donné cette impression pendant le peu de temps que j'ai été sous votre toit. Je veux ce qu'il y a de mieux pour Sarah.

Le visage de mon père ne m'avait jamais paru aussi froid. Je l'avais vu regarder des criminels avec plus de bienveillance.

— Je monte regarder le golf. (Quand il passa près de moi, il me toucha le bras.) Rappelle-toi ce que j'ai dit, Sarah. Notre porte te sera toujours ouverte.

Il partit.

Mes tantes se repassaient ma publicité pour les protections périodiques en boucle, s'extasiant sur ma beauté et s'étonnant que je n'aie pas persévéré dans cette carrière. Elles me firent signe de venir les rejoindre.

Je regardai ma mère.

Elle se racla la gorge.

— Quelqu'un veut encore un peu de vin ?

Mon estimation de dix minutes était vraiment très optimiste, puisqu'il nous fallut deux heures pour ressortir, et la réunion devait commencer moins de une heure plus tard. J'avais à peine le temps de me préparer. Le soleil s'était couché quand nous empruntâmes le sentier couvert de verglas et de neige pour regagner la voiture. Thierry garda le silence alors qu'il démarrait et que nous retrouvions la rue principale d'Abottsville.

— Je suis désolée, dis-je. Vraiment désolée.

— Ai-je dit quelque chose que je n'aurais pas dû ? voulut-il savoir. Si tel est le cas, alors je te demande pardon.

Je secouai la tête.

— Je ne suis pas sûre moi-même de savoir ce qui s'est passé. Ils ont paniqué.

— À quel sujet ?

Je m'enfonçai dans le siège en cuir. Je n'avais vraiment pas envie de parler de cela.

— Je leur ai dit que je suis une vampire.

Il détacha brièvement son regard de la route pour me jeter un coup d'œil.

— Pourquoi as-tu fait ça ?

— Parce que je voulais qu'ils sachent.

— Et c'est comme ça qu'ils ont réagi à la nouvelle ? Ils me tiennent pour responsable de ta transformation ?

Je me mordillai la lèvre inférieure.

— Pas exactement. Ils ont compris que tu étais marié, et ils ont complètement zappé ma révélation. Apparemment, à leurs yeux, être une vampire ce n'est pas pire que de sortir avec un homme marié.

Il serra les dents.

— Je ne peux pas les en blâmer.

Je haussai les sourcils à ces mots.

— Vraiment ?

— Oui, vraiment.

— Je leur expliquerai pourquoi c'est différent pour nous. Que Véronique ne fait plus partie du tableau. Et cætera, et cætera. Ils comprendront.

D'un autre côté, je ne comprenais pas vraiment moi-même, alors comment pouvais-je espérer qu'ils en seraient capables ?

Il secoua la tête.

— Ce n'est quand même pas bien.

Je haussai les épaules et jetai un coup d'œil à la pendule : il était plus de 18 heures.

— Écoute, ne t'en fais pas pour ça. Je sais que les choses ne changeront pas, que c'est impossible, et ça n'affecte en rien mes sentiments pour toi.

Son attention était de nouveau focalisée sur la route.

— Ce n'est pas impossible.

Je fronçai les sourcils.

— Qu'est-ce que tu dis ?

Il arrêta l'Audi le long du trottoir, à la sortie du centre d'Abottsville, devant un immeuble en forme de hot-dog qui l'été vendait, croyez-le ou pas, des hot-dogs, et mit le frein à main. Puis il se tourna vers moi, plongeant ses yeux argentés dans les miens.

— J'ai dit : ce n'est pas impossible.

— Qu'est-ce que tu veux dire ?

Je le vis déglutir.

— Véronique fait partie de ma vie depuis si longtemps que j'ai l'impression de l'avoir toujours connue.

Je tressaillis intérieurement à ces mots.

— Bien sûr. Tu la connais depuis pratiquement l'Âge de pierre. En plus, elle est magnifique, parfaite et toujours bien habillée. *Et* elle parle français.

— Ce n'est pas ce que j'ai voulu dire. (Il fronça les sourcils.) Il y a des années, c'était différent. La plupart des unions étaient arrangées ou étaient de simples mariages de convenance. Les gens ne se souciaient pas de ne plus aimer l'autre et de divorcer, puisque l'amour jouait rarement un rôle dans de tels contrats.

— Aujourd'hui, un mariage sur deux finit par un divorce, dis-je, me sentant bizarre et mal à l'aise d'être assise dans la voiture à parler de mariage.

Et nous allions être en retard à la réunion.

—Une statistique décourageante.

Je me forçai à sourire.

—Écoute, Thierry, tu n'as pas besoin de faire cela. Je comprends ta situation. (*Pas vraiment.*) Je sais que, même si tu le voulais, tu ne peux pas divorcer de Véronique.

—Ce n'est pas entièrement vrai. (Il se renfonça dans son siège.) J'ai contacté des gens au sein de l'Église catholique, des vampires, qui cherchent s'il existe une possibilité d'annuler le mariage entre Véronique et moi.

Mon pouls s'accéléra.

—Une annulation ?

—Oui.

Dire que j'étais stupéfaite ne commençait même pas à définir ce que je ressentais. Je me forçai à fermer la bouche.

—Après six cents ans de mariage ? C'est possible ?

Il acquiesça.

—Mon mariage avec Véronique est terminé depuis longtemps. Je serais surpris qu'elle soit contre cette décision. Nous sommes des personnes très différentes, qui voulons des choses très différentes. Elle désire une vie pleine d'excitation en Europe, entourée de beaux jeunes gens.

Je déglutis avec peine.

—Et qu'est-ce que tu veux ?

Il ne me quitta pas du regard.

—Toi, répondit-il simplement.

Ma bouche s'entrouvrit, mais aucun son ne s'en échappa. Le silence régna à l'intérieur de la voiture pendant un moment.

Il esquissa un léger sourire.

—Ai-je réussi à te clouer le bec ? J'ignorais même que ce soit possible.

J'en avais le souffle coupé.

—Thierry...

— Je le vois dans ton regard quand je parle avec Véronique, ou quand elle est en ville, que son rôle dans ma vie te perturbe profondément. (Il tendit le bras pour repousser d'une caresse les mèches sombres qui me tombaient sur le visage et les coincer derrière mon oreille gauche.) Tout est fini entre Véronique est moi depuis très, très longtemps, mais cela n'a jamais été rendu officiel. J'essaie de faire en sorte que ça le devienne.

Il recula un peu et glissa la main à l'intérieur de sa veste.

— Je ne peux pas m'engager vraiment avec toi là maintenant, du moins pas d'une manière que tes parents approuveraient, mais je peux te faire une promesse.

Je baissai les yeux. Il y avait une bague au creux de sa paume. Un anneau de femme avec des diamants enchâssés tout autour.

Un anneau d'éternité.

Je relevai vivement les yeux vers son visage.

— Je veux que tu aies ceci, Sarah, dit-il à mi-voix. Pour que tu le portes en sachant qu'il y a quelqu'un qui t'aime énormément. (Il le glissa à l'annulaire de ma main droite et la porta à ses lèvres.) Crois-tu pouvoir accepter ?

— Oui… oh, oui !

Je regardai mon nouvel anneau, qui semblait jeter des éclats même dans l'obscurité grandissante, puis Thierry, dont le visage était flou, parce que je pleurais comme un bébé.

Il se pencha pour m'embrasser, et j'enroulai mes bras autour de son cou et l'attirai plus près.

Si je rêvais, je ne voulais jamais me réveiller.

Chapitre 5

De retour dans notre chambre au motel, je commençai aussitôt à m'habiller pour la réunion, mais je ne pouvais m'empêcher de regarder la bague que Thierry m'avait offerte. Pour une distraction, c'en était une ! Elle était magnifique. Je me sentais plus heureuse que je ne l'avais été depuis bien longtemps rien qu'en posant les yeux dessus, et ce n'était pas seulement parce qu'elle faisait beaucoup d'effet. C'était parce qu'elle signifiait quelque chose pour moi.

Thierry l'avait achetée pour moi. *Moi.*

Obtiendrait-il vraiment l'annulation de son mariage avec Véronique ?

L'avenir me paraissait si ensoleillé que j'aurais peut-être dû m'acheter une nouvelle paire de lunettes de soleil.

Thierry avait eu son téléphone portable collé à l'oreille depuis que nous étions rentrés, dix minutes plus tôt.

— C'est officiel, dit-il. Gideon Chase est mort. Tous les chasseurs actifs sont en route pour ses funérailles, au Nevada, en ce moment même.

Les bonnes nouvelles continuaient d'arriver. Cela semblait étrange de célébrer la mort d'une personne, mais, dans ce cas, je ferais une exception.

— Où est le champagne ? (J'étudiai son expression, qui était tout sauf joyeuse.) Tu n'as pas l'air content. Ce n'est pas une bonne chose ?

Il secoua la tête.

— Quelque chose cloche.

— Tu crois qu'il reste des chasseurs tapis par ici ?

— Ce n'est pas ça. Je pense simplement que j'ai du mal à croire qu'il est parti pour toujours.

Je lissai la robe rouge que j'avais empruntée à Amy sur le couvre-lit.

— Il ne va pas te manquer, quand même ?

Il fit de nouveau « non » de la tête.

— Certainement pas. Cet homme aimait bien trop la mort et la destruction pour que je pleure la sienne. Il a eu trop de pouvoir bien trop jeune.

Des milliards de dollars, un physique de top model, et ce type avait passé sa vie à chasser des vampires. Quel gâchis.

— Qu'il repose en pièces. Ça fait un pieu en bois de moins dont je doive m'inquiéter.

Il me regarda, l'air sinistre.

— J'ai rencontré personnellement l'un des membres de la famille Chase il y a deux cents ans. Il a bien failli nous tuer, Véronique et moi. Il avait juré de débarrasser la terre des anciens vampires. Il ne s'occupait pas des jeunes, parce qu'ils ne représentaient aucun défi pour lui.

— Il t'a blessé ?

Il prit son temps avant de répondre.

— Je guéris très vite.

Je serrai les dents.

— Je suis contente qu'ils soient tous morts.

— Il y a toujours quelqu'un pour reprendre la place d'un vrai monstre. Surtout s'il est riche.

Je hochai la tête.

— C'est pour ça que c'est bien que quelqu'un ait ressuscité le mythe du Diable Rouge.

Avoir reçu un pieu m'avait laissé plus qu'une cicatrice qui me démangeait. J'éprouvais désormais une forte empathie à l'égard des pauvres vampires qui n'avaient pas eu la chance d'être sauvés.

— Même si je lui suis reconnaissant de t'avoir sauvée, dit Thierry, j'ai bien peur qu'il s'agisse d'un vampire plein d'illusions qui ne sait pas ce qu'il fait.

— Tu crois que c'est tout ce qu'il est ? Qu'il se fait des illusions ? Parce que le Diable Rouge n'existe pas, n'est-ce pas ? C'est ce que tu as dit l'autre soir.

Il gagna la petite fenêtre masquée par un rideau qui donnait sur le parking.

— Le Diable Rouge a vraiment existé à une époque. C'était il y a très longtemps.

Je fronçai les sourcils.

— Attends un peu, d'abord tu dis que ce n'est qu'une légende urbaine, et maintenant tu prétends le contraire ? Alors, où est la vérité ?

Il se tourna vers moi.

— Le Diable Rouge est apparu à l'époque où les chasseurs ont commencé à devenir plus nombreux et à s'organiser. Les vampires étaient sans défense contre eux.

— Et ?

— Et il s'efforçait de venir en aide à ceux qui avaient besoin de lui, de les arracher des griffes des chasseurs, qui voyaient les vampires comme des monstres qu'il fallait massacrer. Il en a sauvé autant qu'il a pu, partout où il a pu. C'était devenu une obsession pour lui. Mais c'était il y a longtemps, quand le monde avait besoin d'un homme comme le Diable Rouge. Aujourd'hui, il ne serait qu'une goutte d'eau dans une mer de torts à redresser.

L'opinion des chasseurs à notre sujet n'avait pas changé. C'est pourquoi la majorité d'entre eux effilaient leurs pieux. Ils pensaient sincèrement que nous étions mauvais, des créatures suceuses de sang qui devaient mourir. Très hollywoodien.

— Je suppose que nous avons une vision différente. À mon avis, une goutte d'eau dans la mer, c'est mieux que rien. (Je secouai la tête.) Depuis quand es-tu comme ça ?

— Que veux-tu dire ?

— Monsieur Pessimiste. Tu dois te rappeler qu'en dépit de ce qui se passe partout, il y a aussi énormément d'espoir. Sinon, pourquoi se lever le matin ? Le monde est un bel endroit, tu sais. Il faut juste voir ses bons côtés au lieu de ne regarder que les mauvais.

— L'éternelle optimiste. J'espère que tu resteras toujours ainsi.

Il approcha du lit et se pencha pour m'embrasser sur la bouche, mais d'une manière plus triste que passionnée. Je capturai ses lèvres avant qu'il ait une chance de s'écarter, et je lui donnai un vrai baiser, tirant sur sa chemise pour l'attirer vers moi. Il ne résista pas.

— Tu sais quoi ? soufflai-je contre sa bouche. Et si nous oubliions feu Gideon Celui-que-nul-ne-regrette Chase et le Diable Rouge ? Je n'ai pas encore eu l'occasion de te dire merci pour ma bague.

Il me regarda.

— Tu viens de le faire.

— Ce n'est pas ce que je voulais dire.

Je déplaçai mes jambes pour m'agenouiller devant lui sur le lit et je fis courir mes mains sur ses épaules, puis le long de son dos, lui retirant sa veste dans le même mouvement. Je l'embrassai de nouveau, caressant sa langue avec la mienne, m'imprégnant de son goût.

— Je ne voudrais pas que cette superbe chambre n'ait aucun effet sur nous.

— Superbe n'est pas le mot que j'aurais employé.

Sa respiration se fit plus saccadée quand mes mains glissèrent sur des parties plus basses de son anatomie. Elles avaient tendance à faire cela.

Je lui souris.

— Ce n'est pas parce que le tableau est cloué au mur et que je ne voudrais pas qu'une équipe d'experts scientifiques de la police vienne balader ses lampes sur le mobilier que ce n'est pas romantique, tu sais.

— Je suis d'accord.

Il se pencha et écrasa ma bouche sous la sienne et, une main dans le creux de mes reins, il m'allongea sur le lit. Son poids m'enfonça dans le matelas, et le lit lâcha un gémissement d'agonie. Au bout d'un moment, il rompit le baiser et me regarda, un léger sourire aux lèvres.

— Mais plus tard.

Avec un effort, sans doute parce que je m'accrochais toujours à lui, il réussit à se dégager.

— Plus tard ? (Je levai les yeux vers le miroir, où je ne vis pas mon reflet.) Pourquoi plus tard ?

Il haussa un sourcil noir.

— Ta réunion commence dans moins de quarante-cinq minutes.

— Aucune importance. Nous pouvons être en retard. C'est très à la mode.

Avec un regard amusé et une dernière pression de ses lèvres contre les miennes, ce qui m'arracha un grognement de frustration, il se releva et gagna la salle de bains. J'entendis la douche se mettre à couler. Au même instant, quelqu'un frappa à la porte. Je m'assis et quittai le lit pour m'approcher de la petite fenêtre et jeter un coup d'œil dehors. Je haussai vivement les sourcils en découvrant notre visiteur.

— Qu'est-ce que tu fais ici, bon sang ? demandai-je en ouvrant la porte.

George s'appuya au chambranle.

— J'adore cette petite ville. Où est cette monstrueuse citrouille ? Cette fois, j'ai apporté mon appareil photo, tu peux me croire.

Je fronçai les sourcils.

— Qu'est-ce qui ne va pas ? Pourquoi tu es là ?

— J'avais besoin de te parler.

— À moi ? Pas à Thierry ?

— Juste toi. (Il souriait d'une oreille à l'autre, montrant ses crocs.) Devine qui j'ai rencontré ?

— Je n'en ai aucune idée.

— Laisse-moi te donner un indice. Ça commence par Diable, et ça se termine par Rouge.

— Tu es sérieux ?

Il hocha la tête.

— Il est incroyable, Sarah ! Tellement merveilleux. Tout ce que j'ai entendu dire sur lui est absolument vrai. Il m'attendait près de ma voiture quand je suis sorti de chez Amy, et il m'a fichu une de ces trouilles, surtout à cause de son écharpe autour du visage. Puis il m'a dit d'aller à Abottsville pour garder un œil sur toi. Il veut s'assurer que tu vas bien. Ce n'est pas fabuleux ?

Fabuleux, oui. Mais aussi extrêmement suspect.

— Pourquoi toi ?

— Sans doute parce qu'il sait que je suis celui qui convient pour cette mission.

— Une mission qui consiste à m'espionner ?

Il rit.

— Très drôle. Non, bien sûr que non. Il veut que tu sois en sécurité, c'est évident, mais il désire surtout faire de moi son fidèle compagnon d'armes. Et puisque j'ai besoin d'un nouveau boulot, le timing est parfait. (Il tira un appareil photo numérique de sous sa veste et le braqua sur mon visage.) Dis : « *cheese* ».

— *Cheese.*

Je clignai des yeux, et il prit la photo.

Il jeta un coup d'œil critique à l'écran.

— Tu as oublié de sourire.

— Non, je n'ai pas oublié. (Je me mordillai la lèvre tout en étudiant George, plus extatique que jamais.) Comment le Diable Rouge a-t-il su où je serais ?

— Il n'en a pas eu besoin. Thierry m'a donné l'adresse en cas d'urgence. Le Diable Rouge n'a pas eu à me dire où aller. Et me voilà ! (L'appareil flasha de nouveau.) D'accord, celle-ci est encore pire.

Je regardai le parking obscur et silencieux par-delà la silhouette de George, puis je l'attrapai par la chemise et le tirai à l'intérieur de la chambre, fermant à clé.

— Tu es fou ou quoi ? crachai-je.

— Quoi ?

J'essayai de respirer normalement.

— Qui que soit ce type, il t'a peut-être utilisé pour savoir où je me trouve en ce moment. Il t'a peut-être suivi jusqu'ici.

Il secoua la tête.

— Impossible. Il ne ferait jamais une chose pareille.

Je tendis l'oreille pour écouter la douche, qui coulait toujours. Bon sang, cet homme aimait vraiment l'eau chaude.

Je lissai la chemise de George sous sa veste d'hiver, car je l'avais froissée.

— Je sais qu'il m'a sauvé la vie, et je lui en suis reconnaissante. Mais je ne sais rien de lui. Et s'il était l'un des méchants ?

— Les méchants ne sauvent pas les gens. (George posa la main sur mon épaule.) Écoute, Sarah. Relax. Je sais que recevoir un pieu dans la poitrine a été traumatisant pour toi, mais ne laisse pas cet incident te rendre encore plus paranoïaque que tu l'es déjà. Si le Diable Rouge était un méchant, il t'aurait laissé mourir, il ne t'aurait pas ramenée au club.

Paranoïaque. Oui, c'était la vérité.

— Tu crois vraiment ?

— Le Diable Rouge n'est pas un méchant.

Je lâchai un soupir tremblant et m'efforçai de faire ralentir les battements de mon cœur affolé.

— Tu as peut-être raison.

Je fus envahie par un tel soulagement que je serrai George dans mes bras. Puis je m'écartai et remarquai pour la première fois qu'il était habillé pour sortir : chemise en soie rouge et pantalon de cuir noir.

— Pourquoi t'es sapé comme ça ? Tu as des projets pour la soirée ?

Il haussa les épaules.

— Eh bien, puisque je suis ici, j'espérais aller à la réunion.

— Pour garder un œil sur moi sur les ordres du Diable Rouge ?

— Eh bien, oui, mais aussi parce que je présume qu'il y aura du punch, non ? Et probablement des minisandwichs ? Le genre de trucs typiques des petites villes.

— Tu peux venir, mais si je dis à Thierry pourquoi tu es ici, il va péter une durite, et, même si j'ignore quel est l'équivalent chez un homme, je ne crois pas que ce serait une bonne idée.

— Alors je ne dirai pas un mot. (Son regard alla se poser sur ma main.) Une nouvelle bague ?

Je la frottai.

— Un cadeau de Thierry.

Il écarquilla les yeux.

— C'est une bague de fiançailles ? Il t'a fait sa demande ?

— Bien sûr que non, répondis-je avec brusquerie. Dois-je te rappeler qu'il est déjà marié ?

Il soupira.

— Tu n'es vraiment pas drôle aujourd'hui. Je dirais même que tu es déprimante.

— J'ai été si moche que ça ?

Il acquiesça.

— Ne t'inquiète pas, nous allons nous amuser. C'est dansant, non ?

— C'est censé l'être.

Il secoua tristement la tête.

— Tu commences à parler comme Thierry. Il déteint sur toi. Je crois que c'est le problème.

Je montrai la porte du doigt.

— Maintenant, file. Je te reverrai au lycée dans une heure.

Il sortit. Je refermai derrière lui.

J'essayai de ne pas penser à la possibilité que le Diable Rouge ait suivi George jusqu'à ma ville natale pour savoir où j'étais. Cette pensée était effrayante. Qui était cet homme ? Quels étaient ses desseins ?

Est-ce que je commençais vraiment à parler comme Thierry ? Toujours prudente et sur mes gardes ? Peut-être était-ce ce qui arrivait quand on avait frôlé la mort. Prudente et sur mes gardes…

Ce soir, j'allais passer une soirée prudente et rester sur mes gardes en dansant avec de vieux camarades. Peut-être même que je boirais un peu de punch.

Et, avec de la chance, la chose la plus excitante de la soirée serait la petite robe rouge que j'avais empruntée à Amy dans ma quête entêtée pour me sentir normale et heureuse.

Je croisai les doigts.

Chapitre 6

La soirée dansante de la réunion de ma promo avait lieu au gymnase du lycée d'Abottsville, et je devais admettre que Missy et son équipe avaient fait du bon travail pour le transformer en décor de conte de fées. Les lumières éclaboussaient la piste de danse. Les murs avaient été peints de façon à ressembler à ceux d'un château.

La dernière fois que j'avais mis les pieds en ce lieu, c'était pour recevoir mon diplôme. J'avais arraché ce stupide chapeau à pompon de ma tête et je l'avais jeté en l'air si vite que, lorsqu'il avait touché terre, j'étais déjà partie pour Toronto, étudier à l'université et commencer ma vie dans une grande ville.

Il était tout juste 20 heures passées quand nous arrivâmes, et la soirée devait durer jusqu'à minuit. Quatre heures pour se remémorer les années lycée, ce serait bien suffisant, surtout maintenant que je m'inquiétais au sujet des motivations du Diable Rouge. J'essayais de me détendre et de me sentir normale, mais cela demandait un effort. La robe rouge que j'avais empruntée à Amy était encore plus minuscule que je l'avais cru, et son décolleté plongeant couvrait à peine la blessure presque guérie qui me démangeait terriblement. J'avais mis le badge avec mon nom dessus, ce qui m'aidait un peu.

— Qu'est-ce que George fait ici ? demanda Thierry.

— Oh, j'ai dû oublier de t'en parler. Il voulait venir et je lui ai permis de le faire. Je crois qu'il se sent seul.

Thierry était de si belle humeur, ce qui arrivait trop rarement, que je ne voulais pas gâcher la soirée en l'informant que le Diable Rouge continuait de s'intéresser à mon bien-être.

Peut-être était-il encore tôt, mais il n'y avait pas autant de gens que je l'aurais cru. En fait, au premier coup d'œil, je ne vis personne dont je me souvienne.

— Sarah ? entendis-je derrière moi. Oh, mon Dieu ! Sarah Dearly ? Je n'en crois pas mes yeux !

Je me retournai et vis une personne que je reconnus immédiatement. Je souris à la jolie jeune femme aux cheveux roux foncé, vêtue d'une petite robe noire moulant son corps mince.

— Claire ! (Je la serrai très fort dans mes bras.) Waouh, c'est bon de te revoir !

Elle arborait un sourire si large qu'il en était éclatant. Il n'y avait pas d'autre terme pour le définir. Pas moi. Je m'étais entraînée à le faire sans montrer mes dents. Aussi avais-je un sourire un peu à la Mona Lisa.

— Je me demandais si tu viendrais, dit-elle. Tu arrives à croire que ça fait déjà dix ans ?

— Non, pas du tout. (Je regardai la piste de danse.) Où sont-ils tous passés ?

Elle haussa les épaules.

— J'en ai vu quelques-uns. Je suppose que la plupart ont décidé qu'ils ne voulaient pas venir montrer leurs têtes qui se dégarnissent et leurs ventres plein de bière. Et ce ne sont que les femmes.

J'éclatai de rire.

— Tu as sans doute raison.

— Alors, que deviens-tu ? Comment va ta carrière d'actrice ? Je sais que tu voulais tourner dans des films. As-tu eu un rôle dans quelque chose, ces derniers temps ?

— Les rêves changent. (Je coulai un regard vers Thierry, qui s'était un peu éloigné pour nous laisser discuter plus ou moins en privé, Claire et moi.) Tu sais, après avoir quitté Abottsville, j'ai compris que devenir actrice, ce n'était pas vraiment mon truc. C'était bien trop superficiel.

Sans compter qu'il était bien trop difficile de percer dans ce métier sans coucher avec les metteurs en scène et/ou les producteurs. Même pour la publicité pour les serviettes périodiques, j'avais dû accepter de sortir avec l'agent de casting. Je m'étais insurgée quand il m'avait proposé une partie à trois avec sa petite amie très compréhensive. Je n'avais plus jamais travaillé dans le show-biz. Les choses prenaient parfois une tournure étrange.

Claire hocha la tête.

— Alors, que fais-tu ?

Si glamour que puissent être les carrières d'assistante de direction et de barmaid à temps partiel, je décidai de rester vague.

— Oh, un peu de ci et un peu de ça. Et toi ? Je sais que tu voulais devenir… quoi déjà ? Avocate d'affaires ?

— En fait, je bosse chez McDo, répondit-elle. Aux chutes du Niagara. Viens me voir un de ces jours, je te paierai un Big Mac. (Elle pivota sur le côté et fit un signe de la main.) Reggie, viens ici. Je veux te présenter mon amie Sarah. (Elle patienta une seconde.) Tout de suite, Reggie !

Un bel homme brun vint la rejoindre. Il avait une calvitie naissante et portait un costume qui ne lui allait pas très bien, parce qu'il n'arrêtait pas de tirer sur le col.

— Me voici, me voici.

Je tendis la main.

— Sarah.

— Ravi de vous rencontrer.

Son regard se posa directement sur ma minirobe rouge, puis il se tourna, d'un air coupable, vers Claire.

Mais elle ne l'avait pas vu. Elle regardait le badge de Thierry en plissant les yeux.

— Dhi-eer-ry ? (Elle essaya de le prononcer à l'anglaise.) Ce n'est pas un nom commun.

Je passai le bras autour de sa taille.

— Le « h » est silencieux. C'est français.

— Oh. (Claire hocha la tête.) Thi-eer-ry.

— Cela se prononce « Tiair-i ». (Thierry lui prit la main.) C'est un plaisir.

Elle lui adressa un large sourire.

— Alors, vous êtes mariés ?

Je déplaçai mon bras pour prendre le sien et remarquai qu'il était plus tendu qu'il n'y paraissait.

— Non.

Elle me tendit sa main gauche pour que je jette un coup d'œil au minuscule diamant qu'elle portait.

— Je suis fiancée. Reggie m'a fait sa demande à Noël.

L'intéressé opina du chef.

— C'est vrai.

Si vous voulez savoir, il semblait plus effrayé qu'enthousiaste. Mais j'avais connu Claire au lycée. Je savais qu'elle tenait ses petits amis en laisse.

— Félicitations, dis-je. Hé, vous voulez entendre un truc étrange ? Ma cousine est dans le comité de décoration, et une voyante lui a fait une drôle de prédiction pour ce soir.

Le sourire de Claire vacilla.

— Quel genre de prédiction ?

— Quelque chose au sujet de l'obscurité tapie autour de nous. Ça m'a semblé un peu effrayant, et après la semaine que j'ai eue, plus rien ne m'étonnerait. Mais, jusqu'ici, tout va bien. Rien n'est tapi nulle part, obscur ou pas.

Claire ferma les yeux et écarta les mains de chaque côté de son corps.

— Qu'est-ce qu'elle fait ? demandai-je.

— Laissez-lui un instant, suggéra Reggie en buvant une gorgée de son punch, servi dans des petits verres. Elle essaie de détecter l'aura d'une menace potentielle dans la salle.

Claire rouvrit brusquement les yeux et son sourire revint.

— Non, tout semble aller bien.

Oookay.

Nous bavardâmes encore un moment. La salle se remplit petit à petit, mais il n'y avait pas autant de monde que je l'aurais cru. Peut-être était-ce parce que la soirée avait lieu en février. Des travaux étaient prévus au lycée pendant l'été, alors la réunion avait été avancée, plutôt qu'annulée. Sans doute était-ce la raison pour laquelle peu de gens s'étaient déplacés. Abottsville était connue pour disparaître sous des tonnes de neige à n'importe quel moment, en hiver, et cette menace avait dû décourager certaines personnes.

Claire et Reggie s'éloignèrent enfin pour discuter avec d'autres, mais pas sans la promesse de revenir plus tard. Debout près de Thierry, j'attendais qu'une grande vague de nostalgie me submerge et fasse de cette nuit un moment magique qui m'aiderait à me sentir mieux le reste de ma vie. Au bout de une heure, j'attendais encore.

George fit une pause et quitta la piste de danse pour venir vers nous. Il portait un badge au nom de « Jim-Bob ».

— Tout le monde se souvient de moi, dit-il. Apparemment, on m'aimait bien.

— Oui, c'est vrai.

Je me rappelais Jim-Bob. Effectivement, les gens l'aimaient bien. Étrangement, George n'avait aucun point commun avec lui, puisque Jim-Bob était trapu, gros, et un vrai coureur de jupons… et il n'était pas un vampire non plus, bien sûr. J'aurais pu jurer avoir lu quelque part une semaine plus tôt que le vrai Jim-Bob avait été arrêté sur quatre chefs d'accusation de fraude sur Internet. Je suppose que c'est pour cela que son badge était libre, ce soir.

— Je vais aux toilettes, dis-je à Thierry. Trop de punch.

Il hocha la tête et se pencha pour effleurer mes lèvres avec les siennes.

— Je t'attends ici.

Je pouvais dire, à son silence, qu'il n'appréciait pas beaucoup d'être là. Je décidai de ne plus le tourmenter très longtemps.

Cinq personnes me reconnurent sur le chemin des toilettes, mais je dus regarder leurs badges pour me rappeler leurs noms. C'était incroyable comme les gens pouvaient changer en dix ans.

Aux toilettes, je choisis le cabinet le plus près de la porte pour éviter de passer devant les miroirs. Ne pas avoir de reflet pouvait soulever des questions parfois, et je préférais ne pas avoir à y répondre. Des questions comme : « Pourquoi tu n'as pas de reflet ? » C'était la plus fréquente. Elle venait généralement juste avant que la personne qui la posait se mette à paniquer.

Quand je ressortis, je remarquai la présence d'une femme blonde adossée au mur, juste en face de moi. Je me dis qu'elle voulait prendre ma place, même s'il y avait plusieurs autres cabines dans la pièce, mais elle ne fit pas mine d'entrer dans celle que je venais de libérer.

— Sarah, dit-elle. C'est si bon de te revoir.

Je ne la reconnus pas. Merde. Je voulus jeter un coup d'œil à son badge et vis qu'elle n'en portait pas.

— Salut ! Comment ça va ?

Elle portait une robe bleue moulante qui mettait en valeur son corps de *Bunny girl*. Ses seins étaient refaits. Pas de doute. Ses cheveux étaient si clairs qu'on aurait dit ceux d'une Barbie. Elle était très belle, mais d'une façon qui n'avait rien de naturel.

— Je vais très bien, répondit-elle. Tu ne te souviens pas de moi, n'est-ce pas ?

— Bien sûr que si, mentis-je, me sentant très mal de ne pas me rappeler une personne qui visiblement ne m'avait pas oubliée. Idiote, va, comment pourrais-je faire une chose pareille ?

Elle sourit.

— Alors, dis-moi comment je m'appelle.

J'essayai un rire, mais cela sonna faux.

— Pourquoi, tu ne t'en souviens pas ?

Sa bouche souriait mais pas ses yeux trop lourdement fardés.

— Oh, si. Mais personne d'autre ne semble se rappeler de moi. Je dois dire que ça ne m'étonne pas. J'étais très différente, au lycée. Dix ans peuvent vraiment changer une personne.

— Pas moi, déclarai-je. Mis à part deux ou trois trucs, ma vie est restée la même. Ça m'aide à garder les pieds sur terre. Et à rester normale, ou presque. Et cela me rend heureuse.

Elle hocha la tête.

— Je suis Stacy. Stacy McGraw. Tu me remets, maintenant ?

Je hochai la tête. Mais, en fait, non. Pas même un peu.

— Bien sûr. C'est chouette d'avoir pu bavarder, Stacy. Mais il faut que je retourne dans la salle.

Elle cligna lentement des yeux.

— Tu ne veux pas te laver les mains ?

J'hésitai, coulant un regard aux miroirs au-dessus des lavabos.

— Évidemment. Mais j'ai ce truc contre les toilettes publiques. Je crois qu'on appelle ça de la lavabosalephobie. Mon petit ami a une bouteille de gel antibactérien pour les mains sur lui. Il a la phobie des germes.

— Ton petit ami, Thierry, dit-elle.

— Oui, c'est lui.

— Il est très beau.

— Merci. Je suis d'accord avec toi.

— Quel âge a-t-il ? Six ou sept cents ans ?

Son regard ne cilla pas.

Ma gorge se serra.

— Il vient de fêter ses trente-six ans. Il est poisson.

Son sourire froid ne bougea pas.

— Évidemment.

Je fronçai les sourcils.

— Tu sais, il faut que je t'avoue une chose. Je ne me souviens pas du tout de toi au lycée. Tu es sûre que nous étions dans la même promo ?

Elle hocha la tête.

— Imagine-moi avec cinquante kilos de plus, des lunettes et des cheveux bruns.

Zut. Cela ne m'aidait pas du tout. Je ne me serais pas souvenue d'elle, même pour une question de vie ou de mort. Et ce qu'elle avait dit au sujet de Thierry m'avait alarmée. Qui était-elle ?

En fait, je m'en fichais.

— Bon, je retourne dans la salle.

Je me dirigeai vers la porte.

Elle s'interposa.

— Pas encore, Sarah.

— Qu'est-ce que tu veux ?

— Juste parler.

— De quoi ?

Elle fit un autre pas vers moi.

— Je sais que tu es une vampire.

Ma bouche était sèche.

— Les vampires n'existent pas.

Elle sourit de ses lèvres rouges.

— Et tu t'en tires avec ce genre de remarque ? Ou bien est-ce juste que la plupart des gens ignorent ce que tu es ? Je suppose que je suis différente.

Son parfum m'envahissait les narines. Elle avait trop abusé d'Obsession, de Calvin Klein.

— Que veux-tu, Stacy ?

Son sourire ne vacilla pas.

— Je te l'ai déjà dit. Parler.

Je plissai les yeux.

— Alors, vas-y, parle. Et, sans vouloir être grossière, fais vite.

— Pourquoi ? Tu es si pressée de t'en aller ?

— Quelqu'un va vouloir utiliser ces toilettes, tu sais. Ils pourraient mettre un terme à notre conversation.

— Oh, pas avant quelque temps, Sarah, fais-moi confiance. À partir de maintenant et jusqu'à ce que j'en décide autrement, personne dans le bâtiment n'aura envie d'aller au petit coin. Alors, c'est juste entre toi et moi.

Je fronçai les sourcils.

— De quoi tu parles ?

— D'un peu de magie. Il suffit d'un petit sort d'isolement.

— De la magie ?

Elle acquiesça.

— Celle-là même que j'aurais aimé avoir quand j'étais au lycée et que je n'étais qu'une ringarde. Quand on se moquait de moi.

Et puis merde. J'allai me laver les mains. Stacy ne tressaillit même pas quand le miroir ne refléta pas ma présence.

— Tout le monde est ringard au lycée, dis-je. Tout le monde rit de tout le monde au moins une fois.

Elle s'adossa au mur couvert de carrelage vert, regardant le miroir vide, puis moi.

— C'est ça, tes souvenirs ?

J'y réfléchis. Oui, le lycée avait ses charmes, mais aussi beaucoup de mauvais côtés. C'était comme cela pour tout le monde. Voilà pourquoi c'était une bonne chose que cela ne dure que trois ans.

— Je me rappelle avoir essayé d'entrer dans l'équipe de pom-pom girls, poursuivit Stacy. Mais on m'a chassée à coups de ricanements. Il n'y avait rien de ridicule dans ma présentation, mais j'étais trop grosse.

J'avais fait partie de l'équipe de pom-pom girls, et je me rappelais très clairement que deux des filles étaient en surpoids. Alors, elle avait tort. Cela n'avait rien eu à voir avec son embonpoint, mais plutôt avec sa prestation, son attitude et sa personnalité... et, si elle était déjà aussi « charmante » à l'époque, je comprenais pourquoi elle n'avait pas été prise.

— Navrée que tu aies eu une mauvaise expérience, dis-je.

— Une mauvaise expérience ? (Quelque chose s'alluma dans son regard.) *Une mauvaise expérience ?* Oh, c'était bien pire que ça, Sarah.

J'ignorais pourquoi je me sentais si nerveuse. Cette fille était plus petite et plus mince que moi, en ne comptant pas ses énormes seins. Grâce à sa robe moulante, je savais qu'elle n'avait pas d'arme. Et puis quoi, si elle savait que j'étais une vampire ? Comme si on allait la croire, si elle décidait de partager l'info avec toute la promo !

— Je crois que tu vas devoir t'écarter de mon chemin, maintenant, déclarai-je d'une voix calme. J'en ai assez entendu.

Elle m'observa avec un certain amusement, sans rien dire. J'en conclus que la conversation était terminée. Je la contournai pour gagner la porte et attrapai la poignée. C'était fermé à clé. Je lui adressai un regard par-dessus mon épaule.

— Ouvre.

Je fus surprise d'entendre le ton menaçant de ma voix. Je n'étais plus du tout de bonne humeur.

Elle écarta les mains.

— Et que me feras-tu si je n'obéis pas ? Tu vas me mordre comme le méchant vampire que tu es devenue ?

— Je ne suis pas méchante.

— Mais tu es une vampire.

J'expirai vivement.

— Je ne mords pas les gens. Je n'ai jamais mordu personne. Même si je suis une vampire, je me contrôle très bien. Je ne suis pas mauvaise.

— Tu sembles très sûre de toi.

— Je le suis.

Son expression s'assombrit.

— Sarah Dearly n'est pas un méchant vampire. Eh bien, tu ne trouves pas que tu as eu de la chance ? Les choses auraient pu être pires, non ?

— Je suppose.

— Je suis venue à la réunion pour une raison bien précise.

— Oh ? Et quelle est-elle ?

— Me venger, répondit-elle simplement.

Je levai les yeux au ciel. Je ne pus m'en empêcher.

— Eh bien, vas-y, Stacy. Aujourd'hui, tu as un corps de rêve. Va te venger de ceux qui se sont moqués de toi. Va rire d'eux comme ils ont ri de toi autrefois, mais laisse-moi sortir d'ici.

— Je ne crois pas que me moquer d'eux serait un châtiment suffisant.

Je croisai les bras et tapai du pied.

— Si tu ne me laisses pas sortir immédiatement des toilettes, je vais me mettre à crier. Et, crois-moi, je peux crier très fort.

Elle se tourna vers le miroir pour appliquer plus de rouge à lèvres.

— Laisse-moi réfléchir. Il y a tellement de possibilités. Comment vais-je me venger de toi, Sarah ? Que pourrais-je te faire pour marquer le coup ? Il faut que ce soit parfait.

Je fronçai les sourcils.

— Pourquoi ? Qu'est-ce que je t'ai fait ?

Elle pivota vers moi.

— Je n'arrive pas à croire que tu ne te rappelles pas.

— Eh bien, non.

— C'est toi qui m'as privée de l'équipe des pom-pom girls.

J'avais déjà du mal à croire que j'avais été pom-pom girl. Cela paraissait si loin. Désormais, il n'y avait plus de « Donnez-moi un A ! Donnez-moi un B ! » dans ma vie. Enfin, peut-être que si pour le « Donnez-moi un B ! »... positif.

— Tu sais combien il y avait de candidates ? Elles ne pouvaient pas toutes entrer dans l'équipe !

Elle plissa les yeux jusqu'à ce qu'ils soient réduits à des fentes lançant des éclairs.

— Tu es allée au bal de promo avec le garçon dont j'étais folle amoureuse. Tu as ruiné ma vie, Sarah.

— Ta vie ? Ça fait dix ans ! Et je n'ai rien fait de tout ça volontairement. Si ça peut te consoler, ce salaud m'a laissé payer la facture pour la limousine.

— Si tu oses dire du mal de Jonathan... ! (Elle tournait lentement autour de moi.) Bien, que vais-je te faire ? J'avais prévu quelques petites choses, mais j'ai reconsidéré la question. Je devrais peut-être m'en prendre à ton petit ami.

Je la foudroyai du regard, serrant les poings.

— Touche à un seul de ses cheveux, et tu le regretteras.

Elle haussa les sourcils.

— Quelle menace ! J'ai cru que tu avais dit être un gentil vampire ? Pas démoniaque pour un sou. En fait, je crois que c'est vrai. Je ne pense pas que tu aies une once de malice en toi.

— C'est vrai. Mais j'ai le désir brûlant de protéger ceux que j'aime.

Elle inclina la tête sur le côté et sourit.

— Tu as déjà entendu parler des nocturnes, Sarah ?

Je fronçai les sourcils.

— Non.

— Je suppose que je suis plus érudite que toi. Ce qui n'est pas une surprise. (Son sourire s'élargit.) Demande à ton petit ami de quoi il s'agit. Je suis sûre qu'il pourra te répondre. Tu sais, je suis contente que les choses aient si bien tourné pour toi. Tu as apparemment changé avec le temps. Tu n'es peut-être plus aussi cruelle que par le passé. Si tu veux me demander pardon, je pourrais même envisager d'accepter tes excuses.

— Mes excuses ? Je ne crois pas t'en devoir. (Je soupirai.) Écoute, Stacy, tu dois te calmer. Tu m'entends ? Maintenant, quittons ces toilettes et allons boire du punch…

— Ferme-la, cracha-t-elle.

Soudain, je fus incapable de parler.

— Sais-tu ce que j'ai fait pendant ces dix dernières années ? demanda-t-elle. Je n'ai pas quitté le lycée avec le rêve de devenir actrice comme toi. J'ai fait une croix sur l'université, et à la place j'ai étudié la magie. J'ai appris à créer des illusions pour avoir l'air mince et belle. Mais, chaque fois que j'ai réussi à jeter un sort, la noirceur au fond de moi a grandi.

— Mmfff, réussis-je à dire.

J'avais l'impression d'avoir un bâillon, mais ce n'était que de la magie. De la magie ? C'était impossible, n'est-ce pas ? Pourtant je la sentais ramper de mes bras jusqu'à mes pieds et m'immobiliser.

Stacy me foudroya du regard puis sourit.

— Je suis vraiment bonne, maintenant. Je peux faire presque tout ce que je veux. L'entraînement rend parfait. (Elle inclina la tête sur le côté pour lorgner ma robe d'emprunt, puis elle me regarda de nouveau en face.) Je t'enviais tellement, au lycée. Tout le monde t'aimait, et personne ne savait que j'existais. Tout a toujours été si facile pour toi, même devenir une vampire.

— Rrrrgggrrr, grondai-je.

Traduction : *Tu n'es qu'une garce complètement folle.*

Stacy ouvrit son sac et en tira un petit flacon. Puis elle l'ouvrit et en versa le contenu au creux de sa main droite.

— Tu aurais dû me demander pardon quand je t'en ai donné l'occasion.

Quelqu'un frappa à la porte.

— Sarah ? (C'était la voix de Claire.) Hé, tu es là ?

Stacy sourit.

— On dirait que je ne suis pas la seule sorcière en ville aujourd'hui. Je crois qu'il faut que je fasse vite.

J'écarquillai les yeux. Que se passait-il, bon sang ? Qu'allait-elle me faire ?

Elle commença à parler dans une langue étrange qui ressemblait beaucoup à du latin, pourtant elle n'ouvrit pas de livre. Elle semblait lire des choses écrites dans les airs, et ses yeux s'assombrirent. Pas noir comme ceux d'un vampire affamé, mais rouge foncé. Ses lèvres peintes se tordirent pour former un sourire tandis qu'elle prononçait des mots que je ne comprenais pas. Je me débattis, mais en vain. Je ne pouvais pas bouger.

Au bout d'une minute, alors que Claire continuait à tambouriner à la porte, Stacy se tut enfin. Elle fit un pas vers moi et, avec un sourire méprisant, elle me souffla la poudre au creux de sa paume au visage.

— Ça devrait faire l'affaire.

Je fermai les yeux et toussai.

Quand je les rouvris, Claire entrait dans les toilettes. Elle ne fit pas attention à Stacy, qui me fit un clin d'œil et passa près de mon amie pour sortir. Il me fallut encore quelques secondes avant de pouvoir parler et bouger.

— Pourquoi avais-tu fermé à clé ? interrogea Claire en fronçant les sourcils. Et pourquoi as-tu des paillettes plein le visage ?

J'étais en état de choc. Je touchai mon visage et, quand je les écartai, mes doigts se révélèrent couverts d'une substance argentée.

Je déglutis. Honnêtement, j'avais cru qu'elle allait me tuer. Mon cœur battait si fort que je le sentais jusque dans mes orbites.

— J'ai l'air normal ? demandai-je à Claire, tremblante.

— Oui, à l'exception des paillettes.

— La fille qui vient de sortir. Stacy McGraw. Elle a essayé de me faire peur. Et elle a fait du bon travail.

— Eh bien, elle est partie, maintenant.

— Dieu merci !

— C'est une sorcière ?

Je la regardai en clignant des yeux, essayant toujours de me débarrasser du sentiment déplaisant que m'avait laissé l'expérience que je venais de traverser.

— Tu as deviné.

Je frottai les paillettes avec mes mains.

— Non, ça ne partira pas comme ça. Viens par là.

Claire m'entraîna vers les lavabos, et je les lorgnai, sceptique, sachant que les miroirs au-dessus ne montreraient qu'elle. Elle me tapota le dos.

— Ne t'inquiète pas. Je sais ce que tu es. Ça n'a pas d'importance.

Je la regardai avec surprise.

— Vraiment ?

Elle secoua la tête.

— J'ai connu des tas de vampires au fil des ans. Ma chef d'équipe chez McDo en est une. C'est une vraie garce, mais ça n'a rien à voir avec le fait qu'elle soit une vampire.

Elle entreprit d'épousseter mon visage.

— Stacy a dit que toi aussi tu es une sorcière.

Elle hocha la tête.

— C'est principalement un passe-temps. Mais si tu veux faire invoquer un démon ou transformer ton petit ami en petite créature poilue, je suis celle qu'il te faut. (Elle fronça les sourcils.) J'ignorais qu'on pouvait utiliser des cosmétiques de supermarché. J'ai toujours acheté du sel d'ombre, et c'est très cher. Qu'est-ce qu'elle t'a fait ?

— Je n'en ai pas la moindre idée. Elle a dit des trucs en latin et elle m'a soufflé des paillettes en pleine figure.

— Tu te sens bien ?

Je réfléchis un instant.

— Je suis secouée, mais je me sens tout à fait normale.

— Apparemment, quoi qu'elle ait tenté de faire, ça n'a pas fonctionné. Je crois que tu t'en tires bien.

— Et je dirais que tu as raison.

Quelques minutes plus tard, après avoir retouché mon maquillage en utilisant mon tesson de poche, je retournai dans la salle, sur mes gardes. Je balayai la foule du regard, cherchant Thierry, et je le trouvai dans un coin, serrant d'une main un petit verre de punch. Je l'étreignis, ce qui dut l'avertir que quelque chose n'allait pas. Je lui donnai la version courte de ce qui venait de m'arriver.

—Je crois qu'elle n'était pas ce qu'elle prétendait être, conclus-je. Parce que je me sens bien.

Ses yeux argentés étaient pleins d'inquiétude.

—Elle savait que tu es une vampire?

Je hochai la tête et lâchai un soupir tremblant.

—C'est effrayant. Mais ça n'a pas d'importance. C'est fini. Je pense qu'elle s'est enfuie, parce que je ne la vois nulle part. (Je regardai autour de moi la foule de moins en moins dense. Il semblait que la majorité des invités étaient déjà partis.) Il est temps d'y aller.

—Je crois que c'est une sage décision.

George approcha.

—Vous ne partez pas déjà, n'est-ce pas? Nous nous amusons tellement!

Au temps pour garder l'œil sur moi pour le Diable Rouge. Il avait été bien trop occupé à danser.

—Toi, peut-être.

—Allez, juste une danse. J'ai promis que nous nous amuserions ce soir. (Il regarda Thierry.) Vous n'y voyez pas d'inconvénient, n'est-ce pas?

Thierry haussa un sourcil.

—Une danse, dit-il.

—Vous pouvez vous joindre à nous, si vous voulez.

Thierry déclina l'offre, et George m'entraîna sur la piste où évoluaient déjà cinq ou six autres couples. Ils passaient la chanson de clôture de tous les bals de lycée: *Stairway to Heaven*. Le morceau commence comme un slow, et on se dit que c'est une bonne idée de danser sur ce rythme, mais à la fin… au bout de six minutes, quand les riffs de hard-rock commencent et qu'on se retrouve à danser avec quelqu'un de méchant et qui sent bizarre, on réévalue toute sa vie.

C'était une de mes chansons préférées.

George me fit tournoyer lentement.

— Tu vois ? On s'amuse.

— Oui, je suppose.

Je lui racontai ma mésaventure.

— Chérie, tu es un aimant à problèmes. C'est dans ta nature. Qu'est-ce que nous allons bien pouvoir faire de toi ?

Je soupirai.

— Je n'en ai pas la moindre idée.

Il m'adressa un large sourire.

— Alors, tu étais une vraie garce au lycée ? Je n'aurais jamais deviné.

Il commençait à faire vraiment très chaud dans le gymnase.

— Je ne pensais pas en être une. Mais d'après Stacy, j'étais une salope qui portait des jugements sur les autres et volait leurs petits copains. Pourtant je me rappelle avoir été celle de qui les autres se moquaient. Je commence à croire que le lycée est traumatisant pour tout le monde.

Je m'éventai. Pourquoi avaient-ils monté le chauffage pour les toutes dernières minutes ?

— J'ai eu un précepteur. La Grande Dépression était tellement déprimante. Je pense que c'est pour ça que j'aime autant m'amuser.

— Oui, probablement. (Je posai la tête sur son épaule.) Stacy était folle et obsédée. Elle semblait surprise que je n'aie jamais mordu personne quand je lui ai expliqué que je n'étais pas démoniaque. En fait, je crois que ça l'a amusée.

— Quelle peau de vache.

Je m'écartai un peu de lui.

— Il fait vraiment très chaud ici, ou c'est moi ?

Il se pencha un peu en arrière pour me regarder et eut l'air inquiet.

— Sarah, qu'est-ce qui ne va pas avec tes yeux ?

Je fronçai les sourcils.

— Qu'est-ce que tu veux dire ? Qu'est-ce qu'ils ont, mes yeux ?

— Ils sont complètement noirs.

Mon froncement de sourcils s'accentua.

— C'est très étrange.

Et je plantai mes crocs dans le cou de George.

Chapitre 7

George hurla et essaya de se dégager, mais je tins bon. J'avais tellement soif, et je n'aurais jamais imaginé qu'il puisse être si délicieux.

— Sarah, mais qu'est-ce que tu fais, bon sang ? réussit-il à articuler.

Je ne fis pas attention à lui. Vraiment, ce type parlait trop pour son propre bien.

J'entendis vaguement les autres couples autour de nous, sur la piste de danse.

— Qu'est-ce que Sarah fait à Jim-Bob ? Je croyais qu'elle était avec quelqu'un d'autre ?

— Pauvre Jim-Bob ! Cette femme est une traînée !

— Elle fait un suçon à Jim-Bob sur la piste de danse ! C'est tellement torride !

Au bout d'un moment, je sentis des mains puissantes m'attraper par les bras et m'arracher à George. Celui-ci me regardait, les yeux écarquillés, la main pressée contre son cou.

— Sarah, souffla Thierry à mon oreille. Je crois qu'il est temps de partir.

Sans un mot de plus, il me força à le suivre dehors, me traînant à travers le gymnase, puis le long du couloir bien éclairé. Je sentis bientôt l'air froid sur mon visage, et nous débouchâmes dans le parking. Je me retournai pour regarder le lycée où j'avais passé trois ans. J'avais encore soif. Que se passait-il ? Pourquoi n'étais-je plus à l'intérieur ?

— Sarah. (Thierry me secouait gentiment.) Sarah ! Reviens parmi nous !

Lentement, alors que je respirais l'air glacé, mes pensées commencèrent à s'éclaircir. Mon cœur battait la chamade, me rappelant ma très récente blessure à la poitrine, alors que je me repassais le film de ces cinq dernières minutes.

— Oh, mon Dieu. (J'écarquillai les yeux et les levai sur Thierry, qui avait l'air inquiet. Je portai la main à mes lèvres.) J'ignore pourquoi j'ai fait ça.

Les portes s'ouvrirent en grinçant, et Claire et Reggie nous rejoignirent. George était avec eux.

— Je suis tellement désolée ! dis-je à ce dernier. George, je ne sais pas ce qui m'a pris. Je n'avais pas l'intention de te faire du mal.

— Tout va bien, assura Thierry.

— Tout va bien ? répéta George, qui se tenait toujours la gorge. Elle m'a mordu ! En public. Je suis traumatisé !

Claire s'avança, fronçant les sourcils, pour m'étudier.

— J'ai cru comprendre que tu ne mordais pas, en général ?

— Jamais, c'est la première fois ! C'est ma politique : pas de morsure. (Ma lèvre inférieure se mit à trembloter. Je me sentais malade.) Je n'avais jamais ressenti ça avant, mais je ne pouvais pas le contrôler. Ce n'était pas prémédité. Je n'y pensais même pas… jusqu'à ce que ça arrive.

— Cette sorcière dans les toilettes, dit Thierry. Elle t'a fait quelque chose. C'était peut-être un sort pour que tu attaques un humain et fasses une scène au cours de la réunion. Mais ça ne s'est pas passé comme ça. Il n'y a pas eu de mal.

— Pas eu de mal ? protesta George. Hé ! Il y a un vampire avec une blessure au cou, ici !

Thierry essuya doucement une larme sur ma joue et m'attira contre lui.

— Tout va bien, Sarah. C'est fini.

J'enfouis mon visage dans sa chemise noire, sentis l'odeur discrète de son eau de toilette et commençai à me sentir de nouveau normale. Cela avait été si incroyablement étrange. Une chose pareille ne m'était jamais arrivée auparavant.

Enfin, ce n'était pas tout à fait vrai. Le lendemain de ma transformation en vampire, quand je pensais encore qu'il ne s'était rien passé d'anormal, ma patronne s'était coupé le doigt pendant une discussion avec moi. J'avais temporairement perdu la tête et attaqué son doigt pour le sucer. Elle m'avait virée, pensant que j'étais un monstre aux drôles de mœurs. Mes symptômes de vampire novice venaient de se déclarer et je ne pouvais pas contrôler mes instincts. Un regrettable accident.

Mais cela avait été la seule et unique fois qu'une telle chose s'était produite. Du moins jusqu'à ce soir.

Je venais de prendre une sacrée claque.

— Elle voulait se venger, soufflai-je. Stacy. Et je crois que c'est ce qu'elle disait en latin. Elle voulait que je morde quelqu'un. Elle voulait que j'éprouve de la gêne.

— Personne n'a rien remarqué d'étrange, assura Reggie. Il y avait d'autres personnes qui flirtaient sur la piste de danse, et ils ont cru que Jim-Bob et toi vous faisiez pareil.

— Jim-Bob n'est pas content ! s'exclama George.

Je m'écartai de Thierry et allai vers mon ami, hésitante.

— C'est moche ?

Il retira sa main de son cou, et je tressaillis en voyant les morsures rouges et enflées.

— Assez, mais ça guérira vite.

— Je suis désolée. Sincèrement. Je n'aurais jamais fait ça si je n'avais pas été couverte de paillettes.

Il hocha la tête.

— Je me disais bien que tu brillais plus que d'habitude.

— Alors, tu me pardonnes ?

— Évidemment. La prochaine fois, préviens-moi avant de te jeter sur ma jugulaire, d'accord ?

Cette pensée me rendit malade.

— Je n'avais pas vraiment prévu de le faire. À part avoir eu très chaud, je n'ai eu aucun signe avant-coureur.

— C'est pas très réconfortant, décréta George.

— Je crois que nous devrions partir, dit Thierry.

J'acquiesçai.

— Bonne idée. Je ne peux pas retourner dans la salle. Ils pensent que j'ai compromis l'intégrité de Jim-Bob.

— Tu te sens bien ? demanda Claire.

Je me concentrai. À part mon cœur, qui battait toujours très vite, et un sentiment général d'étrangeté, c'était le cas.

— Oui.

Elle tira un stylo et une feuille de son sac et écrivit quelque chose.

— Si tu as besoin de moi, tu peux me contacter ici.

Je plissai les yeux pour déchiffrer le nom et le numéro.

— Qu'est-ce que c'est ? Un motel ?

— Mon appartement en sous-sol a été récemment condamné à cause d'une petite invasion démoniaque. Alors, je vis avec Reggie à cette adresse. Appelle-moi si je peux faire quoi que ce soit pour toi. En fait, appelle-moi si tu as juste envie qu'on passe un peu de temps ensemble, à l'occasion. Les chutes du Niagara, ce n'est pas si loin.

— Merci, Claire.

Je l'étreignis brièvement.

Reggie m'adressa un signe de tête.

— Content de vous avoir rencontrée, Sarah. Sachez que vous pouvez me mordre dans le cou quand vous voulez.

— Reggie ! cracha Claire.

Il cligna des yeux.

— Euh... ça ne voulait rien dire.

Elle me sourit d'un air pincé.

— On retourne dans le gymnase. Maintenant.

— Nous pouvons rentrer à Toronto dès ce soir, proposa Thierry. Nous n'avons aucune raison de rester plus longtemps.

Je secouai la tête.

— Non, retournons au motel pour avoir une bonne nuit de sommeil. Tout ira beaucoup mieux demain matin.

— Content que tu penses ça, dit George. Moi, je m'en vais. Je vous verrai à votre retour.

Et nous nous séparâmes. Je suppose qu'en mordant George, j'avais annulé sa promesse au Diable Rouge, celle de veiller sur moi. Je ne pouvais pas lui en vouloir. Si quelqu'un m'avait attaquée, je ne resterais pas pour le second service.

J'avais espéré qu'aller à la réunion de ma promo de lycée m'aiderait à me rappeler que, même si j'étais une vampire, je pouvais avoir une vie normale.

D'accord, cela ne s'était pas déroulé exactement comme prévu.

Cependant, trois verres de punch et un cou mordu plus tard, le positif surpassait le négatif... à peu près. Mais j'étais très contente de ne plus jamais devoir rencontrer Stacy McGraw. Voilà une sorcière qui avait bien des problèmes à régler. De préférence loin de moi.

Je suppose que cela aurait pu tourner bien plus mal.

Quand nous fûmes de retour dans notre chambre, au motel, Thierry ferma à clé et se tourna vers moi. Il avait cette capacité à dissimuler ses émotions, un vrai don. Certes, après six ou sept cents ans d'existence, il avait eu le temps de s'entraîner. Mais quand même, il était capable de prendre une expression totalement neutre et il était impossible de lire une quelconque émotion sur son visage douloureusement beau.

Mais cela ne l'empêcha pas de me jeter LE regard. Ses sourcils noirs étaient froncés au point de se rejoindre au-dessus de son nez, sa bouche était pincée et ses mâchoires serrées.

— Je vais bien, affirmai-je. Vraiment.

— Tu me le dirais si ce n'était pas le cas ?

— Fais-moi confiance, je suis très attentive à tout ce que je ressens en ce moment.

Il m'étudia longuement, puis il hocha la tête.

— Au cours de ma vie, j'ai eu des contacts avec ceux qui pratiquent la magie, et cela ne se termine pas toujours de manière si plaisante.

Je jetai mon sac près de la télévision. Mon estomac était encore retourné après ce qui s'était passé.

— Je ne crois pas que George serait d'accord avec toi.

— George va bien.

— Tu as connu des sorcières ?

— Quelques-unes. Je me souviens aussi d'une diseuse de bonne aventure que j'ai rencontrée une nuit. J'avais toujours cru qu'elle n'était qu'un imposteur, mais je me suis rendu compte récemment qu'elle avait beaucoup de talent. Et d'une autre sorcière qui s'était spécialisée dans la création de malédiction contre rémunération.

J'ôtai mes chaussures et les lançai près de la porte.

— Tu crois que Stacy a essayé de m'envoûter ?

Il garda le silence un moment.

— C'était ma première impression, mais puisque tu t'es déjà remise de ce qui est arrivé, je crois que ce n'était qu'un sort temporaire. Elle n'est pas très puissante.

Je secouai la tête.

— Je n'arrive pas à croire que j'ai encore tellement de choses à apprendre. De la magie, des sorcières, des loups-garous. Claire a dit qu'elle pouvait invoquer des démons. Elle était sérieuse, à ton avis ? Pourquoi est-ce que je ne savais rien de tout ça quand j'étais humaine ? Je traversais la vie en pensant que toutes ces choses n'étaient que de la fiction.

Il croisa les bras.

— Comment aurais-tu réagi, si tu avais appris qu'elles n'étaient pas de la fiction ? Qu'elles étaient, en fait, bien réelles ?

Je réfléchis à la question.

— Je n'y aurais pas cru.

— Même confrontés à une chose qui sort de l'ordinaire, comme la vision de crocs, la plupart des humains ne font pas le rapprochement. Ils voient ce qu'ils veulent voir et présument qu'il s'agissait d'un humain avec des incisives particulièrement pointues. Croire toute autre chose les obligerait à redéfinir leur place dans l'univers.

— Tu dois avoir raison.

— Tu as sans doute remarqué que les vampires ne sont pas très différents des humains.

J'acquiesçai.

— À part les crocs, l'absence de reflet et l'immortalité, nous sommes humains.

— Et la soif de sang, ajouta-t-il.

Je me sentis pâlir un peu. Oui. Le sang.

— Je crois que je vais me préparer pour aller au lit. Je suis fatiguée.

Il s'approcha de moi et me mit la main sur la joue.

— Tu n'as pas à te sentir comme si tu avais fait quelque chose de mal. Les vampires, surtout quand ils sont très jeunes, ont besoin de sang. C'est dans ta nature.

— Pas quand ça implique de m'attaquer à l'un de mes meilleurs amis.

Il serra les dents.

— Il vaut mieux cela qu'un humain innocent.

Les vampires prenaient le sang où ils le trouvaient. Celui que je buvais venait exclusivement des fûts livrés au *Refuge*, mais j'aurais très bien pu faire appel à une compagnie de livraison si j'avais voulu en garder sous la main, dans le réfrigérateur. Jusque-là, cela n'avait pas été nécessaire, puisque je pouvais me servir au club quand j'en avais besoin.

J'avais appris que le sang humain était le premier choix. Celui d'un autre vampire venait juste derrière. Puis le sang animal, et en dernier recours un substitut synthétique, qui apparemment avait tous les nutriments nécessaires, mais pas le goût.

Pour moi, le sang humain était le plat de résistance, et celui d'un autre vampire le dessert. Et certains vampires, comme Thierry, préféraient le « sucré ».

C'était tellement bizarre.

Pour conclure, je m'en étais bien sortie, ce soir. Je devrais remercier ma bonne étoile.

Merci, bonne étoile.

Je baissai les yeux sur la bague magnifique à ma main droite, puis les relevai pour croiser le regard de Thierry. Une promesse, avait-il dit. Il n'avait pas précisé quelle était cette promesse. Était-ce de m'aider ? D'être toujours là pour moi sans plus avoir de stupides pensées suicidaires du genre « Je vais sauter d'un pont » dans son cerveau de vampire ? D'avoir un véritable avenir avec moi quand il aurait obtenu l'annulation de son premier mariage avec Véronique ?

Toutes les mentions ci-dessus, s'il vous plaît.

Il haussa un sourcil.

— Qu'y a-t-il ?

— Comment ça : « Qu'y a-t-il ? »

— Pourquoi ce sourire ?

Je le sentis s'élargir.

— Je me rappelle juste à moi-même combien j'ai de la chance.

— De la chance ?

— D'avoir trouvé quelqu'un qui veut bien traverser avec moi les moments les plus dingues de ma vie.

Il me tendit la main.

— Viens, allons laver le reste des paillettes.

Je glissai ma main dans la sienne et il m'emmena jusqu'à la salle de bains. Il mouilla un gant de toilette et retira le reste de la poudre que Stacy m'avait soufflée dans la figure. Il repoussa mes cheveux d'une caresse et passa le linge humide sur mon front, mes joues, mon cou, et même entre mes seins.

— Eh bien, elle en a mis partout, hein ? soufflai-je.

Cela commençait à être infiniment mieux qu'un simple nettoyage.

— Oui.

Il fit glisser la fine bretelle rouge d'une de mes épaules et lava ma peau ainsi exposée, avant de passer à l'autre côté.

Il mouilla de nouveau le gant de toilette sous le robinet et le pressa sur la cicatrice à peine visible de ma blessure. Il croisa mon regard.

— Comment c'est ? demanda-t-il.

— C'est très, très bon.

Je vis ses lèvres frémir et il esquissa un petit sourire.

— Non, je parle de ta blessure. Elle te fait encore souffrir ?

Je baissai les yeux sur ma poitrine. Ma robe rouge empruntée avait glissé assez bas pour la dévoiler presque entièrement. La cicatrice rose était toute pâle et luisante à la clarté de la lumière de la salle de bains.

— Je la sens à peine.

Quelle menteuse je faisais !

Il écarta le linge et fit passer son pouce sur la blessure.

— Ta capacité de guérison s'est beaucoup améliorée.

— Un autre avantage au fait d'être une vampire.

— Oui, mais mon sang t'a permis de guérir bien plus rapidement que je ne l'aurais cru possible. Dans ce cas, je pense que c'est une bonne chose.

Ma robe glissa de quelques centimètres encore. Il effleura mon sein gauche du bout des doigts. Je crois que c'était intentionnel. La chaleur de son contact me faisait l'effet d'une délicieuse brûlure, comme s'il marquait ma peau. Il plongea son regard dans le mien.

— J'ai failli te perdre, cette nuit-là.

— On ne me perd pas facilement.

— Je n'aime pas me sentir si impuissant. J'ignore qui est ce Diable Rouge, mais je lui suis éternellement reconnaissant de t'avoir sauvée.

J'entendais à peine ce qu'il disait. J'étais trop concentrée sur ce que faisait sa main droite.

— Il... devrait avoir une médaille ou un truc comme ça.

— Ou un truc comme ça, acquiesça Thierry.

Je m'humectai les lèvres et essayai de m'éclaircir les idées, mais il me caressait le sein désormais et cela ne me facilitait pas la tâche.

— Tu as déjà reçu un pieu ?

Il hocha la tête.

— Plusieurs fois. Mais jamais aussi près du cœur que toi. Bien trop près.

La robe glissa jusqu'à ma taille quand il se pencha pour embrasser ma blessure. Au-dessus de mon cœur. Je m'appuyai au comptoir de la salle de bains. J'avais le vertige et de plus en plus chaud.

— Ton cœur, dit-il, bat très vite pour une vampire.

Le cœur d'un vampire bat en moyenne quarante fois par minute. Plus lentement que celui d'un humain. Quand j'étais humaine, mon pouls était d'environ soixante-dix pulsations par minutes.

Mais penser à ce genre de faits n'aidait pas mon cœur à redescendre en dessous des cent cinquante. J'étais comme un oiseau mouche à moitié dévêtu.

Thierry fit mine de vouloir me libérer de son emprise, mais j'attrapai sa main et la posai de nouveau sur ma poitrine. Il baissa les yeux dessus, puis il les plongea dans les miens.

— Je n'ai pas encore eu l'occasion de te remercier pour cette magnifique bague, dis-je en tirant sur la fermeture Éclair de ma robe.

D'un léger haussement d'épaules, je la fis tomber autour de mes chevilles.

Thierry me regarda de la tête aux pieds.

— Sarah…

Je portai sa main à mes lèvres et l'embrassai.

Puis je nouai mes doigts dans ses cheveux sombres et je pressai mon corps nu contre le sien. Sans mes talons aiguilles, notre différence de taille d'environ quinze centimètres devenait beaucoup plus évidente, mais je savais m'en arranger. J'attirai son visage vers le mien et effleurai ses lèvres.

— Je t'aime, dis-je. Même dans cette horrible chambre d'hôtel.

Je lui enlevai sa veste hors de prix, la faisant glisser de ses larges épaules, et elle rejoignit ma robe sur le carrelage blanc. C'était une Hugo Boss. Il en avait dix, toutes identiques, dans un placard, chez lui. Puis je tirai les pans de sa chemise noire hors de son pantalon, je la déboutonnai en partant du haut, et elle atterrit sur le reste.

Le torse pâle de Thierry était parsemé de poils noirs. Il était musclé, mais pas comme un accro au culturisme, ce qui m'allait parfaitement parce que, les gros muscles, ce n'était pas mon truc. Les siens étaient longs et durs, et ils étaient parfaits sous mes mains. Il avait quelques cicatrices à peine visibles au milieu de la poitrine, datant de l'époque où il était humain. Il avait été laissé pour mort quand Véronique l'avait trouvé et transformé. C'était ce qu'il lui restait de son expérience aux mains de gens qui avaient voulu le tuer. Je les embrassai, faisant courir ma bouche sur les légères boursouflures.

Puis je le conduisis jusqu'au lit, et je m'y assis pour défaire sa ceinture avec lenteur. Elle était noire, bien sûr, comme le reste de sa garde-robe. Je fis glisser son pantalon sur ses hanches, il se pencha pour presser ses lèvres contre les miennes, et ce baiser me fit tout oublier de mes inquiétudes et de mon stress. Quand Thierry m'embrassait, il n'y avait plus que lui, son goût, et ce besoin d'en avoir toujours plus.

Au bout d'un moment, il rompit notre baiser, mais ses lèvres restèrent suffisamment près des miennes pour que je sente son haleine tiède.

— Ça a été une soirée difficile. Si tu souhaites attendre jusqu'à ce que nous soyons rentrés à Toronto, je comprendrai.

Je lui adressai un large sourire.

— Et ne pas profiter de cette chambre délicieuse ?

Je me déplaçai un peu sur le lit pour lui faire de la place, et je sentis le matelas s'enfoncer quand il s'agenouilla devant moi.

— Tu marques un point.

Il se baissa et je le sentis poser ses lèvres brûlantes sur ma clavicule, puis les faire glisser vers mes seins. J'emmêlai mes mains dans ses cheveux. Il laissa les siennes courir sur mon ventre, jusqu'à ma petite culotte, dont il se débarrassa très efficacement. Elle était rouge, comme la robe, parce qu'assortir mes sous-vêtements à mes vêtements était très important pour moi, pour quelque raison étrange.

J'adorais qu'il me touche comme cela. Ses lèvres et ses mains pouvaient me faire des choses qu'on aurait dû enseigner aux hommes à l'école. J'arquai le dos et étouffai un cri sous sa caresse intime. Il revint s'occuper de ma bouche et il m'embrassa si ardemment que je crus que j'allais m'évanouir.

— Thierry…

Je lui rendis son baiser avec autant de passion et je l'étreignis de tout mon corps, l'attirant plus près de moi.

Je vais vous dire un secret au sujet de Thierry de Bennicœur. Être un maître vampire lui conférait une certaine froideur dans ses émotions et ses actions. Ce n'était pas facile de s'y faire, puisque j'avais l'habitude des rendez-vous arrangés qui essayaient de me sauter dessus au bout de une heure.

Thierry n'était pas comme cela. Il était plein de respect. Il était réservé. Il était…

Je gémis.

… il était un vrai dieu du sexe.

Certaines relations devenaient ennuyeuses, à la longue, la relation physique se faisant monotone. Mais chaque fois avec Thierry… d'accord, je devais admettre que cela n'arrivait pas tous les jours, certaines fois même pas toutes les semaines… mais chaque fois était meilleure que la précédente.

Comme ce soir.

Cet homme me faisait basculer dans la folie.

Littéralement, dans ce cas précis, parce que nous tombâmes du lit. Cela n'était encore jamais arrivé. Merci, minuscule chambre de motel.

— Sarah… (Sa voix était rauque contre ma bouche.) Je t'aime.

— Je t'aime aussi.

J'eus soudain très chaud. Vraiment chaud. Je ne parlais pas du genre de chaleur qu'on éprouvait quand le désir était à son comble. Je n'aurais pas fait attention à cette sensation si je ne l'avais pas déjà éprouvée sur la piste de danse. J'enfouis mon nez dans le cou de Thierry et lui léchai la gorge. Cela le fit gémir.

— La sorcière..., murmurai-je.

— Eh bien, quoi ?

— Elle a dit quelque chose à propos de... te faire du mal parce que j'étais allée au bal de promo avec celui pour qui elle avait le béguin.

Il délaissa mes seins pour faire glisser ses mains jusqu'à mes cuisses, qu'il saisit avant de m'attirer encore plus contre lui.

— Et ?

Je plantai mes crocs dans son cou.

— Sarah... arrête...

Mais son ton n'était pas très persuasif. En fait, sa voix sonnait davantage comme un encouragement à continuer.

Et puis, je ne pouvais pas m'arrêter. Je ne crois pas que je l'aurais pu même si j'avais été capable de penser clairement. Tout ce à quoi je pouvais penser, c'était son odeur – *bonne* –, la sensation de lui en train de me faire l'amour – *très bonne* –, et son goût sur mes lèvres – *très, très bon*.

Au bout d'une ou deux minutes, il referma ses mains sur mes avant-bras et réussit à m'arracher à lui, non sans effort.

La chambre était plongée dans l'obscurité, pourtant je le voyais clairement. Ma vision était l'une des choses qui s'étaient améliorées depuis que j'étais devenue une vampire, mais ce soir elle était encore meilleure que d'habitude. J'avais une vision nocturne parfaite. Les couleurs étaient parties, mais tout était en noir et blanc comme si la lune brillait directement dans la pièce.

Fronçant les sourcils, Thierry effleura la blessure sur sa gorge. Je regardai les morsures devenir de plus en plus petites jusqu'à ce qu'elles aient disparu entièrement. Je guérissais vite, mais pas comme cela. Thierry était un champion.

J'étais certaine qu'il allait être fâché et me le faire comprendre, mais il se contenta de me regarder.

—Tu vas bien ? demanda-t-il.

Si j'allais bien ? Quelle étrange question. J'allais bien, très bien même. Je ne pensais pas avoir jamais été aussi bien de toute ma vie, en fait.

—Ai-je l'air bien, à ton avis ? dis-je, et ma voix me sembla étrange.

Étrange, rauque et sexy.

Il me détailla tout entière du regard, et dans cette position il y avait pas mal de choses à détailler. J'étais certaine qu'il me voyait aussi bien que moi je le voyais. Il se focalisa de nouveau sur mon visage.

—Oui, répondit-il. Mais ce genre de comportement ne te ressemble pas, Sarah. Je suis inquiet quant à ce que cela implique.

—Ce que ça implique… (Je me soulevai et nos lèvres ne furent bientôt plus qu'à quelques centimètres les unes des autres.) C'est que tu me rends folle. Tes caresses, tes baisers, ton corps, je ne peux penser à rien d'autre.

Son regard s'assombrit.

—Vraiment ?

—Oui, et je sais que tu ressens la même chose pour moi. C'est pour ça que tu veux cette annulation.

J'entendis les paroles quitter ma bouche. C'était étrange. Comme si j'assistais à la scène de très loin. Comme si, dans ce film, j'étais une personne qui avait bien plus de confiance en elle.

—Tu me veux. Tu peux à peine te contrôler quand tu es près de moi. Tu veux me faire de très vilaines choses.

Il en eut le souffle coupé quand je l'attirai tout contre moi, écrasant mes seins contre son torse musclé.

—Je ne sais pas de quoi tu parles, dit-il.

J'arquai un sourcil. Ma bouche était si près de la sienne que j'aurais tout aussi bien pu être en train de l'embrasser.

— Oh, je pense au contraire que tu le sais très bien. Tu ne te rappelles pas ? Une nuit, il n'y a pas si longtemps ? Le goût de mon sang t'a rendu dingue.

Il fronça les sourcils au point qu'ils forment une ligne.

— C'était une terrible erreur.

— Vraiment ?

— J'ai failli te tuer, ce soir-là.

Je souris, caressant son visage de mes mains, et j'effleurai sa bouche avec la mienne.

— Mais tu ne l'as pas fait. Je vais bien. Je suis ici, avec toi. Tu crois que je serais restée avec un homme capable de me tuer ?

— Sarah, souffla Thierry. Tu n'es pas toi-même en ce moment.

— Bien sûr que si.

Je l'embrassai et glissai ma langue dans sa bouche, l'explorant jusqu'à ce que je trouve la sienne. Malgré ses protestations, il ne m'arrêta pas, et il me rendit même mon baiser. Avec passion. Je souris contre ses lèvres.

Je pris mes cheveux bruns d'une main et dévoilai mon cou.

— Mords-moi, Thierry. Plante tes crocs dans ma peau et bois autant que tu veux. Je veux que tu me goûtes.

J'entendis un grondement sourd, et un désir douloureux prit possession de mon corps. Il embrassa ma gorge.

— Ne me pousse pas à faire ça, Sarah.

— Je ne te pousse à rien du tout. Tu en as envie.

— Oui, mais…

Je pressai mon cou contre ses lèvres.

— Perds tout contrôle, Thierry. Libère-toi de cette maîtrise de toi. C'est la seule chose qui ait le pouvoir de nous séparer.

Son cœur battait maintenant aussi vite que le mien, un peu plus tôt, dans la salle de bains.

— Que t'a-t-elle fait ?

C'était une excellente question. Alors que je m'enroulais autour de lui comme un anaconda en chaleur, le suppliant de me mordre, je me demandai la même chose.

La dernière fois qu'il m'avait mordue, j'avais failli mourir. À l'instant où il avait goûté mon sang, il avait perdu tout contrôle, alors que je savais à quel point il lui était difficile de se retenir. J'étais en train d'essayer de lui faire faire une chose qu'il ne voulait pas faire, même si une partie de lui devait lui crier de saisir l'occasion. Je le sentais. J'en avais le goût dans la bouche.

Il m'attrapa par les poignets et s'allongea sur moi, m'enfonçant dans la moquette à la propreté douteuse, pour presser son visage contre mon cou.

La majeure partie de moi était en extase d'avoir ce genre d'effet sur lui, de pouvoir briser toutes les barrières qu'il avait érigées. Mais une toute petite lui hurlait d'arrêter avant qu'il soit trop tard.

La plus grosse lui intima de se taire en la traitant de rabat-joie.

Thierry se recula un peu et je vis que ses yeux argentés étaient devenus complètement noirs. Il étudia mon visage, y cherchant sans doute un signe que je voulais qu'il arrête. Quand il ne vit aucun drapeau rouge, il se baissa de nouveau, et il égratigna ma gorge juste au-dessus de l'endroit où battait mon pouls.

Ses crocs commencèrent à pénétrer ma chair, me procurant une douleur exquise, puis il se figea. Il s'écarta et il me regarda, secouant la tête avec lenteur. Il avait une expression que je ne lui avais encore jamais vue. Je l'avais connu sans aucune émotion. En colère. Inquiet. Plein de passion.

Mais je ne l'avais jamais vu paniqué.

— Non, réussit-il à dire. Je ne peux pas faire ça.

J'essayai de l'attirer de nouveau contre moi, mais il se mit hors de portée.

— Je ne veux plus te faire de mal. (Sa voix était à peine un murmure. Ses yeux deux puits d'obscurité.) Il y a quelque chose qui ne va pas, et nous trouverons ce que c'est, mais je refuse de te faire du mal.

Avant que j'aie pu dire un mot, il se leva et gagna la salle de bains, claquant la porte derrière lui.

J'entendis qu'il fermait à clé.

Ma déception se mua en incrédulité.

Qu'est-ce que... ? (Je regardai autour de moi.) *Qu'est-ce qui vient de se passer ?*

Mais je ne pouvais pas faire comme si j'avais oublié. Parce que je me souvenais de tout.

Merde. Je lui avais fait le coup de la veuve noire. Je l'avais mordu et j'avais essayé de l'inciter à me mordre.

J'étais devenue une vraie morsurolique.

Je grimpai sur le lit et tirai les couvertures sur moi. Une soudaine vague de sommeil me balaya, et avant que je puisse réfléchir encore je m'endormis.

Aller à la réunion des anciens élèves de ma promo de lycée pour me sentir normale n'avait peut-être pas été une si bonne idée, après tout.

On en apprend tous les jours.

Chapitre 8

J'ouvris les yeux avec peine et jetai un coup d'œil au réveil numérique sur la table de nuit. Il était 10 heures. J'avais dormi presque douze heures d'affilée et je ne me rappelais aucun rêve, prophétique ou pas.

Un bon départ.

Les souvenirs de la soirée remontèrent à la surface. Je grognai, à la fois incrédule et embarrassée, et enfouis ma tête dans l'oreiller. Je n'arrivai pas à croire que je sois soudain devenu une nympho mordeuse de cous. Mais c'était le passé. C'était fini maintenant. Je me sentais bien plus équilibrée. Il suffisait souvent d'une bonne nuit de sommeil.

— Tu es réveillée, dit une voix grave.

Je grimaçai.

Je regardai par-dessus le drap amidonné et vis Thierry assis dans le fauteuil près du téléviseur. Il était déjà habillé. Les rideaux étaient tirés, aussi faisait-il encore sombre dans la chambre.

— Bonjour, croassai-je.

— Comment te sens-tu ? demanda-t-il.

— Mieux.

— C'est bon à entendre. Nous allons devoir être attentifs à ce comportement étrange, Sarah. Et nous devons retrouver la sorcière à qui tu as parlé hier soir. J'ai déjà passé plusieurs coups de fil pour connaître son adresse.

Je me raclai la gorge.

— Je ne veux pas la revoir. La prochaine fois, elle pourrait me transformer en crapaud.

Il ne sourit pas. Son téléphone portable sonna et il le tira de la poche de sa veste.

— Nous devons partir très vite. Je te laisse un peu d'intimité pour t'habiller.

Il ouvrit la porte et sortit de la chambre pour prendre l'appel.

Je restai allongée encore une minute à contempler le miroir au plafond qui ne reflétait qu'un lit défait et l'empreinte de mon corps dans le matelas. Puis je me forçai à me lever. Je pris une douche, rassemblai mes cheveux en une courte queue-de-cheval, m'habillai et fourrai mes vêtements sales dans mon sac de voyage. Enfin, je m'assis sur le lit, essayant de ne penser à rien, ce qui ne fut pas un succès.

J'allais bien. Je me sentais bien. Rien ne clochait. Plus vite nous partirions de là et retournerions à une vie normale, mieux ce serait. Je voulais me sortir ce voyage malheureux de la tête pour toujours.

Deux cous mordus. Ce serait tout. *Finito.* Fini.

Stacy devait être une sorcière bien étrange. Quel genre de sort stupide m'avait-elle jeté, d'ailleurs ?

Être transformée en crapaud aurait été tellement pire.

Mon petit discours d'encouragement intérieur commençait à faire effet, et quand Thierry revint j'étais prête à partir. Je souriais même un peu.

Il haussa un sourcil.

— Je suis content de voir que tu as l'air d'aller mieux.

— C'est le cas. Je sais que ce qui s'est passé hier soir était très étrange. Je suis désolée. Je te promets que ça n'arrivera plus.

Il m'étudia un moment.

— Je ne te blâme pas. Tu n'étais pas toi-même.

Non, c'était vrai. Si j'avais été moi-même, j'aurais été maladroite et je me serais excusée, au lieu de la jouer sensuelle et séductrice. Cela ne me ressemblait tellement pas ! Une petite partie de moi aurait aimé avoir ce genre d'assurance tout le temps, mais si cela devait s'assortir d'une soif de sang incontrôlable, alors, non merci.

Peut-être devais-je voir cela comme une excellente occasion d'être reconnaissante pour ce que la vie m'avait donné. Je cherchais toujours un moyen de fuir, de redevenir ce que j'avais été, autrement dit normale et humaine. Je n'avais jamais pris le temps de me prouver qu'être un jeune vampire, ce n'était pas si mal, quand on faisait abstraction des chasseurs.

Thierry prit mon sac et me tint la porte. Je mis mes lunettes de soleil et, souriant avec autant d'optimisme que j'en étais capable, je sortis…

… dans les feux brûlants de l'enfer !

Je hurlai et levai les mains pour me protéger le visage. Le soleil n'était pas seulement aveuglant, c'était une boule de torture brûlante qui semblait vouloir me frire le cerveau. Mon champ de vision se remplit d'une vive lumière blanche parsemée de taches noires, et mes mains me firent très mal. Je n'avais jamais rien senti de pareil de toute ma vie.

Thierry attrapa le dos de mon manteau, me tira à l'intérieur et referma la porte. La douleur cessa immédiatement. Je haletais quand je levai les yeux sur lui. Je n'aimai pas son expression.

Mes mains avaient la même apparence que si j'avais passé la journée à la plage enduite d'huile de friture. Elles étaient toutes roses. Et des volutes de fumée montaient de ma peau.

— Tes yeux sont entièrement noirs, dit Thierry.

— Oh, mon Dieu.

Je m'empressai de ramasser mes lunettes de soleil, qui étaient tombées, et de les remettre fermement en place. Puis je me calmai et me concentrai. Avais-je envie de le mordre ? Non. Pourtant mes yeux étaient noirs ?

J'avais failli griller au soleil. Simplement à la lumière du jour.

Mais le soleil ne me gênait pas. Du moins pas tant que cela. D'accord, j'y étais un peu sensible, et j'avais toujours envie de faire la sieste après y être restée trop longtemps. Mais ça ? Dire que c'était anormal serait un euphémisme.

Si j'étais restée dehors plus longtemps, j'étais certaine que cela m'aurait tuée.

— C'est quoi un… nocturne ?

— Pardon ?

— Stacy… elle a mentionné quelque chose en passant, hier soir. Je n'y ai pas vraiment fait attention. Mais elle m'a demandé si je savais ce qu'était un nocturne. Puis elle m'a conseillé de te poser la question.

Il hésita.

— Les nocturnes étaient un type de vampires qui existait il y a bien longtemps. Ils avaient bien des traits toujours associés au vampirisme. C'est à cause de cette forme rare de vampires que nous avons tellement d'idées fausses au sujet de ce que nous sommes en réalité. Les nocturnes n'existent plus. (Son expression était indéchiffrable.) Qu'a-t-elle dit d'autre ?

Je repensai à l'étrange conversation que j'avais eue avec elle après qu'elle m'avait dit savoir que j'étais une vampire. Je lui avais assuré que j'étais normale, gentille, et pas du tout un monstre.

Et elle voulait se venger.

Oh, merde !

— Elle m'a envoûtée, n'est-ce pas ? dis-je. Et je suis devenue une nocturne, c'est bien ça ?

— Je crois qu'elle t'a envoûtée, oui, mais, puisqu'il n'y a pas d'autres symptômes, nous ne pouvons pas arriver à cette conclusion. Mais, quoi qu'elle t'ait fait, il semble qu'elle se soit inspirée des mythes vampiriques communs.

— Comment vais-je faire pour sortir ?

Après la chaleur brûlante que j'avais sentie dehors, alors que nous étions en février et qu'il faisait -10 °C, ce qui n'était pas bon signe, je me demandais quelles autres choses pouvaient bien encore clocher chez moi.

— Je vais être coincée ici jusqu'au coucher du soleil ?

Je regardai, autour de moi, la chambre qui ressemblait désormais à une horrible prison.

— Nous devons rentrer à Toronto.

— Vas-y. (Ma voix tremblait.) Je reste ici.

— Non, je ne te laisserai pas comme ça. Nous allons rentrer, nous localiserons cette sorcière et nous lui ferons briser le sort. C'est aussi simple que ça.

Il semblait si calme et confiant que je voulus le croire.

Il se tenait dos à la porte. Il gardait ses distances avec moi. Je ne pouvais pas le lui reprocher après ce qui s'était passé la veille. Ou bien il pensait que j'allais me transformer en supernova et me consumer spontanément.

J'avais eu tort. C'était bien pire qu'être changée en crapaud.

Je m'assis sur le bord du lit défait.

— Mais comment puis-je rentrer à Toronto avec toi ? Ta voiture a des tas de vitres. Je serais comme un sachet de pop-corn dans un micro-ondes.

Il inspira profondément et expira avec lenteur.

— C'est simple. Tu voyageras dans le coffre.

J'écarquillai les yeux.

— Tu es sérieux ?

— Non. J'essayais de faire de l'humour pour alléger l'atmosphère.

Je clignai des yeux.

— Surtout, n'abandonne pas ton job pour devenir comique.

Il approcha pour me caresser le visage avec douceur.

— Ne t'inquiète pas, Sarah. Il y a une solution simple à cette situation. Nous trouverons la sorcière. Et je suis certain que je réussirai à la convaincre de nous aider.

Je sentis le poids de ces mots. Oui, Thierry avait le pouvoir de faire ce qu'il voulait. Les maîtres vampires pouvaient être très convaincants.

— Alors, quel est le plan ? demandai-je. Trouver Stacy ? Et si c'est impossible ?

— Je la retrouverai. Dès notre retour en ville, nous irons voir Barry : il a déjà été maudit, il pourra nous aider.

Thierry passa un autre coup de fil, et je téléphonai à mes parents pour leur dire au revoir. Ils s'excusèrent vaguement d'avoir si mal réagi en faisant la connaissance de Thierry, disant qu'ils avaient sans doute été un peu trop virulents, mais tout ce qu'ils voulaient, c'était que je sois heureuse. Je leur assurai que je l'étais, et je le dis avec toute la conviction dont j'étais capable. Cela sembla fonctionner. Heureusement, ils ne me demandèrent pas de m'arrêter en partant pour leur faire mes adieux, ce qui était une bonne chose, parce que je me voyais mal leur dire qu'ils ouvriraient la porte à une grosse boule de feu.

Une demi-heure plus tard, la solution de Thierry à mon problème arriva. Il s'agissait d'une camionnette. Enveloppée dans l'affreux couvre-lit, je courus jusqu'à l'arrière et me jetai à l'intérieur. La porte se referma, me plongeant dans l'obscurité. Je sentis le véhicule se mettre en branle et je comptai les minutes jusqu'à Toronto.

La porte d'entrée était grande ouverte à mon intention quand nous arrivâmes chez Amy et Barry. Je le vis, de l'arrière de la camionnette.

— Aussi vite que possible, dit Thierry, tendu.

Mon couvre-lit fermement en place, je partis en ligne droite vers l'entrée. Amy était là, me faisant signe. Elle avait l'air inquiète. Sans doute à cause de la couverture qui m'enveloppait comme un hideux cocon à motif cachemire. L'intérieur de leur maison semblait si sombre, si accueillant, qu'il me tardait d'y être. Malgré le couvre-lit, je sentais le soleil darder vers moi ses minirayons de la mort.

Je ne ralentis pas en arrivant devant le seuil. Ce qui fut plutôt malheureux, parce que j'eus l'impression de foncer tout droit dans une porte en verre. Je me heurtai à la barrière et tombai à la renverse. Thierry me rattrapa avant que je touche le sol.

— Bon sang, quoi encore ? dis-je tout haut, me sentant meurtrie et secouée, et un peu carbonisée.

Barry apparut près de sa femme. Il faisait bien trente centimètres de moins qu'elle, et Amy n'était pas vraiment une Amazone. Il portait un petit costume bleu et il m'étudia un moment, les bras croisés.

Je commençai à avoir de plus en plus chaud dans mon cocon.

— Oui, il semblerait que ce soit une malédiction, dit-il.

Puis il me sourit. *Il me sourit !*

Sale rat. Dès l'instant où nous nous étions rencontrés, il m'avait tapé sur les nerfs. On parlait toujours d'amour au premier regard, jamais de haine au premier coup d'œil. J'avais essayé de l'apprécier. Vraiment. Mais le fait que ma meilleure amie était tombée raide dingue de cet avorton, qu'elle l'avait laissé la transformer et l'avait épousé dans la foulée, n'avait pas arrangé les choses.

Il me rendait bien mes sentiments. Cela avait quelque chose à voir avec la manière dont je corrompais Thierry, ce qui ne facilitait la vie à personne.

Enfin peu importe.

Je m'efforçai de ne pas paniquer.

— Je ne peux pas entrer. Qu'est-ce que je vais faire ?

Amy se tordait les mains.

— Je vais chercher l'extincteur. Au cas où.

— Ce ne sera pas nécessaire, soupira Barry. Je t'invite dans ma maison, Sarah Dearly.

Je coulai un regard à Thierry, qui hocha la tête, l'expression toujours tendue.

J'essayai de franchir le seuil, m'attendant à rencontrer une résistance, mais il n'y en eut aucune. Thierry ferma derrière nous.

Je laissai le couvre-lit tomber en tas sur le sol dans le couloir de la demeure d'Amy et de Barry. Amy me serra dans ses bras et écarta les mèches de cheveux collées par la sueur à mon front.

— Pauvre Sarah ! s'exclama-t-elle. On trouvera cette sorcière et on l'obligera à briser ce sort stupide.

— Ce serait une bonne chose, approuvai-je. Il est plutôt problématique.

— Heureusement, en cette saison, le soleil se couche avant 18 heures.

Je fis l'effort d'un faible sourire.

— Hourrah !

— Pourquoi portes-tu encore tes lunettes ? demanda-t-elle.

— Oh, parce que.

Je les retirai le temps de lui montrer mes globes oculaires entièrement noirs.

Elle écarquilla les yeux.

— Beurk. (Puis elle remarqua ma main.) Tu as une nouvelle bague ! Oooh ! C'est Thierry qui te l'a offerte ?

J'acquiesçai.

— Pour la Saint-Valentin. En avance.

— C'est magnifique.

— Sarah doit désormais être invitée dans une maison avant de pouvoir y entrer, dit Thierry à voix haute, pourtant il semblait se parler à lui-même. Elle a une soif de sang incontrôlable et le soleil la brûle.

Il échangea un regard avec Barry.

Barry m'étudia encore, un sourire jouant sur ses lèvres.

— Voilà une malédiction très intéressante.

Je le lorgnai.

— Thierry a dit que toi aussi, tu avais été envoûté.

— C'est vrai.

— Qu'est-ce que c'était ?

— C'est personnel.

Je m'assis lourdement sur le banc en bois qu'ils avaient dans leur entrée. À côté, il y avait un porte-chaussures pour les vingt paires préférées d'Amy. L'une d'elles, remarquai-je, était à moi. Elle me l'avait empruntée un an plus tôt et je l'avais complètement oubliée.

— La malédiction de Barry devait l'empêcher de parler pendant cent ans, répondit Thierry.

Je ricanai.

— Pourquoi avez-vous brisé un sort si utile ?

Barry me foudroya du regard.

— Ce n'était pas drôle.

— Ça non plus.

— Nous l'en avons débarrassé en retrouvant la sorcière qui l'avait jeté et en lui demandant de le briser. C'est aussi simple que ça, dit Thierry. Barry, j'ai commencé mon enquête. Je sais qu'elle vit en ville, mais son téléphone est sur liste rouge.

— Je vous aiderai de mon mieux, maître.

Je levai les yeux au ciel. Cela me faisait froid dans le dos quand il donnait du « maître » à Thierry. Surtout quand il se fâchait parce que personne ne voulait faire pareil. Je comprenais, en quelque sorte. Trois cents ans auparavant, Thierry avait sauvé Barry en l'arrachant à une foire où il était montré comme un vampire miniature. Entendre cette histoire avait un peu adouci mes sentiments pour le mari de mon amie, mais pas autant que je l'aurais cru.

— Butch a appelé un peu plus tôt pour dire qu'il serait de retour dans la soirée, annonça Thierry. Je lui ai dit de venir directement ici.

Eh bien, c'était un soulagement. Même si je n'aimais pas avoir un garde du corps sur les talons à tout instant, cela réduisait mon stress. Un peu.

— J'ignore si vous en avez entendu parler, dit Barry. Mais Gideon Chase est mort.

Thierry hocha la tête.

— Oui, on m'en a informé.

Barry se rendit dans la cuisine et en revint avec un morceau de papier.

— J'ai imprimé ça, ce matin. Je l'ai trouvé sur Internet.

Je jetai un coup d'œil à la feuille. C'était la nécrologie de Gideon Chase sur le site des CVA (Chasseurs de vampires d'Amérique). Elle était accompagnée d'une photo de Gideon Chase en smoking, souriant à l'objectif. Il avait été très bel homme : pommettes ciselées, forte mâchoire, cheveux presque aussi foncés que ceux de Thierry et regard très vert qui semblait me transpercer en dépit de la mauvaise qualité de l'impression.

Je plissai les yeux.

J'espère que tu auras plus de chance dans une autre vie, salaud.

Amy regarda par-dessus mon épaule.

— Mince, il était canon. Dommage qu'il ait été si mauvais.

— Tous les chasseurs de la ville qui étaient affiliés à Chase sont à son enterrement, dit Thierry. La ville est calme, en ce moment. Cela nous permettra de ne pas trop nous inquiéter alors que nous cherchons la sorcière.

— Vous la retrouverez, je le sais, déclara Amy avec conviction.

Elle s'était détournée de son mari et de feu sexy-Gideon pour regarder Thierry. Je fus témoin d'un peu trop de battements de cils.

Thierry se racla la gorge.

— J'apprécie votre confiance.

Son visage s'illumina.

Bien. Il allait falloir qu'elle et moi nous ayons une discussion au sujet de son béguin pour mon petit ami.

— Qu'est-ce que je peux faire pour vous aider ? demanda-t-elle.

— La meilleure chose à faire, pour le moment, c'est de tenir compagnie à votre amie en attendant notre retour.

En d'autres termes, je serais une gêne plus qu'autre chose. Je n'étais pas surprise. Je décidai de ne pas argumenter. La journée avait déjà été bien assez difficile.

— D'accord, je resterai ici si tu peux faire un truc pour moi, dis-je. Tu peux aller chez George me ramener mes albums du lycée ? Mes parents me les ont envoyés la semaine dernière pour que je me rafraîchisse la mémoire avant d'aller à la réunion. Peut-être que si je les feuillette de nouveau, je pourrai me souvenir mieux de Stacy.

Thierry acquiesça.

— J'irai les chercher.

— Est-ce que ça ira si nous allons faire du shopping plus tard ? demanda Amy. J'ai des trucs à acheter.

Thierry parut réfléchir à la question. Il me regarda.

— Si tu te sens bien quand Butch arrive, et si c'est après le coucher du soleil, alors tu peux quitter la maison. J'ai informé Butch de la situation et il ouvrira l'œil pour déceler tout signe d'un comportement inhabituel.

Ma baby-sitter. Mais si cela signifiait que je pouvais sortir, alors j'étais pour. Je détestais être enfermée quelque part, sauf si c'était dans un centre commercial.

Je me mordillai la lèvre inférieure.

— Je n'ai pas l'intention de mordre qui que ce soit. Je me sens tout à fait normale.

— Quand bien même. (Les mâchoires serrées, il s'avança vers moi et fit courir une main chaude le long de mon bras.) S'il te plaît, sois prudente.

Je hochai la tête.

— Promis.

Je me mis sur la pointe des pieds et attirai son visage pour l'embrasser. Ses lèvres se posèrent sur les miennes et notre étreinte se fit aussitôt plus fougueuse. Malgré la présence de Barry et Amy, je ne pouvais pas m'arrêter. Je ne le voulais pas. Je m'accrochai à lui avec passion. Il pressait fermement ses mains contre le creux de mes reins.

Puis il se raidit contre mes lèvres.

— Qu'est-ce qu'il y a ?

— Je crois que nous devrions éviter ce genre de choses tant que nous n'aurons pas réglé le problème. (Il plongea son regard dans le mien. Ses yeux étaient noirs.) Il semble qu'il y ait quelque chose dans cette malédiction qui m'affecte aussi.

Je ne le lâchai pas. Lui non plus. C'était étrange de voir une personne avec des yeux entièrement noirs, sans aucun blanc, mais cela allait étrangement bien à Thierry. Sur lui, ils étaient à leur place. Cela lui donnait un côté dangereux que je trouvais très attirant.

Je savais que mes pensées s'embrumaient. Je m'en rendis compte mais ça me semblait très lointain. Je voulais l'embrasser encore. Même son avertissement n'était pas parvenu à refréner mon besoin grandissant.

— Euh, OK, qu'est-ce qui se passe au juste ? demanda Amy, mal à l'aise.

— Je n'arrive pas à me contrôler, dit Thierry en caressant mon cou, avant de pousser un grognement sourd.

— Alors, n'en fais rien, le provoquai-je.

Il m'attira brutalement contre lui et broya mes lèvres sous les siennes. Il m'embrassa à pleine bouche, comme s'il essayait de me dévorer. Je serrai mes bras autour de lui et lui rendis son baiser avec autant de passion.

— Séparons-les, dit Barry. Vite !

Je fus arrachée à Thierry. Barry me tenait par les bras, et je me mis à me débattre sans réfléchir. Je pivotai en feulant et l'envoyai bouler à travers la pièce d'un coup de poing. Deux reproductions de Monet, encadrées, atterrirent sur le sol, et leurs verres se brisèrent sous l'impact.

Soudain, la brume dans mon esprit se dissipa aussi vite qu'elle était venue, comme si on m'avait jeté un verre d'eau glacée à la figure. Je portai la main à ma bouche, enflée par les baisers.

— Je suis tellement navrée, dis-je à Barry. Je paierai pour les faire réparer.

Barry se releva en brossant ses vêtements et me jeta un regard noir. Amy tenait toujours le bras de Thierry. Apparemment, il ne l'avait pas envoyée valser à travers la pièce, comme je l'avais fait à son mari.

— Ajoutez « force accrue » à la liste, dit ce dernier à Thierry. Je crois que nous savons maintenant à quoi nous avons affaire.

— À un nocturne, hein ? demandai-je, sentant mon estomac se serrer.

L'expression de Thierry était peinée quand il me regarda. Je vis ses yeux redevenir normaux.

— Nous allons nous en occuper. Et, pour ça, nous devons partir immédiatement.

Barry hocha la tête, approcha d'Amy et l'embrassa sur la joue, lui demandant d'être prudente.

Thierry resta où il était, près de la porte. Il fronçait les sourcils.

— À bientôt, Sarah.

Et sur ces mots il suivit Barry hors de la maison, faisant bien attention à ne pas laisser entrer plus de lumière que nécessaire.

Amy se tourna vers moi avec lenteur.

— C'est vraiment une malédiction terrible.

Je laissai entendre un long soupir.

— Rappelle-moi de ne plus jamais aller à une réunion d'anciens élèves, d'accord ?

— Euh, Sarah ? Tu n'as pas l'intention de m'attaquer, hein ?

Je déglutis avec peine.

— Absolument pas.

Elle plissa les yeux et souleva le rideau de la porte d'entrée, m'obligeant à sauter à l'abri du rai de soleil.

— Quel pauvre type.

— Qui ?

— Thierry. Sérieusement, je peux à peine supporter d'être dans la même pièce que lui. Je crois que je comprends enfin ce que tu ressens pour Barry, parce que j'ai les mêmes sentiments pour Thierry.

Je me rassis sur le banc. J'étais fatiguée, et je n'étais debout que depuis cinq heures.

— En fait, il y a une différence.

— Oh ? Et laquelle, je te prie ?

Je croisai son regard.

— Je ne fais pas les yeux doux à ton mari.

Elle eut l'air étonnée.

— Mais de quoi tu parles ? Je déteste Thierry !

— Oui, à peu près autant que le cheesecake à la fraise.

— J'aime le cheese-cake à la fraise !

Je me croisai les bras sur la poitrine.

— Exactement.

— Sarah, tu n'y es pas du tout.

Je faillis rire tant elle semblait mortifiée.

— Ça n'a pas d'importance. Sérieusement. Ton petit béguin pour mon copain est le cadet de mes soucis en ce moment.

Elle prit un air coupable.

— Je ne sais pas ce qui cloche chez moi.

— Nous sommes deux.

Elle secoua la tête.

— Je n'aime pas Thierry. C'est vrai. Je ne ferai jamais rien, mais il y a quelque chose chez lui qui… il est juste si… je ne sais pas. (Elle soupira.) Tu sais ?

Je me contentai de la regarder.

— Ouais, je vois.

— Tu te sens mieux ? Tes yeux sont redevenus normaux.

— Oui, bien mieux. (J'y réfléchis un instant.) Thierry a sans doute raison au sujet de la malédiction quand il dit qu'elle l'affecte aussi. Quand il n'est pas là, mon esprit est plus clair.

— Cet homme sait embrasser, dit-elle sur un ton rêveur.

Je lui adressai un regard.

Elle se racla la gorge.

— Alors, nous attendons Butch et le coucher du soleil. Ça fait plusieurs heures à tuer. Tu veux regarder un DVD ?

— D'accord, mais rien de bizarre, ni de violent, ou de potentiellement dangereux pour moi dans mon état fragile.

— Que dirais-tu d'*Une nuit en enfer* ?

— Parfait.

Chapitre 9

Je décidai de ne pas partager avec Amy le fait que j'avais presque forcé Thierry à me mordre la nuit précédente. Sachant que j'avais frôlé la mort, la première fois qu'il m'avait fait cela, elle ne l'aurait sans doute pas très bien pris. Moi-même je ne pensais pas que c'était une bonne chose.

Nous regardâmes le DVD. Je l'avais malheureusement confondu avec une comédie romantique. Cela n'en était pas une. Quand l'un des personnages se fit arracher la gorge par une vampire, je demandai à Amy d'arrêter le film et de mettre quelque chose de plus doux et gentil. Nous finîmes par nous rabattre sur Winnie l'Ourson.

Il y avait bien moins de vampires assoiffés.

Alors que j'attendais l'arrivée de mon garde du corps, je me rendis compte que je détestais me sentir sans défense. C'était un sentiment que j'avais fait mien, par la force des choses, mais cela ne signifiait pas que je l'appréciais. Je voulais être dehors, en train d'aider Thierry au lieu de rester là comme une fainéante affublée de crocs.

— Le soleil s'est officiellement couché, annonça Amy.

C'était une excellente nouvelle. Je regardai dans la rue et vis Butch approcher de la maison. Je lui ouvris la porte.

Butch devait peser près de cent cinquante kilos. Il était taillé pour faire usage de force brute plutôt que d'endurance, comme le défenseur d'une équipe de rugby. Il avait le crâne rasé et un bouc châtain. Sous sa veste d'hiver, il portait toujours un tee-shirt noir avec une phrase imprimée dessus. Aujourd'hui, elle disait : « Tu utilises la Force. Je me servirai de mes poings. » Il était chaudement recommandé en tant que garde du corps pour vampire.

En plus, c'était un fan de téléréalité.

J'avais songé à ne pas quitter la maison d'Amy après ce qui était arrivé avec Thierry, mais les quatre dernières heures s'étaient écoulées sans incident, la nuit était tombée et un petit coup d'œil dans mon tesson m'apprit que mes yeux étaient toujours normaux. Butch donna son accord pour une petite sortie.

J'attendis que le brouillard retombe sur mon esprit, mais il ne se passa rien. J'avais les idées claires.

— Qu'as-tu sur ta liste ? demandai-je.

— De la lingerie, répondit Amy. C'est l'anniversaire de Barry la semaine prochaine.

— Et il aime porter de la lingerie ? Je n'aurais jamais imaginé ça. Quelle est sa couleur préférée ?

— Ce n'est pas pour lui, idiote, mais pour moi.

— Veille juste à ne pas porter de tee-shirt avec l'inscription « Thierry est chaud comme un chorizo ». Il pourrait ne pas comprendre.

Elle coula un regard à Butch et ses joues s'empourprèrent.

— Je croyais que nous devions laisser tomber le sujet ?

— Oh, oui. Voilà, je laisse tomber.

Son béguin pour Thierry était passé d'agaçant à amusant. Le fait qu'elle soit complètement gênée par la situation la rendait encore plus drôle.

— Vous êtes mariée, Amy, remarqua Butch, très perspicace. Vous ne devriez pas regarder d'autres hommes.

— Merci pour votre opinion, répliqua-t-elle sèchement tout en mettant son manteau. Même si je ne vous l'ai pas demandée.

Il haussa ses épaules massives.

— Je crois que, quand on est marié, on ne devrait regarder personne d'autre. C'est mal.

Amy me lança un regard.

— Sarah sort avec un homme marié. Qu'est-ce que vous en pensez ?

— C'est différent, répondis-je vivement. On peut y aller, maintenant ? S'il te plaît ?

La promesse d'une annulation n'était rien de plus pour l'instant : une promesse. Je ne voulais pas annoncer la nouvelle tant que ce ne serait pas concret. Alors, je le crierais sur tous les toits.

Mais cela appartenait à l'avenir. Je devais d'abord affronter le présent.

Présent qui impliquait d'aller acheter de la lingerie avec ma meilleure amie pendant que mon petit ami cherchait la sorcière qui m'avait jeté une vilaine malédiction.

C'était un conte de fées romantique ou je ne m'y connaissais pas.

À chacun de mes pas à l'intérieur du Toronto Eaton Centre, mon centre commercial préféré au cœur de la ville, je me demandais : *Est-ce que je vais bien ? Ai-je envie de mordre quelqu'un ?*

Et je pouvais répondre : *Oui, je vais bien, et non, je ne ressens aucune pulsion de planter mes crocs dans qui que ce soit.* Je me sentais parfaitement normale. Il était évident que cette situation était temporaire. Je pouvais l'affronter, à court terme, surtout avec Thierry sur la piste de Stacy.

Je m'autorisai donc à me détendre un peu. Mais juste un peu.

Je n'avais pas fait les magasins depuis deux semaines. Principalement parce que j'étais fauchée. Ce n'était pas drôle de faire du lèche-vitrines quand on savait ne rien pouvoir acheter. Bien sûr, je pouvais sans doute emprunter la carte de crédit de Thierry quand j'en avais envie. Une moitié de moi le voulait. Cette moitié qui souhaitait refaire la garde-robe partie en fumée avec le reste de mon appartement. Mais l'autre moitié aspirait à bien agir et attendre. Gagner mon propre argent, même si j'ignorais encore ce que je voulais faire, et m'acheter ce dont j'avais besoin.

C'était la voie la plus difficile, oui, mais elle me donnait un certain sentiment de fierté.

Mais vous savez ce qu'on dit au sujet de la fierté : il faut parfois s'asseoir dessus.

Au bout de une heure au centre commercial, Amy n'avait toujours rien acheté, ce qui ne lui ressemblait pas. Nous étions dans une boutique spécialisée dans la lingerie, entourées d'une mer de soie et de dentelle.

— Que penses-tu de ça ? demanda Amy en mettant devant elle une guêpière rose bonbon dont pendaient des jarretelles.

La couleur allait à merveille avec celle de ses cheveux.

Je fronçai le nez.

— Un peu trop salope à mon goût.

Elle sourit.

— Juste ce que je cherchais ! Merci !

Je regardai Butch, qui détaillait l'un des mannequins, affublé d'un corset lavande, d'une culotte fendue et d'un boa noir autour des épaules. Mon garde du corps semblait hypnotisé.

Je laissai Amy continuer de faire ses courses coquines et déambulai dans le magasin. Cela sentait bon, par-là. Une odeur de jasmin émanait de la section des produits de bain et de beauté. Une bougie d'ambiance brûlait.

Je m'arrêtai devant un peignoir en chenille bleu foncé. Je vérifiai l'étiquette. Plus de deux cents dollars. Aïe. Je soupirai et laissai courir mes mains sur le matériau ultradoux.

Une vendeuse approcha.

— Puis-je vous aider ?

Je cessai de tripoter le peignoir de mes rêves et secouai la tête.

— Non, merci, je ne fais que regarder.

Elle montra l'objet de mon attention de la tête.

— Il est en solde. Aucune taxe cette semaine.

— Faites-le-moi savoir, quand vous faites quatre-vingt-dix pour cent.

Elle me fit un large sourire.

— C'est cher, mais la qualité a un prix.

J'envisageai l'option de me servir de ma carte de crédit. Mais aucune chance. Je l'entendais déjà crier au fond de mon sac. Si elle sortait dans les jours qui venaient, elle m'accuserait d'abuser d'elle.

— Essayez-le, insista la vendeuse en le retirant du cintre pour me le tendre.

— Merci.

Je l'enfilai et m'en enveloppai. C'était comme une étreinte duveteuse. Je me sentis aussitôt détendue. Deux cents dollars pour me débarrasser de mon stress. Sans taxe.

— Il vous va très bien ! déclara la vendeuse.

Elle devait être payée à la commission.

— J'en ai vraiment envie, dis-je.

Elle cligna des yeux.

— Alors, il est à vous.

Je fronçai les sourcils.

— Quoi ?

Elle cligna de nouveau des yeux.

— Si vous le voulez, il est à vous. Je vais vous l'emballer.

— Attendez. Je ne peux vraiment pas me le permettre.

Elle secoua la tête.

— Il est à vous. Gratuitement.

— Euh…

Mais avant que j'aie pu ajouter un mot elle me retira le vêtement et l'emporta à la caisse, où elle l'enveloppa dans du papier de soie et le mit dans un sac, avec des boules de bain pour qu'il sente bon. Elle me le tendit par-dessus le comptoir.

Je l'étudiai. Y avait-il un piège ?

— Vous êtes sûre que c'est gratuit ?

Son sourire semblait figé sur son visage et ses yeux un peu dans le vague.

— Oui. Gratuit. J'espère que vous aimerez votre nouveau peignoir. Au revoir.

Elle tourna les talons et s'éloigna.

Amy vint me rejoindre.

— Je n'ai rien vu qui m'intéresse. Prête à partir ?

Je hochai la tête.

C'était peut-être une promotion. Ou bien j'étais la millième cliente à entrer dans la boutique aujourd'hui. Bizarre.

Avec un dernier regard à la vendeuse, qui aidait déjà une autre cliente, je sortis du magasin avec Amy. Je m'attendais à ce que la fille m'en empêche en criant « Au voleur ! », mais elle n'en fit rien. Butch s'arracha enfin à la contemplation du mannequin à peine vêtu et nous emboîta le pas.

— C'est vraiment étrange, dis-je après un dernier coup d'œil en arrière. Je viens d'avoir ça gratuitement.

Amy regarda dans le sac.

— Waouh ! Vraiment ?

— Oui.

— C'est super cool. Qui a dit que ce n'était pas ton jour de chance ?

En fait, c'était moi. Et, un peignoir gratuit, ce n'était pas assez pour équilibrer la balance.

Je haussai les épaules. C'était quand même un bon début.

— Hé, regarde, George est ici lui aussi !

Amy tendit le doigt vers la cour des restaurants alors que nous passions devant.

Oui, c'était bien George, en train de boire un milkshake et de lire un magazine. Il avait un pansement dans le cou. En fait, deux, un pour chaque marque de croc. Je supposai qu'il n'était pas encore guéri.

Je tressaillis à ce souvenir.

Il baissa son *Vanity Fair* quand nous approchâmes.

— Oh, regardez, c'est Mordeuse McMordbeaucoup.

Je m'assis en face de lui.

— Comment va ton cou ?

— Il est sensible. (Il m'étudia.) Comment va ta blessure ?

Je portai automatiquement la main à la poitrine. En fait, je l'avais oublié pendant quelques minutes, mais les paroles de George avaient ravivé le souvenir en technicolor.

— Presque guérie.

Il posa les yeux sur Butch.

— Qui c'est, lui ?

— Tu n'as pas encore rencontré Butch ? C'est mon nouveau garde du corps.

— Salut.

Butch agita maladroitement la main en direction de George.

— Charmé, répondit celui-ci avant de boire une gorgée de milkshake. Ce n'est pas bizarre d'avoir un garde du corps ? Quelqu'un qui te suit partout où tu vas comme si tu étais une célébrité ?

Je réfléchis.

— Je suis pour toute chose qui m'aidera à continuer à respirer.

— Il peut peut-être s'assurer que tu ne mordes plus personne.

Je retins la remarque qui me venait aussitôt, car il avait raison. Et il avait le droit de m'en vouloir encore, ce qui était apparemment le cas. Je n'aurais pas été très chaude si quelqu'un s'était permis de me mâchouiller sans ma permission. J'en voulais encore à mon rendez-vous d'un soir qui était responsable de ma nouvelle vie. Et il était mort.

Mon attention se porta sur une table voisine, à laquelle étaient assis un papa, une maman et leurs deux petites filles. Une famille normale et heureuse. Je soupirai. Ils avaient sans doute une maison avec une barrière blanche autour du jardin. Ils mangeaient des hamburgers et des frites, accompagnés de sodas.

Ma bouche me sembla sèche.

— J'ai très soif.

Butch m'attrapa par les épaules.

— NON !

— Pas comme ça. Je veux dire... (Je croisai brièvement le regard d'une femme qui approchait avec un plateau couvert de tacos.) J'adorerais un Coca Light.

La femme s'arrêta à notre table pour me tendre son verre, le regard vague.

— Voilà, dit-elle, et elle reprit son chemin.

Je regardai le verre dans ma main, puis bus une gorgée. C'était du Coca Light avec beaucoup de glace. Je fronçai les sourcils.

— D'accord, alors ça, c'était vraiment bizarre.

George écarquilla les yeux.

— Euh... qu'est-ce qui vient de se passer ?

Je haussai les épaules.

— C'était pareil dans la boutique de lingerie. J'ai dit que je voulais le peignoir, et la fille me l'a emballé et donné gratuitement.

Le silence tomba sur la table, et je bus une autre gorgée de soda.

Soudain, Amy haleta.

— Oh, mon Dieu, Sarah !

— Quoi ?

— Tu as sans doute l'asservissement.

— Le quoi ?

— L'asservissement, répéta-t-elle. C'est quand un vampire a le pouvoir de contrôler le cerveau des gens et de leur faire faire des choses.

— Ça s'appelle vraiment comme ça ?

Elle agita la main.

— Je l'ai entendu dire quelque part.

Je réfléchis à ce que j'avais appris sur les vampires depuis que j'en étais devenue une, et ce que le cinéma et la télévision m'avaient enseigné.

Le contrôle de l'esprit était effectivement sur la liste.

Je me mordillai la lèvre.

— Non, c'est impossible.

— Que se passe-t-il ? demanda George.

Amy prit la liberté de lui raconter tout ce qu'elle savait de ma malédiction.

Jusqu'ici, mes symptômes étaient :

Désir de mordre des cous. *Dégoûtant.*

Mort par le soleil. *Horrible.*

Impossibilité d'entrer chez quelqu'un sans avoir été invitée. *Pas pratique.*

Force accrue. *Plutôt cool.*

Contrôle de l'esprit potentiel. *Euh... démentiel !*

Je crois qu'une expérience était de mise. Je plongeai mon regard dans celui de George.

— Donne-moi ton magazine.

Il le serra contre sa poitrine.

— Va en acheter un.

Hum. Cela fonctionnait peut-être uniquement sur les membres non vampires de la société.

Je me levai, regardai autour de moi et me dirigeai vers le magasin le plus proche. On y vendait de l'électronique et il était bourré à craquer de marchandises et de clients. Je balayai les étagères du regard et sélectionnai un lecteur MP3.

— Excusez-moi, dis-je au premier employé que je vis.

— Oui ? Je peux vous aider ?

Je tendis l'appareil et plongeai mon regard dans celui du vendeur, un adolescent avec de l'acné et un sourire gauche.

— Je veux ça. Je peux l'avoir ?

Ses yeux se vidèrent et son sourire s'effaça.

— Bien sûr.

— Gratuitement ?

Il acquiesça.

— Oui. Je vais vous le mettre dans un sachet.

Il me le prit, retira l'étiquette magnétique qui ferait retentir une alarme si j'essayais de quitter la boutique avec, le mit dans un sac et me le tendit.

— Passez une excellente soirée, dit-il.

Super.

Puis je fronçai les sourcils et regardai ce que je tenais à la main. Qu'étais-je en train de faire ? Ce n'était pas bien. C'était du vol.

Quand je me retournai, George se tenait derrière moi, un sourire jusqu'aux oreilles.

— J'avais justement besoin d'un lecteur MP3. C'est super !

Je secouai la tête.

— Je ne peux pas faire ça.

— Quoi ? Bien sûr que tu peux. Nous allons aller faire du shopping. T'ai-je déjà dit que je te pardonnais de m'avoir mordu ?

J'inspirai profondément et expirai avec lenteur. Puis je traversai le magasin pour redonner le sachet au vendeur.

Il fronça les sourcils.

— Quoi ?

— Je ne peux pas prendre ça.

— Vous le vouliez pourtant.

Je croisai ses yeux mornes et pleins de bonne volonté.

— Je préférerais vous voir sauter sur place cinq fois en tapant des mains au-dessus de la tête.

Il obéit.

L'estomac serré, je tournai les talons et quittai les lieux en vitesse.

Butch attendait dehors, ses énormes bras croisés sur sa large poitrine. Il haussa un sourcil.

Je visitai d'autres magasins, et partout ce fut la même chose. Tous ceux dont je croisais le regard étaient prêts à me donner n'importe quoi. Ils m'auraient cédé leur premier-né si je l'avais désiré.

Cela me paraissait terriblement mal.

Et, d'un autre côté, incroyablement bien.

J'étais déchirée. Au beau milieu du traumatisme causé par la malédiction qui pesait sur moi, il y avait ce petit cadeau. D'accord, j'étais fauchée, mais je pouvais avoir tout ce que je voulais sans rien payer, ce qui résolvait le problème, non ?

— Je dois me débarrasser de cette malédiction.

Je pris mon téléphone dans mon sac et regardai l'écran. Que faisait Thierry ? Avait-il enfin retrouvé Stacy ? Devais-je l'appeler ?

Non. Il fallait que je le laisse faire ce qu'il avait à faire. Je savais que j'avais tendance à traîner dans les jambes des gens. J'essayais de me débarrasser de cette mauvaise habitude. Je ne voulais pas que Thierry s'imagine que j'étais un problème encore plus grand qu'il ne le savait déjà, surtout alors qu'il se montrait si compréhensif au sujet de cette étrange situation. Je rangeai le téléphone et passai mon peignoir dans mon autre main.

Maintenant que j'y pensais, j'aurais bien besoin d'un nouveau sac à main. Peut-être un Burberry.

Non, c'était mal.

— Nous devons partir, dis-je, et je regardai Butch et George. Où est Amy ?

George désigna une joaillerie. La tête rose vif d'Amy était baissée tandis qu'elle inspectait des bagues de fiançailles en diamant à côté desquelles pâlissait le caillou minuscule que lui avait offert Barry.

Je la rejoignis et lui tapai sur l'épaule. Elle se tourna vers moi.

— Hé, tu peux m'avoir une bague ?

— Non, je ne peux pas.

Elle fit la moue.

— Pourquoi pas ? Je croyais que j'étais ta meilleure amie ?

Je me raclai la gorge et regardai la fille derrière le comptoir. Un sourire apparut sur son visage.

— Je peux faire quelque chose pour vous ?

— Pourriez-vous nous laisser une minute, s'il vous plaît ?

Ses yeux se voilèrent aussitôt.

— Bien sûr.

Elle se retourna et gagna la réserve, dont elle ferma la porte derrière elle.

Je soupirai et baissai les yeux sur la vitrine pleine de bagues de fiançailles. Elles étaient tellement belles.

Je regardai l'anneau qui symbolisait la promesse de Thierry. Il était magnifique, mais pas de la même manière qu'un gros diamant princesse de trois carats.

Amy montra le nouveau bijou à mon doigt.

— Alors, ce n'est qu'un cadeau pour la Saint-Valentin ? Rien d'autre ?

Je fermai le poing.

— Ça veut seulement dire qu'il a bon goût en la matière, c'est tout.

Elle cligna des yeux.

— Il ne t'a pas fait sa demande ?

— Étant donné qu'il est déjà marié, je pense que c'était hors de question.

Elle eut l'air déçu.

— J'avais oublié.

— Pas moi.

Elle soupira et passa à une vitrine contenant des pendentifs, qu'elle étudia.

Rapide vérification : allais-je bien ?

Oui.

Avais-je envie de mordre quelqu'un ?

Non.

Ouf !

Mon téléphone portable sonna. Je le sortis et regardai l'écran. C'était Thierry.

— Salut, Thierry, répondis-je.

— Où es-tu ? demanda-t-il.

— Au centre commercial. Tu as trouvé la sorcière maléfique ?

— Pas encore. Mais nous réussirons. (La tension était perceptible dans sa voix.) Je crois que nous devrions nous retrouver au *Refuge* dans une heure. Tu peux y être ?

Je fis de mon mieux pour que ma voix ne trahisse pas ma déception. J'avais fondé de grands espoirs sur ses recherches.

— Oui, j'y serai.

— Y a-t-il eu des incidents ? s'enquit-il.

Définis « incident », pensai-je.

— Non, tout va bien.

— Je crois qu'il serait sage que tu boives au club pour éviter toute fringale dans les jours qui viennent.

— Est-ce une supposition ou sais-tu que ça va arriver ?

— Malheureusement, ce n'est qu'une supposition. (Il garda le silence un instant.) Je la retrouverai, Sarah. Je te le promets.

La sincérité de son ton me réchauffa le cœur et je sentis ma gorge se nouer.

— Je sais.

Je me tournai vers l'entrée du magasin et les yeux faillirent me sortir des orbites quand je vis la sorcière en question. Stacy McGraw était en ce moment même dans le centre commercial. Nos yeux se croisèrent. Elle sourit et me fit un signe de la main.

— Thierry… elle est ici, soufflai-je dans le téléphone. Stacy est ici. Juste en face de moi.

— Elle est là-bas ? Ne la perds pas de vue ! Tu dois…

Stacy fit un geste de la main dans ma direction et le téléphone m'échappa et s'écrasa au sol, où il explosa dans une petite boule de fumée.

Elle sourit de plus belle.

— J'ai jeté un sort de localisation pour savoir où te trouver. Comment ça va ?

Je plissai les yeux.

— Qu'est-ce que tu crois ?

— Prête à me demander pardon ?

Je posai les mains sur les hanches.

— Très bien. Je m'excuse, d'accord ? Ça te va ?

Stacy secoua la tête.

— Waouh. Pas même un peu. Tu n'en pensais pas un mot. Je veux de vraies excuses.

Je fis un pas vers elle, mais au même moment Amy m'appela, et je tournai la tête vers elle.

— Qu'est-ce que tu penses de ça, Sarah ?

Elle tenait une chaîne avec un gros pendentif kitsch en forme de croix comme en portait Madonna à ses débuts.

J'ajoutai aussitôt un symptôme à ma liste d'effets secondaires post-malédiction.

Une extrême aversion aux croix. DOULEUR INTENSE !

La croix devint aussi aveuglante qu'un petit soleil blanc et m'envoya des rayons tourmenteurs directement dans les globes oculaires.

— Pose ça ! hurlai-je, tombant à genoux et me couvrant les yeux avec les mains.

La clarté disparut, et Amy courut vers moi.

— Oh, mon Dieu, Sarah, je suis désolée ! Je n'y avais pas pensé.

— Ça va, dis-je faiblement. Mais ne recommence pas. S'il te plaît.

Je levai les yeux vers l'entrée du magasin, mais Stacy était partie. Je me relevai en chancelant et courus dehors pour regarder dans toutes les directions.

La garce. Elle avait disparu.

Je jetai un coup d'œil vers Butch et George, qui discutaient apparemment d'une chose bien plus importante que la sorcière ayant ruiné mon existence. Ils se tournèrent vers moi.

— Quoi ? dirent-ils à l'unisson.

La panique me serrait la poitrine. Je voulais que cette malédiction disparaisse. Je la haïssais. Je détestais tous ses effets sur moi. Elle me gâchait la vie.

Je ravalai mes larmes, qui menaçaient de couler, et retournai dans la boutique où je priai la vendeuse de sortir de la réserve. Cinq minutes plus tard, Amy et moi ressortions avec deux diamants en pendentif, identiques.

D'accord, c'était du vol, mais pour l'instant je m'en fichais royalement.

Je gardai aussi le peignoir. Tant pis si vous désapprouvez.

Chapitre 10

Nous arrivâmes au *Refuge* un peu après 21 heures, aussi était-ce déjà ouvert. Des clients étaient assis aux tables, sirotant leurs verres dans le club luxueux, tout en écoutant un mélange de jazz et de musique contemporaine. Deux serveurs, qui s'étaient déjà trouvé un autre emploi ailleurs, en prévision du changement de propriétaire, arpentaient la salle. Puisque c'était vendredi, il ne faudrait pas longtemps pour que celle-ci se remplisse, quand des vampires de toutes professions viendraient décompresser après une semaine de travail.

Je n'avais pas de travail pour l'instant, mais j'avais grand besoin de décompresser.

Thierry n'était pas assis dans son box habituel. Il se tenait près de la porte, scrutant les visages de ceux qui entraient, attendant notre arrivée. Il vint vers moi et sembla sur le point de m'étreindre ou de m'embrasser, mais il ne fit ni l'un ni l'autre. En fait, il recula même d'un pas.

Je déglutis. Il avait peur de me toucher au cas où ce qui s'était passé plus tôt chez Amy et Barry se reproduirait. Normal. Dès l'instant où Thierry n'avait plus rien contre les manifestations d'affection en public, elles devenaient impossibles.

— J'étais inquiet, dit-il. Quand la ligne a été coupée…

Je levai la main.

— Stacy nous a faussé compagnie. J'ignore où elle est allée.

Il serra les dents.

— Au moins nous savons qu'elle est vraiment en ville.

— Oui, au moins.

Je sentis qu'on me tapait dans le dos, et quand je me retournai Amy écarta les bras.

— Besoin d'un câlin ? demanda-t-elle.

Je hochai la tête et nous nous étreignîmes. C'était mieux que rien.

Elle me tapota entre les omoplates.

— Juste… ne me mords pas.

Je m'écartai.

— Pourquoi tu dis ça ?

— Mieux vaut prévenir que guérir.

George et Butch s'installèrent au bar et commandèrent à boire avant que le barman ait pu approcher de moi.

— Salut, Sarah ! dit-il gaiement.

Il s'appelait Ron, et c'était un grand fan de la Tueuse de Tueurs. Il pensait que j'étais une sorte d'héroïne. Je n'avais pas encore essayé de le faire changer d'avis.

— Commande quelque chose à boire, suggéra Thierry. Quand as-tu bu du sang pour la dernière fois ?

Je me mordis la lèvre et regardai son cou.

— La nuit dernière.

Son expression s'assombrit et il mit les mains dans son dos.

— Il m'est très difficile de ne pas te toucher. Surtout depuis la nuit dernière.

Je clignai des yeux.

— Vraiment ?

Il hocha gravement la tête.

— C'est troublant.

J'intégrai cette révélation aussi déconcertante qu'excitante, puis je lui racontai ma réaction devant le bijou en forme de croix et ma capacité à contrôler les esprits. Je laissai de côté la partie qui concernait les marchandises que je n'avais pas payées.

— Stacy veut que je lui demande pardon. (Je me tournai vers le bar et m'y appuyai lourdement.) J'ai l'impression qu'elle ne voudra pas nous aider avant que je l'aie fait. Mais j'ignore comment la contacter.

— Nous savons qu'elle est à Toronto. Ce n'est qu'une question de temps avant que nous la trouvions ou qu'elle se manifeste de nouveau.

Je sentis sa main dans le creux de mes reins, et je levai les yeux vers lui. Je ne ressentais rien à part la sensation de chaleur que son contact éveillait toujours en moi. Souriante, je fis glisser ma main sur sa chemise noire au milieu de son torse.

— Tu vois ? Nous nous touchons sans créer une apocalypse vampire. Tout va très bien se passer.

— Il est possible que je réfléchisse trop à la situation, admit-il. (Il prit ma main et l'embrassa.) Je suis allé chercher tes albums du lycée. Ils sont sur mon bureau.

— Merci.

— Si tu veux bien m'excuser un instant, il faut que je parle à Butch.

Il m'abandonna au bar, et Ron servit et posa trois verres de B positif en face de moi. Je les vidai l'un derrière l'autre. C'était mon type préféré. J'avais une théorie : puisque « be positive » signifiait « être positif » en anglais, je me disais que cela aurait cet effet sur moi. Après dix semaines avec des crocs, j'attendais toujours.

Je supposai que Ron avait reçu la visite des bien nommés Livreurs de Sang, la compagnie qui nous apportait le sang frais. Je vis plusieurs fûts autoréfrigérants derrière le bar, tous étiquetés d'un groupe sanguin.

Ron se pencha par-dessus le comptoir.

— Alors, vous avez entendu ?

— Entendu quoi ?

— À propos du Diable Rouge. Il est de retour !

L'image de mon héros à l'écharpe me traversa l'esprit.

— Qui vous a dit ça ?

— George.

Je coulai un regard au coupable, qui était censé ne pas souffler mot au sujet de la possible réapparition du Diable Rouge.

— C'est tellement excitant, poursuivit Ron. Enfin, après un siècle, je peux me sentir de nouveau en sécurité.

— Ça fait vraiment un siècle qu'on ne l'avait pas vu ? demandai-je.

Il fit « oui » de la tête et me versa un autre verre.

— Tout le monde croyait qu'il était mort.

Je réfléchis. C'était long, comme « retraite ».

— Pourquoi croyez-vous qu'il ait disparu ? Et pourquoi revenir maintenant ?

Il se pencha plus près.

— J'ai une théorie.

— Dites-moi.

Il passa une éponge sur le bar.

— Je pense qu'après des siècles à être un incroyable champion de la race vampire, il a fini par ne plus croire en ce qu'il faisait. Il a dû se dire que peu importaient ses actions, elles ne changeaient rien. Il y aurait toujours des chasseurs, et des vampires seraient toujours assassinés. Alors il a tout plaqué, et il a essayé de mener une vie tranquille et secrète, songeant que tout ce qu'il pourrait faire ne ferait qu'ajouter au problème au lieu d'en être la solution. Et maintenant, après toutes ces années de réflexion, il est prêt à remonter sur le ring et faire ce qu'il peut, même si la bataille est futile.

Je fronçai les sourcils.

— Vous y croyez vraiment ?

Ron haussa les épaules.

— Qui s'en soucie ? Il est de retour ! Il va nous protéger des chasseurs. Et c'est tellement cool que, de toutes les villes de la planète, il ait choisi Toronto, vous ne trouvez pas ? Le Diable Rouge est peut-être canadien !

— Oui, c'est vraiment cool

Je fronçai encore plus les sourcils. S'il avait disparu depuis cent ans, pourquoi avait-il choisi de réapparaître maintenant ? Pourquoi ici, entre toutes les villes ? Et pourquoi m'avait-il sauvée, moi ? Je ne m'en plaignais pas, bien sûr, mais quand même, cela n'avait aucun sens.

— Vous devriez joindre vos forces, poursuivit Ron. La Tueuse de Tueurs et le Diable Rouge. Vous feriez une équipe d'enfer !

— D'après ce que j'ai entendu dire, il préfère travailler seul.

Il hocha gravement la tête.

— Oui, c'est un solitaire. Il ne veut pas d'aide extérieure. Mais il pourrait faire une exception pour vous.

— Je ne parierais pas là-dessus. En plus, je n'ai pas de cape brillante ni de masque pour le moment.

Je me tournai vers la salle. Thierry discutait avec Butch et George. De temps en temps, ce dernier me coulait un regard. Apparemment, ils parlaient de moi. Quelle surprise. Amy était avec Barry, et eux aussi m'observaient parfois.

Oui. Présente ! La catastrophe de la semaine était là.

Dieu, je détestais attendre qu'il se passe quelque chose. Cela me faisait sentir combien j'étais impuissante face à cette situation. Et si cela empirait ? Et si je ne découvrais pas tous les effets secondaires de la malédiction ?

Étant donné ma réaction face à une croix incrustée de cristaux, j'espérai que personne n'avait d'eau bénite sur lui. Je regardai autour de moi avec nervosité.

Eau bénite pas bonne.

Je me creusai la cervelle pour essayer de me rappeler s'il y avait d'autres mythes associés aux vampires, et il m'en vint un à l'esprit.

La faculté de se transformer en chauve-souris.

Je haussai un sourcil. Cela devenait intéressant.

J'avalai un autre verre de B positif, fermai les yeux et me concentrai. Au bout d'un moment, je les rouvris et les baissai sur mes mains. Ces dernières n'avaient pas changé, et surtout ne s'étaient pas transformées en petites ailes.

Eh bien, je pouvais barrer un mythe sur la liste : je n'avais pas le don de changer de forme.

Soudain, je me figeai quand je me rappelai quelle était l'une des choses auxquelles on pensait aussitôt en entendant le mot vampire…

Les vampires étaient démoniaques.

Mais je ne l'étais pas. Je ne me sentais pas différente. Je poussai un soupir de soulagement. Eh bien, j'avais échappé à cela aussi.

Dieu merci.

D'un autre côté, Stacy pensait que j'étais mauvaise, n'est-ce pas ? C'était pour cela qu'elle m'avait envoûtée. Pour se venger.

Je traversai le bar en direction du bureau de Thierry et fermai la porte derrière moi pour étouffer le bruit de la musique et des conversations.

M'asseyant dans le fauteuil de Thierry, je regardai les albums de mes années de lycée.

Je me souvenais de cette époque comme d'une période morne entrecoupée de bals, suivie d'un an à l'université, période après laquelle l'école et moi en avons eu fini. Bien sûr, j'avais été pom-pom girl, la belle affaire ! Je n'étais même pas très bonne. Après la fac et ma tentative infructueuse de devenir actrice, j'avais essayé d'entrer dans l'équipe des pom-pom girls des Toronto Raptors, mais ces filles étaient des professionnelles du secouage de pompons. J'étais une campagnarde. On ne m'avait jamais rappelée.

J'ouvris mon album de terminale et vis les commentaires laissés par mes amis de l'époque qui, à part Claire, n'avaient pas jugé utile de se montrer à la réunion. La majorité des photographies des professeurs avaient des moustaches et des cornes de diable dessinées au stylo bleu. J'étais peut-être coupable. Si on me posait la question, je nierais tout en bloc.

Il y avait une photo du comité d'accueil. Je n'étais pas dessus. Une autre du club de théâtre. C'était moi, là, au dernier rang, qui faisais des cornes à un camarade. Une autre montrait l'une de mes jambes alors que je tombais de la pyramide au cours d'une passe pendant un match de basket-ball. Il me restait une petite cicatrice au genou de cet incident, ayant atterri sur une fille qui portait des bagues.

Il y avait un cliché de l'équipe : les six pom-pom girls, et les trois remplaçantes, toutes souriant et regardant joyeusement l'objectif. Je secouai la tête. Maintenant que j'y repensais, je m'étais bien amusée avec ces filles. Faire partie de ce cercle très fermé avait ses avantages et assurait une popularité immédiate. Les garçons des équipes de basket-ball et de football sortaient plus volontiers avec nous qu'avec les autres. J'avais eu un petit ami régulier durant ma dernière année de lycée, le garçon qui m'avait demandée en mariage juste avant le bal de promo. Je crois que ma réponse exacte avait été : *« Se marier ? Tu plaisantes, hein ? »*

Malheureusement, il ne plaisantait pas.

Cela avait sonné le glas de notre relation, ce qui était sans doute une bonne chose puisque je n'avais pas été amoureuse de lui. C'était alors que j'étais allée au bal avec Jonathan, celui dont Stacy était raide dingue.

Je feuilletai le livre jusqu'à la photo de l'équipe de football. Voilà le garçon en question. Il était toujours aussi craquant que dans ma mémoire, pourtant il ne m'avait pas laissé un très bon souvenir, puisqu'il avait décidé qu'il préférait arracher ma robe de soirée hors de prix à l'arrière de la limousine plutôt que d'aller au bal.

Je me rappelai lui avoir flanqué un coup de genou bien placé.

Je m'étais retrouvée avec la facture de la voiture à payer, et lui à l'hôpital.

Ah, les souvenirs !

Je fronçai les sourcils en étudiant les beaux garçons dans leur tenue de football. Il y avait quelqu'un derrière eux. Je plissai les yeux pour essayer de distinguer plus de détails sur le cliché noir et blanc. Je n'en étais pas sûre, mais il aurait pu s'agir de Stacy, cachée dans l'ombre.

Effrayant.

Quelques pages plus loin, je trouvai la liste des élèves de terminale et je la suivis du doigt jusqu'à… Me voilà ! Sarah Dearly. Immortalisée pour toujours comme la fille qui ferme les yeux sur la photo.

Je cherchai ensuite les « M ». Stacy était là, elle me foudroyait du même regard glacial que celui qu'elle m'avait jeté dans les toilettes.

Je ne reconnus que ses yeux. Le reste de sa personne était complètement différent. La femme vengeresse que j'avais rencontrée dans les toilettes pour dames était une blonde petite et mince, avec une forte poitrine et des jambes incroyables. Elle portait des vêtements de luxe, des chaussures de créateur et un parfum très cher. Son maquillage était un peu trop soutenu, mais bien appliqué.

La fille qui me renvoyait mon regard de la photo noir et blanc n'était pas du tout la même personne. Elle avait de longs cheveux bruns et gras retenus par des barrettes, un visage maussade couvert d'acné et deux doubles mentons. Et elle ne souriait pas.

Le pire, c'est qu'en regardant ce cliché de Stacy McGraw adolescente, je retrouvai soudain la mémoire. Des choses que j'avais oubliées depuis longtemps me revinrent par vagues.

Je me mordillai la lèvre. Oui, je l'avais connue. Pas bien, évidemment, mais je me souvenais d'elle. Nous avions été ensemble dans un ou deux cours. C'était une solitaire, et je ne me rappelais pas si elle avait eu un seul ami.

Je lâchai un soupir tremblant.

Oh, non…

Le jour où j'avais rompu avec mon petit ami avait été plus traumatisant que j'aurais voulu l'admettre. Il n'avait pas bien pris du tout que je le rejette, et il m'avait fait une scène dans le couloir qui m'avait mise de mauvaise humeur.

Ce même jour, il y avait eu les auditions pour entrer dans l'équipe de pom-pom girls de l'été. Ce n'était pas parce que les vacances allaient commencer qu'il n'y aurait plus de matchs. Abottsville était une ville ennuyeuse, après tout. Il n'y avait ni cinéma ni centre commercial. Mais nous avions de nombreux terrains de sport : football, base-ball, football américain.

Stacy faisait partie des filles qui avaient auditionné. J'avais été fatiguée, en colère, agacée par la vie en général. Et je lui avais dit sans prendre de gants de ne pas nous faire perdre notre temps. Je ne me souvenais pas de mes paroles exactes, mais mon discours n'avait pas été gentil, mettant l'accent sur ses défauts physiques. Sa corpulence. Son visage. J'avais été méchante parce que j'étais de méchante humeur.

Je le ressentis avec une clarté comme jamais encore auparavant : je lui avais montré le côté obscur de Sarah Dearly.

Après cela, j'avais dû me sentir mieux. La journée s'était écoulée, et je n'y avais plus pensé.

Mais Stacy McGraw n'avait rien oublié. Tel un poison, mes mots blessants avaient infecté son esprit, et pour couronner le tout j'étais allée au bal de promo avec celui dont elle était secrètement amoureuse. Il n'était pas étonnant qu'elle me haïsse.

Et aujourd'hui, elle était devenue une sorcière et elle avait une grosse dent contre moi.

Je fermai l'album et m'enfonçai dans le fauteuil, l'estomac retourné.

Quelqu'un frappa discrètement à la porte, et elle s'ouvrit sur Thierry. Il entra sans me quitter des yeux.

— Je me demandais où tu étais passée.

Je levai le livre.

— Je me rafraîchissais la mémoire.

— Et comment ça s'est passé ?

— C'était plutôt chaotique.

Je lui racontai mes découvertes. J'avais la gorge serrée alors que j'admettais avoir été odieuse envers Stacy au lycée. Je m'attendis à voir du dégoût ou de la honte sur son visage, mais son expression ne changea pas.

— Il est évident que je mérite cette malédiction, conclus-je.

— Ce sont des bêtises, Sarah. Tu as peut-être mal choisi tes mots durant ce bref instant de ton existence, mais ça ne signifie pas que tu es une mauvaise personne en général.

— Bien sûr que si.

Il s'assit au bord du bureau, près de moi.

— Non. Le passé est le passé. Tu es une personne différente aujourd'hui. Tu es plus mûre et plus sage, et tu comprends tes erreurs.

Je haussai un sourcil.

— C'est drôle que tu me donnes ce conseil, non ? Parce que, quand il s'agit de ton passé, tu ne fais pas de même.

— C'est différent.

Je haussai les épaules.

— Peut-être, peut-être pas. Je sais que je ne suis plus la personne que j'étais avant. Mais j'avais toujours cru que j'étais une fille sympa, au lycée. Que j'avais beaucoup d'amis. D'accord, je n'aimais pas vraiment l'école et je n'avais qu'une hâte : quitter ma ville natale. Mais j'avais toujours cru faire partie des « gentils ». Mais peut-être n'étais-je pas si gentille après tout. Si j'ai été horrible avec Stacy, qui y a-t-il eu d'autre ? Quel autre épisode de ce genre ai-je bien pu oublier ?

— Tu fais partie des « gentils », Sarah. Je n'en doute pas une seconde.

— Si tu le dis.

Il m'adressa un de ses rares sourires.

— Oui, je le dis. J'ai rencontré bien des gens au cours de mon existence, qu'ils soient humains ou vampires. De tous ceux que j'ai rencontrés, je dois admettre que tu es l'une des personnes les plus vraies et les plus exceptionnelles.

— Tu es sincère ?

Il acquiesça et tendit le bras pour prendre ma main dans la sienne.

— Je le suis.

Sa peau était chaude contre la mienne.

— Tu crois que c'est prudent de me toucher ainsi ?

Il ne me lâcha pas.

— Pour l'instant, je ne ressens pas l'obscurité, juste la lumière. (Il marqua une pause.) De plus, Butch attend devant la porte. Je lui ai demandé d'intervenir si quelque chose… d'inhabituel se passait.

Je lui adressai un large sourire.

— C'est un peu du voyeurisme, mais je n'ai rien contre.

Il m'attira plus près, le fauteuil roulant sans à-coup sur le sol, et il se pencha pour m'embrasser chastement sur les lèvres. Il enfouit ses mains dans mes cheveux.

— Je sais que nous ne l'avons pas encore trouvée, et j'en suis navré, mais ce ne sera pas long.

— Quand nous la retrouverons, à moins qu'elle ne me trouve la première, je sais ce que je ferai.

— Oh ? Et qu'est-ce que c'est ?

— Je lui ferai des excuses. Maintenant, je sais que j'ai quelque chose à me faire pardonner, et je vais la supplier de me l'accorder. Et, avec un peu chance, elle acceptera de rompre le sort.

— C'est une décision très mature.

— Je suis très mature. (Je l'embrassai, puis je m'écartai un peu.) Hé, écoute ça, Ron a une théorie concernant la réapparition du Diable Rouge. Tu devrais lui demander de te l'exposer.

— Comme je l'ai déjà dit, cet homme n'est pas le Diable Rouge. Celui que tu as rencontré ne peut être qu'un imposteur.

Il semblait certain de ce qu'il disait.

Je secouai la tête.

— Tu ne crois pas qu'il puisse être possible qu'il soit le vrai, pas même un peu ? C'est peut-être le cas, pourtant. Il arrive des tas de choses étranges.

Il serra les dents.

— S'il essaie encore d'entrer en contact avec toi, Sarah, s'il te plaît, dis-le-moi. Je m'interroge sur ses véritables motivations.

Je croisai les jambes – que mon jean moulait à la perfection – et essayai d'avoir l'air à l'aise, mais Thierry était tendu chaque fois que nous mentionnions le Diable Rouge.

— Tu t'interroges ? Mais il m'a sauvé la vie !

Thierry se leva et croisa les bras sur sa poitrine.

— Il n'était pas loin de toi quand tu as été agressée et il a agi. Nous ignorons s'il l'a fait pour te porter secours ou pour entrer dans ta vie.

— Mais pourquoi voudrait-il faire ça ?

Il secoua la tête, les traits durs. Je ne savais vraiment pas pourquoi Thierry se mettait dans tous ses états à cause de ce type, mais ça ne me disait rien qui vaille. Rien du tout.

— Bon, oublie ça, soupirai-je. Je te promets que tu seras la première personne informée s'il m'envoie des signaux de fumée.

Son expression ne changea pas.

— Tu ne dois pas non plus laisser son charme agir sur toi.

— Son charme ?

Il haussa un sourcil.

— On dit que le Diable Rouge est un homme charmant.

— Et tu crois qu'on peut me tourner la tête si facilement ?

Il haussa un peu les épaules.

— Je ne sais pas.

— Apparemment, tu n'as pas reçu le mémo qui dit que je ne m'intéresse qu'à un seul ancien vampire bourré de problèmes, et c'est toi.

— Des problèmes ? répéta-t-il.

— Tellement nombreux que tu ferais la fortune d'un bataillon de psys.

L'amusement fit frémir ses lèvres.

— Je vois. Eh bien, je dois dire qu'en dépit de ta jeunesse, tu n'es toi-même pas sans problème.

— M'en parle pas. Mais malgré tout ça, on est toujours ensemble. Même si tout le monde, y compris les chiens errants, pense que notre couple est voué à l'échec.

Il haussa un sourcil noir.

— Qui pense que notre couple est voué à l'échec ?

— Tout le monde. Y compris les chiens errants.

— Comment te sens-tu ?

Je lui souris.

— Je commence à me sentir beaucoup mieux.

— Vraiment ?

J'acquiesçai.

— Si je promets de ne pas te mordre, puis-je avoir un vrai baiser ?

Il hésita et coula un regard vers la porte, puis il reporta son attention sur moi. Son expression était sérieuse, mais plus il plongeait ses yeux dans les miens, plus il se détendait.

— Ta définition de « vrai » et la mienne sont peut-être très différentes.

— Oh, je ne crois pas qu'elles soient si éloignées.

— Je suis content que les événements ne t'aient pas rendue plus craintive. J'avais cru que tu ne voudrais peut-être pas m'approcher pendant quelque temps.

— Alors, tu avais tort. (Je me levai et lui passai les bras autour de la taille.) Je déteste devoir admettre que j'ai été méchante envers Stacy. Elle veut que je lui fasse des excuses, et je vais m'exécuter parce qu'elle les mérite. Et ensuite, tout ira bien.

— Alors, je partage ton assurance. (Il se pencha et effleura mes lèvres des siennes. Je soupirai.) Tu promets de ne pas me mordre ? souffla-t-il à mon oreille.

— Croix de bois, croix de fer.

Je suppose que cela suffit à le convaincre, parce qu'il reposa ses lèvres sur les miennes, et nous échangeâmes un *vrai* baiser. J'attendis, un peu raide, puis je me détendis contre lui et ouvris la bouche.

Je ressentis une douleur fugitive quand ma langue enthousiaste rencontra l'un de ses crocs, mais je n'y fis pas attention. Les crocs pouvaient être une gêne quand on faisait l'amour, même si normalement il s'agissait des miens. Cette fois, ce furent ceux de Thierry.

Goûtant à mon sang, il resserra son étreinte et m'embrassa avec plus d'impatience. Je songeai un instant à Butch, devant la porte. Ce n'était peut-être ni le bon endroit ni le bon moment pour aller plus loin, mais cette pensée me déserta aussitôt et je me perdis dans son baiser, de plus en plus ivre de lui. Mon esprit s'embruma et ma peau se réchauffa sous ses caresses. Thierry s'écarta et tint mon visage entre ses mains.

— Sais-tu combien je tiens à toi ? demanda-t-il, les yeux entièrement noirs et la voix rauque.

— Montre-moi, répondis-je en m'allongeant sur le bureau. Ici. Maintenant.

Ma voix était sensuelle, et j'avais du mal à contrôler mon désir, alors que je regardais Thierry.

Drapeau rouge !

Alerte ! Alerte !

Danger !

Il me poussa en arrière et s'allongea sur moi, sa bouche sur la mienne, puis il lécha le côté de ma gorge, où battait mon pouls. Je fis courir mes mains sur son dos et les passai sous sa veste au moment où ses crocs percèrent ma peau.

Contrairement à la première fois où il m'avait mordue, qui avait été une expérience effrayante et douloureuse, cette fois, ce fut vraiment très bon. Je savais à un certain niveau que mon cerveau ne fonctionnait pas comme il aurait dû. Qu'en fait, ce n'était pas bon. Mais… mais c'était si… irrésistible. Meilleur que le sexe. Et même meilleur que le chocolat, et cela en disait long. D'accord, je ne pouvais plus en manger, et je n'en avais même plus envie, mais mes souvenirs étaient… eh bien, aussi bons que cela.

Je m'interrogeai vaguement : pourquoi n'avait-il pas été capable de se contrôler, cette fois, contrairement à la nuit précédente ? Je l'avais supplié de me mordre, et il avait refusé au tout dernier instant.

Mais, la nuit précédente, il n'avait pas goûté à mon sang. Cette fois, si, même si ce n'étaient que quelques gouttes. Ses crocs avaient dû être plus longs que d'ordinaire, ou ce ne serait jamais arrivé. Il avait toujours faim après ce qui s'était passé la veille. Faim de moi.

Il commença à arracher mes vêtements tandis qu'il buvait. Mais, non… je me rendis compte à travers le brouillard qu'il n'essayait pas de me déshabiller frénétiquement et de me faire l'amour sur son bureau. Il tentait de s'accrocher à moi alors que Butch tirait pour l'arracher à mon corps.

Thierry était fort, mais Butch avait l'avantage d'être debout. Je sentis mon chemisier se déchirer et plusieurs boutons s'arracher, puis Thierry se retrouva debout au milieu de la pièce, le dos de sa main pressé contre la bouche.

— Je ne voulais pas vous interrompre, dit Butch, gêné, mais je crois que c'est une bonne chose que je l'aie fait.

Je touchai mon cou à l'endroit de la morsure et clignai des yeux.

Je vis Thierry comprendre peu à peu ce qu'il avait fait. Sa douleur et sa peine se reflétèrent sur son visage.

— Sarah, réussit-il à articuler. Non, pas encore. Je suis désolé. Bon sang… je…

— Oublie ça.

Je me levai, toujours dans le brouillard, marchai vers lui et jetai mes bras autour de son cou pour l'embrasser à pleine bouche. Je goûtai à mon propre sang sur ses lèvres.

Butch attrapa mon chemisier, réussissant à le déchirer un peu plus. Je pivotai vers lui.

— Vos yeux… (Il avait l'air inquiet.) Calmez-vous, Sarah. Nous allons trouver de l'aide. Il y a quelque chose qui ne tourne pas rond chez vous.

— Vous le pensez vraiment ? m'entendis-je dire.

Puis je l'attrapai par son tee-shirt noir et le poussai violemment. Sa tête cogna contre le mur et il glissa sur le sol, inconscient.

Chapitre 11

Dès que je vis que j'avais assommé mon garde du corps de cent cinquante kilos sans le moindre effort, je sortis de ma transe monstrueuse.

Thierry alla vérifier que je n'avais pas tué Butch. Heureusement, il n'était que KO. Je tremblais. Je lus dans le regard de Thierry qu'il comprenait ma détresse et qu'il aurait voulu me réconforter d'une manière ou d'une autre, mais nous avions retenu la leçon. Plus de contacts physiques avant d'avoir réglé le problème.

Il allait dire quelque chose, mais je levai la main.

— Inutile de t'excuser de nouveau, soupirai-je. C'est moi qui devrais le faire.

— Sarah…

— S'il te plaît… emmène Butch. J'ai besoin d'être seule. En fait, je crois qu'il serait préférable pour tout le monde que je reste enfermée ici jusqu'à nouvel ordre.

Il aida Butch à se mettre debout.

— Je vais lui chercher de l'eau. Il va s'en sortir sans problème.

Je hochai la tête et mis le bureau entre nous. Thierry me regarda par-dessus son épaule avant de quitter la pièce.

— Tout va très bien se passer, dit-il.

— J'y crois toujours, renchéris-je d'un ton ferme.

Et je disais la vérité. Je croyais que tout allait bien se passer. Quel autre choix avais-je ?

Il sortit. Ses yeux étaient déjà redevenus normaux. J'avais l'étrange impression que ce n'était pas le cas pour les miens, et un rapide coup d'œil dans le tesson que je tirai de mon sac me le confirma. Noirs comme la nuit, et tout aussi effrayants que l'enfer. J'étais toujours un peu confuse sur les bords. Je touchai les morsures fraîches sur ma gorge et tressaillis.

Je clignai des yeux et sentis des larmes s'écraser sur mes joues. Tout allait tellement mal. Maudite malédiction. Maudite Stacy. Et maudite Sarah… parce que j'avais poussé Stacy à me haïr au point qu'elle avait voulu faire de ma vie un enfer.

J'essayai de trouver quelque chose de positif, en vain.

Quelques minutes plus tard, personne n'était venu voir comment j'allais, et je ne pouvais pas les en blâmer. Soudain, la ligne privée de Thierry sonna. N'ayant rien de mieux à faire, je décrochai.

— Le *Refuge*, dis-je d'une voix atone.

— *C'est Véronique. Qui est à l'appareil ?*

Je me redressai sur mon siège.

— Véronique… c'est… c'est Sarah.

— *Ah, Sarah, très bien. Il faut que je parle à mon mari. C'est très urgent et il ne répond pas sur son portable.*

Véronique avait quitté Toronto quelques semaines auparavant pour rentrer chez elle, en France. Elle avait appelé plusieurs fois depuis lors et elle ne reconnaissait jamais ma voix. J'essayais de ne pas en faire une affaire personnelle.

— Il est occupé. Puis-je lui dire de vous rappeler ?

Elle soupira, apparemment agacée.

— *Occupé. Est-ce lui qui vous a demandé de me répondre cela ? Essaie-t-il de m'éviter pour quelque étrange raison ?*

— Pas que je sache. Écoutez, je lui dirai que vous avez appelé, et il vous contactera aussi vite que possible, d'accord ?

— *Non, je ne suis pas d'accord.*

— Quel est le problème ?

— *Le problème...* (Elle souffla le reste avec son léger accent français.) *Le problème, c'est que je viens de recevoir des papiers de la part de mon mari et cela me bouleverse grandement.*

— Quel genre de papiers ?

Il y eut un long silence.

— *Il a demandé l'annulation de notre mariage et il voudrait que je la signe.*

Ma bouche devint sèche.

— Oh ? (J'essayai de paraître surprise.) Une annulation, vous dites ? Comme c'est étrange et inattendu.

— *J'ignore ce qui a bien pu lui mettre cette idée dans la tête. Un vampire du Vatican m'a remis les documents il y a quelques minutes. Il a pris un avion de Rome juste pour cela.*

Un vampire du Vatican ?

— Eh bien, déclarai-je avec prudence, Thierry souhaite peut-être vous rendre votre liberté. Je veux dire, vous ne vivez plus sous le même toit, vous ne passez plus de temps ensemble, depuis combien de temps maintenant ? Plus d'un siècle ?

— *Qu'est-ce que ça a à voir avec ça ?*

— Je me dis que c'est un truc qui devait couver depuis longtemps.

Il y eut une pause, puis :

— *Savez-vous quelles raisons il avance pour demander l'annulation de notre mariage ?*

J'entortillai une mèche de cheveux autour de mon index et m'efforçai de me détendre.

— Aucune idée.

— *Que je n'avais aucune intention de respecter mon serment de fidélité quand nous nous sommes mariés.*

J'attendis.

— Et ?

— *Et quoi ?*

— Vous voulez me faire croire que vous lui avez été fidèle pendant six cents ans ?

Elle se racla la gorge.

— *C'est très personnel, ça, ma chère. Il ajoute aussi qu'il a des raisons de croire que j'étais déjà mariée quand il m'a épousée.*

Je haussai les sourcils à ces mots.

— Et c'est vrai ?

Elle se racla de nouveau la gorge.

— *Vous savez, c'était il y a si longtemps. Bien sûr, certains détails se sont effacés de ma mémoire avec le temps.*

— Pourquoi est-ce que vous vous mettez dans un tel état au sujet de ces papiers ? Votre mariage n'est plus qu'un mot vide de sens, n'est-ce pas ? En supposant que vous n'étiez pas déjà mariée avec… quel était son nom… ce type dont vous étiez raide dingue… Marcellus ?

Elle renifla.

— *Oui, mon véritable amour, Marcellus. Il ne se passe pas un jour sans que je pense à lui.*

— Étiez-vous mariée avec lui avant de rencontrer Thierry ?

— *Ça n'a plus d'importance.*

— Bien sûr que si.

Je sentis une colère brûlante commencer à s'insinuer en moi. Cette femme, tout aussi belle, intimidante et ancienne qu'elle puisse être, était très agaçante. Étant donné qui elle était et la manière dont elle gâchait ma vie amoureuse rien que parce qu'elle existait, je ne la détestais même pas tant que cela. Elle me tapait sur les nerfs. Mais je ne la haïssais pas.

— *J'aimais Marcellus de tout mon cœur. Il était mon âme sœur.*

Je m'éclaircis la voix.

— Et Thierry ?

— *Pardonnez-moi ?*

— Qu'est-ce qu'il était pour vous ? Après tout, vous vous êtes mariés, même si ce n'était pas légal à cent pour cent.

— *Les choses étaient différentes, à l'époque, ma chère.*

— L'aimiez-vous ?

Ma voix monta d'un ton.

— *Je ne me rappelle pas vous avoir jamais entendu parler ainsi*, dit Véronique. *D'ordinaire, vous êtes calme, sereine et polie. En fait, c'est à peine si on vous remarque. Y a-t-il un problème ?*

Je me renfonçai dans le fauteuil en soupirant.

— On peut dire ça comme ça, oui.

— *Y a-t-il quelque chose que je puisse faire ?*

— En fait, oui.

— *Quoi, ma chère ?* demanda-t-elle. *Vous êtes l'une de mes amies les plus sincères et je ferai certainement tout ce qui est en mon pouvoir pour que vous soyez plus heureuse.*

— Signez ces papiers.

— *Excusez-moi ?*

Je serrai le combiné plus fort.

— J'ai dit : signez ces papiers. Ceux pour l'annulation. Juste devant vous. Signez-les. Vous n'aimez pas Thierry et il ne vous aime pas. Vous vous en fichez que lui et moi soyons ensemble, ce qui, il faut bien l'avouer, n'est pas la réaction normale d'une épouse aimante. Votre mariage est une farce, et j'ai le sentiment qu'il était déjà fini avant votre lune de miel durant la Peste noire. Je ne vois donc pas où est le problème. Gardez son nom si c'est ce que vous voulez. Mais signez les papiers et libérez-le.

Il y eut un silence.

— *Pour qu'il soit libre d'être avec vous, vous voulez dire.*

— C'est exact.

— *Donc, vous saviez, pour cette histoire.*

— Il est possible que j'en aie entendu parler.

— *Était-ce votre idée ?*

— Non.

— *Je ne vous crois pas.*

Je soupirai bruyamment.

— Croyez ce que vous voulez, Véronique. Je suis navrée que l'idée qu'il puisse vouloir tout recommencer de zéro vous blesse. Et je suis navrée si je me conduis comme une vraie garce, mais je suis sous le coup d'une malédiction à cause de laquelle je me conduis comme un vrai cliché hollywoodien de vampire qui ne peut plus sortir le jour à moins d'avoir envie de griller. Alors, je suppose que mon humeur pourrait être meilleure.

— *Une malédiction ?* (Sa curiosité transparaissait dans sa voix.) *Dites-m'en davantage.*

Je lui obéis.

— *On dirait que vous agissez comme une nocturne*, dit-elle quand je lui eus parlé des effets secondaires.

Ces mots me glacèrent.

— Oui, je sais. Thierry n'a pas encore conclu que c'était ce que je suis devenue, mais je pense qu'il essaie seulement de me protéger. Vous croyez que c'est ça ?

— *Je n'en suis pas sûre.* (Son ton était sec.) *Tout ce que je peux vous conseiller, ma chère, c'est d'être prudente. Soyez très prudente jusqu'à ce que la malédiction soit brisée.*

— Pouvez-vous m'en dire davantage au sujet des nocturnes ?

— *Je ne souhaite pas continuer à parler de choses déplaisantes. Je dois y aller, maintenant.*

— Attendez… allez-vous signer les papiers ? demandai-je.

— *Non, je ne crois pas.*

Je serrai tellement les poings que mes articulations en étaient blanches.

— Pourquoi pas ?

—J'ai besoin d'y réfléchir.

—À quoi bon ? Vous ne l'aimez pas. Vous ne voulez pas être avec lui.

—Le mariage n'a rien à voir avec l'amour, ma chère. J'ai toléré votre relation avec mon mari uniquement parce que je pensais que c'était une distraction mineure sans aucun avenir. Mais c'est la première fois que je suis confrontée à ce genre de bêtise. Faire annuler notre mariage à cause d'une fille stupide et quelconque. Maintenant, dites à mon époux… (Elle insista sur ce mot.)… *de me rappeler aussi vite qu'il le pourra.*

Elle raccrocha.

Je foudroyai le récepteur du regard après l'avoir reposé sur son socle. Si elle avait été là, je l'aurais sans doute mordue. Fort. Et ce n'était plus une menace en l'air.

Pourquoi tout était-il si compliqué ? Ne pouvais-je pas avoir ce que je voulais dans la vie ? Juste une fois ? Sans avoir à franchir de multiples obstacles pour y arriver ?

Non, apparemment pas.

Et maintenant ? Je regardais fixement le téléphone, comme si j'avais décidé qu'il était la cause de mes problèmes. Stupide téléphone. Et maintenant ?

Il sonna de nouveau.

Maudit téléphone !

Je décrochai et le portai à mon oreille.

—Quoi ?

—Est-ce une façon de prendre un appel ?

Je fronçai les sourcils.

—Qui est à l'appareil ?

—Tu ne me reconnais toujours pas ?

Je plissai les yeux.

—Stacy. C'est bon d'avoir de tes nouvelles. Comment ça va ?

— *Tu ne me fais même pas la courtoisie de paraître surprise que j'aie réussi à trouver où tu étais et à obtenir ce numéro ? Tu crois que toutes ces conneries sont faciles ?*

— Économise ta salive. Je ne suis pas d'humeur.

Elle fit claquer sa langue.

— *On attrape plus de mouches avec du miel qu'avec du vinaigre, tu sais. Bien, allons droit au but. Je veux qu'on se rencontre. Et j'insiste : tu ne dois pas venir avec ton petit ami ou ton garde du corps, ou je risque d'être très fâchée contre toi.*

Encore faudrait-il que Butch accepte d'approcher à moins de cinq mètres de moi en ce moment.

Je soupirai et me massai les tempes d'une seule main.

— Écoute, Stacy, j'ai beaucoup pensé au lycée. Et ce que tu m'as fait est horrible. Mais je commence à comprendre.

— *Tu es prête à me faire des excuses ? Des excuses sincères, cette fois ?*

— Oui. Complètement. Je suis d…

— *Non*, m'interrompit-elle. *Pas au téléphone. Je veux que tu t'excuses en face.*

Je serrai les dents.

— Est-ce bien nécessaire ?

— *Pourquoi, aurais-tu peur de moi ?*

C'est toi qui devrais avoir peur, pensai-je sinistrement, et je sus que je n'étais pas du tout effrayée par cette sorcière folle. J'étais agacée et en colère, oui. Mais effrayée ? Non.

— Bien sûr, répondis-je au lieu de lui livrer ma vraie pensée. Je serais stupide, dans le cas contraire. Tu possèdes apparemment de grands pouvoirs. Je ne regarderai plus jamais les rediffusions de *Ma sorcière bien aimée* les lumières éteintes.

— *Je promets de ne pas utiliser la magie contre toi ce soir*, dit Stacy.

— Et je devrais te croire parce que… ?

—Parce que tu n'as pas le choix, n'est-ce pas ? Dis-moi, ton petit ami est toujours en vie ?

—Oui, sifflai-je. Bien sûr qu'il l'est.

—Hm. J'aurais cru que vous vous seriez déjà arraché mutuellement la gorge à l'heure qu'il est. Ta retenue, ou la sienne, est admirable. Surtout compte tenu de son passé.

—Qu'est-ce que tu peux bien savoir de lui ?

Elle rit doucement.

—Je sais qu'il a des tas de secrets. J'adorerais partager l'un des mieux gardés avec toi, Sarah. Mais je ne t'en parlerai que lorsque tu m'auras présenté tes humbles excuses, et peut-être que tu pourrais te traîner à mes pieds un moment.

Avant que j'aie pu ouvrir la bouche pour lui dire d'aller au diable, elle poursuivit :

—Au parc en face de votre petit bar pour vampires. Dans dix minutes.

Elle raccrocha.

Je n'aimais pas qu'elle sache où j'étais. Elle semblait en savoir long sur moi, et cela me mettait très mal à l'aise.

Dix minutes. Très bien. Je me levai et m'agrippai au bord du bureau. Je n'avais pas peur, ce qui était une nouvelle expérience pour moi. Je me dis que le coup de fil de Véronique m'avait emplie d'une bonne dose de colère bouillonnante, qui me faisait le même effet que de l'alcool. Le courage liquide n'avait plus aucun effet sur moi. La colère bouillonnante était ma nouvelle « boisson » préférée.

Je n'éprouvai pas la moindre peur. Ma paranoïa avait pris sa soirée. La malédiction me donnait peut-être cette nouvelle confiance en moi, mais j'étais prête à botter le train osseux de cette sorcière.

J'irais la retrouver. Je lui ferais des excuses. Elle romprait le mauvais sort. Et tout le monde serait heureux et chanterait et danserait. Logique. Après tout, elle n'était pas une tueuse en série, elle n'était qu'une sorcière d'humeur vengeresse. Elle avait quelque chose que je voulais et j'avais quelque chose qu'elle voulait. Des mots magiques de part et d'autre : quelques excuses et quelques paroles en latin, et nous pourrions oublier toute cette folie. Je resterais peut-être dehors jusqu'à l'aube pour regarder le soleil se lever, histoire de fêter ma vie sans malédiction, en plus des danses et des chants.

Je ne pouvais pas sortir par-devant, parce que Thierry serait là et il aurait des tonnes de questions à me poser. Je savais qu'il ne voudrait pas que j'aille au rendez-vous fixé par Stacy, mais c'était ma chance. En plus, ceux qui avaient décidé de m'embêter ce soir risquaient de le payer cher. Je venais d'envoyer bouler un garde du corps de cent cinquante kilos. Une sorcière aux cheveux décolorés et aux faux seins ne serait pas un problème.

J'ouvris la porte du bureau de Thierry.

J'entendis « Aïe ! », et je sentis de la fumée.

George était derrière, se frottant le nez d'une main, une cigarette dans l'autre.

Je lorgnai le tabac en train de se consumer.

— Je croyais que tu avais arrêté ?

Il haussa les épaules.

— J'ai eu une journée stressante.

— Qu'est-ce que tu fais ici ?

— Je veille sur toi, même si je n'ai pas revu le Diable Rouge depuis hier. Je monte la garde.

— Thierry te cassera la figure s'il te voit fumer ici.

Il laissa tomber la cigarette et l'écrasa sur le plancher.

— Partie.

— Et moi aussi.

Je le contournai et marchai vers la porte de derrière. Mon manteau était devant mais, puisque le froid ne m'affectait plus comme avant, je n'en avais pas vraiment besoin. Cela n'allait pas me prendre très longtemps.

George m'attrapa par l'épaule.

—Attends un peu, petite coquine. Où crois-tu aller ? (Il écarquilla les yeux quand je le lui dis.) Et tu sors ? Comme ça ? Sans même en parler à Thierry ? (Il étudia mon cou, mon chemisier à moitié arraché et mon soutien-gorge noir.) Non mais regarde-toi ! On dirait que tu sors du *Rocky Horror Picture Show*.

—Je dois me débarrasser de cette malédiction, et c'est le seul moyen de le faire. Tu peux venir, si tu veux. Ce sera vite fait.

J'entendis un bruit de pas. Quelqu'un venait, soit pour utiliser les toilettes, soit pour voir comment j'allais. J'attrapai George par le bras et le tirai vers la porte de derrière, l'ouvris et la laissai se refermer derrière nous.

—Tu n'as même pas attendu ma réponse, protesta-t-il en se frottant le bras. Bon sang, on est un peu autoritaire, hein ?

Tout ce qui venait de se passer me noya sous un flot d'émotions, et ma lèvre inférieure se mit à trembloter.

—Je suis tellement désolée. Vraiment, George. Pour tout.

—Hé, ne pleure pas. Tout ira bien, tu verras.

—C'est ce que tout le monde n'arrête pas de me dire. Mais… mais… rien ne va. Pas si je ne rencontre pas Stacy pour m'excuser. Et même alors… (Je déglutis avec peine.) Je ne sais pas. Juste au moment où les choses devenaient vraiment super avec Thierry, il fallait que ça arrive, et maintenant nous ne pouvons plus nous toucher sans avoir envie de nous mordre, et cette idiote de Véronique refuse de signer les papiers pour l'annulation. Rien ne va jamais bien pour moi.

Il passa un bras autour de moi et m'étreignit.

— Rien ne va jamais bien pour toi ? Tu m'as rencontré, n'est-ce pas ? Et, après ce cadeau géant, le destin devait bien mettre quelques cailloux sur ta route.

Cela me fit sourire, un peu.

— Bien sûr. À quoi pensais-je ? Ça ne peut être que ça.

— Et la vie ne peut pas être si terrible. Tu es sublime. Tu connais des gens incroyables, moi en tête de liste, évidemment. Tes crocs sont les plus mignons que j'aie jamais vus, et puisque je les connais presque au sens biblique du terme, je crois pouvoir l'affirmer en toute honnêteté. Et, même s'il est toujours d'humeur sinistre, ton petit ami est raide dingue de toi.

Je clignai des yeux.

— Tu le crois vraiment ?

— Dingue. Raide dingue. Tu as un vrai talent pour rendre les gens complètement dingues, Sarah. C'est un don. Ne le nie pas.

Je ris.

— Super.

Il hocha la tête.

— Maintenant, allons-y. Si je continue à être si gentil et pas du tout sarcastique, je vais péter un plomb. Ce n'est pas naturel.

Nous nous mîmes en route.

Un parc, la nuit. Une sorcière à la rancune tenace. Une vampire désespérée et assoiffée de sang, et son assistant confiant, sarcastique et accro à la nicotine.

No problemo.

Interlude

Londres, Angleterre, 1811

Thierry savait que c'était un piège, pourtant il était là. Il n'avait pas le choix.

Il observait, dans l'ombre.

Un nocturne avait réussi à attirer Véronique dans une maison abandonnée de l'East End avec la promesse d'une nuit d'amour. Thierry était surpris, malgré la faiblesse de sa femme pour les beaux jeunes hommes qui lui témoignaient de l'attention, qu'elle ait pu se montrer naïve au point de se laisser entraîner près des quais. C'était un quartier excessivement pauvre, dégoûtant et sordide.

Il était vrai que le nocturne en question ne montrait aucun signe de ce qu'il était vraiment. Même s'il ne sortait jamais le jour, il paraissait normal. Il s'agissait d'un homme beau et raffiné qui semblait avoir de gros moyens.

Il n'en était pas moins un nocturne qui avait assassiné des dizaines de femmes, toutes des vampires. Il était l'une des armes secrètes des chasseurs, qui faisaient une expérience et les utilisaient, lui et ses semblables, pour faire le sale boulot à leur place. Seul Thierry était au courant de cela, et il l'était également du fait que les chasseurs avaient récemment décidé que c'était une très mauvaise idée, après tout.

Il était impossible de contrôler les nocturnes. Faire confiance à l'un d'eux était toujours une grave erreur.

Thierry n'ignorait pas non plus que le taudis où Véronique était retenue prisonnière était surveillé par trois chasseurs. Ils avaient reçu l'ordre d'attendre que le nocturne se soit occupé d'elle, une vampire qu'ils considéraient comme très dangereuse, puis de tuer le nocturne.

Thierry et Véronique ne s'étaient pas parlé depuis des mois, date à laquelle elle était partie pour Londres. Elle y prenait apparemment du bon temps au milieu des riches citoyens à crocs, multipliant les liaisons avec des tas d'hommes d'une fraction de son âge.

Thierry attendait toujours d'éprouver de la colère et de la jalousie devant la décision de sa femme, mais il ne ressentait rien. Cela le perturbait. Il aurait dû être contrarié par l'infidélité de son épouse, n'est-ce pas ? Mais il s'en fichait.

Parfois, tard dans la nuit, il regardait le plafond et il s'inquiétait de n'avoir pas de cœur, qu'il n'y ait plus rien d'humain en lui désormais. Cette partie de lui était peut-être morte au cours de l'épidémie, après tout, près de cinq cents ans plus tôt. Cela faisait longtemps. Il en avait compté chaque instant.

Il secoua la tête. Ce n'était pas le moment de ressasser de sinistres pensées. Elles étaient sa faiblesse.

Il mit le masque du Diable Rouge sur son visage et se glissa dans le bâtiment.

Le nocturne avait déjà mordu Véronique. Les marques sur son cou avaient commencé à guérir, mais elles restaient visibles. Thierry les avait observés tandis que le monstre écartait ses cheveux et se penchait pour goûter à son sang. Au début, elle avait aimé cela, mais son désir s'était très vite mué en peur. Quand elle l'avait repoussé, il l'avait frappée si violemment qu'elle ne s'était pas relevée. Il l'avait attachée et laissée dans la pièce. Quand il reviendrait, il finirait ce qu'il avait commencé.

Elle remua quand Thierry se pencha pour dénouer ses liens, puis elle tourna son beau visage vers lui et écarquilla les yeux.

— Vous êtes… vous êtes le Diable Rouge ! souffla-t-elle.

— Oui.

— Et vous êtes venu me sauver ?

Le masque tenait chaud. Il détestait le porter trop longtemps.

— Oui.

Quand elle fut détachée, il l'aida à se relever. Elle jeta ses bras autour de lui pour l'étreindre.

— Comment puis-je vous remercier ?

Il s'écarta et baissa les yeux sur elle.

— Ce n'est pas nécessaire.

Elle l'observa. Le masque couvrait une partie de son visage, mais sa bouche et ses yeux étaient visibles. Il attendit pour voir si elle réussirait à l'identifier. Il voulut presque qu'elle découvre son secret, mais il ne vit aucune étincelle de compréhension dans son regard. La femme qu'il connaissait depuis cinq siècles n'avait aucune idée de celui qu'il était vraiment.

Nul ne savait. Pas âme qui vive.

— Venez.

Il lui prit la main et la conduisit jusqu'à la fenêtre ouverte.

Il y eut un grand bruit. Le nocturne était revenu, les yeux noirs comme l'enfer, les lèvres retroussées sur ses crocs. Sans crier gare, il attaqua, et Thierry riposta, gardant Véronique derrière lui pour la protéger.

Et soudain, les chasseurs envahirent la pièce, et ce fut le chaos. Le nocturne pivota et attaqua les nouveaux intrus. Thierry put sauter par la fenêtre avec Véronique, et ils coururent dans les rues crasseuses et noires de monde de Londres.

— Partez, dit Thierry. Vous êtes sauve.

Véronique se jeta à son cou et pressa son corps à moitié dévêtu contre le sien.

— Vous êtes bien l'homme extraordinaire dont j'avais entendu parler.

Il ne sut comment répondre à cela. Il ne se sentait pas vraiment extraordinaire.

Elle attira sa bouche vers la sienne et elle l'embrassa, puis elle recula et porta ses doigts à ses lèvres.

Elle doit me reconnaître, maintenant, pensa-t-il.

Un sourire malicieux se forma sur son visage.

— Un baiser du diable en personne. Je pourrais m'y habituer.

— Vous devez partir.

— Je veux savoir qui se cache derrière le masque. (Elle fit glisser une main élégante le long de sa poitrine.) Et je vous montrerai combien je vous suis reconnaissante de m'avoir sauvée.

Il se pencha vers elle.

— Vous ignorez qui je suis ?

Elle eut l'air confus.

— Oui. S'il vous plaît. Je vous veux. Je veux être avec vous. Nous devrions être amants.

Il fit mine de ne pas l'avoir entendue. Il la tira vers un endroit où ils seraient moins bousculés par la foule qui grouillait dans le quartier mal famé.

— Bonne nuit, Véronique, dit-il, puis il tourna les talons.

— Non, attendez ! S'il vous plaît ! Comment connaissez-vous mon nom ?

Mais il était déjà loin et il ne se retourna pas. Il entra dans une ruelle et put enfin retirer son masque à l'abri d'une maison.

— Messire ? croassa une vieille femme voûtée. La bonne fortune ? Un aperçu de votre avenir ?

— Cela ne m'intéresse pas.

Il voulut la contourner, mais elle prit sa main dans la sienne, sèche et ridée.

— Ah, dit-elle. (Son sourire fit disparaître ses traits dans une myriade de rides.) Un vampire.

— Comment… ? (Il fronça les sourcils.) Comment savez-vous cela ?

— Chut. Je vais vous lire l'avenir gratuitement. (Elle regarda sa paume tandis qu'il l'observait, prudent.) Je vois une longue vie, mais puisque vous êtes un vampire, il fallait s'y attendre. (Son doigt suivit une ligne.) Beaucoup de danger.

Il était de plus en plus soupçonneux.

— Ah, et je vois une romance. Un amour profond qui changera votre vie pour toujours.

Il éclata de rire à ces mots. Il avait laissé le bénéfice du doute à la vieille femme quand elle avait deviné qu'il était un vampire, mais elle lui faisait perdre son temps.

— Je n'ai jamais aimé, et je n'aimerai jamais.

— En effet, acquiesça-t-elle. Pas maintenant. Pas avant très longtemps. Mais il y aura quelqu'un, un jour, qui entrera dans votre vie et nettoiera les toiles d'araignée qui entourent votre âme. Malgré toutes vos différences, elle sera la bonne pour vous et vous vous battrez pour elle.

— Je ne me bats pas pour l'amour. Ça n'en vaut pas la peine.

Elle lui sourit et lui tapota la main.

— Vous le ferez. Elle vous trouvera quand vous vous y attendrez le moins, elle verra qui vous êtes en dépit de tous les masques derrière lesquels vous vous cachez, et elle transformera votre existence.

Il haussa un sourcil, un peu étonné par la vieille sorcière. Il fourra la main dans sa poche et en tira quelques pièces, qu'il posa dans sa paume.

— Je ne crois pas aux contes de fées, vieille femme, mais merci pour le divertissement.

Il voulut reprendre son chemin, disparaître dans la foule, dans la nuit.

— Vous n'avez pas besoin de croire, dit-elle dans son dos. Peut-être que les contes de fées croient en vous.

Balivernes, songea-t-il.

Et il chassa les mots de la vieille femme de son esprit, malgré la douleur au creux de sa poitrine qui lui donnait envie de pouvoir y croire.

Chapitre 12

Le petit parc couvert de neige situé de l'autre côté de la ruelle où se cachait le *Refuge* me sembla désert au premier coup d'œil. Puis je la vis. Debout en plein milieu, les bras croisés sur la poitrine, le visage dur. Ses cheveux blond platine contrastaient avec son manteau rouge sang.

Elle était seule. Je balayai les environs du regard. Pour autant que je sache, il n'y avait que nous trois.

— Sarah, lança-t-elle d'un ton sévère. Je croyais t'avoir dit : Pas de garde du corps.

— Ce n'est pas mon garde du corps, rétorquai-je en haussant les épaules. George est là en tant que soutien moral.

Stacy sourit.

— Je me disais aussi qu'il n'avait pas l'air bien costaud.

— Hé ! protesta George. Tu as dit qu'elle était méchante, mais pas qu'elle était malpolie.

Stacy s'avança vers nous.

— Belle nuit, n'est-ce pas ?

— Divine. Dispensons-nous des bavardages inutiles, d'accord ?

Elle m'étudia un instant.

— Prête à t'excuser ?

— Oui.

Elle sourit.

— Alors fais-le bien.

Je pris une profonde inspiration et ravalai mon ressentiment. Très bien. Elle méritait des excuses.

— Après avoir repensé à certaines choses qui se sont passées au lycée, commençai-je, je crois savoir pourquoi tu ne m'aimes pas beaucoup.

— Que je ne t'aime pas beaucoup ? C'est un euphémisme si je sais en reconnaître un.

Je me forçai à sourire et coulai un regard vers George, qui venait d'allumer une autre cigarette.

— Euh, oui. Je sais que je t'ai traitée avec irrespect. Tout le monde ne peut pas être gentil et de bonne humeur à chaque instant de sa vie. Certaines choses, comme un syndrome prémenstruel et/ou une dispute avec son petit copain, peuvent faire qu'une fille agisse de façon déplaisante, même si ce n'est pas dans sa nature.

— Oh, ça n'était pas dans ta nature ?

— C'était il y a dix ans.

— Et alors ?

Un coup de vent emporta un peu de neige sur les branches au-dessus de moi et la souffla sur moi. Je sentis les particules froides et humides sur mon visage, et je l'essuyai.

— Ce jour-là, tu as malheureusement vu un aspect de ma personnalité qui n'a duré que deux minutes. J'avais des tas d'amis. Ils témoigneraient tous que j'étais une fille gentille. Mais je sais que j'ai été méchante avec toi, et ensuite j'ai été au bal de promo avec… quel était son nom déjà… ?

— Jonathan, cracha Stacy. Il s'appelait Jonathan.

— C'est vrai. *Jonathan.* Le lycée, c'est déjà bien assez terrible sans traumatisme supplémentaire. Je le sais. Je suis tellement navrée d'avoir heurté tes sentiments.

Elle ricana.

Je haussai les sourcils.

— Quoi ?

— C'est ça, tes excuses ?

— Oui.

Elle me gifla, laissant une empreinte douloureuse sur ma joue. Je la regardai, trop sonnée pour être en colère.

George fit un pas en avant.

— Recommence à frapper Sarah, espèce de salope, et je te souffle ma fumée à la figure.

Elle agita la main vers lui, il se figea et ses paupières se fermèrent. Sa cigarette tomba sur le sol.

Je clignai des yeux.

— Qu'est-ce que tu as fait ?

Elle me foudroya du regard.

— Ton soutien moral commençait à s'interposer entre nous. Ne t'inquiète pas, il n'aura pas de séquelle, mais cette conversation est entre toi et moi, Sarah, et je veux qu'elle le reste.

Je serrai les poings, m'efforçant de rester calme. Ma joue gauche me picotait après la gifle.

— Je me suis excusée. Qu'est-ce que tu attends de moi, maintenant ? Je n'ai rien fait de mal.

Elle secoua la tête et se laissa le temps de brosser la neige de son manteau.

— C'est vraiment drôle comme chaque personne a une vision d'elle-même différente de celle des autres. Comme chacun est le héros de sa propre histoire et les autres sont les méchants.

— Je ne suis pas une méchante.

— Tu es une vampire.

— Les vampires ne sont pas des méchants. (*Seigneur, combien de fois encore vais-je devoir dire ça ?*) Nous sommes comme les humains, avec davantage de problèmes à gérer. Ce sont nos choix qui font de nous des êtres bons ou mauvais.

J'aurais cru qu'une femme qui dit être une sorcière saurait ça. Je ne vois pas de peau verte, de verrues ou de balai.

— Non, pas de balai, déclara-t-elle d'une voix égale. Mais j'ai apporté… ça.

Elle tira un long pieu de sous son manteau.

Ma bouche s'assécha, et mon cœur se mit à cogner contre ma cage thoracique. La vue du bout de bois affûté suffit à me provoquer une crise d'anxiété. La dernière fois que j'en avais eu un sous les yeux, il venait d'être arraché de ma poitrine.

— C'est drôle comme le souvenir d'un traumatisme majeur peut donner l'impression que ça vient juste de se produire, dit Stacy, qui souriait de nouveau.

Je compris qu'elle savait ce qui m'était arrivé. Je ne quittai pas le pieu des yeux.

— Les souvenirs sont déclenchés par toutes sortes de choses, poursuivit-elle. Une odeur, une saveur. Nos sens sont incroyables, ils ont la mémoire absolue. On se croit revenu au moment où le trauma s'est produit. On peut le revivre encore et encore.

Elle faisait passer le pieu d'une main à l'autre.

— Range ça, dis-je d'une voix un peu tremblante.

— Pourquoi ? J'ai l'air menaçant ? Je le tiens, c'est tout. Je n'essaie pas de faire quelque chose avec, non ?

J'avais affronté mon problème de pieu. Vraiment. C'était un souvenir déplaisant, comme elle venait de le souligner, mais je m'en étais remise. Seulement… c'était faux. Peut-être n'étais-je pas aussi remise que je l'avais pensé. Le pieu lui-même ne me faisait aucun mal. Mais je savais ce que cela faisait d'en recevoir un en pleine poitrine. D'approcher de la mort de plus près que jamais encore auparavant.

Recevoir un pieu avait été l'épreuve la plus terrifiante de mon existence.

— J'ai dit que j'étais désolée. Qu'attends-tu de plus ?

— C'est une bonne question. Eh bien, nous pourrions commencer par ça : et si tu me disais ce que ça fait de faire partie des méchants.

— Je ne fais pas partie des méchants !

Son sourire froid s'élargit.

— Il y a tellement de choses que tu ignores, Sarah, et ton petit ami n'a même pas commencé à faire ton éducation. Mais je suppose qu'il est trop occupé à goûter à ton délicieux sang, non ? À mon avis, ce n'est qu'une question de temps avant qu'il dépasse les bornes et t'arrache la gorge. À moins que tu le prennes de vitesse. J'ai entendu dire qu'il avait du mal à garder ses crocs pour lui quand il est près de certaines femmes.

Je plissai les yeux et recouvrai mon souffle quand elle commença à parler de Thierry.

— Tais-toi. J'ignore comment tu sais tout ça sur nous, mais ma vie et la sienne ne sont pas tes foutus oignons.

— Je t'ai déjà parlé des nocturnes. As-tu appris quoi que ce soit sur eux ?

Mon attention était toujours focalisée sur le pieu.

— Principalement qu'ils n'existent plus.

— Les nocturnes ne pouvaient pas supporter la lumière, ils avaient soif de sang humain, provenant de créatures chaudes, avec un cœur qui bat. Ils étaient repoussés par les croix et l'eau bénite. Et, oui, ils ont été exterminés. (La lumière du réverbère au-dessus de nous clignota.) En fait, Thierry est celui qui a œuvré main dans la main avec les chasseurs pour les éliminer tous, ou presque. D'après ce que j'ai entendu dire, il était à la tête d'une faction de vampires.

Soudain, il faisait froid dans le parc. Thierry était celui qui avait créé le Cercle, le conseil des vampires, mais il en avait quitté les rangs un siècle auparavant.

— Je ne crois pas un mot de ce que tu viens de dire.

— Il pensait que les nocturnes étaient dangereux pour les vampires autant que pour les humains, alors, étant l'homme brave et noble qu'il est, il a rencontré les chefs des chasseurs dans le plus grand secret pour leur donner les informations qui les aideraient à tuer ces vilains vampires. Peut-être qu'il a eu raison de le faire. Peut-être que c'était mieux pour tout le monde. Mais, si tu veux mon avis, ça sent le génocide. En échange de ce qu'il leur donnait, il avait demandé aux chasseurs de laisser les autres vampires tranquilles, mais les chasseurs n'ont pas de parole, n'est-ce pas ?

Je croisai les bras. Même si la température ne m'affectait plus vraiment désormais, j'avais froid jusqu'aux tréfonds de mon être.

— Si ce que tu dis au sujet de ces nocturnes est vrai, alors ce n'était pas pire que de se débarrasser d'un nid de cafards. Ce n'est pas une grande perte pour la planète. Je ne pense pas que Thierry ait pris la mauvaise décision.

Elle secoua la tête.

— Je savais que tu défendrais ses actes. Dieu, tu fais confiance aux gens si facilement, Sarah, n'est-ce pas ? Puisqu'il est de notoriété publique qu'il ne peut pas contrôler le monstre tapi en lui quand il est avec toi, tu ne trouves pas que c'est l'hôpital qui se fout de la charité, après ce qu'il a fait aux nocturnes ?

Je la fusillai du regard.

— Tu m'as envoûtée pour que je devienne une nocturne.

Elle acquiesça.

— Et je suis ravie de la manière dont les choses ont tourné. C'est une telle réussite ! Je suis surprise que Thierry veuille encore t'approcher et encore plus te mordre. Il a passé des années à débarrasser le monde des créatures dans ton genre.

— J'ai honoré ma part du marché. Tu t'es bien amusée. Maintenant, romps le mauvais sort.

Le désespoir était palpable dans ma voix, et je n'aimais pas du tout cela. J'essuyai encore un peu de neige froide sur mon visage.

Elle fronça les sourcils.

— Qui a parlé d'un marché ?

Je lâchai un profond soupir. L'asservissement. Je devais m'en servir pour obtenir d'elle ce que je voulais.

Je plissai les yeux.

— Brise la malédiction tout de suite, Stacy.

— Non.

Je clignai des yeux.

— Romps le sort.

— Je ne crois pas, non. Oh, et si tu essaies d'utiliser ton contrôle mental sur moi, ça ne marchera pas. Je t'ai envoûtée. Tu ne peux pas utiliser un pouvoir qui en découle contre moi. C'est la règle.

Merde.

Je refoulai des larmes de frustration.

— Écoute, je sais que le lycée a été un enfer pour toi, mais c'est le cas pour un tas de gens. La vie n'a pas été tendre avec moi non plus, tu sais. Mais on se relève, on essaie d'oublier et on continue d'avancer.

— C'est ce que je devrais faire, d'après toi ? Poursuivre ma vie ?

— Oui, exactement.

— Et peut-être qu'on pourrait être amies ? Laisser le passé derrière nous ?

On aurait dit qu'elle se moquait de moi.

— Le simple fait que tu aies passé toutes ces années à me détester me fait penser que ce genre d'amitié n'est pas envisageable.

Elle rit, et cela me fit froid dans le dos.

— Tu crois être la seule sur ma liste, Sarah ?

— Quoi ?

Je jetai un coup d'œil par-dessus mon épaule et vis que George était toujours figé. Il se couvrait peu à peu d'une fine couche de neige.

— J'ai une liste avec les noms des gens qui m'ont fait du tort, et tu es presque tout en bas. J'ai enfin pu te retrouver, mais ça m'a donné le temps de faire des recherches. La réunion est tombée à pic. Et le fait que tu étais déjà une vampire a rendu tout ça bien plus intéressant.

— Tu as fait une liste ?

— Certains autres ont refusé de me faire leurs excuses. Jonathan… il n'a pas compris pourquoi j'étais tellement en colère contre lui, pas même lorsqu'il a poussé son dernier soupir. (Elle secoua la tête.) Il n'avait aucune idée. Non, aucune. Finalement, je pense qu'il valait mieux que lui et moi nous ne soyons pas ensemble.

J'étouffai un cri à ces mots.

— Tu l'as tué ?

Elle eut l'air choqué.

— Non, bien sûr que non. Je ne suis pas une meurtrière.

Je soupirai de soulagement.

— Eh bien, c'est bon à entendre.

— Je ne suis pas une meurtrière parce que je n'en ai pas besoin. J'envoûte les gens, et je suis très douée à ce jeu-là. Cependant, mes malédictions se terminent souvent par la mort de la personne concernée. Tant pis.

— Qu'est-ce que tu lui as fait ? demandai-je d'une voix tendue.

Stacy plissa les yeux.

— Il aimait tromper sa femme. Je l'ai observé. C'était comme pour le bal de promo : il t'y a emmenée, alors que ça aurait dû être moi. Il aurait dû m'être fidèle. Sa malédiction, c'était de se faire prendre chaque fois qu'il ferait quelque chose de mal. Et un jour, alors qu'il était avec sa maîtresse, le mari est rentré avec une arme. (Elle haussa les épaules.) Il n'a eu que ce qu'il méritait, si tu vois ce que je veux dire.

— Com… combien il y en a eu ?

Elle leva les yeux vers le ciel nocturne.

— Tu es la septième, ce qui est un chiffre porte-bonheur. Et tu es la seule qui respire encore, même si je ne suis pas sûre que tu en aies encore besoin, en tant que nocturne.

— S'il te plaît, brise la malédiction, m'entendis-je la supplier, et je me haïs pour cela, mais j'étais faible et fatiguée et je voulais que ça s'arrête. Je ne peux pas vivre comme ça.

— Pourquoi crois-tu que j'aie fait ça ? (Elle inclina la tête sur le côté et m'étudia.) Tu es sincère, je peux faire la différence. Je vais peut-être arranger ça. Après tout, tu n'as été garce envers moi qu'une ou deux fois.

— Tu vas briser la malédiction ?

— Je n'ai pas encore décidé. Mais sache qu'au bout de trois jours, si je ne le fais pas, ça deviendra permanent. Ça ne fait qu'une journée. Il t'en reste deux, si tu survis aussi longtemps. Et, pour ton information, les symptômes empirent avec le temps.

Elle me fit un grand sourire, et son amusement devant ma détresse me rendit soudain furieuse.

Je fis un pas en avant et montrai les crocs.

Elle leva son pieu.

— Oh, et si tu as dans l'idée de me faire du mal, dis-toi que si je meurs, la malédiction deviendra permanente, et tu pourras revendre toutes tes lunettes de soleil de marque sur eBay parce que tu n'en auras plus jamais besoin. Alors pas de sale coup. Je t'appellerai peut-être demain. Ou pas. Je verrai comment je me sens. Ou si toi et ton petit ami vous vivez assez longtemps.

— Tu n'as pas intérêt à toucher à Thierry !

— Moi, le toucher ? Je n'oserais pas ! Je pensais que tu allais peut-être le tuer. Ou qu'un chasseur allait enfin planter un pieu dans sa vieille poitrine poussiéreuse.

Je serrai les dents.

— Je pense que tu es mal informée, parce qu'il n'y a plus de chasseurs à Toronto pour le moment. Ils sont tous à l'enterrement de Gideon Chase.

— Oui, certains y sont.

Deux silhouettes sombres approchèrent, venant de derrière Stacy. Quand ils furent assez près, elle tendit son pieu à l'un d'eux.

— Mais pas tous. Bonne nuit, Sarah.

Elle tourna les talons et quitta le parc sans un regard en arrière.

J'entendis George haleter près de moi quand il fut libéré du sort qui le figeait.

— J'ai manqué quelque chose ? demanda-t-il, puis il vit les chasseurs et poussa un cri.

Les deux hommes étaient entièrement vêtus de noir. Ils étaient costauds et effrayants et portaient des cache-poussière en cuir. Bref, c'étaient des chasseurs tout à fait ordinaires.

— Salut, dit l'un d'eux. C'est vous la vampire, hein ?

— Sarah, réussit à articuler George en me serrant le bras. Il faut fuir. Dois-je te rappeler... que tu n'as pas de garde du corps ? Hé-ho !

Mes émotions avaient joué au yo-yo toute la soirée, avec des hauts et des bas et tout ce qu'il y avait entre. Et voilà qu'après tout ce qui s'était déjà passé, nous nous retrouvions face à deux foutus chasseurs ?

— Tiens-toi tranquille, vampire, et ce sera qu'un mauvais moment à passer.

Ils firent un pas en avant.

Je les regardai.

— Je parie que vous dites ça à toutes les filles.

Il y avait quelque chose dans ma voix, et ce n'était pas de la peur. J'étais trop en rogne pour craindre ces deux crétins. Ces abrutis de chasseurs de vampires, ces… *humains*. Je sentis le brouillard m'envahir, et la dernière chose que j'avais à l'esprit, c'était la peur. C'étaient eux qui devraient faire dans leurs pantalons.

— Lâchez ce pieu, ordonnai-je.

Celui de droite obéit. Il fronça les sourcils.

— Merde, qu'est-ce que… ?

Je croisai le regard de l'autre.

— Toi aussi.

Le second pieu atterrit sur le sol.

L'asservissement. C'était décidément une bonne chose. S'il y en avait une que j'aurais voulu garder après avoir été désenvoûtée, c'était peut-être celle-là.

Je sentis une chaleur étrange m'envahir en même temps qu'une toute nouvelle confiance en moi tandis que j'avançais vers mes assaillants.

— Bon sang, Sarah, mais qu'est-ce que tu fais ? souffla George derrière moi.

Je le regardai par-dessus mon épaule.

— Retourne au club, George. Tout ira bien.

— Je refuse de t'abandonner.

— C'est très gentil, mais je vais devoir insister.

Quand il ne fit pas mine de partir, j'élevai la voix :

— Maintenant ! S'il te plaît, va-t'en !

— Je vais aller chercher Thierry.

Et, après un dernier regard terrifié, il tourna les talons et quitta le parc en courant.

Je me tournai de nouveau vers les chasseurs et leur posai à chacun une main sur la poitrine pour voir si leurs cœurs battaient vite.

— Ses yeux, dit l'un en tremblant.

— Ils sont noirs ? demandai-je. Oui, ils font ça, ces temps-ci. Heureusement, je n'ai plus de reflet, alors ça ne m'ennuie pas trop. Très bien, si je peux me répéter, je vous le demande de nouveau : qu'est-ce que je vais faire de vous, les garçons ?

Ils se regardèrent l'un l'autre.

— Eh bien, vous pourriez nous laisser partir.

— Ou bien vous pourriez les tuer, dit une voix derrière moi.

Je haussai un sourcil, sans me retourner.

— Ça faisait longtemps.

Le Diable Rouge s'arrêta à côté de moi.

— Je vous ai observée.

— Et vous avez aimé le spectacle ?

— En fait, oui. J'avais entendu dire que vous étiez la Tueuse de Tueurs, mais je ne m'attendais pas du tout à ce que je viens de voir.

L'un des chasseurs gémit.

— La Tueuse de Tueurs ? Vous ?

L'autre renchérit :

— On aurait dû aller à Vegas.

Le Diable Rouge tourna son visage dissimulé par une écharpe vers les deux hommes.

— Que faites-vous ici, à Toronto ? J'avais cru comprendre que tous les chasseurs allaient dans le Sud, pour assister aux funérailles de leur chef ?

— On n'y est pas tous allés, dit l'un des chasseurs. Beaucoup d'entre nous sont contents qu'il soit mort.

— Il était très autoritaire, ajouta l'autre.

— La ferme, ordonnai-je.

Et ils obéirent.

Je pourrais très bien m'habituer à cela, s'il le fallait.

Cette seule pensée suffit à me faire grimacer. Je ne voulais pas devoir m'y habituer.

— Tuez-les, dit le Diable Rouge. Ils vous auraient massacrée sans hésiter. Le moins que vous puissiez faire, c'est leur rendre la politesse.

Je fronçai les sourcils. Les tuer ? Je savais que j'agissais comme un nocturne, mais je n'avais pas l'intention de tuer qui que ce soit. Pas même un chasseur.

— Je ne crois pas, objectai-je.

— Non ? demanda le Diable Rouge. Mais vous êtes la Tueuse de Tueurs. Vous tuez des tueurs. N'est-ce pas ?

Je serrai les poings très fort et regardai les chasseurs.

— Vous deux, écoutez-moi. Je veux que vous quittiez immédiatement ce parc. Et ne regardez pas en arrière ou je vous ferai de très vilaines choses. Et ce n'est pas de la drague.

Ils hochèrent la tête, le regard distant, signe qu'ils étaient en mon pouvoir.

Mais ils ne bougèrent pas.

Je fronçai les sourcils.

— Partez. Tout de suite.

L'un d'eux obéit enfin. L'air absent, il tourna les talons et prit ses jambes à son cou sans même attendre son compagnon, qui resta figé devant moi. Son visage était tendu, comme s'il soulevait un poids énorme.

— Il essaie de résister, expliqua le Diable Rouge. Certains humains le peuvent. Plus l'esprit est faible, plus c'est facile de leur faire faire ce que vous voulez.

— Vous me dites que cet individu n'a pas un esprit faible ? demandai-je en me tournant vers lui. J'ai du mal à le croire.

— Attention !

Le chasseur en avait profité pour ramasser son pieu et pour frapper, visant directement ma poitrine à peine guérie.

J'arrêtai son bras, mais je sentis quand même la pointe m'égratigner la peau.

— Je vais vous tuer, gronda-t-il.

Je coulai un regard en direction de Rouge.

Il inclina la tête sur le côté.

— Je crois que je vais me contenter de vous observer de loin.

— Super.

Même si j'avais bien plus de force désormais, ce qui me permettait de le tenir à distance, l'homme était un chasseur entraîné. Il pivota pour se dégager et m'attaquer sous un autre angle.

— Tu es morte, Tueuse de Tueurs ! hurla-t-il.

Il plongea sur moi. Je serrai le poing et lui en flanquai un coup dans l'estomac, assez fort pour lui couper le souffle. Il se plia en deux et essaya d'aspirer de l'air. Je le désarmai, puis d'un coup de pied en pleine figure, qui s'il n'était pas fait dans les règles de l'art du kung-fu n'en fut pas moins efficace, je l'envoyai bouler. Il atterrit sans douceur sur le sol enneigé.

Je serrai le pieu dans ma main tout en dardant sur lui un regard noir. Toutes mes terminaisons nerveuses semblaient crépiter d'énergie.

— Pitié, ne me tuez pas ! supplia le chasseur.

Je m'agenouillai et pressai la pointe en bois contre la poitrine du salaud, assez fort pour le faire tressaillir.

— Alors je te conseille de faire comme Michael Jackson et de te casser [1]. Et ne t'approche plus jamais de moi. Compris ?

Il hocha la tête. Je me relevai, et il se remit debout tant bien que mal et suivit son ami.

Le Diable Rouge avait croisé les bras.

— Hmm.

---

1. « Beat it » peut signifier « Casse-toi » en anglais. (*NdT*)

Je me retournai pour le foudroyer du regard.

— « Hmm » quoi ?

— Je suis surpris qu'avec une réputation comme la vôtre, vous ne l'ayez pas tué.

— Peut-être que je suis d'humeur généreuse, ce soir.

— Ou peut-être que c'est vrai que votre réputation n'est qu'une rumeur.

— Peut-être. (Je clignai des yeux.) Comment sont mes yeux ?

Il m'étudia un instant.

— Redevenus normaux.

— Au fait, merci pour votre aide, dis-je, pince-sans-rire. Je pensais que vous étiez censé être une sorte de héros vampire.

— Vous ne sembliez pas avoir besoin d'aide. (Il regarda autour de lui.) La femme qui était là, elle vous a envoûtée pour que vous deveniez un nocturne, n'est-ce pas ?

J'acquiesçai et sentis ma gorge se serrer.

— J'ai deux jours pour la convaincre de mettre fin à la malédiction, ou apparemment je resterai comme ça.

— Et ce serait si terrible ?

Je le regardai, étudiant la bande au-dessus de l'écharpe où ses yeux étaient visibles. Ils étaient comme deux rayons qui semblaient me transpercer jusqu'au cœur. Non pas pour la première fois, je me demandai de quoi il avait l'air sous son masque.

— Oui, ce serait terrible. J'ai la mauvaise habitude d'aimer sortir dans la journée.

— Il y a des moyens de contourner ce genre d'inconvénient. Mais vous y avez tellement gagné, dans cette transformation. Votre force est égale à celle d'un vampire vieux de plusieurs siècles. Avec de l'entraînement, votre contrôle mental serait très utile.

— Est-ce qu'un nocturne peut se changer en chauve-souris ? demandai-je.

— Je ne crois pas, non.

— Dans ce cas, je veux redevenir normale.

Il rit, et je levai vivement les yeux vers lui.

— Normale ? dit-il. Pourquoi voudriez-vous être normale ? Vous avez le monde à portée de main. On vous a fait un véritable cadeau, Sarah, et vous voudriez le rendre si facilement ?

— Un cadeau ? Les malédictions ne sont pas des cadeaux !

— Ça dépend sous quel angle on les regarde.

— Eh bien moi je le fais de mon point de vue, le seul que j'aie. Je me fais à peine au fait d'être un simple vampire, et j'avais réussi à me convaincre que je n'étais pas un monstre, et voilà que j'en suis devenu un. Je ne veux pas être comme ça.

C'était un excellent résumé de la situation. Même si je devrais dire adieu à l'asservissement, je ne voulais pas être un nocturne. Ce serait si mal.

— Ça a un rapport avec Thierry de Bennicœur et son opinion sur les nocturnes ?

Je serrai les dents si fort que cela me fit mal.

— Vous savez, Thierry pense que vous êtes un imposteur et que vous avez de mauvaises intentions. Je ne devrais même pas vous parler, parce qu'il en serait très fâché.

— Je vous ai sauvé la vie.

Cela me radoucit… mais à peine.

— C'est vrai. Et je vous en remercie. Mais, ces temps-ci, je ne fais confiance à personne si facilement, parce que quand je commets cette erreur ça me vaut un pieu en pleine poitrine. J'apprends vite. Je ne sais rien de vous. J'ignore qui vous êtes sous cette stupide écharpe. Si vous vous montriez, je serais peut-être un peu plus amicale.

Il plissa les yeux.

— Navré, je ne peux pas faire ça. Du moins pas encore.

— Alors je crois que cette conversation est finie.

Il m'étudia. La neige faisait blanchir son écharpe noire à vue d'œil.

— Laissez-moi vous poser une question, Sarah… Avant cette malédiction, est-il vrai que vous avez consommé le sang de deux maîtres vampires ?

— Peut-être. (Je le lorgnai, soupçonneuse.) Quelle différence ça fait ?

— Peut-être aucune. (Son regard ne m'avait pas quittée.) N'y en a-t-il eu que deux ? Thierry et Nicolaï ? Aucun autre ?

— Vous êtes un maître vampire, n'est-ce pas ? J'ai entendu dire que vous étiez déjà là pendant les croisades. L'histoire n'était pas une de mes matières préférées, mais je crois que ça signifie que vous êtes encore plus vieux que Thierry. Peut-être vais-je donc vous mordre. Trois, c'est mon chiffre porte-bonheur.

— C'est une supposition intéressante. (Des rides apparurent au coin de ses yeux, montrant qu'il souriait, ce qui me sembla étrange, puisque je n'avais pas essayé d'être drôle.) Quand la sorcière vous contactera de nouveau, lui permettrez-vous de rompre la malédiction ?

— Sans hésiter.

Toute trace d'amusement quitta son regard.

— C'est une erreur. Sachez ceci, Sarah. Quand les nocturnes existaient encore sur cette terre, ils agissaient mal, mais ils n'étaient pas bêtes. Ils désiraient pouvoir se promener au soleil et contrôler leur sinistre nature. Vers la fin, ils avaient des objets qui les aidaient à atteindre leurs objectifs. On en trouve encore certains de nos jours, mais, pour des observateurs non avertis, ils n'ont rien de remarquable ou de spécial.

— Quel genre d'objets ?

— Des bijoux. Des anneaux, des bracelets, des colliers que les nocturnes portaient afin d'avoir l'air de simples vampires. Aussi longtemps qu'ils l'avaient contre la peau, ils pouvaient avoir l'air… comme vous dites… normal. (Il marqua une pause, et je sentis son regard sur moi.) Si mes informations sont exactes, et je pense qu'elles le sont, vous avez eu l'un de ces objets entre les mains récemment. Ce qui me confirme l'hypothèse selon laquelle vous avez une chance extraordinaire.

Je clignai des yeux.

— Sérieusement ? Qu'est-ce que c'était ?

Il secoua la tête.

— Quelle importance ? Après tout, vous allez demander à la sorcière de briser le sort dès qu'elle le voudra bien.

— Oui, mais j'aime bien avoir un plan B.

— Sarah ! appela Thierry de l'autre côté de la rue.

Oh, merde.

J'attrapai le Diable Rouge par son manteau en cuir avant qu'il ait pu s'en aller.

— Vous devez me dire quel était cet objet !

J'étais assez près de lui à présent pour me rendre compte d'une chose qui me surprit au plus haut point. En fait, c'était bien la dernière à laquelle je me serais attendue. Par-delà son eau de toilette, que je reconnus aussitôt, parce qu'il s'agissait d'Aqua di Giò, je sentis autre chose. Une chose sur laquelle je ne pouvais pas me tromper.

J'écarquillai les yeux et me rapprochai encore de son cou, la faim me tordant l'estomac.

— Vous êtes humain !

— Non.

— Si, vous l'êtes ! Le Diable Rouge n'est pas censé être humain. C'est un vampire.

— Vous faites erreur.

Il s'écarta de moi, plissant les yeux.

— Mais qui êtes-vous ?

Je tendis la main vers son écharpe, et il l'écarta sans douceur.

— Ne me touchez pas ! gronda-t-il.

Puis il pivota et partit en vitesse.

— Tout va bien, Sarah ? demanda Thierry.

Ses mots étaient durs et pleins d'inquiétude quand il arriva près de moi. Il regarda le Diable Rouge disparaître dans l'obscurité.

— Je vais bien.

Mais c'était faux. Complètement faux.

Je fronçai les sourcils si fort que c'en était douloureux. Que diable se passait-il ?

Interlude

San Diego, Californie, 1903

— Où est votre femme ?

Thierry leva les yeux du journal du Diable Rouge dans lequel il consignait ses notes sur sa dernière mission. L'épouse de son ami Nicolaï, Elizabeth, le regardait du seuil de la petite auberge où ils avaient élu domicile.

— Véronique est retournée à Paris, répondit-il.

— Et Nicolaï est à New York. Seigneur. Nous avons tellement de temps libre… À quoi allons-nous bien pouvoir l'occuper ?

Elle lui sourit et fit glisser une main de façon suggestive de sa taille au haut de sa cuisse.

Elizabeth était une très belle femme, aux cheveux blonds, aux lèvres rouges et à la peau de pêche. Quand elle était encore humaine, son talent n'avait eu d'équivalent que celui de la grande Sarah Bernhardt. Les hommes étaient venus de loin pour la voir et lui offrir des cadeaux hors de prix, leur argent et leur dévotion éternelle.

Nicolaï avait été l'un de ceux qui avaient pu lui donner les trois… et il avait ajouté l'immortalité dans la balance.

Son ami était complètement sous le charme de la splendide actrice qui avait accepté de l'épouser, et il avait aussitôt fait d'elle une vampire. Nicolaï était obsédé par

Elizabeth. Il lui était tout dévoué et il l'aimait sincèrement. Et il croyait qu'elle éprouvait la même chose pour lui.

Elizabeth était une excellente comédienne.

Sa tenue, ce soir-là, était tout ce qu'il y avait de plus léger, et elle montrait suffisamment de peau pour faire rougir une femme honnête. Elizabeth n'en était pas une. Elle savait ce qu'elle voulait et elle essayait de l'obtenir sans vergogne.

Et, pour l'heure, elle voulait Thierry.

Cette pensée le mettait très mal à l'aise.

Son mariage avec Véronique était toujours tolérable. Cette dernière avait tendance à rester en Europe pendant de longues périodes, se montrant de temps et temps, s'attendant chaque fois qu'il tombe à ses pieds. Il savait qu'elle était vaguement agacée quand il n'en faisait rien.

Mais, cette fois, elle était partie après une dispute déplaisante durant laquelle elle l'avait accusé de vivre en reclus et de ne pas assez profiter de la vie. Cela avait pourtant été sa couverture pendant des siècles. Nul ne soupçonnerait qu'un bel aristocrate sans aucune passion puisse être le Diable Rouge, qui s'était fait une plus grande réputation de héros encore que lorsque Marcellus avait porté le masque.

Pourtant, il avait beau travailler, sauver des vampires, il n'avait pas l'impression de faire une différence. Il avait espéré qu'en aidant les chasseurs à tuer les nocturnes, cela assouvirait leur soif de sang et leur ferait passer l'envie de chasser. Mais, à présent qu'il n'y avait plus de nocturnes, ils avaient pris les armes contre les vampires qui pouvaient vivre au soleil. C'était une bataille harassante, qui ne semblait pas avoir de fin.

Mais la vie, ce n'était pas que du travail. Il y avait aussi les distractions.

Elizabeth entra dans la pièce. Elle avait la manie de tout toucher, de faire courir ses doigts sur les meubles, le bois… les hommes qui n'étaient pas son époux.

— Vous restez beaucoup trop enfermé, dit-elle, avec un léger sourire. Cette vie de solitaire que vous menez, ce n'est pas sain.

— Je suis très bien comme je suis.

— Nicolaï vous a demandé de prendre soin de moi pendant son absence. (Elle fit la moue.) Vous ne remplissez pas très bien votre mission.

Il ne bougea pas alors qu'elle venait s'asseoir au bord de son bureau.

— Que voulez-vous, Elizabeth ?

— N'est-ce pas évident ? (Elle haussa un sourcil.) Je vous veux.

Il ne put s'empêcher d'éclater de rire à ces mots.

— Vous me voulez ? Je suis persuadé que Nicolaï n'approuverait pas cette déclaration.

— Nicolaï n'a pas besoin de le savoir. (Son expression se fit un peu acide, et elle se releva pour faire les cent pas dans la chambre, comme un animal en cage.) Je ne peux pas vivre ainsi. Je me sens emprisonnée dans cette auberge. J'ai besoin d'être sur scène. C'est viscéral !

— Nicolaï souhaite que vous restiez en sécurité le temps de vous faire à votre nouvel état.

— En sécurité ! (Elle cracha ces mots comme s'il s'agissait d'une malédiction.) C'est bon pour les lâches. Je veux sentir le vent sur mon visage. Entendre les applaudissements du public. (Elle approcha de nouveau de lui.) Je veux sentir les mains d'un amant sur mon corps.

Thierry soupira. Malgré sa beauté, il ne la trouvait pas attirante. Il avait déjà une femme magnifique dans sa vie pour laquelle il ne ressentait presque rien.

Seule son identité secrète de Diable Rouge lui apportait un peu de paix, et même cela ne lui suffisait plus. Les femmes étaient des créatures intrigantes et manipulatrices. Parfois, il désirait avoir quelqu'un dans sa vie qui l'aide à se sentir vivant après une si longue vie. Mais il avait abandonné tout espoir que la diseuse de bonne aventure ait dit vrai.

Il se leva.

— Elizabeth…

— Qu'est-ce ?

Elle prit le journal, posé devant lui.

— Rendez-le-moi.

Elle sourit.

— Ah, quelque chose a donc pu retenir votre attention. Très intéressant.

Avant qu'il ait pu le lui reprendre, elle était sortie en courant. La porte de sa chambre à coucher claqua, et elle la ferma à clé.

Il frappa.

— Elizabeth, laissez-moi entrer.

— Je lis. Cela ne me prendra qu'un instant.

Il étouffa le sentiment de panique qui enflait en lui. *Imbécile*, se réprimanda-t-il. *C'était une erreur stupide. J'ai baissé ma garde.*

Il enfonça la porte d'un coup de pied.

— C'est impossible. (Elle leva sur lui des yeux écarquillés par l'étonnement.) Vous… vous êtes le Diable Rouge ?

— Non.

— Mais c'est écrit là.

— Vous faites erreur. (Il s'avança et lui reprit le journal.) Il serait dans votre intérêt d'oublier tout ce que vous venez de lire.

Il lui tourna le dos et regagna sa chambre, pestant silencieusement d'avoir été si négligent. Ce soir, sa mission ne s'était pas passée aussi bien que prévu. Des dizaines de chasseurs étaient rentrés dans leur repaire avant l'heure. Les vampires qu'ils avaient faits prisonniers n'étaient plus là, bien sûr, puisque Thierry les avait libérés. Mais l'un d'eux avait pu l'apercevoir, rien qu'un court instant, alors qu'il arrachait son masque, et il s'était inquiété d'avoir été suivi jusqu'à l'auberge en dépit de ses efforts pour couvrir sa trace.

Il avait été nerveux toute la soirée, et ce n'était qu'après minuit qu'il avait commencé à se détendre. Et il le serait complètement, si Elizabeth n'avait pas découvert son secret.

Elle le suivit.

— Je ne le dirai à personne, Thierry.

— Il n'y a rien à dire.

La pensée qu'elle sache tout lui rongeait les tripes comme de l'acide. C'était une femme insipide, vaniteuse et impossible. Il ne la tolérait que parce qu'elle était l'épouse de son meilleur ami, mais cela n'allait pas plus loin.

— Le Diable Rouge, dit-elle en avançant encore. J'ai toujours voulu le rencontrer.

— Retournez dans votre chambre, Elizabeth.

— Ne pensez-vous pas que tout le temps que vous passez à mener cette double vie pourrait vous servir à bien autre chose ?

— Autre chose ?

— Le Diable Rouge ne sauve que ceux qu'il décide de sauver. Ses actions sont limitées. C'est ce qu'il dit.

— Qui dit quoi ?

— Nicolaï. Il pense que le Diable Rouge, autrement dit, vous, ferait bien de disparaître. Il croit que son existence exacerbe la haine des chasseurs, et qu'ils ne poursuivraient pas autant les vampires s'il n'existait pas.

Il serra les dents.

— Nicolaï a le droit d'avoir ses opinions.

— Si c'était moi, poursuivit-elle, ou je voudrais que tout le monde sache qui je suis pour en retirer de la gloire, ou bien je ne prendrais pas la peine de faire quoi que ce soit.

— C'est ce qui nous rend différents.

— Avez-vous pensé à arrêter ?

Il ne répondit pas, puisqu'en le faisant il admettrait être ce qu'elle croyait. La vérité, c'était qu'il y avait songé. Comme elle l'avait si bien souligné, peu de gens comprenaient ce qu'il faisait. Certains le considéraient comme un héros, mais d'autres, comme Nicolaï, se disaient qu'il rendait les chasseurs encore plus vicieux, ce qui faisait de lui un problème.

— Je suis fatigué, dit-il. Je désire aller me coucher.

— Vous êtes seul.

— Cette conversation m'ennuie, Elizabeth. Retournez dans votre chambre, s'il vous plaît.

— Je sais ce que vous désirez.

Il allait la ramener de force, la pousser à l'intérieur et fermer la porte à clé. Il déciderait ensuite de la libérer au matin… ou pas.

— Je ne vous désire pas, Elizabeth.

Son sourire ne bougea pas.

— Peut-être pas. Mais vous désirez autre chose. Je le sais.

Il baissa les yeux et vit qu'elle tenait un couteau, dont elle passa la lame sur son avant-bras. Du sang apparut, très rouge sur sa peau blanche.

Le corps de Thierry y réagit aussitôt.

Il jura intérieurement. Il n'avait pas bu de sang depuis de nombreuses années. Véronique lui avait dit de manière très explicite que ceux de leur âge devaient être prudents concernant leur consommation. Ils pouvaient vivre sans jamais en boire une goutte. Véronique n'avait aucun problème avec cela mais, pour lui, c'en était un.

Elizabeth avait raison. Il désirait boire du sang. D'abord douleur brûlante au creux de sa poitrine, le besoin se répandit dans tout son corps. Et il était impérieux.

— Là.

Elizabeth leva le bras vers lui.

Il la repoussa sans ménagement.

— Partez.

Son expression s'assombrit.

— Buvez ou je dévoilerai votre petit secret à tout le monde !

L'enfer n'a pas de pire furie qu'une femme dédaignée.

Thierry plissa les yeux. Pourquoi lui faisait-elle cela ? S'ennuyait-elle à ce point ? Son amour pour Nicolaï n'existait-il plus quand ils étaient séparés de plus de cent pas ?

Nicolaï aurait le cœur brisé s'il savait la vérité sur sa chère épouse.

— Goûtez-moi, ordonna Elizabeth, sa voix sensuelle devenant aiguë.

Il sentit ses crocs s'allonger et devenir plus pointus. Normalement, il pouvait contrôler ses appétits. Mais il était bouleversé, et cela ne l'aidait pas.

Il lui attrapa le bras et le porta à sa bouche, levant les yeux pour croiser ceux de la jeune femme. Elle avait fermé les siens de plaisir alors qu'il léchait la plaie d'un bout à l'autre.

— Oui, siffla-t-elle.

La noirceur qui sommeillait tout au fond de Thierry fut éveillée par le sang, et en quelques secondes il perdit le contrôle. Il avait surestimé sa maîtrise de soi, surtout après si longtemps. Il en voulait plus. Il en avait besoin. Ce désir le submergea.

Il rompit le lien en grognant.

— Vous voyez ? (Elizabeth lui adressa un sourire amusé.) Était-ce si mal ?

— Non.

Il l'attrapa par les épaules. Son regard lui apprit qu'elle pensait qu'il allait l'embrasser et la porter jusque sur le lit, mais ce n'était pas ce qu'il voulait.

Il repoussa les mèches blond clair de son cou et y planta ses crocs.

Elle haleta de douleur.

Il but jusqu'à ce qu'il sente ses petites mains contre sa poitrine. Elle essayait de le repousser. Finalement, il revint à lui et ses sens jusque-là focalisés sur le goût du sang lui donnèrent de nouveau une perception plus complète du monde.

Elle tenait une main appuyée sur sa gorge, les yeux ronds, sous le choc. Cela n'avait pas été une expérience aussi excitante qu'elle l'avait pensé. Il vit de la peur dans son regard. Il avait bu trop longtemps.

Il déglutit.

— Je suis… je suis désolé. Cela faisait trop longtemps. J'ai présumé de mes forces.

Elle cligna des yeux.

— Je le dirai à Nicolaï. Je lui dirai tout. Que vous êtes le Diable Rouge. Que vous m'avez attaquée. Il vous tuera pour ça.

Elle se détourna, mais il lui attrapa le bras. Il devait l'arrêter… la convaincre de ne rien dire. Son secret ne devait pas être révélé.

— S'il vous plaît, Elizabeth. Écoutez-moi…

Elle se dégagea violemment, puis elle quitta la chambre en courant et dévala l'escalier. Thierry lui emboîta le pas. Elle ouvrit la porte de l'auberge et se précipita dans la rue…

Où cinq chasseurs attendaient. Thierry s'arrêta net et regarda, horrifié, alors qu'ils s'emparaient d'elle et lui retroussaient les lèvres pour voir ses crocs.

— Nos informations étaient vraies à propos de cet établissement, mais il s'agit d'une femelle, pas d'un mâle. Ça n'en est pas moins un monstre.

Les autres rugirent leur assentiment, puis l'un d'eux plongea un pieu dans le cœur de la belle actrice. Elle n'avait même pas émis un son de protestation. Elle était déjà trop affaiblie par la perte de sang, et trop stupéfaite par la vue des chasseurs, pour crier.

Les genoux de Thierry se dérobèrent sous lui et il tomba sur le sol, tremblant.

C'était sa faute. La mort de la femme de son ami était sur ses mains.

C'était sa faute.

Il fut certain, alors qu'il regardait son cadavre allongé au milieu de la rue, après le départ des chasseurs, qu'il ne se remettrait jamais de cette tragédie.

Le Diable Rouge mourut cette nuit-là.

Chapitre 13

Dans le parc, quand le Diable Rouge eut disparu, Thierry me prit par la main et me traîna presque jusqu'au *Refuge*.

— Il faut qu'on parle, dit-il.

Nous entrâmes dans le club et je jetais un coup d'œil à George, Amy et Barry, qui tous reculèrent d'un pas alors que nous passions devant eux pour gagner le bureau de Thierry. Même les clients nous observèrent, un peu inquiets. Butch était assis à une table, un linge humide pressé contre le front.

Les émotions se bousculaient en moi, mais je revins au présent quand la porte claqua. Je levai les yeux. Ceux de Thierry étaient pleins de fureur.

— Pourquoi es-tu sortie seule ? Après tout ce qui t'est arrivé ! Tu aurais pu être tuée !

Je me croisai les bras sur la poitrine.

— George était avec moi.

— Tu m'excuseras, mais cela ne me rassure pas le moins du monde ! (Son expression se radoucit un peu.) Sarah, pourquoi faut-il toujours que tu tentes le destin ?

Je refoulai mes larmes.

— Je devais rencontrer Stacy. Je n'avais pas le choix.

— Il y a toujours d'autres options.

— Elle m'a appelée et je suis allée au rendez-vous pour lui présenter des excuses, mais tout ne s'est pas déroulé comme prévu.

Il garda le silence un moment.

— Je suis navré.

— Elle m'a confirmé que la malédiction devait faire de moi un nocturne.

Son expression se fit plus grave.

— Oui, c'est bien ce que je pensais.

J'étais si frustrée que j'aurais voulu hurler.

— Tu vas me tuer si je ne guéris pas ?

— De quoi parles-tu ?

— Stacy m'a dit qu'autrefois, il y avait des tas de nocturnes et que tu as aidé les chasseurs à les éliminer tous. C'est vrai ?

Cela semblait si horrible alors que je le disais que j'aurais voulu revenir en arrière et me taire. Pourquoi croirais-je un mot de ce que cette sorcière m'avait dit ?

— Tu n'es pas vraiment un nocturne, répondit simplement Thierry à mi-voix.

— J'ai tous les symptômes.

— Aucune importance. Tu es seulement envoûtée. Rien de plus. Cela ne change pas ce que tu es à l'origine.

— Donc, tu essaies de me dire qu'elle a menti au sujet des nocturnes ?

— Les nocturnes étaient des tueurs qui ne faisaient pas de discrimination, gronda-t-il. Ils ne pensaient qu'à se nourrir et à commettre des violences. C'était une sous-race malheureuse de vampires : une mutation rare du virus du vampirisme, qui heureusement n'existe plus. Il n'y en avait pas tant que cela. Quelques centaines, tout au plus.

— Le Diable Rouge m'a dit qu'ils avaient des objets qui leur permettaient de mener la même vie que les autres vampires.

— Le Diable Rouge t'a dit ça, n'est-ce pas ? (Le ton de Thierry frôlait la moquerie, et je n'aimai pas cela.) Alors ce doit être vrai ! Il doit avoir toute ta confiance pour que tu le rencontres dans les parcs, la nuit, dans mon dos.

— Nous n'avions pas rendez-vous. Il est arrivé, c'est tout.

— C'est un imposteur.

Il se rembrunit.

— Tu as raison.

Il haussa les sourcils.

— Tu es d'accord avec moi ? Quel revirement.

— Il est humain. J'ai pu le sentir quand je me suis approchée de lui.

— Humain ? (Il sembla surpris.) Je ne m'attendais pas à ça. Mais je sais qu'il est dangereux. T'a-t-il parlé de ses plans ?

— Non.

— Alors, il t'a parlé des objets qu'un nocturne peut utiliser.

— Peut-être a-t-il inventé ça de toutes pièces.

Je me touchai le cou d'un geste absent.

Thierry regarda ma gorge, les marques de crocs qu'il m'avait faites plus tôt.

— C'est dangereux d'être seule. Pour toi.

— Je me sens bien pour le moment. Les verres que j'ai bus dans la soirée ont dû apaiser... ma faim.

— Je serai prudent et toujours conscient de... la mienne. (Il serrait les dents.) La dernière chose que je veuille, c'est te faire du mal, Sarah.

— Je sais.

— Et tu n'as pas de raison de craindre que je t'élimine à cause de tes symptômes. Je ne te vois pas comme un nocturne. Je ne suis pas fier de ce que j'ai fait dans le passé pour débarrasser le monde de cette menace. C'est à cause des nocturnes que les humains considéraient les vampires comme des monstres, parce qu'ils chassaient aussi bien les humains que les vampires. Bien sûr, il y a des vampires mauvais à cause de leur nature destructrice, mais ils ont fait le choix d'être ainsi. Les nocturnes étaient tous mauvais. J'ai vu de quoi ils étaient capables de mes propres yeux, Sarah. C'était horrible.

— Alors tu as agi ainsi pour sauver des gens.

— Oui.

Je le serrai dans mes bras et il se raidit.

— Ne t'inquiète pas, murmurai-je. Je ne vais pas t'embrasser. Ça semble être l'élément déclencheur.

Il se pencha un peu en arrière pour me regarder dans les yeux.

— L'idée de ne plus jamais pouvoir t'embrasser n'est pas plaisante du tout.

Je l'imitai pour lui adresser un large sourire.

— Je sais, j'embrasse comme une déesse !

Il esquissa un pâle sourire.

— Sarah, il fut un temps où je pensais être un homme noble qui faisait des choix pour essayer d'aider les autres. Et aujourd'hui, après tout ce temps, je me rends compte que la seule chose qui m'importe est ici.

— Le club ?

Il secoua la tête.

— Toi. Je veux que tu sois en sécurité et heureuse. Mais l'un et l'autre sont compromis par cette malédiction et la présence de l'imposteur qui se fait passer pour le Diable Rouge. Et je ferai tout ce qui est en mon pouvoir pour t'aider.

Je laissai mes mains glisser le long de sa poitrine chaude et ferme.

— Continue à parler ainsi et je vais t'embrasser. Et ce ne serait pas une bonne chose.

— Non. (Il étudia mes lèvres.) Pas du tout.

— Je vais devoir commencer une liste de tous les baisers que je te devrai.

— Excellente idée.

Je déglutis.

— Je devrais te dire que Véronique t'a appelé, un peu plus tôt. Elle a reçu les papiers pour l'annulation et elle est complètement sens dessus dessous.

Il haussa un sourcil noir.

— Véronique est *sens dessus dessous* ? Je ne crois pas qu'elle l'ait jamais été au sujet de quoi que ce soit…

— Elle n'est pas contente et elle ne veut pas signer. Elle désire que tu l'appelles aussi vite que possible.

Il acquiesça.

— Tout est ma faute.

— Tu regrettes d'avoir demandé une annulation ? demandai-je, et un poids vint m'appuyer sur la poitrine.

— Non. Mais je m'y suis mal pris. Véronique a tendance à agir comme si rien ne pouvait jamais l'affecter, mais je suppose que recevoir des documents d'église légaux l'a un peu déboussolée.

Je repensai à notre conversation.

— Elle m'a traitée de fille stupide et quelconque.

— Ça, ça lui ressemble déjà davantage. (Il sourit.) Mais elle a tort. Tu n'es pas du tout quelconque.

Je fronçai les sourcils.

— Mais je suis stupide ?

Son sourire s'élargit.

— Tu veux vraiment que je réponde à cela ?

— Peut-être pas. (Je me mordis la lèvre inférieure.) Tu sais, si tu préfères que je te la rende, je le peux. C'est pas un problème.

Je faisais allusion à la bague, à ma main droite, que je levai pour lui montrer de quoi je parlais.

Il baissa les yeux dessus.

— Tu veux me la rendre ?

— Non, répondis-je vivement.

— Alors, je veux que tu la portes jusqu'à ce que tu choisisses de ne plus le faire. (Son sourire s'effaça.) Je me rends compte que j'aurais dû prévenir Véronique de mes intentions.

— Et quelles sont-elles ?

Il prit ma main dans la sienne et passa le pouce sur l'anneau d'éternité. Puis il leva ses yeux argentés et croisa mon regard.

— Trouver un moyen de pouvoir t'embrasser de nouveau. J'ai attendu bien trop longtemps que tu débarques dans ma vie pour laisser une malédiction se dresser entre nous.

Le ton de sa voix me retourna complètement. Ses paroles me promettaient davantage que des baisers ou même du sexe. Elles me parlaient d'un avenir, ensemble. Mon cœur s'emballa quand il passa la main dans mes cheveux, encore humides à cause de la neige, puis qu'il suivit le contour de mes lèvres du bout de l'index.

Je sentis soudain l'obscurité commencer à prendre possession de moi. Mes crocs me firent mal et mon champ de vision se rétrécit pour ne plus englober que son pouls que je voyais battre à sa gorge. Je m'écartai à contrecœur.

— Mieux vaut en rester là. Nous venons d'entrer en zone de danger.

Thierry hocha la tête et me lâcha pour faire les cent pas dans son bureau, les mains derrière le dos.

— Maintenant, parlons du Diable Rouge. Je pense qu'il serait bon que nous l'attirions hors de sa cachette pour lui demander qui il est et quelles sont ses intentions.

— Tu ne t'es jamais dit qu'il essayait seulement de nous aider ?

— Nous aider ? J'en doute.

— Pourquoi ? Il m'a déjà sauvé la vie une fois. Il a aussi essayé de me donner des conseils sur les objets magiques utilisés par les nocturnes. Il a dit que j'en avais eu un entre les mains il n'y a pas si longtemps. Je me creuse la cervelle pour essayer de me rappeler un bijou sans rien de remarquable que j'aurais pu…

Je clignai des yeux.

Attends une seconde…

Non, ce n'était pas possible.

Trois semaines plus tôt, j'étais entrée en possession d'un vieux bijou. Oui, c'était bien la vérité. Il s'agissait d'une chaîne en or. Elle était plutôt hideuse, pour tout dire.

En quelques mots, on me l'avait donnée et on m'avait dit de la cacher des méchants, qui à l'époque n'étaient autres que mes gardes du corps. Elle avait fini par retransformer mon loup-garou en humain quand il était entré en contact avec elle. Mais qui pouvait savoir ? Peut-être n'avait-ce été qu'une coïncidence ?

Ah, Barkley. Il me manquait, ce sac à puces amateur de biscuits.

Je savais qu'il y avait un truc pas normal à propos de ce collier. Mais était-ce possible que ce soit l'objet dont m'avait parlé le Diable Rouge ?

Et, si c'était le cas, comment avait-il su ? Personne n'était au courant. Je n'en avais même pas parlé à Thierry.

— Qu'y a-t-il ? demanda celui-ci.

— Peut-être rien, mais il n'y a qu'un moyen de le découvrir.

Je me dirigeai vers la porte, mais avant de l'ouvrir je regardai par-dessus mon épaule et demandai :

— Suis-je autorisée à sortir, monsieur ?

Il haussa un sourcil.

— Oui, si tu me promets de ne pas courir au-devant du danger.

— Je n'oserais pas.

Il me rejoignit alors que j'ouvrais la porte.

— Ne t'éloigne pas.

— Mais je ne peux pas rester près de toi.

— Non, pas trop près. (Nos yeux se croisèrent et ne voulurent plus se lâcher.) Ce serait bien trop tentant.

Zut, je l'avais vraiment dans la peau. Bien sûr, il était rigide à propos de certaines choses, il était souvent d'humeur sinistre et il s'agaçait d'un rien, et il avait des tonnes de bagages. Mais il était également très généreux, protecteur, aimant, et terriblement sexy. En plus, il voulait être avec moi, même si je n'étais pas un cadeau et que j'avais la mauvaise habitude de foncer tête baissée vers le danger.

Je n'avais jamais été si amoureuse de toute ma vie. C'était un peu effrayant.

Non, en fait, c'était *très* effrayant.

Je trouverais un moyen de me débarrasser de cette malédiction. Oui. Je n'allais pas la laisser m'empêcher d'être avec Thierry. Pas après tout ce que nous avions déjà traversé. Et, si la sorcière ne venait pas à moi, je la traquerais et irais la trouver.

Mais après avoir mis la main sur mon plan B.

J'avais offert le collier en question à Amy pour son anniversaire. J'avais fait cela pour deux raisons. La première : je savais qu'elle le détesterait et qu'elle le cacherait au fond de sa boîte à bijoux, où il resterait enfoui à jamais sans plus voir la lumière du jour. La seconde : j'avais oublié de lui acheter un autre cadeau en arrivant à sa fête.

Je me rappelais sa réaction quand elle l'avait tiré de la boîte, après avoir écarté le papier de soie de récupération.

L'éclat de l'or lui avait fait écarquiller les yeux, puis elle les avait plissés de déception en découvrant que ce n'était pas un bijou qu'elle pourrait porter. « *Merde al…* (Elle s'était arrêtée, avait cligné des yeux puis m'avait regardée.) *Euh, je veux dire, c'est fabuleux. Merci, Sarah ! Je l'adore !* »

Et, comme je l'avais prédit, elle ne l'avait jamais mis. Parfait. Il était en sécurité, enfermé à double tour. Je ressentis soudain une étrange certitude. J'ignorais comment le Diable Rouge était au courant, et je m'en fichais. Si la chaîne possédait le pouvoir qu'il m'avait décrit, alors je voulais récupérer ce bijou hideux. Je le porterais fièrement en sortant à la lumière du jour. Cela ne faisait qu'une seule journée, et je souffrais déjà du manque de soleil et mon teint pâlissait à vue d'œil. J'irais peut-être me faire asperger d'autobronzant quand tout irait mieux, pour fêter cela.

—Amy!

Je me dirigeai droit vers elle, et elle me regarda avec suspicion.

—Euh, oui?

Je l'attrapai par le bras et je la sentis tressaillir quand je la tirai de côté, hors de portée de voix.

—Il faut que je te demande quelque chose.

—Non, je ne veux pas que tu me mordes.

Je clignai des yeux.

—Ce n'était pas ma question.

Elle croisa les bras comme pour se protéger.

—Je veux dire, je sais que nous sommes amies. Les meilleures amies du monde. Et je sais que tu dois regarder ma gorge et te dire que mon sang est probablement délicieux. Mais ça ne signifie pas que je veuille faire ce genre d'expérience avec toi. Ce n'est pas mon truc, Sarah. Ça me mettrait très mal à l'aise d'engager notre amitié sur cette voie.

—Mais de quoi tu parles, bon sang?

Elle eut l'air confus.

—Barry m'a dit que tu étais dangereuse et que je devrais garder mes distances avec toi autant que possible, mais je ne veux pas faire ça. Je ne veux pas avoir peur de toi, mais les choses qu'il m'a racontées sur les nocturnes… (Elle grimaça.)

Ils sont comme des moustiques assoiffés de sang et de sexe qui se fichent pas mal de qui ils essaient de séduire, aussi longtemps qu'ils obtiennent ce qu'ils veulent.

Ça, pour une image, c'était une image.

— Je ne suis pas une nymphomane, ni un moustique ! Et même si je l'étais, crois-moi, tu n'es pas mon type.

Elle sembla se détendre un peu.

— Vraiment ?

— Vraiment.

Puis elle fit la moue.

— Pourquoi pas ? C'est mes cheveux, c'est ça. Tu n'aimes pas le rose ? Parce que j'ai un rendez-vous pour redevenir blonde.

Je me raclai la gorge.

— Écoute, ça va te sembler bizarre, mais tu te souviens du cadeau que je t'ai fait pour ton anniversaire ? La chaîne en or ?

— Bien sûr que je m'en souviens !

Elle sembla réprimer un frisson.

— Je ne peux pas entrer dans les détails maintenant, mais j'ai besoin de la récupérer pour quelques jours. On pourrait aller chez toi la chercher ?

— Tu en as besoin ? (Elle semblait surprise.) Mais... tu me l'as offerte !

Je jetai un coup d'œil par-dessus mon épaule et vis Butch me foudroyer du regard. *Lady is a Tramp* de Sinatra sortait des haut-parleurs.

— Je sais que c'est une requête étrange, mais fais-moi plaisir. Tu ne la portes jamais, alors je n'imagine pas que ça t'ennuie que je te l'emprunte quelque temps. Je ne te le demanderais pas si ça n'était pas super-méga-important. C'est une question de vie ou de mort.

— De vie ou de mort ? répéta-t-elle d'une voix faible.

Je fronçai les sourcils.

— C'est quoi, le problème ?

— Est-ce qu'une autre chaîne en or ferait l'affaire ? J'en ai quelques-unes que tu peux m'emprunter. Et toutes sont bien plus jolies que celle dont tu parles.

Elle marqua une pause et ajouta :

— Non pas que je n'aie pas apprécié le geste, crois-moi.

— Je sais que tu la haïssais. Ça n'a pas d'importance. Et je promets de la remplacer par un bien plus beau cadeau d'anniversaire en retard. Mais j'ai besoin de celle-là en particulier.

— Ben mince alors…

— « Ben mince alors… » quoi ?

Elle commença à se tordre les mains, et quand son regard croisa le mien, j'y lus… de la culpabilité ?

— En… en fait, je ne l'ai plus.

— Pardon ?

Elle tortilla un doigt dans ses courts cheveux roses.

— Je suis tellement navrée, je sais que c'est la pire chose qu'une amie puisse faire, mais… mais je savais que je ne la porterais jamais. Je l'ai mise dans ma boîte à bijoux et, chaque fois que je l'ouvrais, on aurait dit qu'elle jetait le mauvais œil sur moi.

— Un collier, ça n'a pas d'yeux.

— Eh bien, pourtant c'est l'impression que ça me donnait. Jamais je n'aurais cru que tu voudrais récupérer cette chaîne, et si tu m'avais demandé dans quelques mois ou des années pourquoi je ne la portais jamais, je t'aurais dit que je l'avais perdue.

— Qu'en as-tu fait, Amy ? demandai-je, tendue.

— Eh bien, un jour, j'étais à la maison et je passais l'aspirateur, et j'ai entendu une pub à la télé. Ce type parlait de…

Elle se tut, et je vis sa lèvre inférieure trembloter.

— Il parlait de quoi ? insistai-je.

— De vendre les bijoux qu'on ne mettait plus. Pour du fric. (Elle se cacha le visage dans les mains.) Oh, j'ai tellement honte !

— Tu l'as vendue ? croassai-je, n'en croyant pas mes oreilles. Tu as vendu la chaîne ? Je te l'avais offerte !

— Je n'avais pas l'intention de la porter. (Elle toucha ses oreilles.) Et j'ai pu m'acheter ces boucles d'oreilles avec l'argent qu'on m'en a donné. C'était avant-hier.

Je me sentis pâlir. D'un côté, j'étais furieuse qu'elle ait pu vendre un cadeau que je lui avais fait, même si je devais bien admettre qu'il était nul. De l'autre… ces boucles d'oreilles étaient vraiment ravissantes.

Elle ne savait pas. En fait, je venais juste de découvrir moi-même que j'en avais besoin. Et, pour être honnête, j'ignorais encore si c'était bien l'un des objets qui pouvaient m'aider.

Tout ce que j'avais, c'était mon instinct. Et il me disait que j'avais besoin de cette chaîne en or, aussi vite que possible.

Je posai une main sur son épaule.

— Où l'as-tu vendue ?

— Dans une boutique appelée *Vendez Votre Or Pour Du fric*.

— Très classe.

— Ce n'était pas si mal. Un peu encombré.

— Combien ils t'en ont donné ?

— Cinquante dollars.

Je hochai la tête. Ma chance d'avoir de nouveau une vie normale avait été fourguée à un prêteur sur gages pour cinquante malheureux dollars. Super.

— C'était un humain ou un vampire ?

Elle réfléchit.

— Je suis presque sûre que le type était humain.

Thierry s'approcha de nous, et je lui dis ce qui se passait. Il secoua la tête.

— Je connais le propriétaire de ce magasin. Sa femme est l'une de nos clientes régulières. Mais il est trop tard. C'est fermé, à l'heure qu'il est. Il est presque minuit.

— Eh bien, même si j'aurais préféré pouvoir attendre qu'ils ouvrent demain matin, je préférerais ne pas être grillée par le soleil en m'y rendant.

— Je m'en chargerai donc à ta place.

Je secouai la tête.

— Non, navrée d'être contrariante, mais je dois y aller maintenant. Je dois avoir le collier aussi vite que possible. Je ne peux pas attendre.

Thierry m'étudia un long moment, puis il regarda Amy.

— Êtes-vous sûre que c'est la bonne boutique ?

Elle hocha la tête en battant des cils.

— Oui, sûre.

Il resta debout près de nous en silence encore un instant, avec une expression indéchiffrable.

— George va nous accompagner. Il possède un talent dont nous pourrions avoir besoin si je n'arrive pas à contacter le propriétaire.

Je haussai les sourcils.

— J'ignorais qu'un goût prononcé pour les pantalons en cuir moulants pouvait être utile dans ce genre de situation.

Thierry me regarda, et je vis que sous la façade il était amusé.

— Nous avons tous un passé et des talents cachés, Sarah, même toi, j'en suis certain.

— Je peux faire un nœud dans une queue de cerise avec ma langue, dit Amy, dont le regard détaillait Thierry de la tête aux pieds. Ça compte ?

Je lui flanquai un coup de poing dans l'épaule.

— Pas dans le cas présent.

Elle frotta son membre endolori en faisant la moue.

— Aïe.

Après que Thierry eut passé un bref et non moins mystérieux coup de téléphone, nous partîmes sans rien dire à personne et nous entassâmes dans l'Audi. Il l'avait fait revenir à grands frais d'Abottsville, payant deux des employés du *Motor Inn* pour la ramener. Nous allions récupérer mon plan B.

Chapitre 14

Vendez Votre Or Pour du Fric était à dix minutes à peine du *Refuge*. C'était fermé, bien sûr, mais cela n'avait rien d'étonnant puisqu'il était plus de minuit.

George semblait content à l'idée d'un casse nocturne, et je n'étais pas certaine que ce soit une bonne chose.

— Je suis tout excité, dit-il en sortant une trousse qui ressemblait à un kit à manucure de son sac.

Il ouvrit la fermeture Éclair pour me montrer qu'elle contenait des tiges de métal de différents diamètres.

— Qu'est-ce que tu fais avec ça ? demandai-je. Je ne savais pas que tu savais faire ce genre de chose.

— Eh bien, ce n'est pas vraiment le genre de truc dont on discute avec tout le monde. Mais, puisque je te connais, je suppose que je peux tout te dire. Dans les années 1950, j'étais un célèbre cambrioleur.

J'étais sous le choc.

— Vraiment ?

Il cligna des yeux.

— Bon, d'accord, l'assistant d'un cambrioleur de renommée mondiale. Zut, je ne sais pas mentir. Je répondais au téléphone et rassemblais l'argent de la caution quand c'était nécessaire. Mais il m'a beaucoup appris. (Autre clignement d'yeux.) Aujourd'hui, Pierre vit à Tahiti, où il collectionne les *cabana boys*. Mais qu'importe. C'est du passé. Je ne suis plus entiché de lui.

Je ressentis le besoin de le réconforter, mais j'étais trop stressée. Je voulais récupérer le collier et filer au plus vite.

— Commençons.

— Finalement, ce ne sera pas nécessaire, George, annonça Thierry, avant de se pencher pour passer devant moi et appuyer sur la sonnette.

— Qu'est-ce que tu fais ? demandai-je.

— Je viens d'avoir le propriétaire au téléphone. Il a accepté de nous ouvrir son magasin.

Au bout d'une minute, les lumières s'allumèrent à l'intérieur de la boutique et quelqu'un s'avança vers la porte.

George fit la moue.

— Qu'est-ce que je fais ici, moi ?

— Navré, George, dit Thierry. Une autre fois, peut-être.

George rangea son matériel dans son sac.

— Je suis très déçu. Mais c'est un sentiment désormais familier.

Le propriétaire était un homme à moitié endormi, vêtu d'une robe de chambre bariolée. Il avait le visage gonflé, une calvitie presque complète, et il plissait les yeux et les frottait sans cesse à cause de la lumière crue des néons. Il nous étudia à travers la vitre, comme un hibou myope. Puis il tourna le verrou et ouvrit.

Je le reconnus soudain, grâce aux publicités qu'il faisait à la télévision. Il s'appelait Hans Christie et il avait un tel charisme au petit écran qu'il me donnait toujours envie de rassembler mes maigres bijoux pour les lui apporter.

Mais, pour l'heure, son expression était tout sauf amicale.

— Entrez, gronda-t-il, avec un fort accent new-yorkais. Ne perdons pas de temps. Vous m'avez tiré d'un beau rêve. Ma femme va m'être redevable pour ça.

— Votre épouse est l'une des meilleures clientes de mon club, dit Thierry. Si elle vous avait transformé, je vous y aurais accueilli avec joie, mais malheureusement nous n'acceptons pas les non-vampires au *Refuge*. Je suis sûr que vous comprenez cette nécessité. Je dois assurer la sécurité des miens.

L'homme grogna.

— Devenir un buveur de sang est la dernière chose que je veuille. Les excursions nocturnes de ma femme, c'est son problème.

— Vous êtes humain et votre femme est une vampire ? demanda Amy.

— Exact. Ça fait quarante ans que nous sommes mariés.

Je pensais à ma cousine Missy et à son mari.

— Je me suis toujours demandé comment ça marche. Quand l'un refuse d'être transformé. Vous y avez déjà pensé ? À la chance de devenir immortel ?

Hans ricana.

— Immortel ? La vie est déjà bien assez difficile quand on pense vivre quatre-vingts ou quatre-vingt-dix ans, alors imaginer souffrir pendant des siècles… Non, je n'ai jamais voulu de ce genre d'existence.

— Mais votre relation est solide ?

— Nous sommes en plein divorce.

Je haussai les sourcils.

— Navrée de l'apprendre.

— Pas la peine. C'était une erreur. Les humains et les vampires ne devraient pas essayer d'avoir ce genre de relations. Et puis, un mariage normal sur deux se termine par un divorce. Vous savez combien de mariages entre humains et vampires finissent ainsi ?

Je secouai la tête.

— Bien plus ! dit-il, avant de se racler la gorge. Je vous demande de m'excuser. Je ne voulais pas avoir l'air si agité, mais cette histoire me rend dingue.

— Nous apprécions que vous ayez accepté de nous ouvrir si tard, malgré le différend avec votre femme, protesta Thierry.

J'essayai de jeter un coup d'œil à l'intérieur, désireuse de visiter le magasin aussi vite que possible, mais le propriétaire était imposant et me bouchait la vue.

— En parlant d'épouses, dit Hans, comment va Véronique ? Je ne l'ai rencontrée qu'une seule fois, mais elle est restée gravée dans ma mémoire comme l'une des plus belles femmes que j'ai pu voir.

— Véronique va bien, répondit Thierry.

Hans secoua la tête.

— Si j'étais marié à une femme aussi magnifique, j'aurais peut-être réfléchi un peu plus au fait de devenir un vampire. Ma femme paraît avoir trente ans, mais pas dans le bon sens.

— Je relaierai le compliment à Véronique.

Hans se tourna vers moi.

— Alors, c'est vous le problème, hein ?

— Pardon ?

— La raison pour laquelle j'ai dû rouvrir. Vous êtes le problème.

Oui, il semblait avoir tout compris. Véronique était une déesse de beauté, et moi je n'étais qu'un problème. Rien de nouveau. Mais c'était le cadet de mes soucis pour le moment.

Thierry me toucha le bras.

— Sarah est à la recherche d'une chaîne en or vendue par erreur. Nous souhaitons la récupérer.

— C'est ma faute, renchérit Amy. Je suis venue avant-hier. (Ses épaules s'affaissèrent.) J'ai tellement honte.

Hans la détailla.

— Je crois que je me souviens de vous. Comment pourrais-je oublier des cheveux de cette couleur ? Vous avez dit vouloir vous en débarrasser à n'importe quel prix.

Amy me lança un regard et haussa les épaules.

— Encore une fois, je suis navrée.

— Je vous paierai, dis-je à Hans. Pouvez-vous aller me la chercher ?

Il tira une paire de lunettes à montures rondes de la poche de sa robe de chambre et les mit. J'eus l'impression qu'il m'étudiait au microscope.

— Je vais regarder.

J'attendis, impatiente, alors qu'il gagnait le comptoir, une vitrine pleine de bijoux de toutes sortes. La boutique était bondée de tout un tas de choses. Je crus qu'il allait regarder dans tout ce bazar, mais il consulta simplement une liste.

Il leva les yeux vers Amy.

— Vous avez dit être venue avant-hier, n'est-ce pas ?

— C'est exact.

Son doigt descendit le long d'une colonne.

— Oui, je vois. Vous êtes juste là. (Il feuilleta son registre.) Hum.

Je regardai Thierry, essayant de ne pas montrer mon anxiété.

— Que voulez-vous dire par « hum » ? demandai-je.

L'avait-il trouvée ?

— Un moment, je vous prie. (Il prit ses clés, ouvrit une armoire et en sortit plusieurs chaînes.) Approchez, mademoiselle.

J'obéis, et j'étudiai les colliers qu'il aligna sur le comptoir devant moi.

Je fronçai les sourcils.

— Que voulez-vous que je fasse de ça ?

— L'une d'elles fera-t-elle l'affaire ?

— « L'une d'elles fera-t-elle l'affaire ? » répétai-je. Non. J'ai besoin de celle qu'Amy vous a vendue.

— D'après mon registre, il s'agissait d'une simple chaîne en or. En voilà d'autres. N'importe laquelle devrait pouvoir la remplacer.

— Nous ne souhaitons pas la remplacer, expliqua Thierry, et je sentis sa main dans mon dos. Nous désirons racheter l'originale.

— Eh bien, j'en suis navré, mais c'est impossible.

— Si c'est une question de prix, insista Thierry, nous paierons ce que vous exigerez.

Hans secoua la tête.

— C'est une offre généreuse, mais ce n'est pas le problème, j'en ai peur. La chaîne que vous cherchez a été vendue plus tôt dans la journée. Je ne me le suis rappelé qu'en consultant mon classeur.

— Vendue ? couinai-je. Vous plaisantez, hein ?

— Non, pas du tout.

Je sentis une drôle de sensation au creux de la poitrine. Je crois que c'était un accès de panique. Ou peut-être une attaque.

— Mais… mais, elle était hideuse ! Qui aurait pu en vouloir ?

— Eh bien, on pourrait dire la même chose de ma femme, et pourtant quelqu'un en a voulu. (Il rangea les colliers dans l'armoire et la referma à clé.) C'était plutôt bizarre. Pendant un instant, cet après-midi, j'ai cru être braqué. L'homme est entré et a regardé autour de lui, puis il s'est approché directement du comptoir et il m'a montré la chaîne du doigt. J'étais prêt à appuyer sur le bouton de l'alarme quand il a sorti mille dollars. Je lui ai donné la chaîne et il est ressorti sans reçu ni même un emballage.

J'avais envie de vomir. Non. Elle n'avait pas pu être vendue. Qui pourrait vouloir d'un bijou si moche quand il y en avait tellement d'autres bien plus jolis ?

— Je ne comprends pas, réussis-je à articuler. Pourquoi avez-vous cru être braqué ?

— L'homme portait une écharpe enroulée autour du visage, et il ne l'a pas retirée en entrant. J'ai cru que c'était un criminel, et j'ai été soulagé de constater le contraire.

Une écharpe autour du visage ?

Mon cœur sombra jusque dans mes chaussures.

Le Diable Rouge. C'était lui qui m'avait parlé du collier le premier, de façon indirecte. Et il l'avait acheté avant que j'aie pu remettre la main dessus.

— Merci de nous avoir consacré votre temps, dit Thierry, et il me prit par le bras et m'entraîna dehors dans la nuit froide.

— Mille dollars ? balbutia Amy. Ça valait mille dollars et je l'ai vendu pour cinquante malheureux billets ? J'aurais pu me payer des boucles en diamant au lieu de ces imitations. (Elle cligna des yeux.) Même si ce n'est pas le problème pour le moment.

— Ce n'était peut-être pas l'objet que tu cherchais, estima Thierry devant mon expression stupéfaite.

— Si, répliquai-je d'une voix atone. Je le sais. Et maintenant, le Diable Rouge l'a en sa possession.

— Alors tout va très bien se passer, intervint George avec un large sourire. Le Diable Rouge aide les vampires en détresse. Il doit vouloir te donner cette chaîne. Quel héros !

Peut-être. Je fronçai les sourcils. Il me la donnerait peut-être parce qu'il était un gentil. Mais, dans ce cas, pourquoi avais-je ce mauvais pressentiment à l'idée qu'il m'avait devancée pour la racheter ? Et pourquoi ne m'avait-il pas dit qu'il l'avait, un peu plus tôt ?

Et s'il était bien humain, et pas vampire, pourquoi prétendait-il être le Diable Rouge ?

Tout cela sentait vraiment mauvais. Et pas seulement parce que nous n'étions qu'à un pâté de maisons du marché aux poissons de Toronto.

Je passai la nuit sur le canapé en cuir dans le bureau de Thierry. Je ne m'étais pas rendu compte de combien j'étais épuisée jusqu'à ce que nous rentrions au *Refuge*. Je bus encore plusieurs verres de B positif, puis je ressentis le besoin d'être seule. Thierry promit de rester près de moi, mais pas trop près.

Je m'allongeai, mes pensées fusant dans toutes les directions, aussi rapides qu'un cheval de course sous amphétamines. Mais, contre toute attente, je m'endormis à peine la tête sur l'accoudoir.

Et je rêvai. Qu'il s'agisse ou non de rêves prophétiques, c'était une autre histoire.

Je recevais une récompense, l'oscar de la meilleure actrice, rien de moins, et je remerciais tous les petits vampires qui m'avaient permis d'en arriver là. Il y eut une *standing ovation*, et des roses plurent sur la scène, et je me sentis merveilleusement bien, sur un petit nuage. Puis les fleurs se transformèrent en pieux, et ils étaient bien trop nombreux pour que je les esquive. Et soudain, Thierry fut sur scène avec moi, essayant de me faire un bouclier de son corps, et il fut transpercé à ma place.

Encore un rêve dans lequel Thierry mourait d'une manière horrible.

Encore un rêve qui me réveilla en sursaut. Je me redressai comme mue par un ressort en hurlant.

Des mains m'attrapèrent les bras et me recouchèrent gentiment, puis l'une d'elles me caressa les cheveux, les écartant de mon front.

— Tout va bien, Sarah, dit Thierry d'une voix apaisante. Tu vas bien.

Je clignai des yeux, et la pièce prit forme autour de moi.

— Désolée.

Thierry était à genoux près du canapé.

— Ne t'excuse pas. Tu faisais un cauchemar.

Je soupirai longuement.

— C'est vraiment tout ? Rien qu'un cauchemar ? Dieu merci. J'ai bien cru que j'avais été envoûtée et que j'étais devenue un nocturne.

Il fronça les sourcils.

— J'ai bien peur que cette partie soit vraie.

— Je le sais. Je plaisantais.

— Je suis heureux de voir que tu peux trouver un certain humour dans la situation.

— Qui a parlé d'humour ? (Je le regardai. Sa chemise était déboutonnée au col et il avait retiré sa veste.) Tu es resté tout le temps où j'ai dormi ?

— J'ai cru que c'était préférable. Je ne voulais pas que tu partes à la recherche du Diable Rouge.

— Ça, j'en suis sûre. (Je soupirai et croisai son regard argenté.) Mon Dieu, Thierry, comment fais-tu pour me supporter ? Je suis une vraie plaie !

— Je crois que tu as raison. Je devrais t'abandonner et te laisser te débrouiller toute seule alors que tu as vraiment besoin d'aide.

— Tu essaies encore d'être drôle ?

— Peut-être.

— Tu devrais vraiment laisser ça aux professionnels. (Je réussis à sourire.) Je sais que je peux être une vraie plaie. Je sais que je fais des erreurs stupides au moins cinquante fois par jour. Je sais que je fonce tête baissée et que je m'attire des ennuis comme personne. Je veux juste que tu saches que j'apprécie que tu ne me laisses pas tomber.

— Tout comme j'apprécie que tu acceptes de t'adapter à… mes difficultés.

Je croisai son regard.

— Des difficultés, hein ? C'est comme ça qu'on les appelle maintenant ?

— Tu voudrais les appeler comment ?

Je touchai son visage.

— Je t'aime, Thierry. J'aimerais seulement arrêter de faire ces rêves où tu…

Je me tus.

— Où je quoi ?

Je secouai la tête.

— Ce n'est rien. Rien que des cauchemars stupides.

— Tu rêves de moi ?

— Sans cesse.

— Je suis très content de l'entendre.

Il me caressa les cheveux et les passa derrière mon oreille.

Je me rembrunis.

— Il ne s'agit pas toujours de beaux rêves.

— Tu rêves de ma mort ?

Je croisai de nouveau son regard.

— Oui, parfois.

— Puisque tu m'as rencontré alors que j'étais sur le point de mettre fin à mes jours, ce n'est pas anormal. Ne t'inquiète pas.

Je clignai des yeux et sentis les larmes brouiller mon champ de vision.

— Tu n'y penses plus, hein ? Tu n'as pas visité d'autres ponts pour voir si tu pouvais te jeter de l'un d'eux ? Parce que j'ignore ce que je ferais sans toi.

Il secoua la tête et essuya délicatement mes larmes avec son pouce.

— Toute pensée de quitter cette vie m'a récemment déserté. J'ai une nouvelle inspiration, et elle m'a fait retrouver l'envie de me réveiller le matin. Tu n'as rien à craindre.

— Rien à craindre, sinon la peur elle-même.

Il inclina la tête sur le côté, un petit sourire aux lèvres.

— Oh, il y a des tas de choses dont tu dois avoir peur, Sarah. Je ne crois pas que tu aies besoin que je t'en fasse la liste. Mais mon suicide n'en fait plus partie.

— Je suis très contente de l'entendre. (Je clignai des yeux et pressai ma main contre sa joue.) J'ai très envie de t'embrasser.

— Ce serait une erreur.

Pourtant, il ne bougea pas.

— Je sais, mais j'en ai envie quand même.

Il caressa ma bouche du bout des doigts, puis il prit ma main dans la sienne. Il la porta à ses lèvres pour l'embrasser.

— C'est un bon début, soufflai-je.

— D'accord, on se sépare ! cria George, debout derrière Thierry. (Il frappa dans les mains.) Allez, ouste, Sarah. Écartez-vous !

Sans me quitter des yeux, Thierry dit :

— J'ai demandé à George de veiller sur toi en cas d'urgence.

— Vous êtes bien trop près l'un de l'autre à mon goût, poursuivit George. Je veux voir un espace entre vos deux corps. Reculez, patron. Laissez respirer notre petit nocturne.

— Tout va bien, George. Vraiment. Je me sens…

Je clignai des yeux. Comment me sentais-je ?

Froide et en sueur, en fait.

Je pressai mes mains contre mon visage. Tout semblait normal. Pourtant, quelque chose clochait. Je n'arrivais pas à mettre le doigt dessus…

J'inspirai profondément. Aucun problème de ce côté-là non plus.

Puis je haletai.

— C'est mon cœur !

— Eh bien quoi ?

J'attrapai la main de Thierry et la pressai contre ma poitrine.

— Hé, qu'est-ce que je viens de dire, au sujet d'être bien trop près ? protesta George. Vais-je devoir vous séparer par la force, comme deux chiens en chaleur ?

Thierry fronça les sourcils et me regarda dans les yeux, mais il ne dit mot.

— Mon cœur ne bat plus, m'écriai-je. Qu'est-ce qui se passe, bon sang ?

Thierry hocha la tête.

— L'absence de pouls est un autre symptôme. Les nocturnes n'en ont pas.

— L'absence de pouls ? Mais alors ça veut dire… que les nocturnes sont… sont…

— … des morts-vivants.

— Et pas des vampires normaux.

— Exact.

Je bondis sur mes pieds et quittai le bureau, passant devant George, qui me regardait, les yeux écarquillés. *Merde.*

Je me figeai quand mon cœur se remit à battre.

Une fois.

Puis plus rien.

— Oh, mon Dieu ! dis-je tout haut, et je me sentis gagnée par la panique.

Il n'y avait personne au *Refuge* à part Thierry, George et moi. Les chaises étaient sur les tables. Les lumières éteintes. J'étais debout au milieu de la salle, au centre de la mosaïque de carreaux bleus et mauves ressemblant à un tourbillon, et j'eus l'impression qu'il m'entraînait au fond d'un puits de désespoir. Et, non, je ne pensais pas réagir de façon disproportionnée. C'était mauvais. Très mauvais. Mon cœur ne battait plus. *Mon cœur ne battait plus !* Il n'y avait rien de bon à ce sujet. Le verre n'était même plus à moitié vide. Il était complètement sec.

— D'accord, repris-je, me rendant compte que Thierry et George m'avaient suivie. D'accord, je ne vais pas paniquer. Nous avons encore le temps d'arranger ça.

— Que veux-tu dire ? demanda Thierry. Nous avons tout le temps devant nous.

Je secouai la tête.

— Stacy a dit que si la malédiction n'était pas brisée dans les trois jours, elle devenait permanente. Mais c'est le matin. Nous avons presque deux jours entiers pour régler le problème. Je dois réfléchir à ce que nous allons faire, puisque je ne peux pas sortir. Le ciel n'est pas couvert, par hasard ? Non, bien sûr que non, avec la chance que j'ai, c'est le jour le plus radieux de l'année.

George et Thierry échangèrent un regard.

— Si seulement tu m'avais dit que le temps nous était compté la nuit dernière, gémit Thierry.

— Pourquoi ? (Je jetai un coup d'œil à l'horloge au-dessus du bar.) Il est 7 heures. Nous avons toute la journée pour découvrir où cette garce se cache.

Il secoua la tête.

— Je suis désolé, Sarah, mais ce n'est pas le matin. Tu as dormi toute la nuit et la journée suivante. Les nocturnes, ajouta-t-il prudemment, dorment souvent durant le jour. Ils… s'épanouissent dans l'obscurité.

Je déglutis avec peine.

— Tu plaisantes.

— Si seulement. (Son expression se fit plus tendue.) Mais nous avons encore le temps.

— Pourquoi ne m'as-tu pas réveillée ?

— Je ne voulais pas te déranger. J'ignorais que le temps était un problème.

J'étais en état de choc. Et mon cœur qui battait à peu près une fois par minute était une distraction malvenue. On aurait dit le gong qui m'avertissait que je courais vers une falaise plongeant vers un océan d'immondices.

Je reniflai et me frottai le nez avec la main.

— Je crois que je suis à température ambiante. (Je clignai des yeux et les levai vers Thierry.) Tu penses toujours que tout va très bien se passer ?

Il acquiesça.

— Je n'ai aucun doute à ce sujet.

— Tu ne sais toujours pas où vit Stacy, n'est-ce pas ?

— En effet. Mes sources se sont heurtées à un mur chaque fois qu'elles ont essayé de le découvrir. Je pense qu'elle utilise la magie pour se cacher. Elle préfère apparemment garder le pouvoir.

— Elle a appelé ? demandai-je, pleine d'espoir.

— Pas encore.

Je me mis à faire les cent pas.

— C'est une meurtrière, tu sais. Elle me l'a dit. Elle ne tue pas les gens elle-même, mais les mauvais sorts qu'elle leur jette les conduisent à la mort. Je crois que c'est ce qu'elle veut, pour moi aussi.

J'expirai, tremblante. Bizarre que j'aie toujours besoin de respirer, alors que mon cœur ne battait plus. Tout cela n'allait-il pas de pair ? Je n'avais jamais été bonne en biologie, mais certaines choses n'étaient pas naturelles.

— Je ne laisserai pas cela t'arriver, promit Thierry, et son ton était étrangement farouche. (Il soupira.) J'ai une suggestion.

— Laquelle ?

— Ton amie, l'autre sorcière. Nous devrions l'appeler et lui demander de venir. Peut-être pourrait-elle retrouver Stacy. Et, quand nous l'aurons retrouvée, nous lui rendrons visite.

Bien sûr ! Je hochai vivement la tête et courus chercher mon sac, qui semblait avoir élu domicile derrière le bar, pour retrouver les coordonnées de Claire. Sans rien dire, je m'approchai ensuite du téléphone pour composer son numéro.

Claire décrocha à la sixième sonnerie. Mon cœur bondit, une seule fois, de joie.

Je lui expliquai brièvement la situation et lui indiquai comment gagner le *Refuge*.

— Je viendrai, bien sûr, Sarah, répondit Claire. Comme c'est excitant ! Je jetterai un sort de recherche. Nous la trouverons. Je serai là dans environ deux heures, d'accord ?

Même si je n'étais pas d'accord avec son point de vue sur la situation, que je n'aurais pas qualifiée d'« excitante », j'appréciais qu'elle accepte de m'aider à résoudre mon problème.

Je raccrochai le téléphone, me sentant à quatre-vingt-dix pour cent pessimiste et à dix pour cent optimiste, mais ces derniers commençaient à se multiplier. L'espoir était une émotion difficile à détruire.

George approcha pour me tapoter dans le dos.

— J'ai lu ton horoscope. Tu sais que les Scorpion ont tendance à mener des vies pleines d'excitation et de bouleversements, non ? Apparemment, tout est parfaitement normal. Je crois aussi que Mercure rétrograde. Ou quelque chose comme ça. Je ne suis pas très sûr de ce que ça veut dire.

Je soupirai.

— C'est l'histoire de ma vie.

Il écarta les bras.

— On dirait que quelqu'un a besoin d'un gros câlin.

Je le lorgnai, soupçonneuse.

— Depuis quand t'es devenu accro aux câlins ?

— Depuis la fin de ma dernière relation. Allez, fais-moi plaisir.

Je jetai un coup d'œil en direction de Thierry, secouai la tête et étreignis George.

— Je t'ai apporté des vêtements pour te changer, dit ce dernier. J'ai pensé que ton nouveau jean noir et ton tee-shirt avec un Smiley étaient tout désignés. Le petit sourire jettera peut-être une note positive sur cette histoire.

Je m'accrochai à lui.

— Merci.

George me tapota de nouveau dans le dos.

— Tu te sens mieux ?

— Pas vraiment.

— Pourquoi pas ?

Je déglutis avec peine et enfonçai mes ongles dans ses omoplates.

— Parce que je vais te mordre dans cinq secondes. Je ne pourrai pas me contrôler. Je te suggère de t'écarter.

Il obéit, comme s'il venait de me pousser des piquants.

Je respirai avec difficulté et la faim me tordait les entrailles comme une chose vivante. Je savais que mes yeux étaient passés de normaux à noir d'ébène, parce que je voyais le monde différemment. Comme un prédateur à la recherche de son prochain repas. Et ce prédateur voyait deux candidats de choix pour satisfaire son appétit.

— J'ai besoin de sang, tout de suite, réussis-je à dire, même si je pouvais à peine parler à cause de mes crocs.

On m'en donna. En provenance d'un tonneau. En grande quantité. Ce qui fut tout aussi bien, parce qu'il m'en fallut beaucoup. Si difficile que cela soit à admettre.

Ce n'était pas une sensation enviable, juste au réveil.

J'étais une morte-vivante affamée.

CHAPITRE 15

J'aurais cru que Claire arriverait avec son fiancé. Même si les humains étaient interdits au *Refuge*, j'étais certaine que Thierry ferait une exception pour cette fois. Mais au lieu de cela elle amena un petit chien, probablement un bâtard parce que je ne reconnus aucune race spécifique. Elle le tenait en laisse.

Et elle lui avait mis une muselière.

Je désignai le chien de la tête.

— Il est gentil ?

Elle baissa les yeux sur le chien, qui lui rendit son regard.

— Trop, parfois. Surtout avec les jolies petites serveuses du *Homard Rouge*.

— C'est quoi, son nom ?

— Reggie.

Je fronçai les sourcils.

— Ce n'est pas aussi le nom de ton fiancé ?

Reggie gronda.

Claire fronça les sourcils.

— Je jure que si tu essaies de dire quoi que ce soit maintenant, tu auras de plus graves problèmes encore. Je suis furieuse contre toi.

Le grondement se mua en gémissement, qui sonnait un peu comme :

— « Eeee mmm caieee. »

Elle leva les yeux vers moi.

— En fait, *c'est* mon fiancé. Quand il est vilain, je le transforme en guise de punition. Il a déjà été un rat, une fouine, un furet… (Elle fronça les sourcils.) Est-ce qu'une fouine et un furet, c'est la même chose ? Bref, il a aussi été un serpent, un petit cochon tout poilu, et maintenant un chien.

Je clignai des yeux et attendis qu'elle me dise qu'elle plaisantait, mais elle affichait une expression sincère.

Dix semaines plus tôt, je ne croyais en rien de tout cela : vampires, sorcières, démons… et j'en passe. Et voilà que Claire me disait qu'elle avait utilisé sa connaissance de la magie pour transformer l'homme qu'elle comptait épouser en chien parce qu'il avait regardé d'autres femmes ?

Cela ne me regardait pas. J'avais mes propres problèmes à régler.

Je jetai un coup d'œil à Reggie, qui agita la queue.

D'ac… cord.

Thierry avait fermé le club. Il n'ouvrirait pas ce soir-là. Ce qui valait mieux, puisque nous avions besoin d'espace et d'intimité.

Le lendemain, jour de la Saint-Valentin, le *Refuge* ouvrirait pour la dernière fois avec son équipe actuelle. Après cela, le nouveau propriétaire arriverait avec la sienne. Il changerait sans doute le décor. Le neuf remplacerait l'ancien. Je supposais que les clients continueraient à venir, même si Thierry n'était plus le patron. À part le *Refuge*, je ne connaissais qu'un seul autre bar pour les vampires à Toronto. Quatre autres avaient fermé ou été incendiés durant la dernière guerre éclair des chasseurs.

Butch montait la garde à l'entrée. J'ignorais si c'était pour empêcher quiconque d'entrer ou pour que je ne sorte pas. Il ne me parlait plus depuis que je l'avais envoyé valser contre le mur du bureau de Thierry, la nuit précédente, comme une poupée de chiffon de la taille et de la forme d'un garde du corps. Je lui avais présenté des excuses, mais en vain. En fait, il refusait de croiser mon regard, même pour me foudroyer du sien.

Il n'était pas en colère. Non. Je pensais plutôt qu'il avait un peu peur de moi.

De *moi*. C'était tellement ridicule.

Claire alluma des bougies. En fait, beaucoup de bougies, de couleurs et de formes différentes. Il y en avait même une qui ressemblait à une baleine de dessin animé.

— Quelqu'un d'autre est-il entré en contact avec Stacy le soir du mauvais sort ?

Thierry secoua la tête, tout comme George. Reggie agita le museau.

— J'ai été la seule à avoir cette chance, dis-je.

— Alors prends place en face de moi, assise en tailleur. Plus près. (Elle s'installa dans le cercle de bougies.) Donne-moi tes mains.

Reggie lâcha une sorte de grondement rauque.

Je coulai un regard vers George.

— Deux femmes, ça ne le fait pas pour moi, dit-il. Mais j'essaierai d'utiliser mon imagination.

Il n'y avait pas d'autre lumière que celle des bougies. Je m'assis et Claire prit mes mains dans les siennes, pressant ses pouces à l'intérieur de mes paumes.

— Comment ça marche ? m'enquis-je.

Elle remua sur le carrelage jusqu'à ce qu'elle ait trouvé une position confortable.

— Puisque tu as été en contact avec Stacy récemment, tu vas me servir de conduit pour trouver où elle est. Que tu en aies conscience ou pas, son essence mystique t'a marquée. Ce que je vais faire, c'est bloquer tout le reste, puis demander à cette essence de m'indiquer l'endroit où je peux trouver Stacy. C'est simple.

Oui, cela paraissait simple. Dans la quatrième dimension.

— Fais ce que tu as à faire, soupirai-je. Je suis prête à tout.

— Groarrrr, dit de nouveau Reggie.

— Tais-toi, lui intima Claire. Maintenant, Sarah, concentre-toi sur la dernière fois où tu as vu Stacy. De quoi elle avait l'air. Ce qu'elle a dit. Écarte toute autre pensée. Vide ton esprit de tes soucis. Sois comme une rivière qui coule, libre, son énergie traversant le paysage.

Être une rivière.

Je pouvais être une rivière. Oui, je le pouvais.

Je me concentrai sur ma rencontre avec Stacy dans le parc. Sur ses paroles concernant Thierry et sa responsabilité dans la disparition des nocturnes, des années auparavant. Sur ses autres victimes qui mangeaient désormais les pissenlits par la racine. Sur le fait qu'elle croyait que j'étais une horrible personne au lycée. Était-ce vrai ? Je ne m'en souvenais pas. Peut-être. Peut-être que souhaiter qu'il ne m'arrive rien de mal, alors que c'était la vie, et que j'étais Scorpion avec Mercure rétrograde, c'était trop en demander. Peut-être méritais-je tout cela. Peut-être était-ce mon karma qui me punissait d'être une si horrible personne.

— Concentre-toi, dit Claire d'un ton sec. Je ne perçois pas une rivière, mais une fosse d'aisance.

— Désolée.

J'expirai lentement pour me calmer et essayai de canaliser mes pensées, repoussant le stress et l'anxiété. Ce ne fut pas facile, cependant lentement mais sûrement je me détendis et je fus capable de me concentrer un peu mieux.

Le parc. Il y faisait froid.

Stacy refusait de m'aider. Elle portait un manteau rouge. Son visage était pâle au clair de lune. Ses lèvres étaient de la même couleur que son manteau. Rouge comme le sang sur ma langue. Du sucre fondant qui glissait dans ma gorge pour me réchauffer.

J'avais si froid dedans. Trop froid.

L'absence de pulsations signifiait que j'étais morte.

Mais je ne me sentais pas morte. Je me sentais vivante. Plus vivante que jamais auparavant.

— Je crois que je tiens quelque chose, dit Claire. Tu te débrouilles très bien, Sarah.

J'ouvris les yeux, respirant toujours régulièrement, inspirant par le nez et expirant par la bouche. Mon cœur ne battait pas, mais je respirais. Je retins mon souffle pour voir si cela faisait une différence. Je ne ressentis pas le besoin de respirer. Je pouvais arrêter, si j'en avais envie. Cela aurait dû être bouleversant, mais il n'en fut rien. Je me forçai à recommencer. C'était une habitude, après tout. Si je ne continuais pas, les gens allaient finir par me regarder bizarrement.

Je sentis le brouillard m'envahir doucement, de manière si subtile que je ne m'en rendis pas compte tout de suite. Mais il s'épaissit à chaque inspiration feinte que je pris.

Une toile de lumière tourbillonnante s'était déployée entre nous. Cela ne me sembla d'aucun intérêt, alors je n'y fis pas attention et regardai Claire. Toute son attention était focalisée sur la clarté et elle avait le front barré de plis de concentration. Je voyais son pouls battre sur sa gorge.

Je pouvais le savourer et le sentir avec chaque fibre de mon corps.

Je rampai vers elle, mon champ de vision rétréci au petit bout de peau blanche sur sa gorge. Qu'est-ce qui m'avait mise dans cet état ? Me relaxer, peut-être ? Laisser le stress insignifiant qui me rongeait glisser enfin. Et soudain, tout était infiniment mieux. Oui, infiniment mieux.

— Bien, Sarah, dit Claire. Plus la proximité est grande, plus il est facile de focaliser les énergies. (Elle regarda la lumière et un large sourire étira ses lèvres.) Ça ne devrait plus être long pour la trouver, maintenant.

Je l'attrapai par le devant de son pull et l'attirai plus près, puis j'inclinai la tête sur le côté. Cela retint enfin son attention, et elle croisa mon regard.

— Sarah, commença-t-elle. Que fais-tu ?

— Chut !

Je pressai mon index sur ses lèvres.

J'entendais les battements de son cœur dans ma tête, à mes oreilles, comme s'ils voulaient remplacer ceux du mien, désormais absent. Si proche, à présent. Son pouls était tout près. Je salivais à la pensée d'enfoncer mes crocs dans sa chair tiède. Tellement vivante. Tellement vitale. Du sang tiré d'un tonneau ne me suffisait pas. C'était froid. J'avais besoin de sang frais, à la source vivante.

— Euh… quelqu'un ? appela Claire, mais à part cela elle resta figée. Un peu d'aide, s'il vous plaît ? Je suis trop faible à cause du sort. Alerte à la vilaine Sarah ! Aidez-moi !

Mes crocs égratignèrent son cou. Je voulais que cela dure. Profiter de chaque instant. C'était un besoin primal. Le besoin impérieux de me nourrir. Et en cet instant, il me semblait parfaitement normal. C'était cela, être un vampire. Cette douleur qui ne pouvait être apaisée que par une chose : du sang.

J'entendis un bruit de pas derrière moi, mais je savais qu'ils ne pouvaient pas m'arrêter. J'étais beaucoup trop forte à présent. Je pouvais les écarter tous sans ménagement s'ils se dressaient en travers de mon chemin. Ils seraient sages de ne pas approcher avant que j'aie terminé.

Mais avant que j'aie pu conclure le marché, pour ainsi dire, j'éprouvai une étrange sensation. Au lieu des mains qui auraient dû m'empoigner pour m'arracher à Claire, je sentis une décharge électrique. Je reculai en feulant. Butch se tenait au-dessus de moi, grand et fort, avec à la main ce que je reconnus comme un pistolet paralysant.

Thierry se tenait derrière lui, les bras croisés sur la poitrine.

— Encore, dit-il à mon garde du corps. Dépêchez-vous avant qu'il soit trop tard.

Je serrai les poings et d'un mouvement fluide je bondis sur mes pieds et me jetai sur lui. Butch aussi s'était figé ; ce qu'il vit sur mon visage suffit à l'arrêter net. Thierry lui arracha l'arme et, sans hésiter, l'appliqua contre ma poitrine où la blessure par pieu n'était plus qu'un souvenir. La décharge courut à travers mon corps, me pétrifiant dans ma lancée.

J'écarquillai les yeux quand je croisai les siens.

Son expression était tendue.

— Je suis désolé, Sarah.

Je m'écroulai sur le sol, sentant le carrelage en céramique contre mon visage pendant une seconde. Puis ce fut le trou noir.

Quand je me réveillai, mes paupières étaient si lourdes qu'elles refusèrent de s'ouvrir. On aurait dit des briques scellées par du vieux mascara.

J'ignorai où j'étais, mais je pouvais entendre des gens parler.

— Et qu'est-ce qui arrivera si ça ne marche pas ? Elle est dangereuse !

C'était Butch.

— Foutez-lui la paix. Elle en bave assez comme ça, dit George.

— Que me suggérez-vous de faire ? demanda Thierry de sa voix grave.

— Je suggère de régler le problème avant que ça empire, répondit Butch.

— Il va falloir être plus précis, j'en ai peur, rétorqua Thierry. Les deux derniers jours ont été très longs, alors je crains de ne pas comprendre ce que vous venez de dire.

— Si elle est devenue un nocturne, pour de bon, et que nous ne pouvons pas trouver cette sorcière, il faudra l'éliminer. Il n'y a pas d'autre solution.

— Vous êtes dingue ? s'écria George. Ce n'est qu'une stupide malédiction, ce n'est pas ce qu'elle est au fond d'elle-même ! Pas question. Nous ne pouvons pas faire de mal à Sarah. Je ne vous laisserai pas faire.

— Ah oui ? poursuivit Butch. Vous croyez pouvoir m'arrêter, peut-être ?

— George seul ne le pourrait peut-être pas, intervint Thierry, mais si vous faites un geste en direction de Sarah que je juge menaçant, c'est moi qui vous tuerai.

— Écoutez, vous ne semblez pas comprendre ce que j'essaie de vous dire…

— Non, l'interrompit Thierry. C'est vous qui ne comprenez pas. Si vous essayez de lui faire du mal, je vous retournerai la politesse.

Le silence tomba.

— Je ne peux pas rester, dit enfin Butch. Si vous voulez faire cette erreur et garder un désastre potentiel en vie, ne vous gênez pas. Mais je ne veux rien avoir à faire avec ça.

— Vous êtes donc relevé de vos fonctions. Définitivement. Je vous enverrai un chèque pour vos services jusqu'à aujourd'hui. Vous pouvez partir dès maintenant.

Il y eut un autre silence, puis j'entendis des pas lourds s'éloigner et quitter la pièce.

Je réussis à ouvrir les yeux, et je vis George et Thierry. J'étais de nouveau allongée sur le canapé en cuir. Je devrais peut-être investir dans une bonne couverture, puisque je semblais avoir emménagé là. Reggie, toujours sous sa forme de chien, dormait à mes pieds et ronflait doucement.

— J'ai manqué quelque chose ?

Mes paroles furent aussi sèches que l'était ma bouche.

— Elle est réveillée, Claire, dit Thierry, et j'entendis combien il était tendu.

Je sentis quelque chose contre mon épaule. Claire tenait une règle, avec laquelle elle m'avait poussée.

— C'est toi, Sarah ?

— Oui, c'est bien moi. Malheureusement. (Je regardai ce qu'elle tenait.) Tu n'as pas trouvé une perche plus longue ?

— Elle est redevenue elle-même, assura Thierry. Quand l'obscurité la possède, elle est incapable du moindre sarcasme.

Je clignai des yeux.

— Contente de constater que tu me connais bien.

Il serra les dents.

— Je te fais mes excuses pour avoir employé des mesures extrêmes.

— Mais pas les plus extrêmes. J'ai entendu ce que Butch a dit.

Je le vis déglutir, mais son expression resta inchangée.

— Je suis désolé que tu aies entendu ça.

— Non, c'est moi qui le suis. (Je me tournai vers Claire.) Tu vas bien ?

Elle agita la main.

— Oui, n'y pense plus. Ce n'est pas la première fois que je suis attaquée.

— Par un vampire ?

— Vampire, démon, employeur… Quelle différence ? (Elle posa la règle et passa ses mains au-dessus de moi.) Rends-moi service, et ne recommence pas.

— J'aimerais pouvoir dire que je me contrôle.

— C'est une question de pouvoir de l'esprit sur la matière. Avec de l'entraînement, je suis sûre que tu t'en sortiras très bien. Pense comme une rivière. Tu étais plutôt du genre chute d'eau. Une grande chute d'eau effrayante.

Je fronçai les sourcils.

— Je ne peux pas penser comme de l'eau. Ça me donne envie d'aller aux toilettes.

— Percevez-vous quelque chose ? demanda Thierry.

— Oh, oui, répondit Claire. Je sens le mauvais sort. Il est très puissant.

— Pouvez-vous le briser ?

Elle haussa les épaules.

— Je suis puissante, mais cette Stacy est versée dans la magie noire.

— Et toi, tu es davantage Glinda la Bonne Sorcière ? demandai-je. Ta magie est pure ?

Elle ricana à ces mots.

— Pas vraiment. Mais je ne peux pas me payer les livres de sorts qui sont cool. Tu as une idée de ce qu'ils coûtent ?

— Aucune.

— Certains valent plusieurs milliers de dollars. Et ce sont les moins chers. Les meilleurs, il faut les payer avec des petits bouts de ton âme. C'est bien trop cher pour moi. D'un autre côté, tu peux tuer une sorcière plus puissante et lui voler sa bibliothèque. C'est une option, mais il y a le risque que son esprit vengeur vienne te botter les fesses.

— Je n'arrive pas à croire que quelqu'un veuille vivre comme ça. (Je fermai les yeux et songeai aux nocturnes qui avaient vécu des décennies plus tôt.) Et ça empire à chaque instant. Je ne veux pas blesser quelqu'un.

— Tu n'en feras rien, assura Thierry d'un ton ferme.

Je regardai Claire.

— Le sort a fonctionné ? Tu sais où trouver Stacy ?

Elle secoua la tête.

— Je n'en ai pas eu le temps. Mais nous… (Elle déglutit.) Nous réessaierons.

— Tu te sens assez bien pour te lever ? demanda Thierry.

Je hochai la tête et m'assis tant bien que mal. Ni Claire ni George ne firent le moindre geste pour m'aider, mais Thierry fut aussitôt près de moi pour prendre ma main et me remettre sur mes pieds. Il sourit quand je ne résistai pas.

— Quoi ?

— Je suis surpris que tu m'autorises à te toucher après ce que je t'ai fait.

Je haussai un sourcil.

— Tu veux dire, quand tu m'as zappée avec ce pistolet ?

— Oui.

— Je ne chérirai pas ce moment pour toujours, et tout ça la veille de la Saint-Valentin, mais je ne t'ai pas laissé le choix.

— Je me ferai pardonner.

— Ah oui ? (Je haussai les sourcils.) Comment ?

— De manière appropriée.

Il se pencha pour effleurer mes lèvres des siennes. Je soupirai.

— Hé ! cria George. Attention !

— Tout va bien, répondit Thierry, et il me regarda. N'est-ce pas ?

J'acquiesçai.

— Pour le moment, oui.

Le baiser m'aida à dissiper les brumes de mon esprit et je pus me concentrer sur ce qui comptait vraiment : aller mieux, pour que Thierry et moi puissions être ensemble. C'était la chose la plus importante à mes yeux. Je ne voulais pas blesser ceux que j'aimais. Bon sang, je ne voulais même pas blesser ceux que je n'aimais pas !

Enfin, peut-être ferais-je une exception pour Stacy.

J'avais sérieusement besoin d'être guérie le plus vite possible, mais il ne s'agissait pas de quelques germes.

Le téléphone sonna, et Thierry gagna son bureau pour décrocher. Je me demandai si c'était encore Véronique, mais non, je sus en voyant son expression que c'était quelqu'un d'autre. Quelqu'un de bien pire.

Il plaça la main sur le micro et se tourna vers moi.

— Te sens-tu assez bien pour prendre un appel ?

— Qui c'est ?

— Stacy, répondit-il simplement.

J'écarquillai les yeux et tendis la main vers le combiné. Il me l'apporta, l'air tendu et inquiet.

— Allô ?

Ma voix n'était qu'un murmure.

— Sarah, dit Stacy. J'ai réfléchi.

— À propos de quoi ?

— Je sais que tu viens d'essayer de me localiser. J'ai senti l'autre sorcière... Elle est assez forte, il faut bien le dire. Tu es très déterminée à te débarrasser de cette malédiction, n'est-ce pas ?

— Oui, très. Écoute, Stacy, tu dois être rationnelle. Je sais que tu as été blessée par le passé, mais c'est le passé. Il faut laisser ça derrière toi et aller de l'avant.

— Oh, je sais tout ça, maintenant.

Je fus surprise.

— Vraiment ?

— Oui... C'est dingue comme la vie fonctionne, Sarah, je ne me suis encore jamais sentie comme ça. (Elle marqua une pause.) Je suis amoureuse !

— Tu es amoureuse ?

C'était la dernière chose que je m'attendais à entendre.

— Je vois enfin combien j'ai été dans l'erreur et je veux me racheter pour ce que je t'ai fait. Le mauvais sort ne sera pas permanent avant demain soir. Viens tout de suite chez moi et je me chargerai de tout. Puis nous pourrons toutes les deux vivre une vie nouvelle avec l'homme de nos rêves.

Dire que j'étais sceptique aurait été en dessous de la vérité.

— Laisse-moi deviner… Tu veux que je vienne seule ? Oublie ça. Je ne tomberai pas dans ce piège une seconde fois.

— Non, non, viens avec qui tu voudras. Amène Thierry, si tu en as envie. Je n'ai plus rien à cacher. Après ce soir, je ne ferai plus jamais de magie noire. Je serai guérisseuse. Je veux aider les gens au lieu de leur faire du mal. C'est dingue, mais trouver mon âme sœur après tout ce temps a changé ma vision des choses. Je me sens plus vivante que je l'ai jamais été !

Je tendis l'oreille pour écouter mon cœur battre et n'entendis que le silence.

— J'aimerais pouvoir en dire autant.

— Alors, tu viens ou pas ?

J'hésitai et regardai Thierry, qui m'étudiait, le visage grave et inquiet. La question ne se posait pas. J'espérais seulement que Stacy était sérieuse, cette fois. Si oui, si elle avait vraiment trouvé l'homme de sa vie, celui capable d'aimer la sorcière folle qu'elle était, tant mieux pour elle. Cela n'excusait pas les choses terribles qu'elle avait faites par le passé. Elle restait coupable, d'après ce qu'elle m'avait dit, de la mort de six personnes.

Elle n'était pas vraiment une fille normale.

— Oui, je viens, décidai-je, essayant de rester calme, mais ce n'était pas facile.

Si mes espoirs étaient encore douchés, je ne pourrais pas le supporter, mais ils ne me laissaient pas vraiment le choix, plus présents que jamais à mon esprit. Qui que soit l'homme qui avait volé le cœur de Stacy, il avait ma gratitude éternelle, car il n'aurait pas pu entrer dans sa vie à un meilleur moment.

Stacy me donna son adresse, et je la notai sur un bout de papier.

— Et, écoute, Sarah, ajouta-t-elle, avant de marquer une pause.

— Oui ?

— Je suis désolée. Pour tout. Le passé est enterré et l'avenir est radieux. Pour l'une et l'autre.

J'entendis son sourire.

Après lui avoir dit que nous serions chez elle trente minutes plus tard, je raccrochai.

— Elle va lever le mauvais sort, annonçai-je.

George poussa un gros soupir de soulagement.

— Quand partons-nous ?

— Tout de suite, répondit Thierry d'un ton ferme. Plus vite ce sera fait, mieux ce sera.

Alors là, j'étais entièrement d'accord avec lui.

Chapitre 16

Je remplis une bouteille isotherme au cas où quelque chose irait de travers alors que nous étions en route pour rendre visite à Stacy. Je ne crois pas avoir besoin de préciser ce que je mis dedans.

Je m'accrochais à mon optimisme du mieux que je le pouvais. Il me disait que, même si les choses n'allaient pas toujours très bien dans ma vie, elles finissaient toujours par s'arranger. Depuis l'appel de Stacy, il grandissait de minute en minute. Et puis, j'avais des renforts. George était armé du pistolet paralysant et prenait son rôle très au sérieux. Thierry avait son expression sinistre, et il était plus fort et silencieux que jamais. Et Claire était notre experte en sorcière folle à lier.

Oh, et j'allais oublier son petit chien.

À nous quatre et demi, nous étions comme les compagnons du *Magicien d'Oz* et nous allions voir la méchante sorcière du quartier ouest.

J'étais surprise que Stacy vive à Rosedale, la banlieue chic de Toronto, où elle avait pour voisins les gens riches et célèbres de la ville. Les rues sinueuses, les espaces verts et les ravins masquaient le fait que cela n'était qu'à un jet de pierre du centre. J'aurais tué pour habiter là-bas. Heureusement, pour l'instant, je parlais au sens figuré.

Je me demandai quand même si Stacy était allée jusque-là pour emménager à Rosedale. Ou si elle avait utilisé la magie. En fait, j'étais prête à parier que c'était le cas.

Thierry se gara en bas de la rue, et nous sortîmes de l'Audi et nous dirigeâmes vers la magnifique maison de Stacy. Les lumières étaient éteintes, ce qui était bizarre, puisqu'elle était censée nous attendre.

— Je ne perçois aucun sort de protection, dit Claire. Elle ne veut pas nous empêcher d'entrer.

Thierry ouvrit la marche vers la porte d'entrée. Sa détermination était très rassurante. Si Stacy revenait sur sa promesse de rompre le mauvais sort, j'avais confiance en sa capacité de se montrer… *persuasif.*

Mais je savais aussi que Stacy devait posséder le pouvoir de le transformer en un crapaud fort mais silencieux. Ou en un fauteuil sinistre et bourrelé de remords.

— Sois prudent, dis-je.

— Je ferai de mon mieux.

Stacy était une puissante sorcière. Vrai. Elle m'avait envoûtée en me jetant un très vilain mauvais sort. Vrai. Elle ne semblait pas s'en soucier si ceux qui lui avaient causé du tort finissaient morts dans un fossé quelque part. Également vrai.

Mais elle n'était pas complètement mauvaise, n'est-ce pas ? Je veux dire, elle m'avait demandé de l'excuser. Si elle voulait réparer ce qu'elle avait fait avant qu'il soit trop tard, cela comptait sans doute. Je me demandais qui était cet homme mystérieux dont elle était tombée raide dingue. Savait-il qu'elle était une sorcière ? Le transformerait-elle en une créature à poils s'il faisait un truc qui lui déplaisait, comme Claire avec Reggie ? Stacy lui ferait sans doute bien pire. J'étais désolée pour ce pauvre homme, qui qu'il soit.

Je sentais encore très mal toute cette situation. Je ne voulais pas qu'une mauvaise chose arrive. Je ne voulais pas mettre la vie de Thierry ou celle de quiconque en danger parce qu'ils essayaient de m'aider. Or, était-ce ce que je faisais ?

Non, me rassurai-je. *Tout va bien. Tout va très bien se passer.*

Thierry sonna, et nous attendîmes. Ma bouche était sèche, et mon cœur lâcha un battement plaintif avant de s'arrêter de nouveau. George sifflotait avec nervosité entre ses dents. Il avait apporté ses outils de cambrioleur, au cas où.

Après deux minutes de silence, sans la moindre pulsation pour décompter le temps, Thierry frappa à la porte. Je retins mon souffle – littéralement. Il me coula un regard, fronçant les sourcils, puis il essaya la poignée. La porte s'ouvrit. Elle n'était pas verrouillée.

Il faisait noir à l'intérieur. Je déglutis.

Thierry croisa mon regard.

— Reste derrière moi, Sarah.

Il se glissa dans la maison, et je lui emboîtai le pas. Dès que j'eus franchi le seuil, je fronçai les sourcils.

— Attendez, dis-je. Comment ai-je pu faire ça ? Je croyais que je ne pouvais pas entrer dans une maison sans y avoir été invitée ? Je suppose que le *Refuge* et les autres lieux publics, c'est différent, mais il s'agit d'une habitation privée.

Claire haussa les épaules.

— Peut-être que la maison d'une sorcière, c'est différent.

Je fronçai les sourcils de plus belle.

— Peut-être.

Où était Stacy ? Nous avait-elle donné une fausse adresse ? Je n'aimais pas cela. Je ressentais de mauvaises vibrations depuis le soir de la réunion d'anciens élèves, et elles venaient de s'intensifier.

— Il y a quelqu'un ? appelai-je. Stacy, tu es là ?

— Je ne sens toujours rien, annonça Claire.

— Et qu'est-ce que tu devrais sentir ?

— Une présence paranormale. De la mauvaise magie. Ça laisse une empreinte dans une maison, comme l'odeur d'un fromage qui pue.

— Elle est peut-être sortie faire une course, offrit George.

Elle secoua la tête.

— Je pourrais toujours sentir sa présence.

— Elle est sortie, dis-je fermement. C'est tout. Et elle va bientôt rentrer. C'est l'adresse qu'elle m'a donnée, j'en suis certaine.

— Nous allons donc attendre son retour, déclara Thierry, et son ton était sinistre.

La situation avait mis sa patience à rude épreuve, et elle avait atteint ses limites. Il en avait assez, peut-être pas de moi – ou du moins je l'espérais –, mais de la malédiction et de la sorcière qui l'avait jetée.

Pour être honnête, ma propre patience était également à bout. Je voulais en finir avec tout cela.

Reggie reniflait la porte menant au salon. Il se tourna vers Claire et gémit.

— Quoi ? demanda-t-elle.

— Grrrj rrrrv.

Il tourna les talons et entra dans le salon.

— J'aurais dû le garder en laisse, murmura-t-elle entre les dents. Je vais voir. Vous, restez ici et faites attention.

Elle suivit Reggie.

— George, dit Thierry. Vous devriez peut-être attendre devant la maison. Restez caché et ouvrez l'œil pour ne pas rater le retour de la sorcière.

— Bien sûr, patron.

Il hocha la tête et ressortit.

Thierry se tourna vers moi.

— Tu vas bien ?

— À part le fait que la réponse à tous mes problèmes a disparu, oui. (Je déglutis.) Écoute, Thierry, à propos de ce que Butch a dit, un peu plus tôt…

— J'aurais préféré que tu n'entendes pas ça.

— Je ne lui en veux pas de l'avoir suggéré. Tout ça est si étrange. Cette situation.

Il secoua la tête.

— Je ne laisserai rien de mal t'arriver.

— Tu dis ça maintenant, mais… (Ma voix se brisa.) Et si je redevenais dangereuse ? Je veux dire, je sais ce qui est arrivé aux autres… nocturnes. Tu savais qu'ils étaient mauvais, une véritable menace, et tu as fait ce que tu devais faire, alors… si Stacy revient sur sa parole et que c'est un aller simple pour le Pays des Monstres…

— Ça n'arrivera pas.

— Comment peux-tu en être si sûr ?

Son expression déterminée ne vacilla pas. Il posa une main chaude sur ma joue froide.

— Parce que tu n'es pas un monstre, Sarah. Il n'y a rien chez toi qui soit monstrueux, même de loin, si c'est ce qui t'inquiète. J'en suis convaincu. Être mauvais, c'est un choix que l'on fait.

— Mais qu'arrivera-t-il si je reste comme ça ?

Il se retourna pour me faire face et il prit ma main dans la sienne. Celle qui ne serrait pas la bouteille isotherme d'urgence.

— Je sais qu'il y a des régions d'Alaska qui ne voient pas le jour pendant des mois.

Ma lèvre inférieure se mit à trembloter.

— Comme dans ce film d'horreur avec Josh Hartnett et les méchants vampires qui mangent tout le monde ?

Il ne put s'empêcher de sourire un peu.

— Ce n'est que du cinéma. Mais il existe des endroits où une personne qui ne supporte pas le soleil peut vivre. Il suffit de peu de choses pour rendre ce genre de vie tout à fait tolérable.

— Donc tu suggères que je fasse mes bagages et que je parte dans l'un d'eux.

— Non, corrigea-t-il. Je suggère que nous y allions ensemble.

Je clignai des yeux.

— Toi et moi ?

— Il y a aussi une noirceur tout au fond de moi avec laquelle je dois vivre. Je crois sincèrement que nous serons mieux ensemble que loin l'un de l'autre pendant que nous apprenons à contrôler nos démons intérieurs. Je sais que je peux y arriver, à présent que j'ai la motivation qui me manquait, et toi aussi. (Il me serra la main plus fort.) Nous réussirons. Quoi qu'il nous en coûte.

Mon cœur battit à ces mots. Un seul battement à peine audible.

Une larme s'écrasa sur ma joue.

— Ça semble être une option raisonnable.

Son sourire ne bougea pas.

— C'est ce que je pense aussi.

— Mais l'Alaska ? Tu sais que je suis à température ambiante, maintenant, et là-bas je serai un véritable glaçon.

— Je m'assurerai que nous ayons de nombreux radiateurs électriques.

Je ravalai les émotions qui menaçaient de me submerger. Butch avait suggéré à Thierry de me tuer parce que j'étais une nocturne. Au lieu de cela, si le mauvais sort n'était pas rompu, Thierry m'accompagnerait en Alaska pour que nous soyons ensemble en un lieu où le soleil ne se levait pas toujours.

Et il achèterait des radiateurs électriques pour remonter ma température corporelle.

C'était la chose la plus romantique que j'avais jamais entendue.

— Bien sûr, c'est le pire des scénarios, dit-il. Mais j'y ai beaucoup réfléchi durant les dernières quarante-huit heures.

Je me mordis la lèvre.

— Si tu ne fais pas attention, je vais t'embrasser.

Il me fit un autre petit sourire.

— Tu dis ça comme s'il s'agissait d'une menace.

— Plutôt une promesse.

Il croisa mon regard.

— Juste un baiser ?

— Une mise en appétit.

Il posa les mains sur ma taille et je sentis la chaleur de son corps quand il m'attira contre lui. Je posai la tête contre sa poitrine.

— Tout ira bien, Sarah. Fais-moi confiance.

— C'est ce que je fais.

J'avais répondu très vite, sans y penser. Mais c'était la vérité. Je lui faisais confiance, plus qu'à n'importe qui d'autre. Avec lui, je me sentais en sécurité, même en sachant qu'il avait ses propres problèmes. Désormais, je savais qu'il voulait affronter ses démons en même temps que moi les miens. Nous faisions la paire, aucun doute.

Claire se racla la gorge, et je me tournai vers elle.

— Désolée de vous interrompre, dit-elle. (Son expression était sinistre.) Il y a quelque chose que vous devez venir voir.

Elle nous conduisit hors de la pièce et dans le couloir, jusqu'à un court escalier, qui menait à une chambre à coucher avec un grand lit à baldaquin. Des bougies brûlaient ici et là. Par dizaines. Un parfum flottait dans l'air.

Stacy était allongée sur les draps noirs, portant de la lingerie en dentelle de la même couleur et des mules à talons. Elle dormait, ses longs cheveux blonds étalés sur les oreillers de satin, comme une Belle au bois dormant macabre.

Je fronçai les sourcils. Puis j'inspirai vivement une bouffée d'air qui ne m'était plus nécessaire.

Elle avait les yeux ouverts, rivés sur le plafond, sauf qu'ils ne le voyaient plus.

Elle était morte.

Le manche argenté d'un couteau dépassait de sa poitrine, et je touchai la mienne, me remémorant le moment où j'avais reçu un pieu. Mais je m'étais remise de ma blessure.

Stacy n'aurait pas cette chance.

J'entendis quelqu'un sangloter, et je compris que c'était moi. Thierry me prit dans ses bras et me serra très fort.

— Nous trouverons un autre moyen, souffla-t-il.

— Quelqu'un l'a tuée, dis-je tout haut, et je ne reconnus pas ma voix tant elle était tremblante et brisée. Qui a bien pu faire ça ?

Étant donné ses récentes activités de magie noire, je dirais que la liste était longue. Mais puisque la pièce était décorée pour un rendez-vous romantique, des chandelles à la lingerie fine, j'aurais parié que le meurtrier était son nouveau petit ami.

— Je ne sens pas le meurtrier, dit Claire, les yeux clos et les bras levés de part et d'autre de son corps. Celui qui a fait ça est parti juste avant notre arrivée.

Je m'écartai de Thierry et étudiai le visage de Stacy, toujours aussi froidement beau que la veille dans le parc. J'aurais voulu être désolée pour ce qui lui était arrivé, parce qu'être assassinée par la personne qu'on aimait était une manière terrible de mourir, mais tout ce que je pouvais ressentir, c'était…

Rien. Il y avait un grand vide béant en moi. Un trou noir qui dévorait toutes mes émotions. Je n'étais ni bouleversée, ni effrayée, ni déprimée. En cet instant, devant la révélation de la mort de Stacy, je ne ressentais absolument rien.

Je me souvins d'une chose qu'elle m'avait dite la nuit précédente, en plus de la limite de trois jours.

— C'est fini. (Je déglutis avec peine.) Elle m'a dit que le sort serait permanent si elle mourait.

— Ne dis pas ça ! s'écria Claire, et elle se mit à passer en revue les livres alignés dans la petite bibliothèque à côté du lit. Je n'ai jamais entendu parler d'une malédiction vraiment permanente. Écoute, toutes ses connaissances magiques sont là. Je vais emporter ces bouquins à la maison pour les lire. Si je trouve quoi que ce soit qui puisse t'aider, je t'appellerai aussitôt, d'accord ?

Je hochai la tête avec raideur, encore trop choquée pour qu'il reste assez de place en moi pour un semblant d'optimisme.

— D'accord, si tu le dis.

Thierry me força à tourner le dos au lit et à le regarder lui au lieu de la sorcière morte.

— Par pitié, sois forte, Sarah. Ce n'est pas la fin.

— Mais ça y ressemble, non ?

Il me prit le visage entre les mains et m'obligea à croiser son regard.

— S'il te plaît, Sarah. Ne perds pas espoir. Parfois, c'est tout ce qui nous reste.

— Depuis quand es-tu devenu si optimiste ?

— Cela fait dix semaines.

Je lui adressai un faible sourire.

— Je suis fatiguée. Je sais que je n'ai été debout que quelques heures aujourd'hui, mais je crois que j'ai envie de dormir dans mon lit cette nuit. Je réfléchirai à tout ça demain.

Il acquiesça.

— C'est sans doute la meilleure chose à faire. Quittons cet endroit. Je contacterai les autorités dès notre retour au *Refuge*.

Nous partîmes donc, fermant la porte sur mes espoirs d'être débarrassée de la malédiction cette nuit-là. Littéralement. Je rentrai chez George et retrouvai mon lit, que je n'avais pas vu depuis une semaine, puisque j'avais dormi chez Thierry, dans sa résidence en ville, puis au motel d'Abottsville, et enfin au *Refuge*. Je tirai les couvertures sous mon menton et essayai de trouver le sommeil.

Et, bien sûr, je rêvai.

J'étais au Mexique avec Thierry. C'était une carte postale de notre voyage à Puerto Vallarta, quelques jours après notre rencontre, quand je croyais avoir gagné ma fin vampirique « et ils vécurent heureux ensemble pour toujours » parce que j'avais trouvé mon beau et ténébreux Prince charmant.

Le jour se couchait sur l'océan, qui étincelait comme des diamants. Le sable était frais sous mes doigts. J'étais allongée sur une chaise longue sous l'un des parasols ouverts pendant la journée. Le ciel était dans les tons de rose, d'orange, de violet et d'or alors que le soleil glissait lentement sous l'horizon. Un vent léger soufflait, tiède contre ma peau, et je pus y deviner l'odeur du sel marin et des lotions solaires à la noix de coco.

Je bus une gorgée de la boisson que venait de m'apporter un serveur : une tequila sunrise. C'était mon cocktail préféré, et il était approprié. Le mélange de tequila, de jus d'orange et de grenadine glissa comme du velours dans ma gorge.

Je portais le tout petit Bikini rouge que j'avais acheté spécialement pour l'occasion. Quand je l'avais enfilé pour la première fois, je m'étais sentie exposée, à cause des tonnes de vêtements qu'imposait l'hiver à Toronto, mais je m'y étais faite très vite. À deux plages de là, les femmes allaient seins nus, alors mon petit haut était tout ce qu'il y avait de plus pudique.

— Tu es si belle, dit Thierry.

Il était assis sur la chaise longue à côté de la mienne. Je tournai la tête pour lui sourire. Il avait retiré ses chaussures et ses chaussettes, et sa chemise noire était déboutonnée jusqu'à la taille.

— Tu n'es pas mal non plus, répliquai-je.

Il se leva de son siège et vint s'agenouiller près du mien, posant une main sur mon ventre nu.

— Je suis heureux que tu m'aies convaincu de venir ici, dit-il. (Il retira mes lunettes de soleil et les posa sur la table basse entre nos deux chaises, à côté de nos verres.) J'ai envie de t'embrasser.

— Eh bien, qu'est-ce que tu attends ?

Il fit courir sa main sur ma peau jusqu'à ma hanche, passa par-dessus les ficelles qui retenaient mon maillot de bain, s'aventura sur ma cuisse, mon genou, puis mon mollet, et enfin remonta jusqu'à mon visage.

— Quand je suis avec toi, Sarah, j'ai tendance à oublier qui je suis.

Son regard sinistre captura le mien.

Je fronçai les sourcils.

— Qu'est-ce que tu veux dire ?

— Que lorsque je suis avec toi, je me sens comme un homme normal, alors que je suis tout sauf ça.

— Tu es normal, affirmai-je. Très normal. Tu comptes m'embrasser ou pas ?

Un petit sourire joua sur ses lèvres exquises, faites pour donner et recevoir des baisers.

— Je ne suis pas normal, objecta-t-il en se penchant pour effleurer ma bouche de la sienne. Et toi non plus. Plus maintenant.

— Tu parles de ce truc de nocturne ?

Il recula un peu.

— Oui, ça. Mais ce n'est pas tout ce qui te rend différente maintenant. Mes propres erreurs ont changé des choses qui n'auraient jamais dû être dévoilées. Les jeux sont faits *.

— Qu'est-ce que ça veut dire ?

— Eh bien, simplement que les dés sont jetés et qu'il ne nous reste qu'à espérer que tout ira bien, parce que je crains qu'il ne soit plus possible de revenir en arrière.

— Je me rappelle le bon vieux temps, quand tu ne parlais pas autant.

Souriant, je lui passai la main derrière la tête et enfouis mes doigts dans ses courts cheveux sombres pour l'attirer plus près de moi. Il entrouvrit les lèvres. Je sentis sa langue contre la mienne, et je me consumai de désir.

— Que vais-je faire de toi, Sarah ? réfléchit-il tout haut.

— J'ai des tas d'idées, répondis-je. Et pas une qui requière un interprète français. Il vaut mieux nous y mettre tout de suite, avant qu'il soit trop tard. Il ne nous reste plus beaucoup de temps.

— En effet, acquiesça-t-il.

Il me souleva de la chaise longue et me porta. J'enroulai mes bras autour de son cou.

— Chambre. Maintenant. Immédiatement.

— Si tel est ton désir.

Il m'embrassa de nouveau.

C'était le meilleur rêve que j'aie jamais fait.

Oui. C'était sans conteste le numéro un sur ma liste. Il battait même celui où le George Clooney d'*Urgences* « prenait soin » de moi.

Mais, dans le plus beau de mes rêves, Thierry ne m'emporta pas aussitôt dans notre chambre d'hôtel pour me faire l'amour comme dans un roman à l'eau de rose. Au lieu de cela, il me redéposa sur la chaise longue, et je levai les yeux vers lui.

---

* En français dans le texte. (*NdT*)

— Qu'y a-t-il ?

— J'ai oublié quelque chose de très important, expliqua-t-il.

— Quoi ?

— Le fait que tu es une nocturne.

Je fronçai les sourcils.

— Tu as dit que ça n'avait pas d'importance.

— J'ai peur que tu aies tort.

Je haletai. Soudain, il y avait un pieu qui dépassait de ma poitrine. Le même que la nuit où le petit ami de Heather avait essayé de me tuer. Et je n'étais plus sur la plage de Puerto Vallarta, vêtue d'un Bikini. Je portais des vêtements normaux, et la seule chose rouge, c'était mon sang.

— L'arme n'a pas transpercé le cœur, dit Thierry.

Il y avait des gens derrière lui. Je vis George. Amy et Barry. Butch. Claire et Reggie. Et même Véronique se pencha au-dessus de son épaule pour me regarder.

— Pauvre petite fille stupide et naïve, soupira-t-elle. Comment vous êtes-vous fourrée dans cette malheureuse situation ?

— Retirez-le, haletai-je.

Chaque respiration était douloureuse. Personne d'autre ne s'avança. On aurait dit qu'ils avaient peur, pour une raison quelconque. Mais Thierry fit ce que je demandais. Il appuya d'une main contre ma poitrine et de l'autre tira le pieu d'un coup sec.

Je baissai les yeux et regardai la plaie guérir aussitôt. Au bout de quelques secondes, ce fut comme si elle n'avait jamais existé.

Je fus si soulagée que je me mis à pleurer.

— C'est passé tout près.

— Oui, acquiesça Thierry. J'ai bien failli te perdre.

Je levai la main pour toucher son beau visage aux traits tendus.

— Je t'aime tellement, Thierry. Tu le sais, n'est-ce pas ? Sais-tu à quel point je t'aime ?

Il embrassa ma main et la déposa à côté de moi.

— Oui, je sais, Sarah. Et c'est pour ça que tu dois mourir.

Et il leva le pieu en bois au-dessus de sa tête et le plongea dans mon cœur.

Je m'assis comme mue par un ressort et regardai le grand tesson accroché au mur en face de moi. Il reflétait une femme qui venait de passer une sale nuit dont le clou était un cauchemar de proportions épiques.

Pauvre petite chose.

Je clignai des yeux. Mes cheveux brun foncé, raides et coupés aux épaules, étaient collés à mon visage. Je les peignai avec mes doigts pour les remettre en place. Dessous, mon visage était pâle et humide de transpiration. Mon tout nouveau tee-shirt qui affichait les mots « Les goules aiment s'amuser » assortis de photos de zombies vêtus de vêtements de haute couture, était tellement entortillé autour de moi qu'il me coupait presque la circulation.

En d'autres termes, alerte à la fille sexy !

Ouais, c'est ça.

Heureusement, je dormais seule.

Quel horrible rêve !

J'entendis un son strident. La sonnette. Peut-être était-ce ce qui m'avait réveillée.

Avec une tête je-suis-encore-dans-les-limbes-d'un-cauchemar, je sortis de mon lit, attrapai mon nouveau peignoir – gratuit –, l'enfilai et gagnai la porte d'entrée. C'était sans doute Thierry. Où était George ? Je clignai des yeux, ressentant les effets secondaires de trop de nuits peuplées de cauchemars.

Je déverrouillai la porte et l'ouvris.

Avant de me rappeler mon récent problème d'aversion au soleil. Comment avais-je pu ne pas m'en souvenir ?

Je hurlai quand les rayons de la mort attaquèrent mon corps et claquai la porte pour la refermer. Même si je savais que je n'avais plus besoin de respirer, je m'adossai contre le mur pour ne pas tomber, haletante. Des volutes de fumée montaient autour de moi tandis que ma peau exposée se remettait d'être entrée dans la zone de friture.

La sonnette retentit de nouveau.

— Euh… livraison pour Sarah Dearly ?

J'approchai de la fenêtre, derrière un store et des rideaux. Je risquai un bref coup d'œil à l'extérieur, ce qui faillit faire fondre mes yeux. Un camion FedEx était garé le long du trottoir devant la maison de George.

Une livraison. Pour moi.

Restant derrière le battant, je l'entrouvris.

— D'accord.

Le livreur hésita, puis je vis son boîtier électronique se glisser à l'intérieur.

— Euh… il me faut une signature.

J'attrapai l'engin, gribouillai mon nom en hâte et le lui rendis.

— Tout va bien ? demanda-t-il, hésitant.

— Juste une très méchante gueule de bois, expliquai-je.

Oui, tout droit venue des feux de l'enfer.

— J'ai connu ça, dit-il en riant. D'accord, voilà pour vous.

Une petite enveloppe à bulles fit son apparition. Je m'en saisis.

— Bonne journée !

— Oui, à vous aussi.

Je claquai la porte et restai là, adossée au battant, pendant au moins deux minutes. Puis je m'autorisai à me détendre et je gagnai le canapé, où je m'écroulai.

La porte s'ouvrit de nouveau, et un rayon de soleil m'atteignit en plein cœur.

— Ferme la porte ! hurlai-je, et j'ajoutai quelques jurons pour faire bonne mesure.

— Désolé ! entendis-je George dire au milieu d'une mer de douleur, et la pièce fut replongée dans la pénombre.

Je clignai des yeux et regardai les taches de couleur disparaître de mon champ de vision.

— Où étais-tu ? demandai-je.

— En mission spéciale. (Il me montra deux gobelets blancs ornés du célèbre logo Starbucks.) Joyeuse Saint-Valentin. Ma nouvelle machine à expresso a rendu l'âme alors j'ai dû aller chercher des renforts. Tu le bois noir, c'est ça ?

— Tu m'as apporté du café ? (Je réussis à sourire à cette pensée.) Tu es le meilleur !

J'ajoutai plusieurs paquets d'édulcorant au sombre breuvage qui sentait assez bon pour donner l'envie de s'y baigner. J'adorais le café. Même si mon corps de vampire avait du mal à supporter le lait désormais, et que la caféine ne m'aidait plus à me réveiller, je refusais de m'en passer. Certaines habitudes avaient la vie dure.

— Après la nuit mortifiante que j'ai eue, dis-je, ce matin, j'avais grand besoin de ce remontant. Merci, George.

Il ramassa les emballages d'édulcorant et le bâtonnet que j'avais utilisé pour le mélanger.

— Ce n'est pas le matin. Il est 16 heures.

Je fronçai les sourcils.

— Il est 16 heures ? C'est l'après-midi ?

Il hocha la tête.

— Thierry est venu. Il est resté quelques heures, mais tu ne t'es pas réveillée. J'ai ouvert l'œil, des fois qu'il lui aurait pris l'envie de te faire des trucs. Après tout, tu es super attirante dans ce tee-shirt. Mais il a décidé d'aller au club plus tôt que d'habitude. Il a dit qu'il te verrait là-bas.

Le jour de la Saint-Valentin avait pris un mauvais départ. Ma peau fumait encore un peu d'avoir été exposée au soleil.

— Il doit en avoir assez de moi. J'attire tellement les ennuis.

— Qu'est-ce que tu essaies de dire ? (George sourit et but une gorgée de café.) Tu vaux peut-être qu'on fasse des efforts.

Je le regardai.

— Tu es vraiment gentil, cette semaine.

Ses épaules s'affaissèrent.

— Je crois que j'ai besoin de sortir davantage. Je perds mon mordant. Je me ramollis. (Il se secoua.) Comment tu te sens ? Bien ?

Je haussai les épaules.

— Bien est un terme tout relatif. Je n'arrive toujours pas à me faire à l'idée que je vais devoir éviter le soleil jusqu'à la fin de mes jours.

Ma gorge se serra à cette pensée.

Je lui racontai mon rêve. Il eut d'abord l'air inquiet, puis il rit quand j'arrivai à la fin.

— Comme si Thierry pouvait te tuer !

— Tu crois qu'il ne le ferait pas ?

— Bien sûr que non !

Je soupirai.

— Ça semblait si réel. Surtout après avoir découvert que c'est à cause de Thierry qu'il n'y a plus de nocturnes. Et ce n'est pas parce qu'il leur a donné cinq cents dollars et un billet pour Hawaï.

— Je l'ignorais. Eh bien, peut-être qu'il te plantera un pieu dans le cœur, après tout.

J'écarquillai les yeux.

Son sourire s'élargit.

— Je plaisante. Je n'ai peut-être pas perdu mon mordant, après tout. (Il montra la table basse, où j'avais jeté l'enveloppe.) Qu'est-ce que c'est ?

— Elle a été livrée il y a quelques minutes.

Je la pris et la déchirai pour jeter un coup d'œil à l'intérieur. Elle contenait une autre enveloppe, plus petite, et une note rédigée à la main.

« Joyeuse Saint-Valentin, Sarah. De la part d'une personne qui tient plus à ton bien-être que tu pourrais le croire. »

J'adorais Thierry, mais il n'était pas un poète, c'était certain.

Ne pouvait-il pas se contenter de dire : « Je t'aime. » Ou encore : « Épouse-moi, Sarah, et passe l'éternité à mes côtés. »

Enfin, cette dernière option était hors de question à cause de Véronique, mais il était permis de rêver, non ?

— Ça ne ressemble pas à son écriture, dis-je tout haut, et j'ouvris l'enveloppe, pensant y trouver un bon pour un cadeau.

Au lieu de cela, ma bouche devint sèche et mon cœur battit de surprise.

C'était la chaîne en or.

Je la tirai lentement, mes yeux s'écarquillant un peu plus à chaque maillon doré qui émergeait de sa cachette de papier. Elle faisait quarante centimètres, elle était épaisse et elle avait un fini un peu grossier. Elle était telle que dans mon souvenir.

Elle était froide au toucher. Vraiment, elle n'avait l'air de rien. Je ne ressentais aucune vibration magique à son contact, non pas que ce soit arrivé la première fois que je l'avais eue en ma possession.

— C'est bien ce que je crois ? demanda George.

J'humectai mes lèvres soudain très sèches.

— Tu veux bien m'aider ?

Il hocha la tête et me prit le collier. Je soulevai mes cheveux et il me le mit autour du cou. Puis il recula pour inspecter le résultat.

— Tout ce qu'il te manque, pour compléter le look, c'est une poitrine mâle et velue.

Je clignai des yeux et m'aperçus que nous étions très près l'un de l'autre.

— Tu n'as pas peur d'être si près de moi ?

Il haussa un sourcil.

— J'ai le pistolet paralysant à portée de la main et je n'hésiterai pas à m'en servir. Ne le prends pas mal.

Je ricanai.

— Je ne t'en tiens pas du tout rigueur.

— Comment tu te sens ?

— Je ne sais pas trop.

— Différente ?

Je me concentrai.

— Je n'en suis pas… sûre.

Il inclina la tête sur le côté.

— Mon cou te semble soudain très appétissant, voire irrésistible ?

Je regardai sa gorge.

— Pas particulièrement.

— Je me sens insulté.

— Ne le sois pas.

Il se leva du canapé et gagna la porte d'entrée.

— Que dirais-tu d'un autre test ?

Il ouvrit et le soleil me frappa de plein fouet. Je hurlai et levai les mains, m'attendant à ressentir une terrible agonie.

Mais il ne se passa… rien.

J'écartai lentement les doigts et regardai George et le soleil éblouissant de février.

— Tu ne te consumes pas, dit George. Je pense que c'est bon signe.

Je touchai la chaîne sur ma poitrine et me levai du canapé pour rejoindre George. Je me tins dans l'ouverture et sentis le soleil sur mon visage.

— Je n'arrive pas à y croire ! m'écriai-je, et je ris tout haut de bonheur et de soulagement.

Je fis un pas hésitant dehors, puis un autre, jusqu'à ce que je sois au milieu de la pelouse couverte de neige, les pieds nus. Et je me mis à danser joyeusement.

— Ça marche ! La chaîne marche !

— Ça ne vient pas de Thierry, hein ? demanda George, qui souriait aussi. C'est le Diable Rouge. Il te l'a envoyée. Tu vois ? Je t'avais dit qu'il était extraordinaire.

Je m'arrêtai de danser un instant. Il avait raison. Le Diable Rouge m'avait envoyé la chaîne. Et que disait sa lettre ? Qu'il avait mon bien-être à cœur ?

Puis je fronçai les sourcils.

— Comment a-t-il su où j'habite ? Il l'a fait livrer ici. Comment savait-il que je serais là, d'ailleurs ?

— On s'en fiche ! dit George.

Il marquait un point.

Humain ou pas, le Diable Rouge était désormais mon homme masqué préféré dans tout l'univers. Il battait même Zorro, et puisque j'étais une vraie fan d'Antonio Banderas, cela en disait long.

— J'aime le Diable Rouge ! criai-je.

— Moi aussi ! renchérit George.

Et il me rejoignit sur la pelouse, où nous fîmes une danse du soleil pour célébrer ma nouvelle chance d'avoir une vie normale.

Cette Saint-Valentin commençait décidément très bien !

Chapitre 17

Me sentant revitalisée et bien plus heureuse que je ne l'avais été depuis des jours, je pris mon temps pour me préparer avant d'aller au *Refuge*. Je voulais être extra-jolie. Après tout, c'était la Saint-Valentin. Je dis à George de ne parler à personne de mon nouveau bijou. Je voulais faire la surprise à Thierry en lui annonçant la merveilleuse nouvelle.

Je mis de la lingerie que je n'avais encore jamais portée, parce qu'elle était bien trop jolie et que j'attendais une occasion spéciale, puis j'enfilai un pull en cachemire rose et une courte jupe noire. Le pull avait un col assez haut pour dissimuler la chaîne en or, mais il était assez moulant pour laisser deviner la poitrine qu'il ne montrait pas. Des collants et des talons aiguilles de la couleur de ma jupe mirent la touche finale à ma tenue. J'utilisai même des bigoudis en velcro pour donner à mes cheveux un peu plus de volume, puis je passai la demi-heure suivante à appliquer mon maquillage devant le grand tesson accroché au mur.

Je me demandais parfois pourquoi les vampires n'avaient pas de reflet. Vraiment, cela n'avait aucun sens. J'étais solide, je me sentais solide. On ne voyait pas à travers moi. Mais ni moi ni les vêtements que je portais n'apparaissaient dans les miroirs normaux.

Trop bizarre.

Mais j'étais trop heureuse pour le moment pour que cela vienne ternir ma soirée.

Je finis d'appliquer mon rouge à lèvres Viva Glam et souris à mon reflet. J'avais souligné mes yeux avec de l'eye-liner noir et abusé du mascara. Mes yeux noisette ressortaient dans mon visage. Enfin, pas littéralement, bien sûr, parce que ça n'aurait pas été bon du tout.

Durant les deux derniers mois, je n'avais pas fait très attention ni au maquillage ni à la mode. Étrange, mais quand on craignait pour sa vie, ce genre de détails était très vite relégué aux oubliettes.

Mais un peu de « vernis » ne pouvait pas faire de mal, n'est-ce pas.

Même George approuva. Quand j'émergeai enfin de ma chambre à travers un nuage de laque et d'eau de toilette Givenchy, il m'adressa un regard appréciateur.

— Qui est cette fille sortie de *Cosmo* ? demanda-t-il. Je ne crois pas que nous ayons été présentés.

— Très drôle.

— Allons-y. C'est mon dernier soir pour me faire des pourboires.

J'ignorais encore ce que j'allais faire pour gagner ma vie après cette nuit. Mais, ma nouvelle attitude optimiste aidant, j'étais certaine que tout allait s'arranger.

Pour la soirée, j'avais tout prévu. J'allais me rendre au *Refuge* pour montrer mon nouveau look et ma nouvelle bonne humeur à Thierry, puis je le forcerais à m'emmener boire quelques verres pour célébrer la fête des amoureux et ma nouvelle chance dans la vie. Puis nous irions chez lui et je lui montrerais quelques petites choses, parmi lesquelles ma lingerie, car j'avais le sentiment qu'elle lui plairait beaucoup.

Et puis quoi, si j'étais coincée dans la peau d'une nocturne ? Aussi longtemps que je portais mon nouveau collier, tout allait pour le mieux dans le meilleur des mondes, puisque les symptômes n'avaient plus d'importance. Je pouvais oublier mes problèmes et ne penser qu'à l'avenir. Avec Thierry.

Oui, cela allait être une nuit parfaite !

Le monde semblait plus beau. Les étoiles scintillaient. La lune brillait, très grosse, dans le ciel nocturne. L'air était froid et rafraîchissant sur ma peau. Mes pieds me faisaient un mal de chien à cause de mes talons aiguilles de dix centimètres, mais c'était une bonne douleur. Douleur qu'après une vie entière à porter des chaussures discutables je pouvais supporter sans broncher.

George et moi arrivâmes au *Refuge* juste avant l'ouverture. Le videur, qui je le savais avait un peu le béguin pour moi, me jeta un regard prudent quand je passai devant lui. Ce n'était pas comme cela qu'il agissait avec moi d'habitude. Étrange.

Puis je me souvins que tout le monde devait s'attendre à ce que je me comporte comme une nocturne tout droit sortie de l'enfer. Ils me traitaient comme une lunatique pouvant basculer dans la folie d'un instant à l'autre.

Pas ce soir. Rien ne pouvait mal tourner. Je ne le permettrais pas. Sérieusement.

Amy et Barry étaient à l'intérieur. Ils avaient l'air inquiet, et leurs visages s'assombrirent quand je m'avançai vers eux.

— Sarah, dit Amy d'un ton prudent. Contente de te voir.

Je la détaillai rapidement de la tête aux pieds.

— Je vois que tu es de nouveau blonde.

Pour aller avec sa blondeur retrouvée, elle avait mis une minijupe rouge et un top à paillettes blanc, sur lequel était épinglé un cœur en strass. Barry portait son minismoking, comme d'habitude.

Amy se toucha les cheveux.

— Je l'ai fait faire cet après-midi. Mon crâne me donne l'impression d'être en feu.

— Je connais.

Sa lèvre inférieure tremblota.

— Je me sens si mal à propos de tout ça.

— N'y pense plus. (Je lui souris.) Qu'est-ce que tu bois ?

— Euh… un martini au chocolat.

— Je peux goûter ?

Son expression se fit confuse, puis elle me tendit son verre.

— Bien sûr.

Je pris une petite gorgée.

— C'est délicieux.

— Tu te sens bien ?

— En pleine forme. Et toi ?

— Je… vais bien.

Barry m'étudia.

— Tu te comportes de manière bizarre.

— Vraiment ?

Je me penchai pour prendre le petit monstre dans mes bras et le serrer très fort. Puis je l'embrassai sur la joue droite, y laissant une empreinte de mes lèvres de la couleur de mon rouge à lèvres.

— George, répliqua Barry. On m'a dit que tu avais un pistolet paralysant.

George éclata de rire.

— Oui, mais ce ne sera pas nécessaire. Sarah est juste d'excellente humeur, ce soir. Ce qui est normal.

Barry pinça les lèvres et commença à frotter la marque de rouge à lèvres avec une serviette en papier.

— Je ne vois vraiment pas pourquoi, étant donné la tournure que les choses ont prise.

— Tu es d'un pessimisme, petit homme. (Je pointai l'index sur lui.) Ce soir, tu dois sortir Amy, et vous devez vous amuser. C'est la Saint-Valentin, bon sang !

— Ce serait génial, acquiesça Amy.

Barry hocha la tête.

— Plus tard. C'est promis. (Il continuait à froncer les sourcils.) Tu es plutôt... bien, Sarah.

Je haussai un sourcil et me tournai vers Amy.

— Je crois que ton mari flirte avec moi. Tu devrais le garder à l'œil !

Barry haleta.

— C'est faux !

— Je plaisantais. (Je secouai la tête en riant.) Sérieusement, tu devrais essayer de te trouver un sens de l'humour. Ça te changerait la vie !

— Sarah ? demanda Thierry dans mon dos, et je pivotai lentement vers lui.

— Joyeuse Saint-Valentin, dis-je.

— À toi aussi. (Il m'embrassa du regard.) Barry a raison. Tu es très jolie. Je me suis inquiété pour toi.

— J'ai entendu dire que tu nous avais rendu visite.

Son expression s'assombrit.

— Je ne voulais pas partir, mais je savais que George veillerait sur toi. Je devais m'occuper de quelques détails de dernière minute avant que le club soit transféré à son nouveau propriétaire.

— Suis-moi.

Je lui fis signe de l'index, tournai les talons et me dirigeai vers son bureau. Une fois à l'intérieur, je m'assis sur son bureau et attendis qu'il me rejoigne. Il arriva bientôt et ferma la porte derrière lui.

— Tu te comportes de manière étrange, dit-il. Je sais qu'avoir retrouvé la sorcière morte a été une expérience traumatisante, mais tu ne dois pas perdre espoir. Je ferai tout ce qui est en mon pouvoir pour trouver un moyen de rompre la malédiction. Je te le jure, Sarah. C'est la chose la plus importante...

Je me laissai glisser en bas du bureau, comblai la distance qui nous séparait et l'embrassai. Avec passion. Je souris contre ses lèvres quand il referma les mains sur mes avant-bras pour m'attirer contre lui.

— Que fais-tu ? souffla-t-il contre ma bouche.

— Je t'embrasse.

Et je recommençai pour souligner mes paroles.

Il s'écarta, non sans effort.

— Je le vois bien, mais il n'est pas raisonnable pour nous d'être si proches l'un de l'autre. Pas avant d'avoir trouvé une solution.

— J'en ai déjà une.

Il haussa un sourcil noir.

— Oh, vraiment ? Et qu'as-tu trouvé ?

— Tu veux vraiment le savoir ?

— Oui, vraiment.

Je lui adressai un sourire malicieux et commençai à retirer mon pull. Mon sourire s'élargit encore quand je vis son expression choquée. Mais il n'essaya pas de m'arrêter.

— Ce n'est pas le moment, Sarah.

— Oh, si, fais-moi confiance.

Je glissai le cachemire rose par-dessus ma tête et je m'assis sur son bureau, ne portant plus pour me couvrir la poitrine que mon soutien-gorge en dentelle rose pâle, qui ne laissait presque rien à l'imagination. Je lui lançai mon pull, et il l'attrapa au vol.

— Sarah…

— Tu remarques quelque chose de différent ?

Il déglutit tout en laissant glisser son regard sur mon visage, ma gorge, la dentelle rose, puis il remarqua enfin le petit quelque chose de différent. Il releva brusquement les yeux.

— Comment ? demanda-t-il.

Je touchai la chaîne.

—Elle m'a été livrée cet après-midi. Le Diable Rouge me l'a envoyée.

Il fronça les sourcils.

—Il te l'a envoyée ? Comment a-t-il su où te trouver ?

—C'est ce que je me suis demandé aussi, puis je me suis dit que ça n'avait pas d'importance. Il l'a trouvée et il l'a achetée parce qu'il savait que j'en avais besoin.

—Et ça fonctionne ?

—Approche.

Au bout d'un moment, il obéit, prudent. Je pris sa main dans la mienne et la pressai contre ma poitrine pour qu'il puisse sentir mon cœur battre.

—Ça fonctionne comme un charme.

Je laissai mes doigts effleurer les maillons.

Il ne retira pas sa main, mais il croisa mon regard.

—En effet.

—Ce n'est pas le plus beau bijou que j'aie jamais eu, mais c'est maintenant mon préféré. Je peux sortir dans la journée. Et tu ne peux pas savoir comme les pulsations d'un cœur t'aident à te sentir normal jusqu'à ce qu'elles s'arrêtent.

—Et ta soif de sang incontrôlable ?

—Elle n'est plus qu'une sorte de bruit de fond, de ceux auxquels on ne fait pas attention. (Je lui souris.) Et je peux t'embrasser sans me transformer en Maîtresse du Mal. Comme je viens de le prouver.

Il toucha sa bouche, où mon rouge à lèvres avait laissé une trace.

—Tout cela est très bien, Sarah.

—Je savais que tu serais d'accord avec moi. (Mon sourire s'élargit, puis trembla un peu.) Tu dis ça, mais tu n'as pas l'air convaincu.

Il posa mon pull à côté de moi et joignit les mains.

— J'ai des inquiétudes.

— Des inquiétudes, répétai-je. Quoi, par exemple ?

— Eh bien, par exemple, si c'est une excellente chose que la chaîne te préserve des effets de la malédiction, elle n'en reste pas moins réelle. La chaîne ne t'en guérira pas, elle ne fait que la masquer.

— C'est vrai, mais…

— Et si tu la perds, ou si on te la vole, alors tu n'auras pas d'autre option. Tu ne peux pas te contenter de faire confiance à une magie qui pourrait te faire défaut, te croire en sécurité et arrêter de chercher une vraie solution.

Je sentis ma bulle joyeuse se dégonfler, comme un ballon, en produisant un couinement strident et agaçant.

— Oui, je suppose, mais…

— Et il ne faut pas oublier le Diable Rouge. Qui est-il ? Pourquoi essaie-t-il de t'aider dans cette histoire ? D'où vient-il ? Que veut-il ?

— Ça fait beaucoup de questions.

— Auxquelles nous n'avons pas de réponse. (Son expression s'adoucit un peu et il avança vers moi.) Sarah, je sais que tu es contente parce que tu as ce collier et qu'il fonctionne. Mais nous ne pouvons pas baisser notre garde. Maintenant plus que jamais, nous sommes vulnérables. La plupart des chasseurs ont quitté la ville, mais cela ne veut pas dire que nous puissions faire confiance à quiconque entre dans nos vies.

Je fronçai les sourcils.

— Tu dis que je suis trop confiante ? Même après tout ce qui m'est arrivé ?

Il acquiesça.

— C'est une remarquable qualité d'avoir confiance en son prochain. Mais, comme tu as pu le constater par le passé, il n'y en a pas beaucoup qui le méritent vraiment.

Les autres ont leurs propres objectifs, leurs propres désirs à assouvir, et ils emploient parfois le mensonge et la ruse pour arriver à leurs fins.

Je levai la main pour toucher son visage.

—Je sais que tu as été blessé bien souvent. En fait, je n'en suis pas sûre, puisque tu n'es pas branché anecdotes passées, mais je présume qu'un tas de mauvaises choses te sont arrivées, et bien plus encore que je pourrais l'imaginer. Pourquoi ne puis-je pas accepter le cadeau du Diable Rouge pour ce qu'il est ? Le présent d'une personne qui se soucie de mon bien-être.

Il serra les dents.

—Parce qu'il n'est pas le Diable Rouge !

—Comment peux-tu en être si sûr ?

—Tu l'as dit toi-même, il est humain, pas vampire.

Je haussai les épaules.

—J'ai pu me tromper.

—Non, je ne crois pas. C'est un imposteur qui essaie de se glisser dans tes bonnes grâces. Et peut-être pas aujourd'hui, ni demain, ni même dans une semaine, mais un jour il attendra que tu lui rembourses ta dette.

—Et je le ferai.

Il rit, mais avec froideur.

—Juste comme ça.

—Bien sûr. Il m'a rendu service. Pourquoi ne lui rendrais-je pas la pareille ?

Il lâcha un long soupir.

—Il n'est *pas* le Diable Rouge.

—Comment tu le sais ?

—Parce que… (Son expression se fit tendue.) Parce que je… j'ai connu le vrai Diable Rouge. Il y a très longtemps.

Je le dévisageai.

— Très bien, je pense que nous avons un problème de communication, parce que la première fois que j'ai abordé le sujet tu as dit qu'il n'était qu'une légende urbaine. Et maintenant tu prétends que vous étiez proches ? Où est la vérité ?

— Son identité a toujours été un secret jalousement gardé. J'ai juré de n'en souffler mot à personne.

— Même après tout ce temps ?

— Oui. Et le vrai Diable Rouge n'a pas fait d'apparition depuis un siècle.

— Et pourquoi ça ? demandai-je.

— Pour plusieurs raisons.

— Comme quoi ?

Il soupira.

— Comme le fait que le monde a changé. Un seul homme ne peut plus faire la différence. Le mal est bien trop présent. Le Diable Rouge en a eu assez de le combattre sans jamais voir d'amélioration.

— Il est mort ?

Thierry hésita.

— Non. Il est toujours vivant.

Je secouai la tête.

— Alors il est resté un siècle à se tourner les pouces pendant que des tas de mauvaises choses arrivaient autour de lui ? Il n'a pas levé le petit doigt pour les empêcher ?

— Il a dû prendre la décision de se retirer à cause d'événements qui se sont produits dans sa vie. Il avait fait des choix, et ils s'étaient révélés malheureux pour ceux de son espèce, apportant davantage de douleur et de violence.

— Des excuses, dis-je.

Il haussa les sourcils.

— Pardon ?

— Ce type, qui qu'il soit… je ne crois pas qu'il était fait pour ce rôle. Je ne sais pas grand-chose de l'histoire du Diable Rouge, mais il s'en dégage une chose importante. Les autres vampires le voyaient comme un symbole d'espoir. Aussi longtemps qu'il était là, ils pouvaient croire en lui, ils n'avaient pas que la peur des chasseurs qui les attendaient à tous les coins de rue.

— Ce n'était pas comme ça, protesta Thierry.

— Moi, je dis que c'est un con et un égoïste. Et quelle différence avec l'homme qui a usurpé son identité ? Eh bien il fait quelque chose, lui. Il essaie de faire une différence. À l'idée de sa présence en ville, tout le monde est terriblement excité. Ça compte, non ?

Thierry me foudroyait du regard. Oui, vous avez bien lu.

Je clignai des yeux.

— Quoi ?

— Il est dangereux et il doit être démasqué.

— Eh bien, à mon avis, tu devrais envoyer un mail à ton vieux copain pour lui dire de reprendre du service. Comme ça, personne ne se sentira obligé de jouer les remplaçants. (Je secouai la tête.) Je veux dire, sérieusement, maintenant que Gideon Chase est mort et enterré, c'est le moment idéal pour que les vampires se rallient en grand nombre et ripostent contre les chasseurs.

— Dans quelques semaines, la mort de Gideon ne fera plus aucune différence pour les chasseurs. Un autre chef sera sorti de leurs rangs et les choses recommenceront comme avant.

— Je ne suis pas d'accord.

— Cela ne me surprend pas. Un jour peut-être, en regardant derrière toi, tu auras le luxe de contempler l'histoire comme je le fais. Les gens et les circonstances changent rarement.

— C'est un point de vue tellement défaitiste.

Il m'adressa un petit sourire.

— Je suis heureux de constater que ton optimisme est revenu en force.

Je glissai de nouveau du bord du bureau et je l'étreignis.

— Je ne veux pas me disputer avec toi ce soir.

— Moi non plus. Je veux seulement que tu sois en sécurité, Sarah. J'ai peur que ton optimisme et ta trop grande confiance ne te mènent à ta perte.

Je me penchai un peu en arrière.

— Tu dois arrêter de t'en faire tout le temps. Ça donne des rides, tu sais ?

Son sourire s'élargit un peu.

— Pourrions-nous parler d'autre chose ?

J'opinai du chef.

— Sûr.

— Je crois que je ne t'ai pas encore dit à quel point je te trouve belle, ce soir.

Il me détailla de la tête aux pieds.

— Ah oui ?

Je lui rendis son sourire.

— Et je suis très content que tu te sentes mieux malgré les circonstances.

— Bien mieux. Notre voyage en Alaska est remis indéfiniment.

— C'est nouveau ?

Il fit courir un doigt le long de la bretelle de mon soutien-gorge.

Je fis « oui » de la tête.

— Je l'ai acheté au cours de la fièvre acheteuse qui m'a prise après l'explosion. Tu l'aimes ?

— Beaucoup. (Il haussa un sourcil.) Et soudain, toute pensée de ton mystérieux bienfaiteur qui se fait passer pour le Diable Rouge m'est complètement égale.

— Tant mieux.

Et, alors que ses lèvres rencontraient les miennes, je découvris que moi aussi, je pouvais oublier le Diable… euh… quel que soit son nom. Je m'abandonnai à son baiser, enlaçant Thierry et me retenant à lui quand il me souleva dans ses bras pour m'emmener sur le canapé, où notre baiser devint plus passionné et plus pressant. Assez pressant pour que je me demande s'il avait fermé la porte à clé, au cas où quelqu'un entrerait et nous surprendrait en train de faire l'amour. Mon cœur qui battait de nouveau s'emballa quand ses mains descendirent le long de mon corps.

Comment un homme qui était mon opposé en tout pouvait-il faire naître en moi un tel désir ? Qu'y avait-il de si spécial chez lui, que j'en étais tombée éperdument amoureuse ? Il était comme une étrange recette avec tous les bons ingrédients. Il y avait là des choses qui n'allaient pas ensemble, et qui semblaient même immangeables. Mais il suffisait de les combiner toutes, d'enfourner et, une heure plus tard, de déguster le mets le plus exquis que j'avais jamais goûté.

Oui, c'était Thierry.

Il n'était pas au goût de tout le monde, mais il était définitivement à mon menu. Et j'en voulais au petit déjeuner, au déjeuner, au dîner et pour mon en-cas de minuit.

J'avais parfois douté de ses sentiments pour moi, et cela m'arrivait encore. Il était difficile à lire, à cause de cette façade derrière laquelle il se cachait. Mais je savais qu'il m'aimait, même s'il ne le criait pas sur les toits. Il me le prouvait par ses actes, ses faits et gestes et toutes sortes de choses non verbales. Et il me le murmurait quand nous faisions l'amour.

Il m'aimait. Je l'aimais. Et rien de mal n'allait se passer entre nous.

Voulais-je encore le mordre ? Non.

Me sentais-je bien ? Mon Dieu, oui !

— J'espère que je n'interromps rien, ronronna une froide voix de femme.

Thierry et moi nous tournâmes vers la porte. Véronique se tenait là, tapant du pied, les bras croisés. Elle avait haussé un sourcil.

Zut. Deux minutes plus tard et la situation aurait été mortifiante, au lieu de simplement maladroite et gênante. Elle nous aurait surpris en train de faire l'amour sur le canapé du bureau de Thierry.

Et que je sois damnée si elle n'était pas amusée par la situation.

Je devais revenir sur ce que j'ai dit.

Avais-je envie de mordre quelqu'un ?

Oui, oh oui !

Chapitre 18

— Peut-être devrais-je vous laisser un peu d'intimité ? demanda Véronique, sans faire mine de quitter la pièce.

Elle portait une petite robe noire très décolletée, avec une longue fente sur le côté. Ce devait être une Gucci. Ses longs cheveux tombaient librement sur ses épaules et dans son dos, encadrant son visage parfait.

Thierry se leva du canapé et attrapa mon pull, qu'il me tendit avec un regard d'excuse encore assombri par le désir. Je me détournai et l'enfilai aussi vite que possible.

— Véronique, dit Thierry. Je ne t'attendais pas.

— J'imagine, en effet.

— Tu es venue de Paris pour me voir ? s'enquit-il.

— Oui, et je suis sûre que tu sais pourquoi.

— Je suppose que ça à quelque chose à voir avec les papiers que je t'ai fait envoyer.

— Exact. Mais… une annulation ? (Elle secoua la tête et sourit.) Vraiment, Thierry. J'attends beaucoup mieux de toi, après toutes ces années.

— Oh ? Que veux-tu dire ?

Elle me sourit.

— Sarah. Ravie de vous revoir, ma chère.

— Moi de même, dis-je, et ma voix sonna davantage comme un couinement.

Zut. Pourquoi me sentais-je si coupable ? Leur mariage était fini depuis des lustres. Et puis, notre relation n'était un secret pour personne. Tout le monde savait que Thierry et moi étions ensemble. Véronique elle-même approuvait… en fait, je dirais même qu'elle l'encourageait. Oui, elle s'en accommodait parfaitement.

Pourtant, j'étais si gênée que j'aurais voulu ramper sous le canapé.

Elle se tourna de nouveau vers Thierry.

— Je croyais que nous avions un accord. Nous menions notre vie chacun de son côté. Tu pouvais avoir tes… amourettes…

Je fronçai les sourcils à ces mots. *Amourettes ?*

— Mais vouloir tout changer en demandant l'annulation de notre mariage ? (Elle secoua la tête.) Soyons sérieux. Je ne crois pas que ce soit nécessaire.

— Avec tout le respect que je te dois, Véronique, dit Thierry, je pense différemment.

Elle acquiesça.

— Je vois. Et était-ce ta décision ou t'a-t-elle été soufflée par quelqu'un ?

— Personne ne me fait faire ce que je ne veux pas faire.

— C'est vrai. Mais tu es un homme. La nouveauté peut te tourner la tête. L'histoire est pleine d'hommes qui se sont égarés. Mais tous reviennent toujours où est leur place. Je te suggère simplement de regarder la situation de mon point de vue.

— Et quel est ton point de vue, Véronique ?

— Comment le prendrais-tu si un jeune homme entrait dans ma vie et que je décidais de tout abandonner pour me consacrer uniquement à lui ? Si c'était moi qui demandais cette annulation ?

Thierry l'étudia un instant et esquissa un petit sourire.

— Cela ne me poserait pas le moindre problème.

Elle fronça les sourcils.

— C'était peut-être un mauvais exemple.

Thierry me regarda.

— Je crois préférable que tu nous laisses discuter de cette affaire, Véronique et moi.

C'était la meilleure nouvelle que j'avais entendue de la journée. Enfin, à part celle selon laquelle mes jours de nocturne étaient du passé. Thierry et sa femme en train de discuter de l'annulation de leur mariage arrivaient juste derrière.

— Non, dit Véronique. Cela concerne également Sarah. Après tout, si tu ne l'avais pas rencontrée, nous n'aurions pas ce problème, n'est-ce pas ?

— Tu as raison, répondit Thierry. Il n'y aurait pas de problème, parce que si je n'avais pas rencontré Sarah, je serais mort.

— Ah, oui, elle a interrompu tes plans pour mettre fin à ta longue existence, n'est-ce pas ?

— Oui.

Elle sembla réprimer un rire.

— Et ça t'a donné un regard nouveau sur la vie, si bien que tu souhaites mettre un terme à notre arrangement et… quoi ? Épouser Sarah ?

Il me coula un regard, puis reporta son attention sur elle.

— Mes plans ne sont pas matière à discussion.

Elle soupira.

— Toujours ce langage à double sens. Sérieusement, Thierry, si tu n'avais pas été de souche paysanne, je crois que tu aurais pu être avocat.

Le visage de Thierry trahit un peu sa tension.

— Tu refuses donc de signer ces papiers ?

Elle attendit si longtemps avant de répondre que je me demandai si elle avait entendu la question.

— Je n'ai pas encore décidé. Je me suis dit que j'allais venir à Toronto et essayer de découvrir tes véritables sentiments sur le sujet. Je crois que je ne comprends que trop bien la situation, maintenant.

— Tu devrais les signer.

— Peut-être, peut-être pas.

Elle inspira profondément et expira avec lenteur. Puis elle sourit de nouveau, expression apparemment sans le moindre effort pour elle.

— Je séjourne au *Windsor Arms*. Si tu as besoin de moi, n'hésite pas à me le faire savoir. Je vais peut-être rester deux semaines, maintenant que je suis ici. Bonne nuit.

Elle tourna les talons et quitta le bureau. Thierry voulut la suivre, mais je l'attrapai par le bras, qui était tendu comme de la corde.

— Tout va bien, dis-je. Laisse-la partir.

— Elle arrive en second sur ma liste des femmes les plus frustrantes que j'aie jamais rencontrées.

Je fronçai les sourcils.

— Qui est la première ?

Il croisa mon regard et un petit sourire naquit au milieu de son expression tendue.

— Toi.

— Frustrante, hein ?

— Extrêmement. (Il prit mon visage entre ses mains et m'embrassa doucement.) Je dois lui parler.

— Non, laisse-moi faire.

— Toi ?

— Crois-le ou pas, mais elle m'aime bien. Ou du moins elle m'aimait bien. Si je peux lui parler face à face et tout lui expliquer, elle m'écoutera peut-être.

—Je t'en prie, essaie.

—Souhaite-moi bonne chance.

—Bien sûr. (Il m'embrassa de nouveau, puis il s'écarta, le visage fermé.) Si elle choisissait de ne pas signer, cela ferait-il une différence pour toi ?

Je lui touchai le visage et plongeai mon regard dans ses yeux d'argent.

—Absolument. Ce serait fini entre nous. (Il fronça les sourcils.) Je plaisantais, dis-je. Mes parents ne seront pas ravis que je sois avec un homme marié, mais je peux affronter ce que la vie me réserve. Après la semaine que je viens de passer, j'ai révisé mes priorités.

Il serra ma main et la porta à ses lèvres.

—Moi aussi.

Puis il me laissa partir avec un sourire, et je quittai le bureau avec l'espoir de parler à Véronique et de démêler cette malheureuse situation.

Par bonheur, elle n'avait pas encore quitté le club. Elle était au bar, en grande conversation avec Barry. Amy se fraya un chemin entre les tables pour me rejoindre. La musique était une chanson de Nina Simone, *Feeling Good*. J'espérai que c'était de bon augure.

—Cette femme me file la pétoche, dit Amy en désignant Véronique de la tête.

—Elle n'est pas si mal, répondis-je.

Elle haussa les sourcils.

—Je suis surprise que tu dises ça, étant donné qui elle est. Je ne voudrais pas rencontrer l'une des ex-femmes de Barry.

Je me tournai vers elle.

—Barry a des ex-femmes ?

Elle acquiesça.

—Il a été marié cinq fois avant moi. Cet homme est un aimant à filles, mais maintenant il est à moi.

— Oui, et il ignore encore ton béguin pour Thierry ?

— Je croyais que nous avions décidé de ne plus en parler ?

— Désolée.

— Je veux dire, ce n'est pas vraiment ma faute si cet homme est beau comme un dieu ?

— Beau comme un dieu ? répétai-je. Oui, c'est lui.

Elle croisa les bras et m'étudia des pieds à la tête, de mes talons aiguilles noirs à mes cheveux avec plus de volume que d'ordinaire.

— Tu sembles aller bien mieux. Est-ce que par hasard tu serais guérie ou un truc comme ça ?

Je lui racontai ma bonne fortune, et un peu de la culpabilité et de la peur qu'elle affichait disparurent. Je tirai sur mon col pour lui montrer la chaîne en or.

Elle secoua la tête.

— Waouh, je suis tellement contente pour toi, mais ce truc est vraiment ignoble.

Je le tapotai doucement.

— Je l'adore !

— Hé, devine ce que j'ai entendu dire ?

Je gardai un œil sur Véronique. Quoi qu'elle puisse être en train de dire à Barry, il se tournait parfois vers moi pour me fusiller du regard. Super. Je savais qui était sa candidate préférée dans cette version à crocs du *Bachelor*.

— C'est au sujet de Gideon Chase, poursuivit Amy. Tu savais qu'il était mort en tuant un foutu démon à Las Vegas ? Tu peux croire ça ? C'est à cause de ça que l'*El Diablo* a brûlé.

— Chaud devant ! cria George en passant entre nous avec un plateau surchargé de boissons.

— En fait, je ne connaissais pas tous les détails, répondis-je.

— Le casino a été consumé par les feux de l'enfer. *Les feux de l'enfer !* Si ça, ce n'est pas complètement étrange !

— Les feux de l'enfer, hein ?

Je ne l'écoutais que d'une oreille.

— C'est ce qui a tué Gideon Chase. Les feux de l'enfer. Apparemment son corps a complètement brûlé. Il n'en est rien resté. Le cercueil était fermé, et il n'y avait qu'une photo et une paire de chaussures à l'intérieur.

Véronique me montra du doigt, et Barry me jeta un regard des plus noirs. Merde. Si seulement mon ouïe de vampire avait été meilleure. J'essayai de faire comme si je ne faisais pas attention à eux et me tournai vers Amy.

— Comment tu sais tout ça sur Gideon Chase ? C'était sur le site des Chasseurs de vampires d'Amérique ou quoi ?

— Oh, non, Quinn a appelé il y a dix minutes. Il voulait te parler mais tu étais occupée.

— Quinn ? Il a appelé *ici* ? C'est la deuxième fois cette semaine.

Elle hocha la tête.

— Il appelait aussi pour dire qu'il se marie et pense revenir à Toronto pour ça, parce que partout ailleurs sur le continent les gens le haïssent ou veulent sa peau. Ce sont ses propres paroles. Nous sommes tous invités au mariage. (Elle battit des mains.) J'adore les mariages !

— Il se marie ? (Cela retint enfin toute mon attention.) Quinn va se marier ? *Quinn ?* Avec qui ?

— Cette gentille fille que tu as eue comme garde du corps. Janie. (Elle toucha ses cheveux courts redevenus blonds.) Elle aimait bien le rose.

Janie s'était révélée une menteuse, un agent double, et elle m'avait livrée sur un plateau d'argent à son client, un maître vampire du nom de Nicolaï. Puis elle m'avait sauvé la vie. Et elle était fiancée à Quinn à présent ?

Trois semaines. Sérieusement. Quinn avait pu m'oublier en seulement trois semaines ?

Je ris tout haut et secouai la tête.

— Eh bien, tant mieux pour lui. Je suppose.

— Oui. Donc, il a appelé et il m'a parlé de ses fiançailles, et de Gideon. Il a pensé que tu devais savoir.

Gideon. Voilà un nom que je ne voulais plus jamais entendre prononcer, même si je n'avais jamais rencontré en personne l'homme qui l'avait porté.

Adieu, Gideon, pensai-je. *Je ne peux pas dire que tu vas me manquer.*

Véronique se pencha et embrassa l'air de chaque côté du visage de Barry, puis elle enroula son étole en hermine autour de ses épaules et elle quitta le club.

— D'accord, merci pour les infos, dis-je. Je dois aller convaincre Véronique que Thierry et moi sommes faits l'un pour l'autre.

— D'accord. Bonne chance, repartit Amy, même si elle ne semblait pas convaincue.

Je suivis rapidement Véronique à travers la porte rouge et sur le trottoir.

— Véronique, attendez ! appelai-je dans son dos.

Elle se retourna et haussa un sourcil parfaitement dessiné au crayon.

— Souhaitez-vous me parler, ma chère ?

— En fait, oui. Si ça ne vous dérange pas.

— Pourquoi cela me dérangerait-il ? (Un sourire naquit sur ses lèvres rouges et pleines.) Venez. (Elle me tendit la main.) Allons prendre un verre. Il y a un café en bas de la rue.

Eh bien, elle était plus amicale que je m'y étais attendue.

Le café était le même que celui où j'étais allée avec Heather pour rencontrer son petit ami, la nuit où ils avaient essayé de me tuer. Je me raidis quand j'aperçus l'enseigne du *French Connection* dans le lointain. Mais je ne dis rien. J'enfouis ma réaction tout au fond de moi, et je commandai un café quand nous fûmes installées à l'intérieur. Je le pris noir. Véronique commanda un *latte* et un croissant à la confiture d'abricot.

Je n'avais jamais remarqué qu'elle faisait partie des vampires chanceux qui, même à son âge, pouvaient encore avaler de la nourriture solide. Apparemment, il s'agissait d'une sorte de loterie biologique, et Véronique était sortie gagnante. Comme c'était étonnant.

— Barry m'a tout révélé au sujet de votre situation malheureuse, dit-elle. Comment vous en sortez-vous ?

— Je vais beaucoup mieux maintenant, répondis-je, décidant de ne pas lui parler de la chaîne en or.

— Je me souviens du temps où les nocturnes existaient encore. C'était une autre époque.

— Et ils ont tous été massacrés.

— C'est exact.

— Grâce aux informations que Thierry a données aux chasseurs.

Elle m'étudia un instant.

— C'est également exact. En partie du moins. À l'époque, j'étais contre cette décision. Pour moi, même si les nocturnes étaient des créatures féroces qui nous donnaient à tous une réputation de monstres, réputation qui nous poursuit encore aujourd'hui, je pensais qu'il avait tort d'agir ainsi. Je l'accusais d'être un traître à sa propre espèce. Mais mon opinion a changé avec le temps.

— Pourquoi ?

— Il était impossible de raisonner avec un nocturne. J'ai failli être la victime de l'un d'eux. (Elle se toucha la gorge d'un geste absent et son expression se voila.) C'était un homme en apparence beau et charmant, du moins jusqu'à ce que nous nous retrouvions seuls. Il m'a attachée avec des cordes et a failli m'arracher la gorge en dépit de mes supplications.

Mon estomac se serra.

— Oh, mon Dieu, c'est terrible. Comment avez-vous réussi à lui échapper ?

— Grâce au Diable Rouge.

Je dus avoir l'air surprise, parce qu'elle éclata de rire.

— Oui, j'ai également entendu dire que vous aviez été en contact avec lui, continua-t-elle. Qu'il est revenu après s'être caché tant d'années. C'est merveilleux.

Je ne lui parlai pas de la théorie de Thierry selon laquelle mon sauveur était un imposteur. J'attrapai la tasse de café chaud posée devant moi.

— Donc, le Diable Rouge vous a sauvée.

Elle acquiesça gravement.

— Je ne serais pas assise en face de vous sans son intervention. Je me souviens de cette nuit comme si c'était hier, même si c'était il y a bien longtemps. (Elle frissonna.) Il était incroyable. Si grand, si beau, si viril.

— Si beau ? répétai-je. Vous avez vu son visage ?

Elle fronça un peu les sourcils.

— En fait, non. Il portait un masque. Un masque rouge. Mais je n'ai jamais eu aucun doute que dessous se cachait le plus bel homme de la terre. (Elle jouait avec son croissant sans en prendre une seule bouchée.) Je n'oublierai jamais qu'il m'a sauvé la vie. À l'époque, il a suggéré que nous devenions amants, car il était très épris de moi, mais j'ai dû décliner son offre. Pourtant je me suis maintes fois interrogée sur ce que cela aurait été d'avoir un homme si beau et si charmant dans ma vie.

Je me demandai ce qui était arrivé au masque. Mon Diable Rouge ne portait qu'une écharpe enroulée autour du visage.

— Il m'a aussi sauvé la vie, précisai-je.

— Oui, je l'ai entendu dire.

— Par Barry.

Véronique acquiesça.

— Barry me raconte toutes sortes de petites choses intéressantes sur vous, ma chère.

Je serrai les dents.

— Oui, je n'en doute pas.

Elle m'étudia.

— Par exemple, il me dit que vous êtes très amoureuse de mon mari.

Cela me surprit. Barry lui avait dit cela ? Je me demandai où était le piège.

— C'est vrai, répondis-je simplement. Je l'aime. Je suis navrée si cela vous fait du mal.

Elle sourit.

— Pourquoi cela me ferait-il du mal ?

— Eh bien, parce que vous êtes mariée avec lui.

Elle agita la main comme si cela l'indifférait.

— Vous n'êtes pas la première femme qui soit tombée amoureuse de mon époux et je suis sûre que vous ne serez pas la dernière. Sa froideur attire presque autant de personnes qu'elle en rebute. Ce qu'il voit comme un mécanisme de défense pour tenir les autres à distance, pour leur propre sécurité aime-t-il à penser, agit parfois comme un aimant sur les personnes qui n'ont pas le moindre instinct de conservation ou bon sens.

Je sentis une odeur de cannelle me chatouiller les narines quand le boulanger sortit un plateau de muffins du four.

— Vous pensez que je manque d'instinct de conservation parce que j'aime Thierry ? demandai-je sèchement. Ou juste de bon sens ?

— Je n'en suis pas sûre.

— Qu'est-ce que Barry vous a dit d'autre ? (Je bus une gorgée de breuvage amer.) Pour info, je dois vous signaler qu'il ne m'apprécie pas, alors sa vision des choses pourrait être déformée.

— Je ne sais pas, ma chère. Lui aussi se cache derrière une façade. Quand un individu a vécu si longtemps, en affrontant les dangers de la vie de vampire, il se barricade contre ce qui peut le blesser.

— Si vous le dites.

J'entendis la clochette de la porte tinter, et un couple engoncé dans des vêtements d'hiver entra. Ils se dirigèrent vers le comptoir pour passer commande.

Véronique frottait le bord de sa tasse de l'index.

— Barry m'a dit que, lorsque vous étiez entrée dans la vie de Thierry, il vous avait prise pour une créature insignifiante et stupide qui ne s'intéressait qu'à l'argent et au pouvoir de Thierry. Il ne vous faisait pas confiance, et il ne comprenait pas pourquoi Thierry voulait passer du temps avec vous. Et quand il a découvert que vous aviez réveillé la soif de sang de Thierry, alors qu'il luttait pour se maîtriser depuis un siècle, il n'a pas été content. Il voulait que vous sortiez de la vie de son maître.

— Oui, vous ne m'apprenez rien de nouveau. Il me l'a dit en face.

Je me rappelai un petit visage rouge, des poings serrés et un pied qui tapait encore et encore.

— Mais vous avez refusé de partir. Vous avez refusé, même quand mon mari a essayé de mettre un terme à votre relation… Il est allé jusqu'à vendre le *Refuge* afin de quitter le pays. Pourquoi ça ?

Quand avais-je perdu le contrôle de la conversation ? L'avais-je jamais eu ? C'était tellement agaçant. Je me sentais sur la sellette.

Je haussai une épaule.

— Je peux être très entêtée parfois. Je l'admets.

Elle ne me quittait pas du regard.

— Vous me rappelez beaucoup quelqu'un.

Je remuai sur ma chaise.

— Ah oui ? Est-ce que j'ai envie de le savoir ?

Elle sourit.

— Vous me rappelez moi.

— Vraiment ?

Elle me détailla de haut en bas puis de bas en haut, comme si nous étions au marché.

— Certains voient une femme entêtée et se disent qu'elle n'est qu'une source d'ennuis. Mais mon opinion est différente. Je vois une femme qui sait ce qu'elle veut. Une femme de décision. Avec un esprit fort. J'ai rencontré de nombreux vampires au fil des ans, Sarah. Il n'en est qu'un qui soit à la fois une femme et un maître vampire, parce que les autres ont succombé à leur faiblesse et sont tombées aux mains d'un chasseur.

Je clignai des yeux.

— Vous.

Elle hocha la tête.

— Il faut bien plus que de la chance pour avoir vécu aussi longtemps que moi. J'ai eu des doutes à votre sujet, Sarah. Au premier abord, j'ai été d'accord avec l'opinion de Barry. Vous m'amusiez, et je me disais que vous étiez une diversion intéressante pour Thierry. Et c'était tout. Mais, même si c'était il n'y a pas si longtemps, je pense devoir réévaluer ma première impression. Je ne crois pas que vous vous intéressiez à mon mari pour des raisons égoïstes et matérielles.

— Vous avez raison, acquiesçai-je.

— Oui. (Elle inclina la tête sur le côté.) Vous l'aimez vraiment.

J'opinai du chef. Ma gorge était serrée.

— Je suis désolée.

— Ne le soyez pas. Nul ne devrait jamais être désolé de tomber amoureux. (Son regard se fit distant.) Grâce à

Marcellus, je sais ce qu'est le véritable amour. Il est tout. C'est une obsession. Il peut être douleur intense et bonheur absolu.

J'acquiesçai.

— C'est un bon résumé.

Une petite ride apparut entre ses sourcils alors qu'elle me dévisageait.

— Je n'ai jamais ressenti ça avec Thierry. Cet amour profond. Il n'a jamais emballé mon cœur par sa seule présence. Et il ne l'a jamais brisé non plus. Après la mort de Marcellus, mon cœur est devenu froid et ne s'est jamais réchauffé pour aucun autre. Peut-être est-ce pour cela que j'ai vécu si longtemps. Aucune émotion ne m'a tourné la tête. J'ai pris des décisions basées sur la survie, pas parce que j'avais besoin de romance.

J'ignorais ce que je pouvais répondre à cela, alors je gardai le silence et bus une autre gorgée de café.

Son regard était toujours rivé sur moi.

— C'est un mystère, n'est-ce pas ?

— Quoi ?

— L'amour. Les gens autour de nous trouvent si facile de se haïr les uns les autres. La haine suinte de partout. Mais l'amour peut tout guérir. Pourquoi est-ce si difficile à accepter ?

— Je ne sais pas.

Elle s'humecta les lèvres et continua à jouer avec le bord de sa tasse de *latte*, qu'elle n'avait pas touché.

— Barry m'a dit autre chose. Une chose que je trouve vraiment intéressante.

— Quoi ?

— Il croit que Thierry vous rend votre amour.

Je déglutis un peu de café si vite que je me brûlai la gorge.

— Il a dit ça ? *Barry ?*

Elle hocha la tête.

— Cela m'a fait réfléchir. Depuis que je le connais, mon mari n'a jamais eu de sentiments pour qui ou quoi que ce soit. En fait, je l'ai toujours cru incapable de ce genre de choses. J'ai découvert que c'était une grande force et une terrible déception. Ce n'est pas parce que je ne l'ai jamais aimé que je ne voulais pas qu'il m'aime. L'amour est un pouvoir. Quand un homme l'aime, une femme a tout pouvoir sur lui. C'est même le plus grand qu'elle puisse avoir. Parce que, quand on a l'amour d'un homme puissant, on peut s'en servir pour ce que l'on veut.

Je secouai la tête.

— Je ne veux pas le pouvoir. Sérieusement. Ce n'est pas dans ma nature.

Elle inspira profondément et expira lentement, un sourire effaçant son air sérieux. Elle prit un billet de vingt dollars et le posa sur la table.

— J'ai été heureuse de bavarder si plaisamment avec vous, ma chère. Il faudra profiter de ma présence en ville pour recommencer. Mais maintenant, je vais me retirer pour la nuit dans ma suite à l'hôtel.

— Mais… vous n'avez pas mangé votre croissant.

Elle sourit de nouveau.

— Je ne mange pas, Sarah. Mais je ne vois pas pourquoi je ne pourrais pas en donner l'illusion.

Nous nous levâmes au même moment. J'allais dire quelque chose quand elle se pencha pour embrasser l'air à côté de chacune de mes joues.

— *Bonsoir**, mon amie, dit-elle.

Je la suivis jusque sur le trottoir, où elle héla un taxi d'un geste élégant de la main.

---

* En français dans le texte. (*NdT*)

— Qu'est-ce que ça veut dire ? demandai-je, souriant aussi à cause du tour qu'avait pris notre conversation. Vous allez signer l'annulation ?

Elle se tourna pour me regarder.

— Bien sûr que non.

Mon sourire disparut.

— Pourquoi pas ? Je pensais que vous aviez compris. Je croyais que vous saviez que Thierry et moi sommes amoureux et que nous voulons être ensemble.

Elle me tapota la joue comme à une enfant un peu lente d'esprit qui ne comprend pas pourquoi elle ne peut pas s'asseoir sur le chien.

— Je vous l'ai déjà dit, ma chère, l'amour n'a rien à voir avec un mariage réussi. Il faut bien plus que ça.

— Mais…

— Non. Écoutez-moi. Je comprends vos sentiments. Thierry et vous devriez pouvoir être ensemble autant que vous le voulez. Vous avez ma bénédiction, soyez heureux. Mais mon mariage ne prendra pas fin à cause d'une chose aussi insignifiante qu'une relation qui ne dure que depuis dix semaines. C'est impossible.

Je fronçai les sourcils.

— Si c'est une question d'argent, je suis sûre que Thierry fera en sorte que vous puissiez continuer à mener le même train de vie. Il vous versera une pension alimentaire, ou je ne sais pas, moi.

Elle ouvrit la portière arrière du taxi qui s'était arrêté au bord du trottoir et me regarda par-dessus son épaule.

— Ma chère, dans notre couple, celui de nous deux qui a la fortune, c'est moi. Et les finances de Thierry ont récemment été mises à mal. Il a perdu des sommes folles quand ses clubs ont été incendiés, et ses propriétés immobilières dans d'autres villes ont subi le même sort. Et, parce qu'il s'agissait d'établissements pour les vampires, ils n'étaient pas bien assurés. Je crois savoir que tout ce qui lui reste, c'est l'argent qu'il compte tirer de la vente du *Refuge*. Et c'est une bonne chose qu'il ait pris cette décision à temps, avant que ce dernier club lui échappe et qu'il se retrouve sans le sou.

J'étais stupéfaite à ces nouvelles.

— Je ne vous crois pas.

Elle sourit.

— Si quelqu'un doit y gagner financièrement dans cette annulation, c'est Thierry. Mais puisque ce n'est pas une option, tout va pour le mieux dans le meilleur des mondes. Vous voyez ? Les choses doivent rester comme elles sont. Bonne nuit, ma chère.

Elle monta dans le taxi, ferma la portière, et il s'éloigna du trottoir. Je le regardai disparaître dans le lointain jusqu'à ce que je ne puisse plus le voir.

Eh bien, cela ne s'était pas si mal passé.

Thierry était presque fauché ? Quand diable était-ce arrivé ? Et pourquoi ne m'avait-il rien dit ?

Véronique devait avoir tort. Je veux dire, n'avait-il pas des tonnes de billets dans sa poche, quelques nuits plus tôt ? Et puis, comment un vampire de près de sept cents ans pouvait-il n'avoir pas un gros magot quelque part, en prévision de difficultés financières imprévues ?

Oui, elle avait tort. Il le fallait.

Je me sentais abattue concernant l'annulation, mais je supposais que cela n'avait pas vraiment d'importance. Quand même, cela aurait été sympa. J'avais presque rêvé de porter une longue robe blanche et de remonter l'allée vers l'autel pour rejoindre un Thierry en smoking, tandis qu'on jetterait des pétales de rose à mes pieds.

J'avais toujours eu envie d'un mariage de conte de fées.

Malheureusement, j'arrivais un demi-millénaire trop tard pour rencontrer mon Prince charmant avant qu'il se fasse mettre le grappin dessus par une femme qui ne croyait pas que l'amour était l'élément le plus important d'un mariage réussi. Sûr. C'était bien ma veine.

Cela n'avait aucune importance.

Ce qui comptait, c'était que mon traumatisme de la semaine pouvait être oublié grâce à la chaîne en or que je portais. Peut-être n'était-ce pas le remède, mais c'était un substitut raisonnable, pour autant que je sache. Et Thierry et moi étions toujours ensemble. Tout le reste n'aurait été que la cerise sur le gâteau, gâteau déjà excellent tel qu'il était.

J'expirai et regardai le nuage monter et se dissiper dans l'air glacial. Puis je tournai les talons et me dirigeai vers le *Refuge*, à un pâté de maisons et demi de là.

Oui, tout était parfait, décidai-je alors que je marchais, me bottant mentalement les fesses pour la cinquantième fois au moins de ne pas porter de chaussures plus confortables. Mais qui aurait pu imaginer que ce soir entre tous j'allais devoir faire une petite balade après être allée prendre un café avec la femme de mon petit ami ? À la Saint-Valentin ?

Toute seule.

Dans le noir.

À près de 22 heures.

Sans garde du corps.

Eh oui, encore une fois.

Je m'arrêtai et me retournai. Avais-je entendu un bruit de pas ?

J'accélérai.

La ruelle où se situait l'entrée du *Refuge* était juste devant moi, et je me détendis un peu en tournant dedans… avant de m'arrêter dans une petite glissade.

— Sarah, dit le Diable Rouge.

Il était appuyé au froid mur de briques. Je le reconnus aussitôt grâce à l'écharpe qui dissimulait complètement son identité.

Tout ce que je savais de lui, c'était qu'il était grand. Très grand. Et bien bâti. Ni trop musclé, ni trop fluet. Athlétique. C'était tout ce que je pouvais dire, puisqu'il disparaissait entièrement dans de chauds vêtements d'hiver, y compris des gants épais. Il était exactement le même que la dernière fois que je l'avais vu.

Sauf qu'il se tenait sous un réverbère. Quand il me regarda, je vis que ses yeux étaient verts… c'était la seule chose visible au-dessus de l'écharpe.

— Salut, m'écriai-je, et je fus contente que ma voix soit posée, parce qu'il venait de me flanquer une belle frousse ! Comment ça va ?

— Bien. Très bien. (Il cligna lentement des yeux.) Vous avez reçu mon cadeau ?

Je touchai mon cou.

— Oui. Je ne peux pas vous dire à quel point je vous suis reconnaissante. Ça fait toute la différence.

— C'est ce que je pensais.

— Mais je ne comprends pas pourquoi vous ne m'avez pas dit que vous l'aviez, lors de notre rencontre dans le parc.

— Je voulais vous faire la surprise. L'avez-vous été ?

Je hochai la tête.

— Très.

Il se tut pendant un moment, continuant à m'observer.

— Je devrais sans doute rentrer.

— Rentrer où ? demanda-t-il.

Je me mordis la lèvre. Le *Refuge* était un bar secret réservé aux vampires. Savait-il qu'il en était à vingt pas seulement ? Ou était-il juste venu me parler ? Peut-être essayait-il de me faire dire où était l'entrée, puis il… il quoi ?

Je ris un peu.

— Qu'y a-t-il ? voulut savoir le Diable Rouge.

Je secouai la tête.

— Rien. Je suis juste paranoïaque. La semaine a été dure, et du coup je m'interroge sur les motivations de chacun.

Il toucha sa poitrine d'une main gantée.

— Les miennes aussi ?

— Surtout les vôtres. (Je soupirai.) Écoutez, j'ignore qui vous êtes. Je suppose que c'est ce que vous voulez, bien sûr. Avec votre déguisement et tout. Je comprends. Les super héros sont comme ça. Vous ne voulez rien dévoiler. Mais vous devez admettre que c'est un peu effrayant. Je veux dire, vous pourriez être n'importe qui sous cette écharpe, non ?

— Vous avez peur de moi ?

— Je devrais ?

Il secoua la tête.

— Je n'ai pas prévu de vous faire du mal, Sarah.

Je fronçai les sourcils.

— C'est une manière étrange de le dire. Un simple « non » aurait suffi.

— Pourquoi vous aurais-je donné la chaîne si j'étais un méchant ?

— C'est une bonne question. (Je me forçai à sourire.) Apparemment, vous êtes l'un des gentils. Parce que sans la chaîne j'aurais des tas d'ennuis, n'est-ce pas ?

Il hocha la tête.

— Surtout maintenant que la sorcière est morte et qu'elle ne peut plus lever la malédiction.

— Exactement. (Je me tus un instant et fronçai les sourcils.) Euh… comment avez-vous su qu'elle était morte ?

— Sinon, pourquoi auriez-vous besoin de la chaîne pour être normale ?

Je croisai les bras.

— Mais vous saviez qu'elle était morte. Pas partie. Ni en fuite. *Morte.*

Il expira lentement.

— J'ai eu de la chance ?

Ma bouche devint sèche quand je pensai au couteau au manche en argent dépassant de la poitrine de Stacy.

— Il faut que j'y aille, maintenant, dis-je.

— Non, attendez, Sarah, nous devons parler.

Je me raclai la gorge.

— Vous ne pensez pas que ça peut attendre un autre soir ? J'ai rendez-vous.

— Avec Thierry ?

J'opinai du chef.

— Et il déteste qu'on le fasse attendre.

— Je n'en suis pas surpris. Mais j'ai peur de ne pas pouvoir attendre non plus. J'aimerais que vous m'accompagniez quelque part.

Je secouai la tête.

— À mon avis, ce n'est pas une bonne idée.

— Vous ne me faites pas confiance.

— Pourquoi ferais-je confiance à quelqu'un qui dissimule son visage ? Écoutez, je ne veux pas me montrer ingrate ou quoi que ce soit. J'apprécie que vous m'ayez donné la chaîne. Vraiment. Mais les chances que je vous suive où vous voulez m'emmener sont vraiment très minces.

Il garda le silence un moment, puis il dit :

— Vous changeriez d'avis si vous saviez qui je suis ?

Je lui jetai un regard sceptique.

— Pas sûr. Qui êtes-vous ? Brad Pitt ? Mon amie pense que vous êtes Brad Pitt.

Il secoua la tête.

— Je crains que non.

— Est-ce que je vous connais déjà ?

— Indirectement. Je suis sûr que oui.

— Vous êtes l'un des informateurs de Thierry ? Ou un autre garde du corps ?

Il secoua la tête.

Super. Il aimait jouer.

— Alors, montrez-moi. Montrez-moi qui vous êtes et peut-être serais-je plus amicale. Mais je ne vous promets rien.

Il porta la main à son écharpe, puis il se figea, comme s'il se ravisait.

— Vous avez peut-être raison. Ce n'est pas le meilleur moment.

Je levai les yeux au ciel.

— Quoi ? Vous vous dégonflez ? Ce n'est pas vraiment ce que j'attendais du Diable Rouge.

Il rit un peu à cette remarque.

— Non, sans doute. Mais… j'ai traversé bien des épreuves ces derniers temps et je ne crois pas que vous comprendriez.

Je me rembrunis.

— Qu'est-ce que ça veut dire ? Quel genre d'épreuve ?

— J'ai été victime d'un terrible accident. Mon visage… n'est plus ce qu'il était.

Je haussai les sourcils.

— Votre visage ? C'est pour ça que vous portez une écharpe ? Comme pour un jeu de rôle façon *Fantôme de l'Opéra* ?

— C'est une manière de voir les choses.

— Écoutez, j'ai vu le film. (En fait, j'avais eu le DVD, jusqu'à ce que mon appartement parte en fumée.) Le fantôme était un gentil garçon à qui de vilaines choses étaient arrivées. Je promets de ne pas me mettre à hurler. Aussi longtemps que vous ne vous mettez pas à chanter, je veux dire.

Ses yeux verts semblèrent soudain amusés, chassant les doutes qui s'y étaient installés.

— Je vous promets qu'il n'y aura pas de chanson au cours de la soirée.

Mes sentiments pour cet homme se réchauffèrent. Juste un peu. C'était l'un des gentils, il était juste un peu défiguré. Et le truc du fantôme me rappelait Gerard Butler dans *Le Fantôme de l'Opéra*, et j'aimais ça.

Et puis, pour l'instant, j'étais à portée de voix du *Refuge*, et si je criais son videur ne manquerait pas de m'entendre. Je me permis de me détendre. Juste un peu.

— D'accord. Je vais le faire. Parce que vous avez insisté, souvenez-vous-en, dit le Diable Rouge, et il commença à dérouler lentement l'écharpe noire pour me révéler son identité.

Mon cœur redevenu normal s'emballa. Il allait vraiment le faire. Je n'en croyais pas mes yeux. Il allait me montrer qui il était.

Je pinçai les lèvres en découvrant le côté droit de son visage, dont la chair avait été horriblement brûlée. Les dommages continuaient dans son cou, et j'imaginai tout le côté de son corps.

— Oh, mon Dieu, soufflai-je, prise de pitié pour le pauvre homme. Que s'est-il passé ? Qu'est-ce qui a fait ça ?

— Les feux de l'enfer, répondit-il.

Je fronçai les sourcils et mon regard passa à l'autre côté de son visage, beau et intact, et mon cœur fit une excellente imitation du *Titanic* et sombra comme une pierre dans les froides profondeurs de la nuit.

— Oh, merde, dis-je tout haut, quand cette vision me permit de mettre un nom sur mon mystérieux Diable Rouge.

Après tout, j'avais récemment vu une photo de lui.

Les paroles d'Amy résonnèrent dans ma tête : « *Les feux de l'enfer. Apparemment son corps a complètement brûlé. Il n'en est rien resté. Le cercueil était fermé, et il n'y avait qu'une photo et une paire de chaussures à l'intérieur.* »

— Gideon, dis-je, d'une voix à peine audible. Vous êtes censé être mort.

— Oui, n'est-ce pas ? (Il m'étudia et un sourire fendit son visage ravagé.) Rappelez-vous, vous avez promis de ne pas crier.

Tous les muscles de mon corps s'étaient tendus.

— Une femme a le droit de changer d'avis.

— C'est vrai.

Je reculai d'un pas trébuchant et levai les mains.

— N'approchez pas !

Il haussa le sourcil qui lui restait.

— Si vous criez, je me mettrai à chanter. Et notre accord ne tiendra plus.

Ma gorge était si serrée que je doutais de pouvoir émettre un son, mais je voulais bien essayer quand même. J'ouvris la bouche…

Avant que j'aie pu lâcher ne serait-ce qu'un couinement, je sentis une piqûre douloureuse. Je baissai les yeux sur ma poitrine et en retirai une fléchette. J'ouvris de grands yeux, puis les levai vers Gideon, qui tenait une arme.

— Tout aurait été tellement plus facile si vous m'aviez suivi sans faire d'histoires, Sarah, dit-il. Maintenant, j'ai bien peur de devoir vous y forcer.

C'était une fléchette d'ail. L'ail agissait comme un tranquillisant sur les vampires et il faisait partie de l'arsenal des chasseurs. Il n'était pas étonnant que leur chef en ait sous la main, lui qui, quelques semaines auparavant, avait prévu de venir à Toronto pour me tuer en personne.

Je commençai à tomber. Gideon s'avança pour me rattraper avant que je touche le sol. Puis ce fut le trou noir.

Chapitre 19

J'ouvris les yeux. J'étais dans une pièce sombre, mais pas entièrement plongée dans le noir, allongée sur un sol dur. Je m'assis vivement, commençant aussitôt à paniquer, et je fus prise de vertiges. La dernière chose dont je me souvenais, c'était que Gideon Chase m'avait tiré une fléchette de tranquillisant dans la poitrine.

Gideon *salaud* Chase.

Mais j'étais toujours en vie.

C'était un bon début, supposai-je.

— Vous êtes réveillée, dit Gideon, et je tournai vivement la tête pour découvrir qu'il était assis sur une chaise, tout près de moi.

— Que… qu'est-ce qui se passe, bon sang ? réussis-je à articuler. Où suis-je ?

Ma bouche était sèche comme si j'avais sucé des boules de coton, et j'espérais que ce n'était pas le cas. Je regardai mes mains et vis qu'elles n'étaient pas entravées. Je n'étais pas attachée. C'était bon signe. À ce stade, je m'accrochais à tous les points positifs.

— Nous sommes dans une usine abandonnée non loin du club de votre petit ami, expliqua-t-il.

Je dus lui adresser un regard choqué, parce qu'il ajouta :

— Oui, bien sûr que je sais où est le *Refuge*. Cela me sidère sans cesse que les gens me sous-estiment ainsi. Il y a toujours un moyen de savoir tout ce que l'on veut, Sarah. Au sujet de n'importe quoi ou n'importe qui.

Je l'étudiai en silence. Son visage était tellement ravagé qu'on aurait dit un steak tartare. Et tout cela parce qu'il avait voulu tuer un démon ? Le casino avait entièrement brûlé et tout le monde croyait que Gideon était mort. Il avait permis qu'on l'enterre sans dire à personne qu'il était vivant. Preuve s'il en fallait qu'il était fou à lier.

Il tressaillit un peu sous l'insistance de mon regard et toucha le côté endommagé de sa tête.

— J'ai engagé une sorcière pour me guérir du mieux possible, mais elle n'a rien pu faire. Le mal était déjà fait. Les brûlures, surtout celles faites par les feux de l'enfer, ne peuvent pas disparaître grâce à un simple sort.

Je déglutis.

— Ça fait mal ?

— Aussi longtemps que je l'aurai, j'éprouverai une douleur terrible et incessante. C'est un effet secondaire de ce genre de blessures.

J'écartai tout sentiment d'empathie. Il ne s'agissait pas d'un pauvre homme devant subir un horrible châtiment. C'était un meurtrier. Un tueur en série porté aux nues par les siens.

— Vous allez me tuer ?

Je me haïs de poser la question, parce que je n'avais pas envie de connaître la réponse. Mais il fallait que je sache.

— Vous tuer ? (Il sourit.) Pourquoi ? Je devrais ?

— Je vais devoir vous répondre par un « non » plein d'emphase.

— Vous êtes la Tueuse de Tueurs, n'est-ce pas ? J'ai entendu toutes sortes de choses intéressantes sur vous, Sarah. Pendant des semaines. Certains chasseurs dans mes rangs ont une peur mortelle de vous.

— Je peux être effrayante, si besoin est.

— J'avais l'intention de vous tuer, dit-il. J'ai imaginé toutes sortes de scénarios. J'ai cru que vous seriez peut-être une proie intéressante, pour changer. Savez-vous combien il est facile de tuer un vampire ?

Mes mains tremblaient, alors je les joignis.

— Je n'en ai pas la moindre idée.

— Ce n'est pas difficile. Faites-moi confiance. La plupart vous présentent leur poitrine pour que la mort arrive aussi vite que possible. Ils ne veulent pas souffrir. J'ai été constamment déçu.

Malgré la panique qui montait par vagues, je lui jetai un regard noir.

— Vous plaisantez ?

Il haussa un sourcil.

— Pardon ?

— Pourquoi me dites-vous ça ? Vous espérez peut-être que je sois désolée que les vampires ne représentent pas un plus grand défi pour vous ? Savez-vous combien il est écœurant et malsain que vous preniez du plaisir à assassiner des créatures vivantes qui ont des rêves et des espoirs ?

Il inclina la tête sur le côté.

— Comment pourrais-je prendre du plaisir à une chose aussi facile ?

— Alors pourquoi le faites-vous, bon sang ?

— Parce que c'est ce pour quoi je suis né. Je suis le dernier d'une longue lignée de chasseurs, Sarah. Je suis allé à Harvard et je suis sorti major de ma promo. J'aurais pu faire tout ce que je voulais, mais j'ai choisi de perpétuer la tradition familiale. Cela fait-il de moi une mauvaise personne ?

— Non, juste un salaud complètement fêlé et démoniaque.

Il rit.

— Une langue aussi acérée que sa réputation ! Et vous n'avez pas du tout peur de moi. Je suis impressionné.

Un filet de transpiration coulait le long de ma colonne vertébrale.

— Vous avez tort. J'ai très peur. Mais, si je dois mourir, je veux que vous sachiez exactement ce que je pense de vous.

Il soupira.

— Combien de fois vais-je devoir vous le répéter, Sarah ? Je ne veux pas vous tuer.

— Non ?

Il secoua la tête avec lenteur.

— Non.

— Alors qu'est-ce que vous me voulez ?

Il tira un couteau à la lame argentée de la poche de derrière de son pantalon. J'écarquillai les yeux quand le métal refléta la lumière. Il fit un pas vers moi, et je reculai d'autant. Puis il sourit, se pencha et posa l'arme entre nous, sur le sol.

— Prenez ce couteau, Sarah.

Je regardai l'objet, puis Gideon, mais je ne fis aucun geste. Son sourire s'élargit.

— Votre cœur doit battre très vite, ou je me trompe ?

Je fronçai les sourcils. Mon cœur. Il… il ne battait plus. Je posai la main sur ma poitrine et ne sentis rien. Mon regard alla croiser celui de Gideon. Il avait la main tendue, et, pendant au bout de son index, je reconnus la chaîne en or.

— J'ai récupéré ça pendant que vous faisiez la sieste, dit-il. J'espère que vous ne voyez pas d'inconvénient à ce que je vous l'emprunte une minute ?

— Rendez-la-moi.

— Voici le scénario, Sarah. Et ça devrait être intéressant. (Il fit tourner le collier.) Ramassez le couteau. Approchez, et tuez-moi. Je vous promets de ne pas me défendre.

Je clignai des yeux.

— Que dites-vous ?

— Vous êtes la Tueuse de Tueurs. Et regardez-moi : je suis le plus grand tueur entre tous. Je suis un homme mauvais qui a fait des choses terribles. Vous avez tous les droits de me tuer, alors allez-y. Puis vous pourrez reprendre la chaîne et retourner à votre gentille petite vie auprès de votre compagnon le maître vampire.

Je me penchai et récupérai l'arme. Mes mains étaient moites.

— Bien, dit Gideon, glissant la chaîne dans la poche de son pantalon noir, avant de s'asseoir sur la chaise et de déboutonner sa chemise. Laissez-moi vous faciliter les choses.

Il dénuda sa poitrine. D'un côté, elle était lisse et parfaite, avec des muscles ciselés ; de l'autre, elle ressemblait à un amas de cire fondue.

Je le vis déglutir.

— Beaucoup de femmes m'ont regardé ainsi, mais toujours avec du désir, jamais de la pitié.

Je retournai mon attention sur son visage.

— Eh bien, on aime se vanter, hein ?

— Ce n'est pas de la vantardise, si c'est la vérité.

— Pour votre gouverne, je connais votre réputation auprès des femmes. Super, vraiment. Et je dois ajouter que je ne ressens aucune pitié en ce moment. Juste du dégoût et de la haine.

Il se caressa le torse.

— Ici. Plongez la lame juste ici, et vous atteindrez mon cœur.

Je m'approchai d'un pas.

— C'est un de vos tours ou vous voulez vraiment que je vous tue ?

— Ce n'est pas un tour. Tuez-moi, Sarah, et vous aurez votre collier.

Serrant le couteau, je m'avançai jusqu'à n'être plus qu'à trente centimètres de lui.

Tuer l'homme qui avait massacré tant de mes semblables. Dont l'existence gardait vivante l'organisation qui nous persécutait. Dont l'argent servait à acheter des armes et à faire voyager les chasseurs pour qu'ils nous débusquent où que nous vivions.

Gideon Chase méritait de mourir.

Ma réputation de Tueuse de Tueurs était fausse. En grande partie. Tout avait commencé quand j'avais tué un chasseur pour me défendre, parce qu'il voulait me planter un pieu dans le cœur. J'avais réussi à lui tirer dessus avant qu'il ait eu la chance de mettre ses intentions à exécution. J'étais dans mon droit, pourtant je me sentais toujours mal à cette idée. Je n'étais pas une meurtrière. Je l'avais uniquement fait pour protéger ma vie. C'était lui ou moi.

Là, c'était différent. Même si je savais que Gideon était une horrible personne qui méritait de mourir, sans doute encore plus que cet autre chasseur, ce… ce n'était pas bien. Je ne pouvais pas le faire. Je ne pouvais pas tuer une personne de sang-froid.

Ce devait être un mauvais tour. Il le fallait. Il était assis là, avec ses grands yeux verts rivés sur moi, sa poitrine nue se soulevant et s'abaissant au rythme de sa respiration. Je m'attendis à ce qu'il tende la main pour se saisir de moi et inverser les rôles en me plongeant la lame dans le cœur. Mais il n'en fit rien. Il resta parfaitement immobile quand je lui piquai la peau avec la pointe du couteau.

Je clignai des yeux et sentis des larmes s'écraser sur mes joues.

Gideon haussa un sourcil.

— Un problème ?

— Merde, dis-je entre mes dents. *Merde !*

Je jetai le couteau, qui atterrit sur le sol de l'usine désaffectée dans un grand bruit métallique.

Gideon me regarda en fronçant les sourcils.

— Beaucoup de gens auraient accueilli avec joie la chance de me tuer.

Je lâchai un soupir tremblant.

— Eh bien, je suppose que je ne fais pas partie du club.

— Ne me dites pas que je ne vous en ai pas laissé l'occasion.

— Allez vous faire foutre.

— Charmante.

Riant avec mépris, il se leva de la chaise.

Je balayai les alentours du regard, cherchant une issue, mais même ma vision améliorée de vampire ne me permit d'en voir aucune. Il faisait trop noir. Je me sentais faite comme un rat et j'étais terrifiée.

— Je dois rentrer. Puisque vous avez dit que vous ne vouliez pas me tuer, je suppose que je peux partir ? Avec le collier ?

— Pas encore. (Il m'étudia, et je vis son regard amusé devenir dur.) J'attends une chose de vous, Sarah. Il y a quelque chose chez vous qui vous rend exceptionnelle.

Je me croisai les bras sur la poitrine.

— Ma brillante personnalité ?

— Non, autre chose.

Je soupirai.

— Le fait d'être une nocturne ? Oui, je suis sûre qu'un nocturne ferait une proie plus intéressante qu'un vampire normal. Et vous n'étiez pas là pour participer au massacre d'origine. Eh bien, navrée de vous décevoir, mais ce n'est qu'une malédiction, même si elle est permanente.

— Parce que la sorcière est morte.

— Comment le savez-vous, bon sang ?

Mais je connaissais déjà la réponse avant qu'il ne me la donne.

— Parce que je l'ai tuée, répondit-il avec calme.

J'inspirai vivement et essayai de rester calme en repensant à Stacy, allongée sur son lit, un couteau dépassant de sa poitrine couverte de dentelle.

— Pourquoi avez-vous fait ça ?

Sa pomme d'Adam monta et descendit quand il déglutit.

— Je lui ai fait utiliser la magie pour me guérir. Pendant un temps, elle a pu soulager la douleur, mais rien de plus. Elle n'a pas pu m'être utile, alors elle a été punie.

Je me sentis mal. Mon estomac se souleva. Gideon était l'homme que Stacy avait cru aimer. La raison pour laquelle elle avait voulu abandonner la magie noire et devenir « guérisseuse ».

Gideon poursuivit, sans remarquer mon expression choquée.

— Le fait que vous soyez une nocturne, même s'il s'agit d'un mauvais sort, n'a rien à voir avec ce que je veux. Non, ça a tout à voir, en revanche, avec votre sang si spécial.

— Mon sang ? répétai-je, tremblante.

— Deux maîtres vampires vous ont permis de boire le leur. Ça vous a changée à l'intérieur. Les maîtres vampires ne partagent pas leur sang, ou très rarement. Plusieurs maîtres nourrissant le même jeune vampire, c'est encore plus rare. En fait, ils semblent obéir à la règle non écrite de leur espèce qui veut que cela ne se fasse pas.

Je secouai la tête.

— Si on vous a dit que ça fait une différence, c'est faux. Ce n'est qu'une rumeur.

— Ce n'est pas une rumeur, c'est un fait. Mais je ne suis pas sûr que deux maîtres soient suffisants. (Il fronça les sourcils.) J'ai des raisons de croire que votre sang peut me guérir. Qu'il peut me faire cicatriser aussi.

Cela me surprit. Je m'humectai les lèvres.

— Guérir... vos blessures, vous voulez dire ?

— Oui. Mais je dois ajouter que les feux de l'enfer auxquels j'ai été exposé continuent à causer des dommages alors même que nous parlons. Très bientôt, ils m'auront entièrement consumé, et quand je mourrai l'enfer lui-même me réclamera, corps et âme. (Il serra les dents.) Mais je pense que votre sang a le potentiel de guérir tous mes maux et de me rendre plus fort que je l'ai jamais été.

Ma température avait chuté à l'énoncé de ce diagnostic complet.

— Vous *pensez*.

— Il y en a eu d'autres comme vous, il y a bien des années, et leur sang était un don sacré que l'on croyait avoir été envoyé par les dieux pour guérir les maladies.

— Et alors ? Vous mélangez un peu de mon sang à du schnaps, et le tour est joué ? (Je serrai les dents.) C'est pour ça que vous vous êtes donné tellement de mal ? Pourquoi n'avoir pas pris ce qu'il vous fallait quand j'avais un pieu dans la poitrine ? Il y en avait bien assez !

— Je dois attendre la pleine lune, dans deux semaines. (Il soupira, et j'entendis combien il était las.) Il faut toujours que ce genre de choses s'assortissent de règles agaçantes.

— Donc, la pleine lune. Et ensuite ?

— Ensuite, vous faites de moi un vampire.

Je clignai des yeux.

— Mais vous êtes le chef des chasseurs de vampires ! Vous ne voyez pas comme un léger problème, là ?

— Ils me croient mort. J'ai été enterré. Je peux commencer une nouvelle vie.

— Vous êtes fou.

— Pas encore, mais presque.

— Je ne vous transformerai pas.

— J'ai peur de ne pas vous laisser le choix.

J'inspirai profondément. D'accord, j'en avais assez de cette histoire. Je m'avançai vers lui et lui posai la main sur la poitrine. Mes fluides de nocturne s'étaient mis à circuler, et le brouillard qui m'envahissait me libérait de ma léthargie et la remplaçait par quelque chose de plus terrifiant. Pour *lui*.

D'une pichenette, je l'envoyai atterrir sur la chaise.

Il haussa un sourcil.

— Intéressant.

— Oh, ce n'est qu'un début.

Je me penchai pour le regarder droit dans les yeux, sachant sans le moindre doute que les miens avaient viré au noir, puisque je voyais le monde différemment désormais. Un peu comme un prédateur.

— Je veux que vous me laissiez partir d'ici, assenai-je. Maintenant. Vous m'entendez ?

— Oui, je vous entends.

Il ne fit pas un geste, et ses yeux ne se voilèrent pas comme ceux des personnes que je pouvais contrôler.

Je fronçai les sourcils.

— Recommençons. *Laissez-moi partir.*

— Je crois vous avoir déjà dit, Sarah, que le contrôle de l'esprit ne fonctionne que sur les esprits faibles. Malgré les blessures dont je souffre, le mien est très fort. Je me suis entraîné pendant des années en prévision des dangers d'une telle situation.

Je grondai. Je ne pouvais peut-être pas lui planter un couteau dans le cœur, mais le côté gauche de sa gorge était très appétissant. Je m'assis sur ses genoux et enfouis mon visage dans son cou.

— Et si je vous mordais tout de suite ?

— Je vous le déconseille fortement.

Il ne tressaillit même pas quand mes crocs lui égratignèrent la peau. Mon champ de vision se rétrécit et l'obscurité m'envahit. Je sentais son pouls, et planter mes crocs dans son cou paraissait la meilleure idée que j'aie eue depuis longtemps.

— M'enlever la chaîne était une erreur, soufflai-je à l'oreille de Gideon. Je suis un peu différente quand j'ai faim, ces temps-ci. Et soudain, je suis affamée.

— Je ne crois pas que Thierry apprécierait de vous voir assise sur moi comme ça.

— Je suis certaine qu'il comprendrait.

Je lui léchai le cou, goûtant au sel sur sa peau et à son eau de toilette. Hmm, délicieux.

Puis je sentis ses mains sur mes fesses, qu'il serra. Je bondis sur mes pieds.

— C'était quoi, ça ? crachai-je.

Il me fit un grand sourire.

— Ce que je fais d'ordinaire aux femmes qui se vautrent sur moi. (Il tourna la tête vers la droite.) Jetez un coup d'œil à ce qu'il y a sur la table. Ce n'est pas que je m'ennuie, j'ai bien aimé la *lap dance*, mais cette petite réunion n'est pas finie.

Je le foudroyai du regard, retroussai ma lèvre supérieure pour lui montrer les crocs. Puis je m'avançai vers la table, non loin de la chaise, et baissai les yeux.

Il y avait des photos, étalées dessus. Des clichés volés, en noir et blanc.

— Vous voyez ? (Gideon était venu me rejoindre et se tenait debout à côté de moi.) J'ai bien fait mon travail, Sarah. Je sais tout de vous. Et, tout ce que je veux, c'est que vous me transformiez en vampire à la pleine lune. Je veux être guéri, et je n'ai aucune intention d'aller en enfer… même si je dois devenir un vampire pour éviter ce destin. En fait, ça paraît même une grande aventure.

Je l'entendais à peine, car j'étais complètement concentrée sur les photographies. Il y en avait une de Thierry sortant du *Refuge* pour rejoindre son Audi. Une autre d'Amy et de Barry, riant, devant chez eux. George sur le trottoir menant à sa maison, tenant un plateau sur lequel étaient posés des gobelets de chez Starbucks. La façade de la maison de George, tous rideaux fermés, avec une camionnette FedEx garée devant.

Il y avait aussi une photo du lycée où je m'étais rendue à la réunion d'anciens élèves. Un cliché de Thierry, Claire, Reggie et moi après que j'avais mordu George. Un autre de la maison de mes parents avec toutes les voitures. Et enfin, un de mes parents eux-mêmes, mettant des graines pour les oiseaux dehors.

— Je les tuerai tous, dit Gideon à mi-voix. Je hais devoir faire cela sans la moindre finesse. Ce n'est pas mon style. Mais je crains que vous ne me laissiez pas le choix, alors que puis-je faire d'autre ? Je suis un homme désespéré.

Je pivotai et l'attrapai à la gorge. Et je serrai. Il essaya de me griffer les mains, mais j'avais une excellente prise. Je le poussai en arrière et il vola à travers l'usine avant d'atterrir lourdement sur le sol, toussant et crachant.

— Vous avez intérêt à rester loin de ces gens ! hurlai-je.

Il continuait à tousser. Je pouvais voir des meurtrissures rouges, comme des hématomes de la forme de mes doigts, sur sa gorge.

— Vous avez une sacrée poigne.

La soif de sang avait cédé la place à la colère. Je n'éprouvais ni peur, ni anxiété, ni panique, juste de la fureur à l'idée que quelqu'un ose menacer ceux que j'aimais.

— Ne les approchez pas ou je vous tuerai moi-même, grondai-je.

Il se remit debout tant bien que mal.

— Je vous ai déjà offert cette possibilité. Cette porte s'est fermée, Sarah. Vous avez fait votre choix.

— J'ai peut-être changé d'avis.

Je fis un pas dans sa direction.

— Tuez-moi, et tous ceux qui sont sur ces photos mourront, souffla-t-il. Je n'ai pris aucun risque. Les chasseurs pensent peut-être que je suis mort et enterré, mais mon argent peut encore tout acheter. Et les tueurs à gages ne manquent pas. Des assassins qui, s'ils n'ont pas de mes nouvelles dans une heure, rempliront leurs missions.

— Alors, si je vous avais tué quand vous m'en avez donné l'occasion, tous seraient morts ? (Je tremblais de fureur.) Fils de pute !

Son expression resta neutre.

— Si vous m'aviez tué, je serais allé droit en enfer.

— C'est ce que vous méritez ! crachai-je. Donc, tout ce que vous voulez, c'est mon sang quand je ferai de vous un vampire. Et si ça ne marche pas ? Qu'est-ce que vous ferez si vous avez eu tort et que tout ça n'était qu'une rumeur ?

— Alors qu'il en soit ainsi. Mieux vaut essayer et échouer que laisser sa vie entre les mains du destin.

Ma tête était douloureuse. C'étaient trop d'informations d'un coup, surtout quand je n'avais pas vraiment l'esprit clair. Mais la colère refluait pour faire place à l'incertitude, et à la faim obscure qui me tenaillait.

Je serrai les poings.

— Et si je fais ça vous jurez de ne pas toucher à ceux que je connais.

Il sourit.

— Croix de bois, croix de fer, si je mens je vais en enfer.

Je n'avais pas le choix. Il ne me laissait pas d'autre foutue option.

— Alors, nous nous reverrons dans deux semaines, dis-je. À la pleine lune.

— Vous le ferez ?

— Ce sera un plaisir de vous planter mes crocs dans le cou, Gideon. Et je ne dis pas ça à tout le monde. (Je tendis la main.) Maintenant, rendez-moi le collier.

— Deux semaines, c'est long. (Son regard était rivé sur moi.) Assez long pour que vous alliez tout répéter à votre chéri au sujet de mes plans.

Je laissai retomber mon bras.

— Laissez-moi deviner ? Si je parle, vous faites tuer tout le monde ?

— Bien sûr. Mais j'exige une preuve de votre bonne foi. Je veux que vous fassiez quelque chose pour moi, ce soir.

— Désolée. Une seule *lap dance* par client. C'est la règle.

Son sourire s'élargit.

— Ce n'est pas à ça que je pensais. Ça concerne plutôt Thierry.

Je plissai les yeux.

— Eh bien, quoi ?

— Vous l'aimez ?

— C'est une question rhétorique ?

— J'ai observé votre relation et j'ai été surpris qu'elle dure aussi longtemps, étant donné les obstacles que vous avez rencontrés.

— Où voulez-vous en venir ?

— Ça m'a donné une idée pour m'assurer que vous vous en tiendrez à notre accord. Cette relation que vous placez au-dessus de tout, pour laquelle vous avez déjà fait tellement de sacrifices… (Il marqua une pause.) Je veux que vous y mettiez un terme.

Je clignai des yeux.

— Pardon ?

— Rompez avec Thierry et promettez-moi que vous ne le reverrez plus. Jamais. C'est la meilleure façon pour moi de voir que vous comprenez notre marché et que vous l'honorerez. Si vous aviez Thierry près de vous, vous pourriez lui murmurer des informations dans l'intimité. Des secrets pourraient ainsi être révélés. Et, s'il devait savoir, alors rien n'irait plus. Et ceux que vous aimez mourraient. C'est donc pour votre bénéfice autant que pour le mien.

— Allez au diable !

Il toucha son visage mutilé.

— C'est ce que j'essaie d'éviter.

— Je refuse de rompre avec Thierry. Et il n'y croirait pas. Il sait combien je l'aime.

— D'après mes recherches, vous aspiriez à devenir actrice, Sarah. Je vous suggère d'utiliser votre talent pour rendre ça aussi vrai que possible. Il vous croira. Ce n'est pas comme si vous aviez eu une longue relation. Et vos problèmes sont légion. Il le sait. Étant donné son passé, je serais surpris qu'il lève ne serait-ce que le petit doigt pour essayer de sauver votre amour. Ou qu'il essaie de vous convaincre de revenir sur votre décision. Cet homme n'a aucune passion dans la vie, ce qui est l'une des raisons pour lesquelles je lui ai permis de vivre si longtemps, planqué dans ses petits clubs secrets. Je crois qu'en fait, je vous rends service.

— Vous êtes malade.

— C'est comme ça, Sarah. Vous le ferez parce que je ne vous laisse pas le choix. Vous romprez avec Thierry pour toujours, ce soir même, et vous ne le reverrez jamais. En faisant cela, vous sauverez la vie de ceux que vous aimez, dont celle de Thierry lui-même. Je crois que c'est un marché convenable.

Ma gorge était serrée.

— Vous trouvez ça juste ?

Il m'étudia un moment, puis il passa la main sur le côté ravagé de son visage.

— Je vais vous dire, si Thierry décide de se battre, s'il vous aime autant que vous le pensez, alors je reviendrai peut-être sur ma décision. Mais si vous n'essayez même pas de faire ce que j'exige de vous ou si vous lui faites passer le message que j'ai quelque chose à voir avec tout ça, alors nous aurons un sérieux problème.

J'ouvris la bouche pour parler, pour le remettre à sa place, mais il me fit taire d'un geste de la main.

— Nous en avons fini pour ce soir. Faites ce que je vous ai dit de faire. Et ne vous méprenez pas, je le saurai, si vous revenez sur votre parole, et j'agirai en conséquence. (Son sourire se fit grimaçant.) Vous avez intérêt à bien jouer votre rôle.

Il me tapota la joue et déposa la chaîne en or dans ma main.

Je grognai et me jetai sur lui, mais la brève douleur de la piqûre d'une fléchette m'arrêta à mi-chemin. Je la retirai de mon ventre et lui adressai un regard noir.

Puis je perdis connaissance.

Chapitre 20

Quand je revins à moi, Gideon était parti et j'étais seule dans l'usine. Il avait même récupéré les photos. J'aurais voulu pouvoir faire comme si tout cela n'avait été qu'un mauvais rêve, mais je savais que ce n'était pas vrai. Dernièrement, mes cauchemars s'étaient tous terminés de manière bien pire que cela.

Je me relevai en tremblant et lissai mes vêtements. J'étais encore prise de vertiges, mais ce n'était pas dû à l'ail des fléchettes. Je ne portais pas la chaîne, qui gisait sur le sol en béton à côté de moi. Je pris le temps de la remettre et la glissai sous mon pull en cachemire, contre ma peau. Je me sentis aussitôt beaucoup mieux quand mon cœur recommença à battre et que la faim obscure fut reléguée au second plan de mon esprit.

Je restai là quelques minutes, rejouant ma conversation avec Gideon dans ma tête. Je supposai que je pouvais ignorer ses avertissements et tout dire à Thierry. Il saurait sans doute que faire. Il pourrait peut-être même mettre les autres à l'abri.

Peut-être.

Et qu'avais-je comme assurance ? La parole de Gideon ? Je ne le connaissais pas. Tout ce que j'avais, c'était sa réputation, celle d'un tueur sans cœur qui n'avait plus rien à perdre et qui était prêt à tout pour obtenir ce qu'il voulait.

De mon point de vue, ce n'était pas un questionnaire à choix multiples. Gideon avait été très clair concernant ce qu'il attendait de moi. Je suppose que je devais être reconnaissante qu'il n'ait tué aucune des personnes que j'aimais pour bien me faire comprendre qui avait le pouvoir.

Alors, oui. Je ferais tout ce qu'il fallait pour les garder en vie. La question ne se posait même pas.

J'étais une actrice. Peu importaient toutes ces années durant lesquelles j'avais fait tous les boulots, d'assistante de direction responsable d'apporter le café à barmaid, en passant par serveuse à temps partiel… lesquelles servaient également le café.

Croyais-je que Gideon tiendrait sa promesse et tuerait tout le monde si je ne lui obéissais pas ?

Oui. Je le croyais. Cette certitude était ancrée en moi comme un poids au creux de mon estomac. J'avais le sentiment étrange que je ne pourrais plus m'en débarrasser.

Je quittai enfin l'usine et découvris que Gideon n'avait pas menti. J'étais tout près du *Refuge*. Si près que j'y arrivai dix minutes plus tard. C'est drôle, mes pieds ne me faisaient même plus souffrir à cause des talons aiguilles. Je devais être complètement hébétée.

Cela m'aiderait.

Il était presque minuit quand j'entrai dans le club. J'étais partie pendant deux heures. La salle était bondée. La Saint-Valentin était excellente pour les affaires dans un lieu où l'on servait du sang et de l'alcool. C'était son dernier soir sous le nom de *Refuge*. Le lendemain, il n'aurait peut-être pas changé en apparence, mais il serait différent… comme moi, en quelque sorte.

— Sarah ! appela Amy, venant vers moi. Comment ça s'est passé avec Véronique ?

Je clignai des yeux, puis je trouvai la force de sourire.

— Plutôt bien.

— Contente de l'entendre. Écoute, je voulais attendre que tu reviennes pour te dire au revoir. Barry et moi, on s'en va. Il m'emmène danser.

— C'est super.

— Oui. À plus !

Et elle partit. Je balayai la salle à la recherche de George, mais il était occupé à servir les tables. C'était sa dernière chance de se faire quelques pourboires.

Ron le barman me fit signe et leva le pouce. Il montra ensuite un verre, question muette pour me demander si j'en voulais un de mon groupe sanguin préféré.

B positif... Sois positive.

Je secouai la tête.

Puis j'invoquai mon actrice intérieure, celle qui n'avait jamais vraiment eu l'occasion de briller. Sa petite flamme avait été soufflée trop tôt par une publicité pour des protections périodiques, des auditions minables, et la malchance en général. Quand ce fut fait, je me dirigeai vers le bureau de Thierry.

La porte était entrouverte. J'inspirai profondément et l'ouvris.

Thierry étudiait des papiers, tête baissée, mais il la leva aussitôt et il me sourit.

— Sarah, tu es revenue. J'ai cru un instant que Véronique t'avait emmenée à Paris avec elle.

— Non, je suis toujours là.

— Tout s'est bien passé ?

Je haussai les épaules.

— Ça dépend de ce que tu appelles « bien ».

— Les papiers ?

— Elle ne les signera pas.

Son sourire s'effaça.

— Je vois. Eh bien, j'aurai une conversation avec elle avant qu'elle quitte la ville. Je peux peut-être encore la persuader de…

J'agitai la main.

— Non, oublie ça, Thierry. Ce n'est pas nécessaire.

Il fronça les sourcils.

— Véronique est une femme entêtée. Mais si elle peut comprendre que c'est ce que je veux aussi, elle…

— Non. Laisse tomber. C'est possible ?

— Bien sûr. (Il se renfonça dans son siège.) Tout va bien ?

Mon soupir trembla à mes oreilles.

— Oui, tout est parfait. Simplement fabuleux.

Actrice intérieure. Invocation. Je ne pouvais pas le regarder dans les yeux. Il fallait faire vite. Comme quand on retire un pansement, ou cela ferait bien plus mal.

— Il n'est pas trop tard si tu veux encore sortir ce soir, dit-il. Pour fêter la Saint-Valentin et la chaîne en or. (Il marqua une pause.) Et je veux te demander pardon. Je sais que je me suis montré très dominateur dans mes opinions au sujet de cet imposteur qui se fait passer pour le Diable Rouge. Peut-être as-tu raison, et qu'il n'a que ton intérêt à cœur. Le monde a besoin de héros de toutes les sortes.

— Dominateur, répétai-je, et j'essayai de rire. Oui, ça, tu l'es.

Il se rembrunit.

— Pardon ?

— Tu es dominateur. Bien trop. D'ordinaire, je m'en accommode, mais ces derniers temps ça m'a tapé sur les nerfs.

— Vraiment ?

— Oui. (Je secouai la tête.) Je crois que je devrais remercier Véronique. Elle est arrivée à point nommé pour que je comprenne des tas de choses. Je déteste l'admettre, mais je pense qu'elle a raison.

— À quel propos ? demanda Thierry d'un ton égal.

— Cette annulation est une idée stupide. Je veux dire, sérieusement, Thierry, ça ne fait que dix semaines. J'ai gardé du lait dans mon frigo bien plus longtemps. Et à ton âge, ce n'est que le temps d'un clin d'œil.

— C'est l'opinion de Véronique ? Que dix semaines, cela ne constitue pas une relation valable ?

— En fait, je crois que c'est mon opinion. Dix semaines. Et presque toutes très difficiles.

— Nous avons nos difficultés.

Je ris, et mon rire sonna étrangement convaincant.

— Difficultés ? Voyons ça. Oui, il y a des difficultés. Tu es dominateur et incapable de la moindre émotion. Ça en fait deux. Tu portes également des jugements sur tout, tu es jaloux et possessif.

Il se leva, fronçant les sourcils.

— Et cet emportement passager t'a été inspiré par ta conversation avec Véronique, n'est-ce pas ?

Je mis la main sur ma hanche.

— Oui, ta *femme*, Véronique. Elle a été très claire : elle a l'intention de le rester. Alors, qu'est-ce que je peux attendre de notre relation ?

— Que veux-tu dire ?

— Exactement ce que j'ai dit : qu'est-ce que j'ai, moi ? Je suis censée rester ta maîtresse ? Pour quoi ? Les mille ans à venir ? Désolé, Thierry, mais j'ai besoin d'un engagement un peu plus concret. Je croyais pouvoir m'en passer, parce qu'il y a tellement d'autres choses merveilleuses, mais, en fin de compte, il y en a beaucoup trop contre nous.

— Comme quoi ?

Merde.

— Véronique m'a parlé de tes difficultés financières.

Il écarquilla un peu les yeux.

— Vraiment ?

— Oui. Je n'arrive pas à croire que tu ne m'aies rien dit. Je croyais que tu étais riche.

— Et c'était préalablement nécessaire à notre relation ? Le fait que j'aie de l'argent ?

— Je ne le croyais pas, non, mais maintenant que j'y réfléchis…

Je marquai une pause, luttant pour ne pas pleurer. Oh, mon Dieu, je ne voulais pas dire ces choses ! Rien de tout cela n'était vrai. Je m'en fichais que Thierry n'ait que deux cents dollars en poche. Cela ne changeait rien à ce que je ressentais pour lui.

— Je suppose que oui. Manger des boîtes de conserve pour le restant de mes jours ? Très peu pour moi.

— Tu ne manges pas.

— C'est une image.

— J'avoue que je suis très déçu d'entendre ces mots sortir de ta bouche.

Mais son ton n'était pas déçu. Il était neutre, sans la moindre inflexion. Son expression était illisible.

« Étant donné son passé, je serais surpris qu'il lève ne serait-ce que le petit doigt pour essayer de sauver votre amour, avait dit Gideon. *Ou qu'il essaie de vous convaincre de revenir sur votre décision. Je vais vous dire, si Thierry décide de se battre, s'il vous aime autant que vous le pensez, alors je reviendrai peut-être sur ma décision. »*

— Navrée de te décevoir, sifflai-je.

— Barry m'avait averti. Il pensait que tu n'en voulais qu'à mon argent, n'en ayant que très peu toi-même.

Je haussai les épaules.

— Une fille doit faire ce qui est bon pour elle.

— Véronique n'avait pas le droit de te parler de mes affaires personnelles.

—Elle est comme ça.

—Je suis désolé que cette soirée ne se soit pas aussi bien passée que je l'avais prévu.

—On en a connu de pires.

—Oh ?

J'allais enfoncer le dernier clou dans son cercueil. Mon cœur saignait à chacune des paroles que je prononçais contre lui, mais je me forçai à ne pas craquer.

—Ouais, rappelle-toi cette soirée folle où tu as bien failli m'arracher la gorge et me laisser pour morte ? C'est mémorable.

Son expression passa de neutre à glaciale.

—Je m'en souviens. C'est l'un de mes plus grands regrets.

—J'ai dit à quelqu'un il y a peu que j'étais avec un homme marié qui avait un problème de boisson. Ça paraît une terrible erreur, non ?

Son regard resta aussi froid que de la glace.

—Oui, en effet.

Je haussai légèrement les épaules.

—Je crois que ce soir, c'est le moment parfait pour que nous… je ne sais pas… prenions un nouveau départ.

—Je suis d'accord, approuva-t-il. Prenons la nuit, et nous reparlerons de tout cela au matin. Je suis sûr que nous pouvons arriver à nous entendre. Je sais que tes paroles de ce soir sont dues à ta frustration après ta discussion avec Véronique et au stress de la malédiction. Je vais choisir de ne pas prendre ce que tu viens de dire personnellement.

—Ce n'est pas ce que j'ai voulu dire.

J'avais envie de pleurer, mais je l'enfouis au fond de moi. Si je laissais une larme couler… si je permettais à Thierry de comprendre que je ne pensais pas un mot de mon petit discours… alors, Gideon le découvrirait, et il tuerait tous ceux que j'aimais. Thierry y compris. Tout ne dépendait que de moi.

Obligeant mes mains à ne pas trembler, je retirai l'anneau d'éternité et le posai sur le bureau de Thierry. Il le regarda, puis il me dévisagea.

— Je veux un nouveau départ. Je n'ai pas été heureuse depuis très longtemps et j'ai compris que cela avait un rapport avec le fait d'être avec toi. Nous n'allons pas ensemble. Nous sommes trop différents.

— On dit que les contraires s'attirent.

— Peut-être un temps. Mais je ne suis pas à la recherche d'une relation temporaire, Thierry. Je dois faire confiance à mon instinct, et il me dit que ça ne va pas. C'est fini. Je veux voir d'autres gens. Des hommes qui ne sont pas si dominateurs, ni si sinistres. Et quand je vais partir, j'apprécierais que tu n'essaies pas de me revoir. Ça ferait bizarre. Tu comprends ?

Il me regarda longuement. Ses yeux étaient gris, sans la moindre chaleur.

— Oui, dit-il enfin, sans aucune inflexion dans la voix. Je comprends, Sarah, vraiment. Et je ne t'en veux pas pour ta décision. Je m'y attendais depuis un moment.

— Eh bien, ça rend les choses plus faciles.

— En effet.

— Alors, je ne vais pas faire durer ça plus que nécessaire. (J'inspirai profondément.) J'ai cru que je t'aimais, mais j'avais tort. Je suis désolée si je t'ai fait perdre ton temps en même temps que le mien. Adieu, Thierry.

— Adieu, Sarah.

Je clignai des yeux et me détournai, puis, tout ce que je pus entendre, ce fut le claquement de mes talons aiguilles sur le carrelage, accompagnés par les battements lourds de mon cœur.

J'attendis d'être de retour dehors, dans l'air glacé de février, pour me mettre à pleurer. Je dus m'accrocher au mur de briques de la ruelle pour ne pas tomber sous la force de mes sanglots. Je ne m'étais encore jamais sentie aussi mal de toute ma vie. On aurait dit que mes entrailles avaient été extirpées par ma bouche et gisaient dans la neige à mes pieds, tel un horrible tas de douleur.

Et, non, je n'exagérais pas.

Je l'aimais. Oh, mon Dieu, je l'aimais tellement.

Mais c'était évident. Il ne pouvait pas m'aimer en retour. Ce qu'il m'avait dit n'avait été que des mots. Rien que des mots. S'il avait vraiment eu des sentiments pour moi, il ne se serait pas tenu là, à m'écouter sans essayer de se défendre. Sans essayer de se battre pour moi. Il ne s'était pas battu. Il s'en fichait.

Gideon avait raison.

C'était fini. Je ne le reverrais plus jamais. Mais au moins il aurait la vie sauve. Il serait vivant. C'était tout ce que je pouvais demander. Il ne saurait jamais combien cette scène m'avait fait du mal. Il ne saurait jamais combien je l'aimais.

Mais, au moins, il vivrait.

Je me forçai à me reprendre, et lentement, très lentement, je réussis.

Gideon me le paierait cher. Le diable aurait son dû. La balle était dans mon camp. *Les jeux sont faits**.

Je reniflai. Et toutes autres phrases appropriées pour la situation.

Je refoulai mes larmes. J'allais rentrer chez George et piquer la réplique de Scarlett O'Hara : « Demain était un autre jour. » Mon premier jour de vampire sans Thierry dans ma vie.

Merde. Les vannes viennent de se rouvrir…

---

* En français dans le texte. (*NdT*)

Interlude

Toronto, Ontario, présent

Thierry regarda Sarah sortir de son bureau, en silence. Elle l'avait quitté. Sa gorge était serrée à cette pensée. Il avait toujours craint qu'un jour viendrait où elle le verrait tel qu'il était vraiment et lui tournerait le dos pour toujours. Mais il n'avait pas compris combien il aurait mal.

Il avait cru qu'elle était différente. Qu'elle resterait avec lui. Qu'elle était celle à qui, au bout de toutes ces années, il pourrait enfin ouvrir son cœur.

Que la diseuse de bonne aventure avait dit la vérité, voilà si longtemps.

Sarah Dearly n'était pas faite pour lui. Ils étaient si différents. Elle était si jeune et si douce.

Cela l'avait surpris d'entendre des paroles si cruelles sortir de sa bouche, même s'il devait admettre que la majorité d'entre elles étaient vraies et méritaient d'être dites. Peut-être aurait-il dû essayer de se défendre, mais de quoi ? Il l'avait blessée. C'était la vérité. Sa fortune s'était envolée, même s'il n'était pas aussi fauché qu'elle semblait le penser. Son épouse entêtée dont il vivait séparé parce qu'ils avaient chacun leur vie sur un continent différent refusait de lui rendre sa liberté pour qu'il puisse s'engager dans une nouvelle relation.

Tout était vrai. Et toutes ces choses étaient autant de raisons pour des paroles blessantes.

Il se renfonça dans son fauteuil en cuir, derrière un bureau qui ne serait plus le sien dès le lendemain.

Sarah lui avait dit qu'elle avait rêvé d'être actrice sur scène et à l'écran, mais que cela n'avait pas marché pour elle. Il s'était toujours demandé pourquoi.

Il avait enfin la réponse.

Sarah Dearly était une épouvantable actrice.

Épouvantable.

Et le mot était faible. Elle était absolument nulle.

Elle venait de lui mentir. De façon éhontée.

Et, au lieu de le mettre en colère, cela le rendit plus heureux qu'il l'avait été depuis des siècles, sinon de sa vie entière.

Elle l'aimait. De toutes les choses au cours de sa longue vie, c'était celle dont il était le plus certain. Elle se fichait de son argent. Sinon, elle aurait accepté qu'il lui en donne chaque fois qu'il lui en avait offert, et elle en aurait demandé davantage.

Il l'aimait si profondément que son cœur en était douloureux.

Elle avait transformé chaque jour en cadeau plutôt qu'en malédiction. Avant de la rencontrer, il avait cru qu'il ne lui restait plus rien dans la vie. Mais il savait maintenant qu'il avait eu tort. Désormais, il vivait pour elle et la promesse d'un avenir commun.

Tout était très clair.

Il était également clair qu'elle avait été forcée d'agir comme elle l'avait fait. Forcée de rompre avec lui. Il fronça les sourcils à cette idée.

Cela ne pouvait pas être un sale coup de Véronique. De cela aussi il était certain. Véronique avait ses défauts, mais elle n'était pas cruelle.

Non, il s'était passé quelque chose d'autre. Une chose qui avait fait tellement peur à Sarah qu'elle n'avait pas eu d'autre choix que de lui mentir. Il avait failli lui poser la question durant sa terrible tirade, mais il avait décidé qu'il valait mieux se taire.

Il s'était passé quelque chose. Quelqu'un d'autre était impliqué dans cette histoire, et il était prêt à parier que c'était le faux Diable Rouge.

Il avait menacé Sarah. C'était évident. Elle avait peur.

Cette pensée le rendit furieux. Le responsable allait le regretter.

Il prit l'anneau d'éternité et le rangea dans la poche de sa veste.

Sarah lui avait dit qu'elle ne l'aimait pas. Que tout était fini entre eux, pour toujours.

Il avait souhaité cela… qu'elle le quitte sans un regard en arrière. Il n'y avait encore pas si longtemps, il ne se serait pas battu pour elle, pour leur relation et leur avenir ensemble. Mais c'était avant qu'il comprenne combien il l'aimait.

Un sourire plein de détermination fendit le visage de Thierry.

Il n'était plus le même désormais.

Chapitre 21

— Comment ça s'est passé, Sarah ?

Sortant de l'obscurité de la ruelle derrière le *Refuge*, la voix basse de Gideon me fit sursauter. Je levai des yeux mouillés vers lui, m'attendant à le voir sourire de toutes ses dents ou afficher sa fierté parce qu'il m'avait si habilement manipulée.

Mais il se contentait de m'observer. Il avait remis son écharpe pour cacher ses brûlures, et je ne voyais que ses yeux, mais je sus qu'il ne souriait pas.

Moi non plus. C'était le moins qu'on puisse dire.

— Qu'est-ce que vous croyez, bon sang ? croassai-je.

Il m'étudia encore un moment.

— Vous avez fait ce qu'il fallait. Je présume qu'il n'a pas essayé de vous convaincre de l'erreur de mettre fin à votre relation ?

Je déglutis, mais ma gorge resta nouée.

— Non. Vous êtes heureux ?

— Pas du tout.

— C'est ça. Je vais vous croire.

Je voulus le contourner, mais il me bloqua le passage.

— Où allez-vous ? voulut-il savoir.

— À la maison. Me coucher.

— Ne prenez-vous pas un risque en vous baladant toute seule à cette heure ?

— Le chef des chasseurs de vampires se demande si ma petite personne à grandes dents pourra rentrer sans encombre ? Comme c'est gentil. (Mon ton était venimeux. J'inspirai profondément.) J'ai accepté de vous transformer dans deux semaines. J'espère que ça ne signifie pas que je vais vous avoir dans les jambes pendant tout ce temps. Parce que, si j'ai le choix, je préfère que vous restiez aussi éloigné de moi que possible et que vous vous mêliez de vos affaires.

Il cligna des yeux.

— Je ne partirai pas. Mais je vais vous laisser de l'espace, bien sûr. Cependant, ne croyez pas que je ne serai pas là à chaque instant. Les risques sont trop grands pour que je vous accorde une vraie liberté.

J'essuyai mes larmes, qui de douleur étaient maintenant de frustration.

— J'ai obéi à vos ordres. J'ai rompu avec Thierry. À la *Saint-Valentin*. Maintenant, je veux être seule. Vous croyez pouvoir faire ça pour moi, fils de pute couvert de cicatrices ?

Ses yeux verts se mirent à luire.

— Puisque vous le demandez si poliment, je suppose que ce n'est que justice. Bonne nuit, Sarah. À bientôt.

Il s'écarta pour me laisser passer.

J'aurais voulu lui faire un doigt, ou le tuer sur place, mais je n'en eus pas l'énergie. Alors je m'éloignai lentement, sortant de la ruelle. Je marchai jusqu'à chez George, avec pour toute compagnie mes pieds douloureux, couverts d'ampoules.

Une heure plus tard, j'étais couchée, toutes lumières éteintes, et j'essayai de dormir. Ma vie ne me semblerait peut-être pas si désespérée au matin, même si j'en doutais.

Malheureusement, je ne pus fermer l'œil, ce qui ne me surprit guère. J'aurais bien pris quelques cachets en vente libre, mais les drogues, à part l'ail, n'avaient aucun effet sur les vampires.

Des pilules à l'ail, des somnifères pour les vampires, pensai-je. C'était peut-être une idée à plusieurs millions de dollars.

Je restai allongée les yeux ouverts, rivés sur le plafond obscur au-dessus de moi, et je passai en revue tout ce qui avait mal tourné dans ma vie.

Je n'aurais jamais dû aller à ce rendez-vous arrangé par Amy, pour commencer. Si j'étais restée chez moi, ce salopard obsessionnel ne m'aurait pas mordue, pour que nous soyons « ensemble pour toujours ». Il ne m'aurait pas transformée en vampire. Je n'aurais jamais été poursuivie par des chasseurs.

Et je n'aurais jamais rencontré Thierry.

Si je n'avais pas rencontré Thierry, il aurait fait ce qu'il s'apprêtait à faire, il se serait planté un pieu dans le cœur sur le pont et il aurait laissé la rivière emporter ses restes. Il n'aurait pas eu à me sauver. Il n'aurait pas ressenti le besoin solennel de me protéger après cela… ce que j'avais pris pour des sentiments. Il n'aurait pas même été un bip sur le radar de ma vie, et celle-ci ne serait pas complètement gâchée.

Je serais la même Sarah que j'étais avant : une fille adorant la mode et sans vrai but dans la vie, avec son propre appartement et un boulot d'assistante de direction.

Mais je ne voulais plus être cette Sarah. Être une vampire avait tout changé, mais tous les changements n'étaient pas mauvais. Du moins, c'était mon avis.

Si je n'étais pas devenue une vampire, je n'aurais jamais connu ni George ni Quinn. Amy n'aurait pas rencontré Barry.

Et, bien sûr, il y avait Thierry.

Je voulais que mes sentiments se transforment en colère contre lui. Cela m'aurait aidée. Mais je me sentais trop vide et bien trop triste. Je savais qu'il était difficile à vivre, dominateur, jaloux et qu'il portait des jugements sur tout, mais il était également généreux, merveilleux, doux, protecteur et passionné.

Je ne voulais pas l'aimer, mais je ne pouvais pas m'en empêcher.

Je voulais cesser de l'aimer, mais je ne le pouvais pas.

Et, si je devais transformer Gideon en vampire pour les sauver, lui et tous mes amis, c'était exactement ce que j'allais faire.

Je poussai un soupir tremblant et fermai les yeux.

Puis je les rouvris vivement et m'assis dans mon lit, comme mue par un ressort.

Qu'avais-je fait, bon sang ?

Je me levai, tirant sur ma chemise de nuit rose bonbon sur laquelle était écrit *Je suis une rock star*, au-dessus d'un personnage de dessin animé, une guitare électrique à la main... moins chic, tu meurs. Puis je quittai ma chambre et cherchai le téléphone à tâtons. Je composai le numéro d'instinct.

— *Le* Refuge. (La voix de George résonna à mon oreille.) *Comment puis-je vous aider, afin que vous puissiez recommander au nouveau propriétaire de me garder ?*

— George, murmurai-je dans le récepteur. J'ai besoin de parler à Thierry. S'il te plaît... tu peux me le passer tout de suite ?

Il y eut une pause.

— *Sarah ? C'est toi ?*

— Oui.

J'avais peur de parler normalement.

— *Tu as une laryngite ?*

— Non... s'il te plaît, George, va me chercher Thierry.

Flash info : je n'étais pas la marionnette de Gideon Chase.

Je me fichais de ses menaces. Il n'était qu'humain et il n'avait pas de super pouvoirs. Il n'avait aucun moyen de savoir ce que je pouvais dire à Thierry. La peur et la confusion m'avaient poussée à faire ce qu'il exigeait de moi, mais, avec le recul, j'étais certaine d'avoir pris la mauvaise décision. Très mauvaise.

Gideon n'avait pas besoin de savoir ce qui se passait, mais Thierry, oui. Il pouvait m'aider. Comment ? Je ne le savais pas, mais j'étais à la merci de Gideon, et je n'aimais pas cela. D'après ce que je savais de cet homme, il n'avait ni honneur ni compassion pour accompagner ses millions de dollars.

C'était un tueur. Il avait massacré un nombre incalculable de vampires au fil des ans, et il avait assassiné Stacy la nuit précédente. C'était un homme mauvais. Ce qui n'était pas vraiment une révélation.

J'allais dire à Thierry que je devais lui parler. Je lui expliquerais ce qui s'était passé et nous… nous… J'ignorais ce que nous allions faire, mais ce serait mieux que d'attendre que Gideon s'en prenne encore à quelqu'un.

C'était la meilleure chose à faire. Oui, le seul moyen.

D'accord, cela m'ennuyait que Thierry ait si bien pris notre rupture. Il ne s'était pas même levé de derrière son bureau. Et son expression était devenue de plus en plus glaciale au fur et à mesure que je parlais.

Mais peut-être ne me croirait-il pas. Après tout ce que je lui avais dit…

Oh, mon Dieu, il faut qu'il me croie, pensai-je.

— *Désolé*, dit George. *Il n'est pas là.*

J'humectai mes lèvres sèches.

— Où est-il ? C'est urgent.

— *Écoute, je lui dirai de te rappeler, mais il est parti. Comme dans « parti ». « Envolé ». Je pensais que tu le savais.*

— De quoi tu parles ?

— *Je n'arrive pas à croire que tu aies rompu avec lui, Sarah. Waouh. Je ne l'ai pas vu venir. Il était d'une humeur massacrante quand il est sorti de son bureau. J'insiste :* massacrante. *Je lui ai demandé où tu étais, et il m'a répondu que tu l'avais jeté…*

enfin, ce ne sont pas ses mots exacts, bien sûr. Il a fini de vérifier les papiers, il a vidé le bureau de ses affaires personnelles, qui je crois se limitaient à une plume à encre et une chemise noire de rechange. Et il est parti pour l'aéroport.

Mon estomac se retourna.

— L'aéroport ?

— *Je suppose qu'il repart en Europe. Maintenant qu'il n'y a plus de* Refuge *et que tu as décidé de vivre ta vie sans lui, plus rien ne le retient ici. Tout va bien, ma chérie ? Amy a dit que Véronique et toi avez eu une conversation, un peu plus tôt, et je crois deviner que ça s'est mal passé.*

Thierry était parti pour l'aéroport. Il était parti. J'étais sous le choc.

— Pas… Non, pas tant que ça, articulai-je. Mais ça m'a aidée à comprendre un tas de choses au sujet de Thierry et moi. Et, oui, c'est fini.

— *Désolé.*

— Ne le sois pas.

Je parlais normalement maintenant, et ma gorge me faisait mal à chaque mot.

— *Écoute, je veux t'aider à traverser cette épreuve, vraiment, mais j'ai dix tables qui me fusillent du regard alors que nous parlons parce que je dois aller les servir. Je te verrai demain matin, d'accord ?*

— D'accord.

— *Tête haute. Tu dois penser que ça craint pour le moment, mais sur le long terme c'est peut-être la bonne décision. Vous étiez si différents. Je suppose que les contraires ne s'attirent pas toujours, hein ?*

— Tu as raison, reniflai-je. À plus.

Je raccrochai et me cachai le visage dans les mains pour sangloter jusqu'à ce que mes larmes se tarissent et que je me sente complètement épuisée. Comme j'avais fait mon lit, il fallait bien que je me couche. Thierry était parti, et Gideon n'avait pas l'intention de me lâcher en attendant notre rendez-vous avec le destin.

Je voulus prendre un mouchoir, mais la boîte près du téléphone était vide. J'essayai d'allumer, mais sans succès. Je me levai et me dirigeai vers la lampe, posée à même le sol près du canapé, et cognai mon gros orteil déjà meurtri sur la table basse en travers de mon chemin.

Je lâchai un juron.

Les choses pouvaient-elles encore empirer ?

Je cherchai l'interrupteur à tâtons, mais il ne marchait pas non plus. J'avais éteint avant de me mettre au lit, alors je savais que les lumières fonctionnaient. Était-ce une panne de courant ? Avions-nous fait sauter un fusible ?

J'entendis les lames du plancher grincer et je me figeai. Le bruit se fit de nouveau entendre.

Je n'étais pas seule dans la maison.

Cela ne pouvait pas être George, puisqu'il était toujours au club. Alors qui ? Gideon ? M'avait-il suivie et avait-il pénétré à l'intérieur ? Ou pire, était-ce un autre chasseur ? J'étais rentrée toute seule, sans garde du corps, et n'importe qui avait pu m'emboîter le pas et se glisser par une fenêtre pour me surprendre.

Je me fichais de qui cela pouvait être. Mon instinct de survie entra en action, et je sus que je devais sortir. Je me dirigeai droit vers la porte d'entrée, ouvris le verrou et posai la main sur la poignée.

On m'attrapa fermement par-derrière. Avant que j'aie pu crier, une main se plaqua sur ma bouche, et je me débattis contre mon agresseur, lui griffant les bras, imaginant ma mort d'un millier de façons différentes. Mais, si je devais mourir, je l'emporterais avec moi. J'attendis de sentir la pointe effilée d'un pieu contre ma gorge. Il ne se passa rien.

— Chut, Sarah. Tout va bien.

Mes yeux faillirent jaillir de leurs orbites. Je lâchai ses bras et il retira sa main de ma bouche. Je me tournai lentement vers lui.

— Qu'est-ce qui se passe ? demandai-je, dans un murmure rauque.

— C'est nouveau ? éluda Thierry, faisant référence à ma chemise de nuit très classe achetée dans un supermarché. Je ne crois pas l'avoir déjà vue.

Il faisait sombre et je le distinguais à peine, malgré ma vision nocturne améliorée de vampire.

— Chut.

J'écartai le rideau pour jeter un rapide coup d'œil dehors. Gideon n'était nulle part en vue, mais il devait surveiller la maison d'une cachette quelconque.

— George a dit que tu étais parti pour l'aéroport.

— Apparemment, ce n'est pas le cas.

Je pouvais à peine respirer. Je voulais tout lui dire dans un flot de paroles, mais je me retins, trop sonnée pour penser rationnellement.

— Je croyais que tu n'aurais plus jamais envie de me revoir.

Il inclina la tête sur le côté.

— En fait, ce sont tes mots, pas les miens.

— Tu ne devrais pas être ici.

Il s'approcha pour m'étudier.

— Tu as pleuré.

Je secouai la tête.

— Juste une allergie.

— Je suis venu parce que nous avons encore des choses à nous dire avant que je puisse accepter que notre relation soit finie une fois pour toutes. Voilà pourquoi je suis là, Sarah.

Je regardai par la fenêtre.

— Que cherches-tu ? demanda Thierry. Ou, devrais-je dire, *qui* cherches-tu ?

Je clignai des yeux.

— Tu ne devrais pas être ici.

— Pourquoi pas ?

— Je t'ai dit que tout était fini, Thierry. Je… (Je déglutis avec peine.) J'étais sincère.

— Je ne te crois pas.

Je haletai en entendant sa réponse.

— Alors tu te trompes.

Son regard se fit sérieux.

— Qui est responsable, Sarah ? Qui te force à me dire ces choses ?

C'était mauvais. Très, très mauvais. J'avais déjà été très tentée de tout lui révéler. Mais c'était trop risqué. Étais-je prête à mettre en péril les vies de mes amis et de mes parents, juste pour révéler à Thierry que je n'avais jamais pensé aucun des mots cruels que je lui avais dits ?

Je secouai la tête.

— C'est moi. Rien que moi. Et j'ignore ce que tu fais ici. Tu semblais bien accepter notre rupture un peu plus tôt, comme si tu te fichais que notre histoire s'arrête ou continue. C'est mieux ainsi. Toi et moi, c'est terminé et ça n'a jamais…

Il me prit le visage à deux mains et il se pencha pour m'embrasser. Je haletai contre ses lèvres avant de passer les bras autour de sa taille et d'ouvrir la bouche. Au bout d'un moment, il s'écarta pour me regarder.

— C'est fini ? souffla-t-il à mi-voix. Tu en es bien sûre ?

Je me raclai la gorge.

— Ce n'est pas ma faute, si tu embrasses bien.

— Qui t'oblige à mettre un terme à notre relation, Sarah ? demanda-t-il de nouveau. Est-ce le Diable Rouge ?

Qui est-il ? Qu'attend-il de toi ? Dis-le-moi, s'il te plaît. Tu n'as pas besoin d'avoir peur.

J'essayai de m'écarter, mais il resserra son étreinte.

— Pourquoi penses-tu ça ? C'est peut-être ce que je ressens. Je veux dire, ton argent…

— Un mensonge. Tu te fiches de mon argent.

— Oh, non, pas du tout. J'aime les hommes riches. Plus ils le sont, mieux c'est. L'argent fait tourner le monde. Et tu es bien trop vieux pour moi. Mes parents croient que tu as huit ans de plus que moi, ce qui semble bien mieux que six cent cinquante.

— Tu l'as su dès notre première rencontre ou presque. J'ai essayé de te repousser pour ton bien, à cause de toutes nos différences, mais tu ne m'as pas laissé faire. Pourquoi les choses auraient-elles changé subitement ?

Oui, pourquoi ? Le fait que Thierry refuse de prendre ma rupture avec lui pour ce qu'elle était me laissait perplexe, après sa froideur et son indifférence plus tôt dans la soirée.

— Écoute, Thierry, ce n'est pas…

— Tu m'aimes, m'interrompit-il. Si je sais une chose, c'est celle-là.

Je lui adressai un regard noir.

— Je crois que quelqu'un a un ego disproportionné.

— Et je t'aime, poursuivit-il. Je t'aime, Sarah. Je sais que, si je te dis que durant ma longue vie, je n'ai jamais ressenti ça pour personne d'autre, tu ne me croiras sans doute pas, mais c'est la vérité. Il y a deux siècles, une vieille femme a lu les lignes de ma main et m'a dit la bonne aventure, et elle m'a prédit que mon véritable amour arriverait un jour et que je me battrais pour elle. J'ai toujours cru que c'était un mensonge, jusqu'à ce que je te rencontre. Je t'aime. Toi, et seulement toi. C'est comme ça que je sais que tu m'as menti, plus tôt.

Et c'est comme ça que je sais que tu as peur. Mais je suis là, maintenant, et personne ne peut te faire du mal.

C'était évident. Je rêvais. Je suppose que j'étais bien plus fatiguée que je l'avais cru, et j'avais sombré dans l'inconscience pour faire un rêve mettant en scène l'homme qui venait de quitter ma vie pour toujours. Le vrai Thierry ne me dirait jamais ces choses, n'est-ce pas ?

Mais il m'embrassa de nouveau, et cela me parut bien réel.

Une larme roula sur ma joue, et elle aussi me sembla réelle.

— Comment as-tu su ? soufflai-je contre sa bouche. Comment as-tu su que je mentais ?

— Je l'ai su, c'est tout. (Je le sentis sourire.) Maintenant, vas-tu me dire de qui tu as peur, ou vas-tu garder ton terrible secret sans le partager avec moi ?

Je mordis ma lèvre inférieure et lâchai un long soupir tremblant.

— C'est Gideon Chase.

Je n'avais encore jamais vu le choc se peindre sur les traits de Thierry. Cela ne lui alla pas très bien.

— Mais... Gideon Chase est mort.

Je secouai la tête.

— Le cercueil est vide. Il est horriblement brûlé, mais il n'est pas mort.

Et puis, aussi vite que je le pus, je racontai tout à Thierry, et plus je parlais, plus le poids qui s'était installé sur ma poitrine s'allégeait. Je lui révélai le plan de Gideon qui consistait à faire de moi sa créatrice, et ses menaces si je ne lui obéissais pas. Je lui appris que Gideon était le meurtrier de Stacy. Et enfin, qu'il m'avait forcée à rompre avec Thierry.

Son expression se fit plus grave et plus sérieuse au fur et à mesure que je parlais. Quand j'eus fini, il me regarda dans les yeux et je vis dans son regard qu'une farouche détermination l'animait.

— Oh, à propos, le Diable Rouge n'est apparemment qu'un imposteur.

— Je me retiendrai de te faire remarquer que je te l'avais bien dit.

— Merci. (Je soupirai de soulagement.) Je suis tellement contente que tu saches. Maintenant, nous pouvons régler cette histoire ensemble.

Il ne répondit pas.

— Thierry ? Comment va-t-on s'en sortir ?

— C'est une bonne question. Gideon Chase est un chasseur formidable, qui n'a jamais fait preuve de la moindre pitié. Aujourd'hui, il a désespérément besoin d'être guéri, même si ça signifie devenir ce qu'il a pourchassé toute sa vie. Il n'y a pas de réponse facile à ta question.

— Mais nous trouverons quelque chose, n'est-ce pas ?

Il repoussa les mèches de mon front d'une caresse et les coinça derrière mon oreille gauche.

— Oui. Mais, jusque-là, il va falloir lui faire croire que je ne sais rien. C'est plus sûr de jouer le jeu selon ses règles.

— Alors, que faisons-nous ?

— Je vais partir par le prochain avion pour la France, et tu te sortiras de ce pétrin toute seule. Fais-moi savoir quand je pourrai rentrer.

J'en restai bouche bée.

— S'il te plaît, dis-moi que c'est une autre de tes tentatives de faire de l'humour.

Il fronça les sourcils.

— Je ne suis pas très doué, n'est-ce pas ?

Je fis « non » de la tête.

— Je t'aime, même sans les blagues à deux balles. Sérieusement.

Son expression se radoucit.

— C'est bon à savoir.

— Gideon croit que j'ai réussi à rompre avec toi.

— Et il doit continuer à le croire. En fait, tout le monde devra être persuadé que nous ne sommes plus ensemble.

— Tout le monde ? Même George ?

Il haussa les sourcils.

— *Surtout* George. Ce que George sait, tout le monde le sait.

— Tu marques un point. (Je nouai mes mains dans le matériau soyeux de la chemise de Thierry.) Nous serons donc séparés aussi longtemps que durera cette histoire.

Il hocha la tête avec lenteur.

— Ce serait préférable.

— Alors, tu ferais bien de partir tout de suite.

— C'est vrai. (Il me donna un autre baiser passionné, me coupant presque le souffle.) Je suis content que tu aies la chaîne en or. C'est plus sûr comme ça, n'est-ce pas ?

— Tout ça ne me semble pas si sûr, soufflai-je contre ses lèvres.

Il me souleva dans ses bras.

— George travaille jusqu'à 6 heures. Ce qui, je crois, nous laisse quatre heures avant son retour.

Je lui passai les bras autour du cou.

— Pour un maître vampire, tu es plutôt doué en maths. Mais… nous devons trouver ce que nous allons faire à propos de Gideon. Et comment allons-nous faire croire à tout le monde que nous ne sommes plus ensemble ? Apparemment, je suis une très mauvaise menteuse, puisque tu as vu clair dans mon jeu.

— Nous trouverons. Mais pas ce soir. Ou du moins pas au cours des heures qui vont suivre.

— Mais…

— M'aimes-tu ?

— Oui. (Mes yeux se remplirent de larmes.) Je t'aime tellement.

— Alors c'est tout ce qui compte. Tu ne me connais pas depuis très longtemps, Sarah. Tu ne sais pas comment je peux être quand je veux quelque chose et que quelqu'un me fait obstacle. Et je te veux. (Il fronça les sourcils.) Mais il y a une chose qui me trouble bien plus que toutes les autres en ce moment, même plus que Gideon Chase.

— Quoi ?

Il croisa mon regard et sourit.

— Cette chemise de nuit doit disparaître.

Mon cœur se gonfla. Je l'étreignis contre moi et sentis immédiatement que tout irait bien aussi longtemps que nous serions ensemble.

Et, pour être honnête, ma chemise de nuit était hideuse.

— Je peux m'en occuper, dis-je, avant de l'embrasser encore… et encore.

Achevé d'imprimer en mars 2011
Par CPI Brodard & Taupin - La Flèche (France)
N° d'impression : 63978
Dépôt légal : avril 2011
Imprimé en France
81120511-1